小鎮醫生

BLOODSTREAM

TESS GERRITSEN

泰絲・格里森——著　尤傳莉——譯

獻給 Tim 和 Elyse

序曲

緬因州，寧靜鎮，一九四六年

只要她保持安靜，只要她保持不動，他就不會發現她。他可能自以為知道她所有的躲藏處，但是他從來不曉得她的秘密洞，這個地窖牆上的小凹穴，被一架架她母親的玻璃罐遮住了。小時候她可以輕易地溜進這個空間，每回玩躲迷藏她都蜷縮在裡頭咯咯偷笑，同時聽著他懊惱地走過一個個房間要找她。有時遊戲持續得太久，她都睡著了，幾個小時後醒來，才聽到她母親擔心地喊著她名字。

現在她又來到這裡，在地窖裡她的躲藏處，但她已經不再是小孩了。她現在十四歲，差點沒法擠進這個凹穴中。而且這回再也不是輕鬆愉快地躲迷藏了。

她聽得到他在樓上，在屋裡四處走動尋找她。他在各個房間橫衝直撞，詛咒著，把家具翻倒在地上。

拜託，拜託，拜託。誰來救救我們，誰來讓他離開吧。

她聽到他大吼她的名字：「艾芮絲！」他的腳步聲吱嘎進入廚房，走向通往地窖的門。她雙手緊握成拳頭，心跳厲害得像在打鼓似的。

我不在這裡。我在很遠的地方，逃走了，飛進夜空裡了……

地窖門猛地打開，撞到牆上。金色的光照下來，籠罩著站在樓梯頂門框內的他。

他朝上伸手，拉了一下電燈的拉繩開關，燈泡亮了，黯淡的光照著這個大而空蕩的地窖。艾芮絲縮在一罐罐自家醃製的番茄和小黃瓜後頭，聽到他走下陡斜的樓梯，隨著每一個吱呀聲而離她更近。她朝凹穴裡縮得更深，緊貼著剝落的石牆和灰泥，閉上眼睛，希望自己化為隱形。她在自己隆隆的心跳聲中，聽見他下到樓梯底部。

不要看到我。不要看到我。

腳步聲經過瓶罐架，朝地窖的另一頭走去。她聽到他踢翻一個箱子。空玻璃罐摔碎在石地板上。現在他又回頭走過來，她聽得見他刺耳的呼吸，穿插著動物似的悶哼聲。她自己的呼吸也淺而急促，雙手握得好緊，緊得她覺得自己的骨頭都要被捏碎了。腳步聲移向瓶罐架，停了下來。

她猛地張開雙眼，隔著兩個罐子間的縫隙，她看到他就站在面前。她目光緩緩往下滑，直到視線對齊他的腰帶。她身子縮得更低，盡可能往下避開他的視線。他從架上拿起一個玻璃罐，摔在地上。那醃菜的強烈醋酸氣味從地板上升起。接著他拿起第二個罐子，又忽然放回去，彷彿想到了一個更好的主意。他轉身沿著地窖的階梯往上爬，離開時拉了電燈的拉繩。

她再度置身於黑暗中。

她這才發現自己在哭。她的臉是溼的，汗水混合著淚水，但是她完全不敢發出嗚咽聲。

樓上的腳步聲走向屋子正面，然後是一片靜默。

他離開了嗎？他終於走了嗎？

她還是全身僵硬縮在那裡，不敢動。一分鐘接一分鐘過去了。她腦袋裡緩緩數著。十分鐘，二十分鐘。她的肌肉抽筋了，痛得她只好咬住嘴唇，免得哀叫出聲。

一個小時。

兩個小時。

上方還是沒有聲音。

她緩緩離開藏身處，站在黑暗中，等著肌肉裡的血液恢復循環，等著雙腿恢復知覺。同時她認真傾聽，從頭到尾都在傾聽。

什麼都沒聽到。

地窖沒窗子，她不知道外頭是不是還沒天亮。她走過地板上的碎玻璃，來到樓梯前。她一次爬一階，每一步都暫停下來傾聽。等到她終於爬到樓梯頂，手掌已經溼滑得好厲害，她必須在自己的襯衫上擦掉汗水，才有辦法打開地窖門。

廚房裡的燈亮著，一切看起來都極其正常。她簡直要相信昨夜的恐怖只不過是一場惡夢。牆上的時鐘滴答響，是早晨五點，外頭天還是黑的。

她躡手躡腳來到廚房門口，朝走廊裡看。只要看一眼那些摔裂的家具、壁紙上的濺血，就讓她知道自己沒在做夢。她的手掌又汗溼了。

門廳裡空無一人，前門開著。

她得離開屋子。跑去鄰居家，跑去找警察。

她進入走廊，每一步都離逃脫更近。恐懼令她的感官尖銳無比，讓她注意到花卉紋地毯上每一塊碎裂的木片，身後廚房裡時鐘的每一個滴答聲。她就快走到前門了。

然後她看得到樓梯了，她母親頭朝下翻倒在那裡。她忍不住直盯著那身體，看著她母親的長髮垂掛在階梯上，像黑色的水往下流。

她喉頭湧上一陣作嘔之感，拔腿衝向前門。

他就站在那裡，手裡拿著一把斧頭。

隨著一聲嗚咽，她轉身衝上樓梯，在她母親的血上差點滑了一跤。她聽到他追在後頭的砰砰腳步聲。她向來跑得比他快，而恐懼更讓她飛快奔上樓梯，像一隻驚慌的貓。

在二樓的樓梯平台上，她匆忙看到一眼她父親的屍體躺在那裡，一半在他的臥室門外。沒有時間去想了，沒有時間消化那種驚駭；她已經又衝上往三樓的階梯，進入角樓室。

她把門甩上，及時拴好。

他憤怒地大吼一聲，開始捶著那關起的門。

她匆忙跑到窗前，用力推開窗子，然後看著下頭遙遠的地面，心知自己摔下去一定活不了。

她猛拽窗簾，從桿子上硬扯下來。繩子，我得做一條繩子！她將窗簾的一頭綁住暖氣管，又扯下另一面窗簾，把兩面窗簾綁在一起。

但是她沒有別的辦法離開這個房間。

隨著一個響亮的捶擊，一小片碎木飛向她。她回頭看，驚駭地看到斧尖穿透木門，看到斧頭往後拉出，準備砍下一斧。

他要破門而入了。

她拽下第三面窗簾，雙手顫抖地跟前兩面綁在一起。

那斧頭又砍下。門上被劈開的縫隙更大了，更多碎木飛濺。

她拽下第四面窗簾，但就在她慌忙地打最後一個結的時候，她心知繩子還是不夠長，她知道太遲了。

她轉身面對門時，正好看到斧頭劈穿了木門。

1

現在[1]

「那裡會有人受傷的，」克蕾兒·艾略特醫師看著廚房的窗子外頭說。濃如白煙的晨霧籠罩著湖面，窗外的那些樹忽隱忽現。又一道槍聲響起，這回更近了。打從天一亮她就聽到槍聲，而且大概會聽上一整個白天，直到天黑。因為這是十一月的第一天，狩獵季的開始。在那些樹林裡的某處，有人正拿著一把步槍在迷霧間半盲地走來走去，想像著白尾鹿的身影在他四周舞動。

「我覺得你不該在外頭等校車，」克蕾兒說。「我開車送你去學校吧。」

低頭正在吃早餐的諾亞沒吭聲。他又舀起一匙早餐玉米片呼嚕吃下。她這個兒子十四歲了，但是吃起東西還是像兩歲小孩，牛奶噴濺在桌上，吐司碎片在他椅子周圍掉得滿地都是。他埋頭吃自己的，不肯看她，彷彿她是希臘神話裡的蛇髮女妖梅杜莎，看一眼他自己就會變成石像。而就算他肯看她又有什麼差別，她啼笑皆非想著。我親愛的兒子已經變成石頭了。

她又說了一次，「我開車送你去學校吧，諾亞。」

---

[1] 本書原著於一九九八年在美國初次出版，故時空背景以該年為準。

「沒關係，我搭校車就好了。」他站起來抓了他的背包和滑板。

「那些獵人不可能看清他們要射的是什麼。至少戴上那頂橘色帽子吧，免得他們以為你是鹿。」

「但是那頂帽子看起來好呆。」

「你可以上了校車再脫掉。現在暫時戴一下吧。」她從雜物架上拿起那頂針織帽，朝他遞去。

他看著帽子，然後終於看向她。才一年，他就竄高了好多，現在他們的身高一樣了，兩人視線齊平，沒有誰比較高。她納悶諾亞是否跟她一樣強烈意識到兩人身高的平等。以前她可以擁抱他，而還是孩童的他也會回抱。現在這個孩童不見了，他身上的柔軟重塑為肌肉，他的臉縮窄成新的瘦削形狀。

「拜託，」她說，還是抓著那頂針織帽。

最後他嘆了一口氣，把帽子套在他的深色頭髮上。她努力忍著沒笑；他看起來的確很呆。

他已經踏上走廊了，她在後頭喊著：「親一下再見？」

他一臉氣惱地回頭，輕啄她臉頰一下，然後走出門。

再也沒有擁抱了，她站在窗前望著他大步走向馬路，哀傷地心想。現在只有咕噥和聳肩和尷尬的沉默了。

他來到車道盡頭的楓樹下，拉掉針織帽，站在那裡雙手插在口袋，肩膀前躬以抵擋寒冷。在這個攝氏三度的早晨裡，他沒穿外套，只有一件灰色毛衣。天氣涼得發寒。她努力忍住拿大衣跑到外頭裏住他的衝動。

克蕾兒等到校車出現，看著兒子沒再回頭看一眼就爬上車，那身影沿著校車中央的走道往前，在另一個學生旁邊坐下——是個女生。那個女生是誰？她很納悶。我再也不知道我兒子朋友的名字了。我在他的世界裡縮到只剩一個小角落。她知道這種事情很正常，自己必須後退，讓孩子努力學習獨立，但是她還沒準備好。這個轉變發生得太突然，彷彿某一天一個甜美的小男孩走出門，然後回來的是一個陌生人。*彼得留給我的只剩下你了。我還沒準備好要連你都失去。*

校車隆隆開走了。

克蕾兒回到廚房，坐在那杯只剩餘溫的咖啡前。整棟房子感覺空蕩而靜默，一個依然處於哀悼狀態的家。她嘆了口氣，打開每週的《寧靜鎮公報》。**健康的鹿群可望帶來豐碩的收穫**，頭版的標題如此宣布。狩獵季開始，大家有三十天可以獵鹿了。

在外頭，又一聲槍響迴盪在樹林裡。

她翻了一頁到警政新聞。裡頭還沒提到昨夜萬聖節前夕的騷動，也沒提到七個吵鬧的十來歲年輕人因為一年一度萬聖節前夕的「不給糖就鬧」搞得太過火而被逮捕。但是在那些走失的狗和失竊柴火的新聞之間，有她的名字，歸在「違規事項」底下：「克蕾兒．艾略特，四十歲，所駕駛車輛上的安全貼紙已過期。」她還沒把她那輛速霸陸開去驗車；今天她得改開小卡車了，免得又要登上公報一次。她煩躁地把報紙翻到下一頁，看著今天的天氣預報——寒冷而有風，氣溫最高攝氏四度，最低零下六度——此時電話鈴聲響了起來。

她起身接了電話。「喂？」

「艾略特醫師嗎？我是住在塔迪角路的瑞秋．索金。我這裡有個緊急狀況。埃爾溫剛剛射傷自己了。」

「什麼？」

「你知道，那個白痴埃爾溫．克萊德。他擅闖到我的產業裡，為了追一隻可憐的鹿。那隻鹿也被他射殺了——一隻美麗的母鹿，就在我的前院裡。這些蠢男人和他們的蠢獵槍。」

「那埃爾溫怎麼樣了？」

「啊，他絆倒了，射中自己的腳。真是活該。」

「他應該直接去醫院。」

「哎呀你知道，問題就在這裡。他不想去醫院，也不肯讓我叫救護車。他要我載他和那隻鹿回家。唔，我才不要。所以我該拿他怎麼辦呢？」

「他流血有多嚴重？」

她聽到瑞秋喊道：「嘿，埃爾溫？埃爾溫！你有流血嗎？」然後瑞秋回到線上。「他說他沒事。他只是希望我載他回家。但是我才不要載他呢，也絕對不要載那隻鹿。」

克蕾兒嘆氣。「我想我可以開車過去看一下。你住在塔迪角路？」

「過了巨石堆大約一哩。車道口的信箱上有我的姓。」

克蕾兒開著她的小卡車轉入塔迪角路時，清晨的濛霧已經開始消散。隔著一叢叢北美喬松，她可以斷續看到草蜢湖，白霧有如蒸氣般從湖面升起。穿透的陽光在起伏的水面微波灑下金光。在縷縷濛霧中，可以看到草蜢湖北岸的那些夏日度假小屋，大部分都已經用木板封住門窗、等著過冬，富有的小屋主人早已回到他們位於波士頓或紐約的家中。在克蕾兒現在行駛的南岸，則是比較簡樸的住宅，其中有些穿插在樹林間的，是只有兩個臥室的小房子。

她駛過巨石堆——那是一片露頭的花崗岩，當地十來歲小孩夏天時總是聚集在這裡游泳——然後看到了寫著「索金」的信箱。

她開過一條顛簸的泥土路，來到那棟房子前。那是一棟奇怪的、滑稽可笑的結構物，毫無章法地添加了一個又一個房間，各個意想不到的地方凸出一個角落。最上方是一座玻璃牆的鐘樓，有如一個水晶球從屋頂伸出。古怪的女人自然會有古怪的房子，瑞秋·索金是寧靜鎮上特異的孤鳥，這個引人注目的黑髮女人每星期會身穿紫色的連帽斗篷到鎮上一次，而這棟房子看起來就像是一個斗篷女人會住的地方。

在門前的台階旁，就在打理得乾淨整齊的草藥園邊，躺著那隻死鹿。

克蕾兒爬下她的小卡車。兩隻狗立刻跳出樹林來攔路，又叫又吼。然後她才意識到，牠們是要護衛那隻死去的獵物。

瑞秋走出屋子，朝那兩隻狗大喊：「滾開，你們這兩隻該死的動物！回去自己家！」她從門廊上抓了一根掃把，下了門前的階梯，長髮飄散，掃把像長矛般往前戳。

那兩隻狗退後了。

「哈！膽小鬼。」瑞秋說，用掃把朝牠們猛衝。那兩隻狗又朝樹林退。

「嘿，別去惹我的狗！」埃爾溫．克萊德喊道，他一瘸一瘸地走到門廊上。埃爾溫是個演化停止的典型範例：五十五歲、穿著法蘭絨襯衫的大塊頭，註定要打光棍一輩子。「牠們沒傷害任何人，只是要看守我的鹿。」

「埃爾溫，我有個消息要告訴你。你是在我的產業上殺死這隻可憐的動物，所以這隻鹿是我的。」

「你是吃素的，要一隻鹿做什麼？」

克蕾兒插嘴：「你的腳怎麼樣了，埃爾溫？」

他看著克蕾兒眨眼，彷彿看到她很驚訝。「我絆倒了，」他說。「沒什麼嚴重的。」

「子彈傷向來很嚴重的。我可以看一下嗎？」

「我沒辦法付你錢……」他暫停一下，一道亂蓬蓬的眉毛豎起，有了個歪主意。「除非你願意接受一些鹿肉。」

「我只是想確定你不會流血過多死掉，費用的事情等有空再說。可以看一下你的腳嗎？」

「如果你真的想看的話。」他說，瘸著腿回到屋裡。

「這個一定很精采。」瑞秋說。

廚房裡很溫暖。瑞秋朝柴爐丟了一根樺木，接著把鑄鐵爐蓋又蓋回去時，爐內冒出一股帶著甜味的煙霧。

「讓我看看那隻腳。」克蕾兒說。

埃爾溫跛行著走向一張椅子，在地上留下血痕。他還穿著襪子，靠近拇趾處有個鋸齒狀的洞，彷彿有隻老鼠啃破了他的羊毛襪。「不算什麼，」他說。「要是你問我的話，根本不值得這樣大驚小怪的。」

克蕾兒蹲下來，脫掉他的襪子。脫得很慢，那羊毛黏在他的腳上，不是因為血，而是因為汗水和死皮。

「啊老天，」瑞秋說，一手摀著鼻子。「你都不換襪子的嗎，埃爾溫？」

子彈穿過了拇趾和第二趾之間的肉。克蕾兒在他腳底找到了穿出的傷口，現在只剩一點血慢慢滲出。她設法不要被那臭味熏得作嘔，試著移動五根腳趾，判定沒有神經受到損傷。

「你得每天清理傷口，更換繃帶。」她說。「而且需要打一針破傷風，埃爾溫。」

「啊，我已經打過了。」

「什麼時候？」

「去年，老潘墨若醫師幫我打的。在我射中了自己之後。」

「你每年都要這樣來一次？」

「去年那次是是打穿我的另一隻腳。沒什麼嚴重的。」

潘墨若醫師在一月過世，克蕾兒八個月前從他的遺產管理人那裡買下了他的診所，也取得了他的所有病歷。她可以回去查埃爾溫的檔案，確定他上次注射破傷風的日期。

「我想我得負責幫他清理傷口了。」瑞秋說。

克蕾兒從自己的醫療提包裡拿出一小瓶優碘遞給她。「把這個加入一桶溫水裡，讓他泡一陣子。」

「啊，這個我可以自己來。」埃爾溫說著站起來。

「那我們還不如現在就幫你截肢！」瑞秋兇悍地說。「坐下！埃爾溫。」

「天哪。」他說。然後坐下了。

克蕾兒放了幾小包繃帶和紗布在桌上。「埃爾溫，你下星期來我診所，讓我檢查傷口。」

「可是我有好多事情要做——」

「如果你不來，我就得像追殺一隻狗似的，把你追殺到底。」

他驚訝地朝她眨著眼。「是的，醫師。」他乖乖地說。

克蕾兒忍著沒笑出來，拿起她的醫療提包，走出屋子。

兩隻狗又回到前院，爭搶著一根髒骨頭。克蕾兒走下階梯時，兩隻狗都轉過身來盯著她。黑色的那隻大步走過來，發出低吼。

「走開。」克蕾兒說，但那狗不肯後退，而是又往前走了幾步，露出牙齒。

另外那隻黃褐色的狗看到機會，咬住那根骨頭開始要拖走。穿過院子到一半，黑狗忽然注意到，於是追回來繼續扭打。兩隻狗又吼又叫，追逐著在院子裡面纏鬥。那根被遺忘的骨頭就棄置在克蕾兒小卡車的後車廂邊。

她打開車門，正要上車時，腦中忽然認出了那個影像，於是低頭看著地面上的那根骨頭。長度不到一呎，上頭有紅褐色的污漬和泥土。一端斷了，留下參差不齊的尖細邊緣。另一端是完整的，骨頭的特徵清晰可辨。

那是股骨，而且是人類的。

在鎮外十六公里處，寧靜鎮警局的隊長林肯．凱利開著巡邏車，終於追上了他太太。她開著一輛偷來的雪佛蘭汽車，時速大約八十公里，車子左右蛇行，每次經過路上的凹陷處，鬆掉的排氣管就迸出火花。

「老天在上啊，」佛洛伊德．史畢爾說，他坐在林肯旁邊的位子。「朵玲今天打起撞球來了。」

「我一整個早上都在外頭跑，」林肯說。「沒機會去查看她的狀況。」他打開警笛，希望能促使朵玲減速。結果她反倒加速。

「現在怎麼辦？」佛洛伊德問。「要我找人來支援嗎？」支援就表示要找漢克．多爾來，今天上午負責巡邏的只有他們三個人而已。

「不用了，」林肯說。「先看我們能不能說服她停下來。」

「在時速九十五公里的時候？」

「打開擴音器。」

佛洛伊德拿起麥克風，他的聲音透過擴音器變得好大聲：「嘿，朵玲，停車！拜託，甜心，你會撞到人的！」

那輛雪佛蘭只是繼續彈跳又蛇行。

「我們可以等到她汽油用光。」佛洛伊德建議道。

「繼續跟她講話。」

佛洛伊德又對著麥克風開口：「朵玲，林肯在這裡！拜託，甜心，停車吧。他想要跟你道歉！」

「我想要什麼？」

「停車吧，朵玲，他會親自跟你說的！」

「你到底在鬼扯什麼？」林肯說。

「女人總是希望男人道歉啦。」

「但是我什麼都沒做啊。」

在前頭，那輛雪佛蘭的煞車燈忽然亮起。

「看吧？」佛洛伊德說，同時前面的雪佛蘭減速，在路邊停下。

林肯把巡邏車停在那輛雪佛蘭後頭，下了車。

朵玲躬身坐在方向盤後頭，一頭紅髮散亂而糾結，雙手顫抖。林肯打開車門，伸手橫過他太太的膝上，拔了車鑰匙。「朵玲，」他疲倦地說。「你得跟我回警局。」

「你什麼時候要回家，林肯？」她問道。

「我們晚一點再談。來吧，蜜糖，我們先上巡邏車。」他去抓她的手肘。但是她甩開，狠狠打了他的手一下。

「我只想知道你什麼時候回家。」她說。

「這事情我們已經談過很多次了。」

「你跟我結婚了，你還是我的丈夫。」

「再多談這些實在沒有意義。」他又去抓她的手肘，已經把她半拉出雪佛蘭時，她忽然往後一拽，狠狠朝他下巴揮拳。他踉蹌後退幾步，覺得整個腦袋都在嗡響不已。

「嘿！」佛洛伊德說，抓住朵玲的雙臂。「我說，你不要逼我們來硬的！」

「放開我！」朵玲尖叫，她掙脫佛洛伊德的手，又朝她丈夫揮了一拳。

這回林肯低下身子避開了，但這只讓他太太更生氣。她又揮了一拳，才被林肯和佛洛伊德箝住手臂。

「我很不想這麼做，」林肯說。「但是你今天實在是沒法講道理。」他拿出手銬，銬住她的雙腕。她朝他吐口水，他用袖子擦臉，然後耐心地帶著他太太進入巡邏車的後座。

「要命，」佛洛伊德說。「你知道這樣我們就得正式逮捕她了。」

「我知道。」林肯嘆氣，上了駕駛座。

「你不能跟我離婚，林肯．凱利！」朵玲說。「你答應過要愛我、珍惜我的！」

「當時我不知道你會酗酒。」林肯說，然後把車子掉頭。

他們以從容的速度開回鎮上，朵玲從頭到尾都惡毒地咒罵著。都是喝酒的關係；她彷彿有個裝了種種惡魔的瓶子，喝了酒之後，那個瓶塞就會被打開。

兩年前，林肯搬離了兩人的房子。他自認已經對這段婚姻盡了最大的努力，也付出了十年的時間。他不是生性容易放棄的人，但是到最後還是絕望了。再加上他四十五歲了，覺得自己的人生迅速流逝，沒有樂趣也毫無成果。他真希望自己能公平對待朵玲，真希望自己能找回新婚時對她的些許舊情，當時她開朗而清醒，不會像現在這樣滿腹憤怒難抑。有時他會在心底搜尋任何一絲可能殘存的愛意，在灰燼中尋找一星小火花，但結果什麼都不剩了。灰燼早已冷卻，他也已經筋疲力盡了。

他以前一直試著幫她，但是朵玲的腦子混亂到連自己都幫不了。每隔幾個月，她的怒火沸騰時，就會白天開始喝酒，然後去「借用」別人的車，展開她著名的高速駕駛。鎮上的人都知道，當朵玲．凱利開車時，就得離馬路遠一點。

回到寧靜鎮警局，林肯讓佛洛伊德去進行正式的錄案程序、把人關起來。隔著通往牢房那兩扇關起的門，他聽得到朵玲大喊著要找律師。他猜想自己應該幫她打電話找一個，不過寧靜鎮沒人想接她的案子。即使往南直到班戈市，也很難找到律師了。他坐在自己的辦公桌前，翻閱著旋轉式卡片通訊錄，想找出一個律師的名字。要找個他久未聯繫的，而且不介意被客戶咒罵的。

還不到中午就碰到這種事，實在是太辛苦，也太早了。他推開通訊錄，一手撫過頭髮。朵玲還在後頭的拘留室裡大喊。這一切全都會被討厭的《寧靜鎮公報》報導，然後班戈和波特蘭的報紙也會轉載，因為整個該死的緬因州都認為這事情好笑又很古怪。又一次！寧靜鎮警察隊長逮捕自己的太太。

他伸手去拿電話，正在撥電話給一個叫湯姆．懷里的律師時，聽到有人敲了一下門。他抬頭，看到克蕾兒．艾略特走進他的辦公室，於是掛上了電話。

「嘿，克蕾兒。」他說。「新的安全貼紙拿到了嗎？」

「還在辦。不過我來不是為了我的車，而是要給你看一個東西。」她把一根髒骨頭放在他辦公桌上。

「這是什麼？」

「是股骨，林肯。」

「什麼？」

「大腿骨。我想這是人類的。」

他瞪著那根包覆著乾硬泥巴的骨頭。一端被啃得碎裂了，而且骨頭上有動物牙齒的啃咬痕跡。「你是在哪裡發現這個的？」

「瑞秋．索金那裡。」

「瑞秋是怎麼會有這根骨頭的？」

「埃爾溫．克萊德的兩隻狗把這骨頭拖到她的院子。她不曉得是哪來的。我今天早上在那裡，因為埃爾溫射中了自己的腳。」

「又來了？」他翻了個白眼，兩人一起大笑起來。要是每個村鎮裡都有個白痴，那麼寧靜鎮的白痴就是埃爾溫。

「他沒有大礙，」她說。「但是我猜想，槍傷應該要向警方報告。」

「你這樣就算是報告了。我有個專門的檔案夾，是記錄埃爾溫和他的槍傷。」他指了一張椅子。「接下來，告訴我有關這根骨頭吧。你確定這是人類的？」

她坐下來。雖然兩人都直視著對方，但是他感覺到兩人間有一道矜持的隔閡，幾乎是有形的。他們第一次見面是在她剛搬來鎮上不久，當時他就感覺到這個障礙了，那回她來到警局裡的拘留室（有三間牢房），治療一個腹痛的囚犯。林肯從一開始就對她很好奇。她的丈夫人呢？她為什麼獨自撫養兒子？但是他覺得不便問她私人問題，而她似乎也不歡迎這類刺探。這位醫師外表和善但是很保護隱私，似乎不願意讓任何人太靠近她，真可惜。她是個漂亮的女人，個子矮但結實，明亮的深色眼睛，一頭捲曲的褐色頭髮剛開始冒出少許銀絲。

她身子往前傾，雙手放在他桌上。「我不是專家或什麼的，」她說。「但是我不曉得這根骨頭有可能來自其他什麼動物。從大小判斷，看起來像是兒童的。」

「你在那附近還有看到別的骨頭嗎？」

「瑞秋和我搜尋過那個院子，但是沒找到其他任何骨頭。那兩隻狗有可能是從樹林裡咬來的。你們得搜尋整個區域。」

「說不定是來自古代的印第安人墓穴。」

「有可能。不過應該還是要讓法醫檢查吧？」她忽然轉身，昂起頭。「這麼吵是怎麼回事？」

林肯臉紅了。朵玲又在她的牢房裡大吼，罵出一連串難聽話。「該死，林肯！你這混蛋！你這騙子！你該下地獄！」

「聽起來有人不太喜歡你喔。」克蕾兒說。

他嘆了口氣，一手按著額頭。「我老婆。」

克蕾兒的目光瞬即柔和下來，轉為同情的神色。她顯然已經曉得他的難題。全鎮每個人都曉得。

「我很遺憾。」她說。

「嘿，窩囊廢！」朵玲喊道。「你沒權利這樣對待我！」

他努力把注意力轉回那根大腿骨。「你認為被害人當時幾歲？」

她拿起那根股骨在手裡翻轉。那一刻她懷著無言的敬重，崇敬，完全意識到這根斷掉的骨頭曾支撐著一個歡笑、奔跑的孩子。「很小，」她喃喃說。「我猜是不到十歲。」她把骨頭放回桌上，低頭沉默地看著。

「我們最近沒有任何失蹤兒童的報案，」他說。「這個區域幾百年前就有人定居了，總是會有老骨頭出現。一個世紀之前，年幼過世的狀況並不算罕見。」

她皺著眉頭。「我不認為這個小孩是自然死亡的。」她輕聲說。

「為什麼？」

她伸手打開他桌上的檯燈，拿著那根骨頭湊近燈光。「那裡，」她說。「上頭黏了很多泥土，幾乎看不到。」

他伸手去拿他口袋裡的眼鏡——再度提醒他年華逝去、自己已經不再年輕。他低頭湊近，想看清她指的地方。直到她用指甲刮掉一小塊泥土，他才看見那個楔形的深切痕。

那是短柄小斧的斧痕。

2

沃倫．愛默森終於恢復知覺時，發現自己躺在柴堆旁，太陽直照著他的雙眼。之前他最後的記憶是陰影，是草上的銀霜，還有因寒冷而鼓脹隆起的泥土。他原先在劈柴火，揮動著斧頭，享受著清新空氣中發出的脆響。當時太陽還沒升到他前院那棵松樹的樹頂。

現在太陽已經在樹頂上方有一段距離了，這表示他躺在這裡有好一陣子，從太陽在天空的位置判斷，或許一個小時了。

沃倫緩緩坐起身，他的頭發痛，就跟每次昏迷後醒來一樣。他雙手和臉都被凍得麻痹；兩隻手套都脫落了。他看到那把斧頭倒在他旁邊，斧刃深深插進一根楓木柴的一端。一天分量的柴火已經劈好，散落在他四周。他很努力才有辦法恢復思考，彷彿那些思緒是從很遠很遠的地方拖過來，抵達時已經破爛又凌亂。他對自己很有耐心，早晚他會全都想通的。

天剛亮時，他就出來劈今天要用的柴火，辛苦的成果此刻四散在他周圍。他快要完成早晨的家務、才剛把斧頭劈入最後一根木頭時，黑暗就來襲了。當時他倒在柴堆上；這可以解釋為什麼有些柴火從成堆的頂端滾下來。他的內褲溼溼的；所以一定是失禁了，就像他癲癇發作時常有的那樣。他低頭看著自己的衣服，看到自己的牛仔褲溼透了。

他的襯衫上有血。

他搖搖晃晃地起身，緩緩走回那棟老農舍。

廚房被柴爐烤得又熱又悶，搞得他有點暈眩，等他走到浴室時，視覺周圍開始有點模糊。他坐在有缺口的馬桶蓋上，抓住自己的頭，等著腦袋裡的迷霧消散。他的貓蒙娜進來，摩擦著他的小腿，喵喵叫著想引起他的注意。他垂下手摸她，從她柔軟的皮毛裡得到撫慰。

他的臉不再冷得麻痹了，現在他感覺到一邊太陽穴持續抽痛。他抓住水槽站起來，看著鏡子裡。就在左耳上方，他的灰髮因為黏著血而蓬亂豎起。他看著鏡中的自己，那張臉被六十六年的寒冬和辛苦工作和孤單鐫刻下深深的溝紋。他唯一的同伴就是這隻貓，此刻在他腳邊喵喵叫，不是因為愛意、而是因為飢餓。他愛這隻貓，未來有一天，他將會流淚哀悼她的死去，隆重地埋葬她，同時夜夜懷念她的呼嚕聲，但是他可不會誤以為她也愛他。

他脫掉身上磨損且染血的襯衫，以及被尿溼的牛仔褲。接著以他生活中處理其他任務那般小心翼翼地將脫下的衣服整齊堆在馬桶蓋上。他打開淋浴室的蓮蓬頭，沒等水熱就踏進去；那種不舒服只是片刻，在他冰冷而難受的人生中簡直連打個顫都輪不到。他洗掉頭髮上的血，那道撕裂傷因為沾上肥皂而刺痛。他一定是倒在柴堆時劃傷了頭皮。這個傷口會痊癒的，如同他以前所有的其他割傷。沃倫．愛默森這個人就是疤痕組織有多麼耐久的活生生證據。

他一踏出淋浴間，他的貓就又開始喵喵叫了起來。那聲音絕望又可憐，害他聽了不禁感到內疚。他光著身子就走進廚房，打開一罐喜躍雞肉罐頭，舀進蒙娜的貓碗裡。

她發出一個歡樂的輕喊聲後開始吃，再也不關心他的去留。除了他開罐頭的技術之外，他對於她的生活完全無關緊要。

他走進臥室裡穿衣服。

這裡以前是他爸媽的臥室，裡頭還是裝滿了他們的東西。那個有著紡錘形欄杆的老式床，有著黃銅把手的五斗櫃，牆上掛的錫相框裡有他們的照片。他一邊扣著襯衫鈕釦，目光停留在其中一張照片上，那是一個深色頭髮的微笑女孩。艾芮絲這一刻在做什麼？他人生中每一天都會這麼納悶著。她有想到過他嗎？他的目光轉向另一張照片。那是他們一家拍的最後一張合照，他豐腴的母親微笑著，他父親穿西裝、打領帶顯得很拘謹。擠在他們中間的是小沃倫，頭髮平整光滑地梳到一側。

他伸出手，手指碰觸著照片上他十二歲的臉。他不記得那個男孩了。樓上的閣樓裡還有玩具火車和冒險故事書和年久易碎的蠟筆，一度屬於照片中的這個男孩，但當年在這棟房子裡玩耍的是另一個沃倫，在一個星期天微笑站在父母之間拍照。而不是他如今在鏡中看到的沃倫。

他忽然覺得好想再摸摸那個男孩的玩具。

他爬樓梯到閣樓裡，把那個舊衣箱拖到燈光下。就著上方搖晃的燈泡，他打開箱蓋，裡頭是一堆寶物。他逐一拿出來，放在滿是灰塵的地板上：裝著一堆火柴盒小汽車的錫製餅乾桶，蓋房子的積木玩具，一個裝了彈珠的皮革小袋。終於，他找到了自己在找的：一盒跳棋。

他把棋盤打開，放好跳棋，紅色的在自己這端，黑色的在對面。

蒙娜也悄悄爬上閣樓，坐在他旁邊，她的氣息有雞肉味。她以貓類的鄙夷目光打量了棋盤一會兒，然後走上前，嗅著一枚黑棋。

「所以那是你的第一步？」沃倫說。那一步不太聰明，不過你對一隻貓還能有什麼期望？他幫她移動那枚黑棋，她似乎滿意了。

外頭風聲呼嘯，吹得鬆動的遮光板格格作響。他聽得到外頭那棵紫丁香樹的枯枝搔抓著護牆板的聲音。

沃倫走了一枚紅棋，朝他的同伴微笑。「該你了，蒙娜。」

六點三十分，一如每個上學日的早晨，五歲的伊莎貝・摩里森照例溜進她姊姊瑪麗羅絲的臥室，爬進床單底下。在溫暖的被窩裡，她像一隻快樂的蠕蟲兀自哼著歌，等著瑪麗羅絲醒來。此時總是會有很多嘆氣和呻吟，然後瑪麗羅絲會翻身，長長的褐色頭髮搔著伊莎貝的臉。伊莎貝覺得瑪麗羅絲是全世界最漂亮的女孩。她看起來就像是睡美人，等著她的王子來吻她。有時伊莎貝會假裝自己就是白馬王子，儘管她知道女生不該親女生，但她會親一下姊姊的嘴巴，然後宣布：「現在你要醒了！」

有一回，瑪麗羅絲其實一直醒著，忽然跳起來像個咯咯笑的怪物，無情地抓著伊莎貝呵癢，搞得最後兩個女孩都摔下床去，一面開心地尖叫。

但願瑪麗羅絲現在會呵她癢。但願瑪麗羅絲會是她正常的樣子。

伊莎貝湊近姊姊的耳邊低語：「你怎麼還不醒啊？」

瑪麗羅絲拉著被單蓋住頭。「走開，討厭鬼。」

「媽咪說上學的時間到了。你得起床了。」

「滾出我的房間！」

「但是現在——」

瑪麗羅絲大吼一聲，憤怒地踢了一腳。

伊莎貝跌跌撞撞地滑到床的另一頭，不安而沉默地倒在那裡，撫著發痛的小腿，想搞懂剛剛發生了什麼事。瑪麗羅絲以前從來沒踢過她。瑪麗羅絲總是微笑醒來，喊她昏頭伊莎，然後上學前幫她把頭髮編成辮子。

她決定再試一次。她跪爬到姊姊的枕頭邊，輕輕揭開床單，在瑪麗羅絲的耳邊說：「我知道媽咪和爹地買什麼聖誕禮物給你。你想知道嗎？」

瑪麗羅絲猛地睜開眼睛，轉頭看著伊莎貝。

伊莎貝恐懼得發出一聲嗚咽，手忙腳亂地爬下床，瞪著一張幾乎不認識的臉。那張臉嚇壞了她。「瑪麗羅絲？」她輕聲說。

然後她跑出房間。

她母親正在樓下的廚房裡，攪拌著一鍋燕麥粥，一邊在他們家養的鸚哥「洛基」的刺耳叫聲中設法聽收音機。伊莎貝衝進廚房時，她母親轉身說：「七點了。你姊姊還沒起床嗎？」

「媽咪，」伊莎貝絕望地大哭。「那不是瑪麗羅絲！」

諾亞．艾略特做了一個三百六十度的腳尖翻板，讓滑板在人行道邊緣彈起，飛到空中，再靈巧俐落地落在柏油路上。沒問題！搞定了！他鬆垮的衣褲在風中拍動，讓滑板一路衝到教師停車場，豚跳上了人行道，然後又回頭，一路輕鬆順暢。

他生活中唯一覺得控制自如的時間，就是玩滑板時，難得一次，他可以決定自己的命運、自己的路線。這陣子他覺得似乎有太多事情都是由別人決定，覺得儘管自己一路掙扎又尖叫，卻還是被拖進一個他從來不想要的未來。但是當他玩滑板時，隨著風吹在他臉上、腳下柏油路疾馳而過，他擁有那一刻。他可以忘記自己被困在這個偏遠的小鎮。在一趟短暫而刺激的滑板過程中，他甚至可以忘記他父親死了、一切都再不可能正常了。

他感覺到那些高一的女生正在看他。她們成群站在拖車屋教室區後頭，頭髮光亮的腦袋湊在一起，發出咯咯笑聲。她們的臉一直轉過來，看著滑板上的諾亞。他很少跟她們講話，她們也很少跟他講話，但是每次午餐時，她們就會來這裡，觀看他表演種種滑板招數。

諾亞不是諾克思高中唯一的滑板客，不過他鐵定是最厲害的，於是那些女生都把焦點放在他身上，不理會其他在柏油路面上迅速來去的男生。反正那些男生只是做個樣子，假裝是滑板客，全身都是滑板名牌的裝備。他們穿的衣服都很正確——Birdhouse的襯衫和Kevlar鞋，外加大得褲管拖地的褲子——但他們畢竟還是鄉下小鎮的冒牌貨，從沒在巴爾的摩街頭跟大男孩一起玩過滑板。

諾亞繞圈要回頭時，注意到田徑場邊緣的一抹金髮光澤。愛蜜麗亞・瑞得正在看他。她獨自站在那裡，懷裡如常抱著一本書。愛蜜麗亞是那種從臉蛋到身材都漂亮的女生，好完美，好亮眼。一點都不像她那兩個混蛋哥哥，總是在學校的自助餐廳裡找他麻煩。諾亞之前從沒注意到她會看他，明白了她這一刻的注意力集中在他身上，讓他膝蓋有點發軟。

他做了個豚跳，落地時差點失敗。專心，小子！別搞砸了。他迅速衝進教師停車場，轉回來，沿著水泥坡道往上滑行。坡道一側有欄杆，到了最高點，他往側邊一轉，上了那金屬欄杆。接著就會是一路輕鬆順暢的滑下坡了。

偏偏泰勒．達內爾挑了這一刻走到他面前。

諾亞大喊：「別擋路！」但泰勒沒反應過來。

在最後一刻，諾亞離開他的滑板，摔到路面上。但是滑板的衝力太大，便一路沿著欄杆往下坡溜，砸到泰勒的背部。

泰勒猛地轉身，大喊：「搞什麼鬼？是誰丟的？」

「不是丟的，大哥，」諾亞說，從地面上爬起來。他雙掌都擦傷了，膝蓋也抽痛著。「那是意外。你剛好擋住我的路了。」諾亞彎身撿起四輪朝天的滑板。泰勒人還不錯，諾亞八個月前剛搬來鎮上時，他是少數主動來跟他打招呼的小孩。有時候，他們甚至下午放學後會一起玩，給對方看看自己新學的滑板招數。所以泰勒忽然用力推他時，諾亞很驚訝。「嘿！嘿，你是怎麼回事啊？」諾亞說。

「你用滑板扔我！」

「我沒有。」

「大家都看到了！」泰勒看了一圈旁觀者。「你們沒看到嗎？」

沒有人說話。

「我跟你說過了，那是意外。」諾亞說。「我真的很抱歉，大哥。」

拖車教室區那邊有笑聲。泰勒瞥了那些女孩一眼，這才明白她們正在看這場對話，於是臉漲紅。「閉嘴！」他朝她們吼。「白痴女生！」

「老天，泰勒，」諾亞說。「你是怎麼回事啊？」

其他滑板客都停下來，這會兒圍著他們，觀望著。其中一個開玩笑：

「嘿，為什麼泰勒要過馬路？」

「為什麼？」

「因為他的老二卡在雞裡面了。」❷

所有的滑板客都大笑，包括諾亞，他實在忍不住。

他對那一拳毫無準備，那彷彿是天外飛來的，突如其來地擊中他的下巴。他腦袋猛地往後一仰，跌絆著往後，屁股狠狠摔在柏油地面上。他坐在那裡一會兒，雙耳轟鳴、視覺模糊，同時震驚轉為傷心的憤怒。*他是我朋友，他居然打我！*

諾亞踉蹌起身，衝向泰勒，迎面撲倒他。兩個人都摔在地上，諾亞在上方。他們翻過來又滾過去，兩個人雙手都不斷亂打，但是沒有一個人能揮出致命一擊。最後諾亞終於按住他，但那就像是按住一隻憤怒亂叫的貓。

「諾亞．艾略特！」

❷「為什麼雞要過馬路？」是美國慣常的冷笑話問句，制式答案是「因為要到馬路對面去」。但是回答者可以想出一些奇奇怪怪的答案，以製造出笑點。

他僵住，兩手還是牢牢抓著泰勒的雙腕。他緩緩轉頭，看到校長芙恩．孔威里斯站在他們上方。其他小孩早都退開了，現在都站在一個安全的距離外看熱鬧。

「起來！」孔威里斯校長說。「兩個都是！」

諾亞立刻放開泰勒站起來。此時憤怒得臉色發紫的泰勒大叫：「他剛剛推我！他推我，我要保護自己！」

「才不是！是他先打我的！」

「他用他的滑板丟我！」

「我沒有丟。那是意外！」

「意外？你撒謊！」

「兩個都安靜！」孔威里斯校長吼道。

校園陷入一片震驚的沉默，每個人都看著校長。他們從來沒聽過她吼人。她是個拘謹而健美的女人，來學校總是穿著套裝和低跟鞋，一頭金髮整齊梳成法國髻。看到她吼人，讓所有人都意想不到。

孔威里斯校長深吸一口氣，迅速恢復她的莊重姿態。「滑板給我，諾亞。」

「那是個意外，我沒打他。」

「你剛剛把他按在地上。我看到了。」

「但是我沒打他！」

她伸出一手。「交給我。」

「可是——」

「快點。」

諾亞走向他幾呎外的滑板。這滑板很舊了，是他十三歲的生日禮物。滑板邊緣的一個破損處用電工絕緣膠帶交叉貼著，底部有他用轉印紙貼的圖案——一隻綠色的龍，嘴裡噴出紅色的火焰——而且以前他住在巴爾的摩時，輪子在那裡的街道滑得壞掉過。他深愛這個滑板，因為它讓他想起自己所拋下的一切，他依然想念的那一切。他拿著滑板一會兒，然後默默遞給孔威里斯校長。

她一臉厭惡地接過來，轉身對著其他學生說：「學校裡再也不准玩滑板了。所有滑板今天都要帶回家。要是我明天看到任何滑板，就要沒收。都聽清楚了嗎？」

大家沉默地點點頭。

孔威里斯校長轉向諾亞。「罰你今天下午課後留校到三點半。」

「但是我什麼都沒做啊！」

「馬上來我辦公室。坐在那邊想一想你有做過的事情。」

諾亞開口想爭辯，又把話吞了下去。每個人都盯著他看。他難堪得臉紅了，看了一眼站在田徑場邊的愛蜜麗亞．瑞得，然後垂著頭默默地跟著孔威里斯校長走向校舍。

其他滑板客不高興地退開，讓他們通過。直到諾亞走過去一段距離，才聽到其中一個男生咕噥道：

「謝了，艾略特。你把我們全都害慘了。」

如果想了解寧靜鎮的最新狀況，最適合的地點就是蒙拿罕快餐店。恐龍會的人每天中午都在這裡碰面。這其實不是個正式的社團，只是一個聊天聚會，六、七個退休人士想找點事做，就來到這家店，坐在娜汀的吧檯前，欣賞鐘形透明塑膠罩下頭的派。克蕾兒不曉得他們為什麼叫恐龍會。他猜想是其中一個男人的太太很氣老公每天中午都不在家，有回就脫口說出類似：「啊，你和那票老恐龍！」於是理所當然，這個好名字就流傳下來。恐龍會的成員全是男性，全都六十好幾了。娜汀五十幾歲，但她是非正式恐龍會員，因為她在吧檯後工作，而且脾氣夠好，可以忍受他們的爛笑話和煙霧。

克蕾兒發現那根大腿骨的四小時後，來到蒙拿罕吃午餐。恐龍會今天有七個成員出席，法蘭絨襯衫外頭都穿著亮橘色的獵鹿服裝，坐在他們平常的老位子：最左邊的那幾張吧檯椅靠近奶昔機。

奈德．提貝茨轉身朝剛進門的克蕾兒點了個頭。不是溫暖的招呼，而是冷淡的尊重。「早安，醫師。」

「早安，提貝茨先生。」

「今天的風會很大啊。」

「外頭已經很冷了。」

「從西北邊吹來的風。晚上可能會下雪。」

「來杯咖啡，醫師？」娜汀問。

「謝謝。」

奈德又轉回身子面對著其他恐龍，他們已經各自朝她致意過，這會兒又回到談話中。克蕾兒知道其中兩個人的名字；其他人只是認得臉而已。她獨自坐在吧檯另一頭，很適合外來者的位置。啊，鎮上的人對她夠親切。他們會微笑，而且很有禮貌。但是對這些本地人來說，她在寧靜鎮的八個月只不過是暫時逗留，一個城市人來嘗試單純生活的滋味。他們似乎一致同意，冬天才是真正的考驗。四個月的暴風雪和路面薄冰，就會把她逼回大城市去，就像前兩個被逼走的醫師。

娜汀把一杯冒著蒸氣的咖啡放在克蕾兒面前。「你應該全都知道了，對吧？」她說。

「知道什麼？」

「那根骨頭。」娜汀站在那裡看著克蕾兒，耐心等著她貢獻情報。就像大部分緬因州的女人，娜汀很擅長傾聽。講話的似乎都是男人。克蕾兒去當地五金店或廉價商品店或郵局時，都會聽到男人在講話。他們會聚在一起喋喋不休，而他們的老婆則在旁邊沉默地察言觀色。

「我聽說是兒童的骨頭，」喬·巴雷特在凳子上轉過身來，看著克蕾兒。「是一根大腿骨。」

「是這樣嗎，醫師？」另一個人問道。

其他恐龍都轉過來看著克蕾兒。

她微笑著說：「你們好像知道所有細節了。」

「聽說那骨頭被重擊過。也許是一把刀，或許是斧頭。然後被動物發現了。」

「你們今天的心情真好啊。」娜汀譏嘲道。

「只要在那些樹林裡放三天，浣熊和郊狼就會把你吃得只剩骨頭。接著埃爾溫的狗會跑來。他很少餵他們吃東西，你知道。像那樣的骨頭是美味的點心啊。或許他的狗已經啃那根骨頭啃好幾個星期了。埃爾溫那個人，他根本不會多看一眼的。」

喬・巴雷特大笑。「那個埃爾溫啊，他就是根本不動腦子。」

「或許就是他射殺了那個孩子。誤以為是一隻鹿。」

克蕾兒說：「那根骨頭看起來很舊了。」

「哇，喬今天讓我們意想不到哩！」奈德・提貝茨說。

喬・巴雷特朝娜汀揮揮手。「我決定了。我要基督山炸三明治。」

「那你呢，醫師？」娜汀問。

「一個鮪魚三明治和一碗蘑菇濃湯，麻煩了。」

克蕾兒吃著午餐時，就聽著那些男人討論那骨頭可能是誰的。根本不可能聽不到；他們其中有三個人戴著助聽器，所以講話嗓門大得很。大部分人都記得六十年前的事情，他們反覆討論著各種可能性，像是在打羽毛球似的不斷來回。或許是掉下禿岩崖的那個小女孩。不，她的屍體後來找到了，記得嗎？或許是裘威特家的女兒——她十六歲時不是離家出走了嗎？奈德說不，他聽她母親說她住在康乃狄克州的哈特福；那個女孩現在應該六十幾歲，說不定都當祖母了。佛瑞得・穆迪說，他太太芙洛麗達認為那個死去的女孩一定是外地來的——夏天來度假的那些人。寧靜鎮的人很清楚自己鎮上的狀況，要是有當地小孩失蹤，一定會有人記得吧？

娜汀幫克蕾兒的咖啡續杯。「他們討論得好認真啊，」她說。「你會以為他們是在計畫世界和平呢。」

「他們怎麼知道那麼多？」

「喬跟警察局的佛洛伊德．史畢爾是二等表親。」娜汀開始擦拭吧檯，長而迅速地抹過去，留下一陣微微帶著氯的氣味。「他們說有個骨頭專家今天正從班戈市開車過來。依我看來，骨頭的原主一定是夏天來度假的人。」

當然，這是最明顯的答案——某個夏日度假客。無論是一件沒破的懸案或一具身分不明的屍體，這個答案都可以適用。每年六月，來自波士頓和紐約的富有家庭陸續抵達，展開他們的湖畔假期，此時寧靜鎮的人口就會暴增到四倍。在這個安詳的夏季聚居處，他們會流連在面對著湖水的小屋門廊上，看著自家小孩在湖裡玩水。在寧靜鎮的商店裡，收銀機會歡樂地響個不停，同時夏日度假客為當地經濟挹注金錢。總得有人幫他們打掃小屋、修理他們花俏的汽車、賣他們食品雜貨。短短兩三個月的進帳，就足以讓當地人撐過冬天。

大家可以忍受這些訪客是因為錢。何況每年九月，隨著秋葉開始落下，這些人就會再度消失，把小鎮留給真正屬於此處的人。

克蕾兒吃完午餐，走回她的診所。

寧靜鎮的主街與湖岸的轉彎處平行。在榆樹街的起點是喬．巴雷特的加油站兼修車廠，他經營了四十二年後退休；現在由他女兒的兩個女兒負責加油、換機油。修車廠上方的招牌驕傲地宣稱：**喬．巴雷特與孫女們擁有並經營**。克蕾兒一直很喜歡這面招牌，覺得它充分說明了喬．巴雷特是個什麼樣的人。

到了郵局，榆樹街往北彎，西北風正開始從湖面吹來。風呼嘯著鑽過建築物之間的窄巷，走在人行道就像經過一連串的寒風隧道。在廉價商品店上方的那扇窗子裡，一隻黑貓往下俯視她，彷彿在思索這種冷天還出門的生物有多麼愚蠢。

廉價商品店隔壁那棟黃色的維多利亞風格房屋，就是克蕾兒的診所。

這棟建築物一度是潘墨若醫師的診所和住家。門上那片舊日的磨砂玻璃上貼了「診所」字樣。不過「醫學博士詹姆斯．潘墨若」已經換成了「醫學博士克蕾兒．艾略特，家醫科」。她有時會想像自己還能看到以前的名字像鬼魂似的黏在那面玻璃上，拒絕讓位給新來的人。

進去之後，她的接待員薇拉正對著電話講個不停，同時翻著約診本，幾只手鐲互撞發出嘩啦聲。薇拉的髮型就像她的個性一樣：狂野而混亂，同時還有一點疲憊。她一手摀著聽筒跟克蕾兒說：「梅芮．譚普在檢查室裡。喉嚨痛。」

「下午還有幾個病人？」

「還有兩個要來，就這樣了。」

這樣一整天加起來就是六個病人了，克蕾兒擔心地想。自從夏日遊客離開後，克蕾兒診所的病人就減少了。她是寧靜鎮唯一開業的醫師，但是大部分當地人都寧可開車到三十公里外的雙丘鎮看病。她知道為什麼；鎮上很少人相信她能撐過一個嚴酷的冬天，於是覺得沒必要去找一個秋天就會離開的醫師看病。

梅芮．譚普是克蕾兒能吸引到的少數病人之一，但其實是因為梅芮沒有汽車，要看診就得走一公里半的路到鎮上。這會兒她坐在檢查檯上，因為剛剛從外頭的冷風中走進來，還微微喘著氣。梅芮八十一歲了，沒有牙齒和扁桃腺。對於權威人士也沒什麼敬意。

檢查著梅芮的喉嚨，克蕾兒說：「看起來的確相當紅。」

「這個我自己就能告訴你了。」梅芮回答。

「但是你沒發燒。而且你的淋巴結也沒腫大。」

「我痛得要命。幾乎沒辦法吞嚥。」

「我會做個咽喉培養。明天我們就會曉得是不是鏈球菌感染。不過我想只是流行性感冒而已。」

梅芮多疑的小眼睛看著克蕾兒拆開一個咽喉拭子。「潘墨若醫師向來會給我盤尼西林的。」

「抗生素對病毒沒用，譚普太太。」

「總是能讓我好過一點，那個盤尼西林。」

「說『啊』。」

克蕾兒以棉花棒採樣時，梅芮沒辦法講話。她看起來像隻陸龜，堅韌粗糙的脖子伸長了，沒牙的嘴巴在空氣中開闔著。她眼睛汪著淚說：「潘墨若醫師行醫很久了，向來知道自己在做什麼。你們這些年輕醫師啊，可以多跟他學習。」

克蕾兒嘆氣。她總是會被人拿來跟潘墨若醫師比較嗎？他的墓地位於山脈街墓園一個尊貴的位置。克蕾兒在舊病歷上看過他潦草難認的筆跡，有時感覺到他的鬼魂仍在她看診時糾纏不去。現在擋在她和梅芮之間的，一定就是潘墨若的鬼魂了。儘管他死了，大家卻永遠記得他是鎮醫。

「我來聽一下你的肺吧。」克蕾兒說。

梅芮咕噥著拉起衣服。外頭天很冷，所以她穿得很厚。一件毛衣、一件棉衫、保暖內衣、胸罩全都得拉鬆，克蕾兒才有辦法把聽診器放在她胸部。

隔著梅芮心跳的怦怦聲，克蕾兒聽到遠一些距離外有人敲門，於是抬起頭。

薇拉頭伸進檢查室。「三線電話。」

「能不能幫我留話？」

「是你兒子。他不肯跟我談。」

「我失陪一下，譚普太太。」克蕾兒說，然後走進她的辦公室接起電話。「諾亞？」

「你得來接我放學。我趕不上校車了。」

「但是現在才兩點十五分。校車還沒離開學校。」

「我被罰課後留校了，要到三點半才能離開。」

「為什麼？出了什麼事？」

「我現在不想談。」

「我早晚會知道的，蜜糖。」

「不要現在談，媽。」她聽到他吸鼻子，聽到他聲音裡的淚意。「拜託。拜託你來接我就是了，可以嗎？」

電話掛斷了。克蕾兒腦中浮現兒子陷入困境而哭泣的模樣，於是很快撥電話到學校。但是等到她聯絡上秘書，諾亞已經離開那個辦公室，而孔威里斯校長現在沒辦法接電話。

克蕾兒還有一個小時可以看完梅芮．譚普，以及另外兩個新病人，然後就要開車趕到學校。

她現在覺得有壓力了，而且被諾亞的危機搞得分心，她回到檢查室，沮喪地看到梅芮已經把衣服又都穿好了。

「我還沒檢查完呢。」克蕾兒說。

「不，你檢查完了。」梅芮咕噥著說。

「可是譚普太太——」

「我來這裡是為了拿盤尼西林，可不是要讓你用棉花棒戳我喉嚨。」

「拜託，你能不能坐下來？我知道我的做法跟潘墨若醫師有點不一樣，但是我是有理由的。抗生素沒辦法對付病毒，而且還會有副作用。」

「對我從來沒有副作用。」

「培養結果一天就會出來了。如果是鏈球菌，我就會給你抗生素的。」

「那我還得大老遠走來鎮上，花掉半個白天。」

克蕾兒忽然明白真正的問題在哪裡。對梅芮來說，每回檢測，每個新的處方，都意味著她要走一公里半的遠路來鎮上，然後又走一公里半回家。

克蕾兒嘆了口氣，拿出處方本。接著在這趟看診過程中，她看到梅芮第一次露出微笑。那是滿意而勝利的笑容。

伊莎貝靜靜坐在沙發上，不敢動，不敢說一個字。

瑪麗羅絲非常、非常生氣。她們的母親還沒回家，於是伊莎貝只能單獨跟她姊姊在一起。她從來沒看過瑪麗羅絲這樣子，像隻動物園的老虎似地走來走去，朝她尖叫。瑪麗羅絲好生氣，氣得臉皺起來好醜，再也不像睡美人了，比較像壞心皇后。這不是她姊姊。這是有個壞人躲在她姊姊的身體裡。

伊莎貝又在抱枕堆裡縮得更深，偷偷觀察著那個瑪麗羅絲身體裡的壞人大步走過客廳，喃喃自語。都是因為你，害我哪裡都不能去、什麼事都不能做。老是困在家裡，當個保姆奴隸！我恨不得你死掉。我恨不得你死掉。

可是我是你妹妹！伊莎貝想大喊，不過她連抬頭看一眼都不敢。她開始哭，安靜的淚水落在抱枕上，形成大塊的溼印子。啊不。這一定也會惹得瑪麗羅絲生氣。

伊莎貝等到她姊姊背過身子，這才悄悄溜下沙發，衝進廚房。她會躲在這裡，不去礙著瑪麗羅絲，直到她們的母親回家。她鑽到一個廚房餐具櫃的背後，坐在冰冷的瓷磚地上，把膝蓋抱攏在胸前。只要她保持安靜，瑪麗羅絲就不會發現她。她可以看到牆上的時鐘，知道等短針指到五，她們的媽媽就會回家。她得上小號，很急，但是也只能等了，因為她在這裡很安全。

然後鸚哥洛基開始鬼叫。籠子就在幾呎外的窗邊。她抬頭看著他，默默懇求他安靜，但是洛基不太聰明，還是繼續朝她發出刺耳的叫聲。她們的母親說過好多次了：「洛基只是個傻瓜。」而他現在發出的噪音就是一個證明。

安靜！啊拜託安靜，不然她會找到我！

太遲了，木地板上嘎吱作響的腳步聲進入廚房。一個抽屜猛地打開，餐具哐噹掉到地板上。

瑪麗羅絲到處亂摔著叉子和湯匙。伊莎貝抱著自己縮成球，更緊貼著餐具櫃。

洛基這個告密鬼瞪著她尖聲猛叫，像是在大喊：「她在那裡！她在那裡！」

現在瑪麗羅絲走近視線，但她沒在找伊莎貝，而是瞪著洛基。她走到鳥籠前站住，看著那隻仍在尖聲鬼叫的鸚哥。她打開鳥籠門，一隻手伸進去。洛基恐慌地猛拍翅膀，羽毛和鳥食種子呼呼亂飛。她把那隻掙扎的鳥抓出籠子，像是抓著一團蠕動的粉藍色粉撲。然後她迅速一扭，扭斷了那鳥的脖子。

洛基軟下來不動了。

她把鳥屍扔向牆壁。屍體落到地上，成了一小堆悲慘的羽毛。

伊莎貝喉嚨悶住一聲尖叫。她硬吞回去，臉緊貼著膝蓋，恐懼地等著她姊姊也會來扭斷她的脖子。

但是瑪麗羅絲只是走出廚房，走出屋子。

3

克蕾兒四點抵達學校，諾亞正坐在大門前的台階上。之前她匆忙看完兩個約診的病人，就開車直奔八公里外的學校，但還是遲到了半小時，她看得出他很氣她。他一言不發，只是爬上小卡車，狠狠甩上門。

「安全帶，蜜糖。」她說。

他用力拉下安全帶，猛地扣上。他們沉默行駛了一陣子。

「我坐在那邊等了好久。你怎麼會拖到這麼晚？」他說。

「我有病人要看，諾亞。你為什麼會被罰課後留校呢？」

「不是我的錯。」

「那是誰的錯？」

「泰勒。他變得好混蛋，不曉得他是怎麼了。」他嘆口氣，在座位上垮下身子。「我本來還以為我們是朋友。現在他恨死我了。」

她看了他一眼。「你講的是泰勒．達內爾嗎？」

「是啊。」

「發生了什麼事？」

「那是個意外。我的滑板撞上他，接著他莫名其妙來推我，所以我就推回去，然後他摔倒了。」

「你為什麼不找老師？」

「附近沒有老師。然後孔威里斯校長出來，忽然間泰勒就開始大喊說都是我的錯。」他別過頭去，但她還是看到了他一手尷尬地抹過眼睛。他那麼努力想長大，她心疼地想，但他其實還只是個孩子。

「她沒收了我的滑板，媽，」他輕聲說。「你可以幫我要回來嗎？」

「我明天會打電話給孔威里斯校長。但是我希望你打給泰勒道歉。」

「是他先攻擊我的！該道歉的是他！」

「泰勒最近日子不好過，諾亞。他爸媽才剛離婚。」

他看著她。「你怎麼知道？他是你的病人嗎？」

「是的。」

「你幫他治療的是什麼？」

「你知道這種事我不能說的。」

「反正你什麼都從來不會告訴我。」他咕噥說，又轉頭望著車窗外。

她知道不能被他激怒，於是什麼都沒說。寧可保持沉默，也不要被他挑釁得兩人大吵。

等他再度開口，小聲到她幾乎聽不見。「我想回家，媽。」

「我就是要帶你回家啊。」

「不，我指的是真正的家，回巴爾的摩。我再也不想待在這裡了。這裡什麼都沒有，只有樹，和一堆老頭開著小卡車到處跑。我們不屬於這裡。」

「這裡現在是我們的家了。」

「不是我的。」

「你都沒有努力試著喜歡這裡的生活。」

「我有選擇嗎？你搬家前問過我嗎？」

「我們都會學著喜歡的。我也還在調整。」

「所以當初我們為什麼非得搬家？」

克蕾兒兩手握著方向盤，直視著前方。「你明知道為什麼的。」兩個人都曉得她指的是什麼。他們離開巴爾的摩是因為他，因為她很認真展望她兒子的未來，被嚇到了。更大的社交圈裡有更多惹是生非的朋友。一再接到警方的電話。更多法院和律師和心理諮商師。她在巴爾的摩看到了他們的未來，於是抓著兒子拚了命逃走。

「我不會只因為你拖著我來到北邊的樹林，就變成完美的大學預校學生。」他說。「我在這裡也同樣可能闖禍的。所以我們倒不如搬回去。」

她駛入自家車道，轉頭面對他。「闖禍也沒辦法讓你回到巴爾的摩。你可以開始對自己的人生負責，也可以不要。這是你的選擇。」

「我什麼時候有選擇了？」

「你有很多選擇。而且從現在開始，我希望你選出正確的。」

「你指的是你想要的選擇。」他跳下小卡車。

「諾亞。諾亞！」

「別來煩我就是了！」他吼道，把車門甩上，然後大步走向屋子。

她沒追上去，只是坐在那裡抓著方向盤，一時之間太累又太沮喪，沒辦法去對付他。她突然換檔，倒車出了車道。他們都需要一點時間冷靜下來，控制住自己的情緒。她轉上塔迪角路，沿著草蜢湖行駛。把開車當成一種治療。

彼得在世的時候，一切似乎都好容易，只要他擠個鬥雞眼，就足以讓他兒子大笑。那是他們依然快樂、依然完整的日子。

自從你過世後，我們就沒快樂過了，彼得。我想念你。我每一天、每個小時、每一分鐘都想念你。

她開車時，湖畔小屋的燈光在她的淚眼中閃爍。她繞過轉彎，駛過巨石堆，忽然間，那些光不再是白色，而是藍色，而且似乎在樹林間舞動。

那是一輛巡邏警車，停在瑞秋．索金的產業上。

她駛入車道停下。前院裡已經有三輛車了，兩輛巡邏警車和一輛白色廂型車。一個緬因州警正在門廊上跟瑞秋講話。在幾棵樹下，幾支手電筒的光來回掃動著地面。

克蕾兒看到林肯．凱利從樹林間冒出來。她是從他經過一支手電筒光線的輪廓認出的。雖然林肯個子不高，但是身姿筆挺而結實，走路時有一種沉靜的自信，讓他似乎顯得格外巨大。他停下來跟那個州警講話，然後注意到克蕾兒，便穿過前院走向她的小卡車。

她搖下車窗。「你們發現了更多骨頭嗎？」她問。

他身子湊近，身上一股森林的氣息。松樹和泥土和柴煙。「對。那些狗帶著我們到溪床，」他說。「經過今年春天的洪水後，溪岸被侵蝕得很厲害。那些骨頭就是因此露了出來。不過恐怕野獸已經把大部分骨頭咬走，現在散布在樹林各處了。」

「法醫認為是兇殺案嗎？」

「現在不是法醫的案子了。那些骨頭太舊了。現在有個法醫人類學家負責這個案子，或許你想跟她談談，她是歐佛拉克博士。」

他打開小卡車的車門，克蕾兒下了車。他們一起走向昏暗的樹林。暮光已迅速轉為夜色。鋪滿枯葉的地面凹凸不平，她發現自己在林下灌木叢中跌跌撞撞。林肯伸出手來扶她。他在這片黑暗中行走似乎毫無困難，沉重的皮靴穩穩踩在地面上。

樹木間有一些燈照著，克蕾兒聽到人聲和奔流水聲。她和林肯走出樹林，來到溪床上。一段被侵蝕的溪床周圍已經插上木樁，用警方膠帶圍起來。一張防水布上放著出土的骨頭，上面裹的泥巴已經結成硬殼。克蕾兒認出一根脛骨，還有一些看起來是骨盆的碎片。兩名男子穿著涉水褲、戴著頭燈，站在深度及膝的溪水中，小心翼翼地挖著溪床的側邊。

露西．歐佛拉克正站在幾棵樹之間講手機。她自己也像一棵樹，高而健壯，一身伐木工的裝扮：牛仔褲和工作靴。她幾乎全白的頭髮往後緊緊紮成一個簡單的馬尾。她看到林肯，疲倦地揮了一下手，然後繼續講手機。

「還沒有文物，只有骨骼遺骸。不過我跟你保證，這個埋葬處不屬於《美國原住民族墓葬保護暨返還法案》的範圍。我認為那個頭骨看起來是白種人，不是印第安人。什麼意思，我怎麼看得出來？很明顯啊！顱骨太窄了，顏面寬度就是不夠寬。不，當然不是絕對的。但是這個地點在草蜢湖，這裡從來沒有過佩諾布斯科部族的聚落。草蜢湖對那個部族是非常禁忌的地方，他們甚至不會在這裡捕魚。」她抬頭看著天空搖頭。「當然了，你們可以自己檢查骨頭。不過我們得馬上挖掘這個地點，免得被動物進一步破壞，或是有可能全部失去。」她掛斷電話，懊惱地看著林肯。「監護權之爭。」

「為了骨頭？」

「都是《美國原住民族墓葬保護暨返還法案》。要保護印第安墓地。每回我們發現什麼遺物，那些部落就要求百分之百確定不是他們的。對他們來說，連百分之九十五都不夠。」她的目光轉移，看著走上來要自我介紹的克蕾兒。

「這位是露西．歐佛拉克，」林肯說。「這位是克蕾兒．艾略特醫師，發現那根大腿骨的就是她。」

兩個女人握手，簡單而直接，那是兩個醫學專業人員為了一件嚴肅的事情而彼此致意。

「幸好是你看到那根骨頭，」露西說。「換了其他人，可能根本不曉得那是人類的。」

「老實說，我原先也不完全確定，」克蕾兒說。「很高興我害大家跑來這裡，不是為了一根牛骨。」

「那絕對不是牛骨。」

一個挖掘人員在溪床喊著：「我們又找到新的了。」

露西走進及膝的水裡，手電筒照著裸露的溪岸。

「那裡，」那個挖掘人員說，輕輕用一把小鏟子戳著泥土。「看起來可能是另一個頭骨。」

露西戴上手套。「好，我們把它弄出來吧。」

那位男性挖掘人員把小鏟子的尖端朝土裡戳得更深，小心翼翼挖開乾掉的泥土。那東西落到露西戴了手套的雙手裡。她吃力地爬出溪水，上了河岸，然後跪下來，審視著放在防水布上的那件寶物。

那的確是第二個頭骨。在泛光燈下，露西小心翼翼地把頭骨轉過來檢查牙齒。

「又一個未成年人。沒有智齒。」露西點頭。「我在這裡和這裡看到蛀掉的臼齒，但是沒有補過。」

「表示沒有看牙醫。」克蕾兒說。

「對，這些是老骨頭。這對你是好事，林肯。否則，你就有了個謀殺案要辦了。」

「你為什麼這麼說？」

她轉了一下那個頭骨，燈光照在頭頂，中央的凹陷處向四周延伸出裂紋，就像用湯匙的背面敲破一顆半熟的白煮蛋那樣。

「我想沒有任何疑問了，」她說。「這個孩子是死於暴力。」

一個呼叫器的鳴響劃破寂靜，把他們都嚇了一跳。在周圍樹林的靜寂中，那個電子聲音出奇地怪異。克蕾兒和林肯都很不好意思地趕緊伸手去摸各自的呼叫器。

「是我的。」林肯說，看了一眼呼叫器螢幕。他沒再說任何話，就穿過樹林走向他的巡邏車。幾秒鐘之後，克蕾兒看到他車子迅速開走，警燈掃過樹林。

「一定是有緊急狀況。」露西說。

比特．史帕可斯警員已經趕到現場，正在設法說服老馮恩．富勒放下他的霰彈槍。天已經黑了，林肯一開始只看到比特巡邏車的警燈閃爍，照著兩個拚命比劃手勢的人影。林肯停在馮恩家的車道上，警戒地下了車。他聽到咩咩叫的綿羊，咯咯不休的雞群。那是農場的聲音。

「你不需要那把槍，」比特正在說。「回屋裡就是了，馮恩，由我們去察看狀況。」

「就像你上次來察看那樣？」

「上回我什麼都沒發現。」

「那是因為你花了太久才趕到這裡！」

「有什麼狀況？」林肯說。

馮恩轉向他。「是你嗎，凱利隊長？那你告訴這個——這個小子，我可不打算把我唯一的保護交給他。」

「我不是要你交給我，」比特一副疲倦的口氣說。「我只是要你別拿著槍到處亂指。進去屋裡，把槍收起來，免得有人受傷。」

「我覺得這是個好主意，」林肯說。「我們不曉得要對付的是什麼，所以你進屋裡鎖好門吧，馮恩。待在電話旁邊，以防萬一我們需要你打電話找支援。」

「支援？」馮恩哼了一聲。「是喔。好啦，我會照做就是了。」

兩個警察等著老頭大步走進屋裡，關上門。

然後比特說：「他瞎得跟蝙蝠似的。真希望可以把他的霰彈槍弄走。每回我來到這裡，都擔心我的腦袋會被轟掉。」

「好吧，這裡有什麼狀況？」

「啊，這是他第三次打九一一緊急報案專線了。我為了回應其他打來報案的電話，跑得腿快斷了，花了好一陣子才趕到這裡。他的投訴總是一樣，說有野獸偷偷接近他的綿羊。大概只是看到他自己的影子而已。」

「他為什麼要打給我們？」

「因為漁獵局回應的時間會更久。我這星期已經是第二次來這裡了，什麼都沒發現。連個郊狼腳印都沒有。今天是我第一次看到馮恩那麼生氣。所以覺得最好找你過來，以防萬一他沒朝野獸開槍，而是決定要朝我開槍。」

林肯看了屋子一眼，看到窗內老人的臉部輪廓。「他正在看，我們還不如檢查一下這片產業，好讓他滿意。」

「他剛剛說他在穀倉旁邊看到野獸。」

比特打開手電筒，他們開始穿過院子，朝綿羊咩咩叫的聲音走去。林肯感覺到那老人的目光緊盯著他們的每一步。就遷就他一下吧，他心想。就算這只是在浪費我們的時間。

比特忽然停下腳步，把他嚇了一跳。手電筒的光線照著穀倉的門。門是開著的。

狀況不對勁。現在天黑了，應該要拴上門好保護裡面的牲口才對。

他也打開自己的手電筒。他們現在走得更慢了，忽停忽動的光線照著前方。到了穀倉門口，他們暫停下來。即使有農場帶著泥土的混合臭味，他們還是聞得出來：鮮血的氣味。

他們走進穀倉。綿羊的叫聲立刻變得更強烈，像恐慌的兒童哭聲般令人不安。比特的手電筒揮出一個大弧，他們看到了乾草叉和拍翅的雞群，還有綿羊害怕地縮在羊欄裡。

躺在鋸木屑地板上的，是那血腥臭味的來源。

比特踉蹌地退出穀倉，吐在雜草叢裡，一手撐在穀倉的外牆上。「耶穌啊，耶穌啊。」

「那只是一隻死綿羊。」林肯說。

「我從來沒見過郊狼會這樣。把內臟攤了一地……」

林肯的手電筒指著地面，迅速掃視過穀倉門附近的區域。他只看到一片混亂的靴印，他的、比特的、馮恩．富勒的。沒有野獸的足跡。野獸怎麼有辦法不留下足跡？

他身後一根小樹枝斷裂，他猛地轉身，看到馮恩，手裡還抓著霰彈槍。

「一隻熊，」馮恩說。「我看到的是一隻熊。」

「熊不會這樣的。」

「我知道我看到了什麼。你為什麼不相信我？」

因為人人都知道你半瞎了。

「那熊跑向那邊，進入樹林了，」馮恩說，指著他這片產業的樹林邊緣。「我跟著牠到那裡，就在天黑之前。然後就沒看到牠了。」

林肯看到地上的靴印的確是通向森林，但是馮恩來回走了好幾趟，掩蓋掉任何野獸的足跡了。

他循著那條路徑走向樹林，在邊緣站了一會兒，凝視著黑暗。那些樹太濃密了，彷彿形成了一道無法穿透的牆，就連他手電筒的光線也無法刺穿。

此時比特已經恢復正常，走過來站在他旁邊。「我們應該等到天亮，」比特低聲說。「不曉得我們要對付的是什麼。」

「我知道不會是熊。」

「是啊，唔，我不怕熊。但如果是別的……」比特抽出槍來。「謠傳上星期有人在喬登瀑布那邊看到一隻美洲獅。」

這會兒林肯也抽出自己的手槍，緩緩走進樹林內。他走了六步，小樹枝的斷裂在他腳下響得像槍聲。忽然間他僵住不動，瞪著那片樹牆。整個森林似乎朝他逼近。他頸背的寒毛直豎。

那裡有個什麼，正在看著我們。

他的所有本能全都在大叫著要他離開。他後退，心臟狂跳，靴底又踩出幾聲爆響。直到他和比特完全退出樹林，那種逼近的危險之感才逐漸消退。

他們再度站在馮恩．富勒的穀倉前，那些綿羊還在咩咩叫。他低頭看著靴印，忽然抬起頭。

「那些樹林的另一頭是什麼地方？」他問。

「出了樹林走一段路，」馮恩說。「就是邦斯唐路。那邊有一些房子。」

房子，林肯心想。

有人家。

克蕾兒回家時，諾亞正在看電視。她正在門廳要把大衣掛好，就聽到客廳傳來卡通《辛普森家庭》的主題曲，還有荷馬．辛普森響亮的打嗝和麗莎．辛普森厭惡的嘀咕。然後她聽到兒子的笑聲，心想：很高興我兒子還會因為卡通而笑。

她走進客廳，看到諾亞往後倒在沙發的靠墊上，那張臉因為大笑而短暫開朗起來。他看著她，但是什麼都沒說。

她在他旁邊坐下來，雙腳抬起放在茶几上，就在他的腳旁邊。大腳，小腳，她驚異地默默想著。諾亞的雙腳已經變得好大，在她的腳旁邊，看起來就像小丑的腳。

在電視上，龐大的胖荷馬穿著寬鬆的夏威夷印花洋裝，正在蹦蹦跳跳，同時往嘴裡塞食物。諾亞又笑了，克蕾兒也笑。這正是她希望度過今天晚上的方式。他們會一起看電視，吃爆玉米花當晚餐。她湊向他，兩人腦袋深情地靠在一起。

「對不起，媽。」他說。

「沒事的，蜜糖。很抱歉我去接你遲到了。」

「艾略特奶奶打過電話來。稍早的時候。」

「哦？她要我回電嗎？」

「應該吧。」他又看了一會兒電視，廣告時間也一直沉默著。然後他說：「奶奶想確定我們今天晚上沒事。」

克蕾兒困惑地看了他一眼。「為什麼？」

「今天是爸的生日。」

在電視上，穿著夏威夷印花洋裝的荷馬劫持了一輛賣冰淇淋的小卡車，正高速往前行駛，一路狼吞虎嚥著冰淇淋。克蕾兒震驚而無言地瞪著電視。今天是你的生日，她心想。你才死了兩年，我們已經逐漸忘記你的點點滴滴了。

「啊老天，諾亞，」她低聲說。「我真不敢相信，我完全忘了。」

他感覺到他的頭重重地垂垮在她的肩膀上，然後他羞愧地低聲說：「我也忘了。」

坐在自己的臥室裡，克蕾兒回了電話給瑪格麗特．艾略特。克蕾兒一直很喜歡她的婆婆，多年來，她們的感情愈來愈好，現在她覺得跟瑪格麗特遠比跟自己向來疏遠的父母還親。有時克蕾兒覺得，她所知道關於愛、關於熱情的一切，都是艾略特一家人教給她的。

「嗨，媽。是我。」克蕾兒說。

「今天巴爾的摩是晴天，氣溫攝氏十七度。」瑪格麗特回答，克蕾兒聽了不禁大笑。自從她搬來寧靜鎮後，這就成了她們之間的玩笑，會互相報告當地的天氣。瑪格麗特原先不希望她離開巴爾的摩。「你不曉得真正的冷是什麼樣，」她曾告訴克蕾兒。「我會不斷提醒你，你離開的是什麼樣的環境。」

「這裡的氣溫是攝氏二度，」克蕾兒盡責地報告。她看著窗外。「現在更冷、天色更黑了。」

「諾亞跟你說我稍早打去過？」

「對。而且我們的狀況還好。真的。」

「你真的還好？」

克蕾兒什麼都沒說。瑪格麗特有一種異常的天賦，只要從一個人講話音調的高低起伏，就能看穿這個人的情緒，這會兒她已經感覺到有什麼不對勁了。

「剛剛諾亞跟我說，他想回來這裡。」瑪格麗特說。

「我們才剛搬來。」

「你們總是可以改變心意的。」

「現在不行。我已經在這裡投入太多了。對這個新診所，還有這棟房子。」

「那些投入都是身外物，克蕾兒。」

「不，這些其實是對諾亞的投入。我必須待在這裡，為了他。」她暫停一下，忽然意識到，儘管她很愛瑪格麗特，但是覺得有點煩。她也同時很厭倦她不斷暗示他們母子該搬回巴爾的摩。

「小孩要重新開始總是很辛苦，但是他會調整過來的。他年紀還太小，不曉得自己想要的是什麼。」

「應該吧。那你呢？你還是想住在那裡嗎？」

「你為什麼會問，媽？」

「因為我知道你會很辛苦，搬到一個新地方。離開你的朋友們。」

克蕾兒看著梳妝台鏡子裡自己疲倦的臉。鏡子裡照出了她的臥室，牆上掛了少少幾張照片。這棟房子裡只是放著一些家具，只是個睡覺的地方，還不算她真正的家。

「一個寡婦需要自己的朋友，克蕾兒。」瑪格麗特說。

「或許那就是我必須離開的理由之一。」

「什麼意思？」

「我對每個人來說就只是一個寡婦。我走進診所，大家就會用哀傷和同情的表情看著我。只要我在場，他們就都不敢笑或講笑話。而且沒有一個人敢談到彼得。好像以為只要提到他的名字，我就會當場哭出來。」

電話另一頭是一段沉默，然後克蕾兒忽然很後悔自己講得這麼坦白。

「這不表示我不再想念他，媽，」她輕聲說。「每次我看著諾亞的臉，就看到了他。他們兩個長得太像了。我就像是看著彼得長大一樣。」

「像的不光是長相而已，」瑪格麗特說，克蕾兒聽到她婆婆的聲音依然溫暖，於是鬆了一口氣。「彼得不是那種很容易撫養的孩子。我想我沒跟你說過，他在諾亞這個年紀闖過多少禍。諾亞的調皮搗蛋就是這麼來的，你知道。是彼得遺傳給他的。」

克蕾兒不禁笑出聲。鐵定不是我遺傳給他的，這個無趣又嚴謹的母親，最嚴重的罪行就是忘了去驗車，結果安全貼紙過期。

「諾亞本性善良，但是他才十四歲而已，」瑪格麗特口氣友善地警告著。「要是他往後又調皮搗蛋，可不要太驚訝。」

稍後，克蕾兒又回到樓下，聞到了火柴點燃的氣味，於是心想：好吧，他這不就開始調皮搗蛋了嗎？她猜想他又在偷抽菸了，於是循著那氣味來到廚房，在門口站住了。

諾亞拿著一根點燃的火柴，看了她一眼，然後趕緊搖手把火柴弄熄。「我只能找到這些蠟燭。」他說。

她默默走向廚房裡的餐桌。視線忽然被淚水模糊了，只是往下看著他從冷凍庫拿出來的莎莉雪藏蛋糕。朵朵火焰在十一根蠟燭頂端舞動。

諾亞又擦亮一根火柴，點亮蛋糕上的第十二朵火焰。「生日快樂，爸爸。」他輕聲說。

生日快樂，彼得，她心想，眨掉淚水。

然後她和兒子一起吹熄蠟燭。

4

桃樂希·何瑞修老師要拿一隻青蛙做去髓。

「一旦你刺入腦幹，牠們就一點都不會痛。」她解釋。「針從頭骨底部刺進去，然後轉一轉，毀掉通到腦部的所有感覺傳導路徑。這樣牠們就會癱瘓，停止任何有感覺的動作，但是牠們的脊椎反射動作還是完整無損，可以讓我們研究。」她一手從玻璃罐裡拿出一隻蠕動的青蛙，另一隻手去拿穿髓針。那針看起來巨大無比。

儘管覺得一陣反胃，諾亞還是靜坐在他第三排的位置，完全不動。他很小心地保持雙腿輕鬆前伸的姿勢，一臉無聊的表情。

他聽到其他學生在自己的椅子上挪動，主要是女生。在他右邊，嚇壞的愛蜜麗亞·瑞得一手摀著嘴巴。

他目光掃過教室裡，輪流看著每一個學生，心裡默默批判著。笨蛋、體育健將、愛拍馬屁的優等生。除了愛蜜麗亞·瑞得之外，沒有一個是他想要一起玩的。而且他們也都沒興趣跟他一起玩。他媽媽或許喜歡住在這個小鎮，但是他可不打算永遠待在這裡。

撐到畢業，然後我就要離開這裡，離開這裡，離開這裡。

「泰勒，別再動來動去，專心一點。」何瑞修老師說。

諾亞往旁邊瞄了一眼，看到泰勒·達內爾雙手正抓著自己的課桌，瞪著今天剛發還的考卷。

何瑞修老師用紅筆在上頭畫了一個大大的D+。考卷上有泰勒以黑筆寫的憤怒筆跡，就寫在那個羞辱的分數旁邊：「何瑞修老師去死。」

「諾亞，你在專心聽課嗎？」

諾亞臉紅了，目光轉回前方。何瑞修老師舉起那隻青蛙讓全班看。她把穿髓針的針尖放在青蛙的後腦，那個表情還真的樂在其中。接著她把針插入青蛙的腦幹，雙眼發亮，嘴唇熱切地皺起。那青蛙的後腿抽搐，有蹼膜的腳痛苦地拍動。

愛蜜麗亞嗚咽一聲垂下頭，一頭金髮有如瀑布似的落到桌面上。現在教室裡到處都發出椅子刮過地面的吱嘎聲。有個人著急地大聲說：「何瑞修老師，我可以離開一下嗎？」

「……必須用點力，把針前後移動。不要擔心牠的後腳會像這樣拍動，那純粹是反射動作，只是脊椎發出的神經衝動而已。」

「何瑞修老師，我一定要去上廁所……」

「等一下。首先，你們要看我怎麼做這個。」她扭著那根針，然後輕輕一聲啪。

諾亞覺得自己快吐了。他努力維持著完全冷漠而毫不關心的表情，他別開臉，雙手在課桌底下握緊了。不要吐，不要吐，不要吐。他把目光焦點放在愛蜜麗亞的金髮上，那是他本來就常常欣賞的。像格林童話中的樂佩長髮公主。他盯著那頭髮，想著自己多麼想撫摸一下。他連跟愛蜜麗亞講話都從來不敢。她就像身在黃金泡泡裡的女孩，凡人無法企及。

「好了，」何瑞修老師說。「要做的就是這樣。各位同學，看到了沒？完全癱瘓了。」

諾亞逼自己把目光轉回那隻青蛙。牠躺在老師的講桌上，只是一具無力、扁平的屍體。如果你相信何瑞修老師的話，那麼牠還活著，只不過絲毫看不出跡象。諾亞突然對那隻青蛙生出一股巨大的憐憫，想像自己四肢大張躺在那張桌子上，雙眼睜著且有知覺，但是身體無法反應。滿身亂竄的恐慌無處可去，只能像煙火般在你的腦子裡爆炸。他覺得自己也癱瘓且麻痹了。

「現在你們每個人要找一個實驗同伴，」何瑞修老師說。「把你們的課桌併在一起。」

諾亞吞嚥著，往旁看著愛蜜麗亞。她無奈地點了個頭。

他把自己的課桌往旁挪，跟她的併在一起，兩人沒有交談；這個夥伴關係純粹是因為坐得近，不過管他的，只要能接近她就好。愛蜜麗亞的嘴唇顫抖。他好想安慰她，但不知道該怎麼做，所以他只是坐在那裡，還是一臉平常的無聊表情。跟她說點好話啊，豬頭。讓她能留下好印象的話。要是錯過了今天，你可能就再也不會有機會了！

「那隻青蛙看起來絕對是死了。」他說。

她打了個寒噤。

何瑞修老師拿著青蛙罐，進入課桌椅間的走道。她停在諾亞和愛蜜麗亞旁邊。

「拿一隻。每一組解剖一隻青蛙。」

愛蜜麗亞的臉失去血色。所以只能靠諾亞了。

他手伸進罐子裡，抓住一隻扭動的青蛙。何瑞修老師把一根穿髓針放在他的課桌上。「開始吧，你們兩個。」她說，然後走向下一組。

諾亞低頭看著自己手裡的青蛙，那青蛙的凸眼也看著他。他拿起穿髓針，然後又看著那青蛙。那對眼睛正在乞求，讓我活，讓我活！他放下針，想吐的感覺又回來了，然後他期望地看著愛蜜麗亞。「你要動手嗎？」

「我沒辦法，」她低聲說。「不要逼我，拜託。」

有個女生尖叫起來。諾亞往旁邊看，發現麗迪亞．李普曼從椅子上跳起來，慌忙離開她的實驗夥伴泰勒．達內爾。隨著木頭的噠、噠、噠聲，泰勒拿著穿髓針，一次又一次戳向青蛙。血噴濺到他的課桌上。

「泰勒！泰勒，停止！」何瑞修老師說。

他繼續戳。噠、噠。那青蛙看起來像綠色的漢堡肉。「D＋，」他喃喃道。「我為了那次考試用功了一整個星期。你不能給我D＋！」

「泰勒，去校長辦公室。」

他更用力戳著青蛙。「你不能給我一個爛D＋！」

她抓住他的手腕，想搶走他手上的針。「去找孔威里斯校長，快點！」

泰勒硬抽回自己的手，撞得他課桌上的死青蛙飛出來，落在愛蜜麗亞膝上。愛蜜麗亞尖叫跳起來，那死青蛙啪地落在地上。

「泰勒！」何瑞修老師大吼，又去抓他的手腕，這回硬逼著他放開穿髓針。「立刻離開教室！」

「操你的！」

「你說什麼？」

他站起來，帶翻自己的椅子。「操你的！」

「你從現在開始停學！你一整個星期都臭著臉又沒禮貌。就這樣了，小子。你馬上離開！」

他踢那椅子。椅子沿著走道滑行，撞上另一張課桌。何瑞修老師抓住他的襯衫，想帶他走向教室門，但是他掙脫了，把她往後推。她摔到一張課桌上，撞倒罐子。罐子在地上摔碎了，裡頭的青蛙跳出來，四散著像一片扭動的綠地毯。

何瑞修老師緩緩站起身，憤怒的雙眼灼亮。「我要讓你被退學！」

泰勒一手伸進他的背包。

何瑞修老師呆瞪著他手裡的槍。「把槍放下，」她說。「泰勒，放下！」

那爆炸聲似乎一拳捶中她的肚子。她踉蹌後退，抓著腹部，一臉不敢置信地倒在地上。時間似乎暫停了，凍結在那永無止境的一刻，同時諾亞驚駭地看著那鮮紅色的血流朝自己蔓延過來。然後一個女生恐懼的尖叫劃破靜默。接下來那一刻，混亂爆發在他四周。他聽到椅子摔在地上，看到一個驚逃的女生踉蹌著跪倒在破玻璃上。空氣似乎瀰漫著血霧和恐慌。

又一道槍聲響起。

諾亞的目光緩緩掃過那些驚逃的身軀，看到維農・霍布思往前倒下，撲向一張課桌。整個教室一片模糊的身影，充滿了飛散的頭髮和奔逃的腿。但是諾亞自己卻好像動不了。他雙腿困在一個醒著的夢魘中，他的腦子命令他快跑！快跑！但他的身體卻拒絕遵從。

他的目光又掃過那片混亂，回到泰勒・達內爾身上，然後驚恐地看到那把槍現在指著愛蜜麗亞的腦袋。

不，他心想。不！

泰勒開火了。

就像變魔術似的，一道鮮血出現在愛蜜麗亞的太陽穴，緩緩淌下她的臉頰，但她還是站著，雙眼睜得大大地，像一隻必死的小動物緊盯著槍口。「拜託，泰勒，」她輕聲說。「拜託，不要……」

泰勒再度舉起手槍。

突然間，諾亞的雙腿打破惡夢的癱瘓，他的身體自行動了起來。他的腦子一口氣注意到大量細節。他看到泰勒的手抬起，臉轉向諾亞。他看到那槍緩緩揮出一個弧。他看到泰勒雙眼中的驚訝，同時諾亞朝他飛撲而去。

又一顆子彈射出槍管。

「我剛剛才發現我的病人住院了。怎麼都沒有人打電話通知我？」

那個行政職員從自己的辦公桌上抬起頭來，看到提問的是克蕾兒，好像整個人縮小了。

「呃……哪個病人，艾略特醫師？」

「凱蒂．悠曼思。我看到她的名字貼在一張病房的門上，但是她人沒在裡頭。我在床尾的架子上沒看到她的病歷。」

「她幾個小時前才住院的，從急診室那邊轉過來。現在正在照X光。」

「都沒人通知我。」

那職員的目光像石頭似的落回自己桌上。「戴爾瑞醫師已經接手，當她的主治醫師了。」

克蕾兒默默吸收這個令人喪氣的消息。病人換主治醫師並不罕見，有時是因為最瑣碎的原因。她除了自己開業，也身兼這家醫院的特約醫師。之前曾有兩個亞當．戴爾瑞的病人轉到克蕾兒的診所。但是她很驚訝這個病人會選擇不要她照顧。

十六歲、輕微智障的凱蒂．悠曼思原先一直跟父親同住，直到因為膀胱發炎去看克蕾兒。克蕾兒立刻注意到這女孩兩邊手腕有環狀的瘀青。經過四十五分鐘的溫柔詢問、加上一次骨盆檢查後，確定了克蕾兒的猜疑。凱蒂被帶離性侵她的父親，安置在寄養家庭裡。

從此之後，這個女孩就茁壯成長，身體和情緒的瘀青都終於消褪了。克蕾兒把凱蒂視為自己的成功例證之一，這個女孩為什麼要換醫師呢？

她去X光室找凱蒂。隔著門上那塊小小的透明玻璃，克蕾兒看到那女孩躺在檢查檯，一條腿的下半截被擺放在X光管下頭。

「可以問一下她住院的診斷是什麼嗎？」克蕾兒問X光技師。

「他們跟我說是右腳有蜂窩性組織炎。她的病歷在那邊，你可以去看。」

克蕾兒拿起病歷，翻到住院紀錄，是今天早上七點半由亞當．戴爾瑞指示要住院的。

十六歲白人女性兩天前踩到大頭釘。今天早上發燒醒來，全身發冷，腳部腫起……

克蕾兒看了一下病歷和檢查結果，然後翻頁，閱讀著治療計畫。

很快地，她拿起電話呼叫亞當．戴爾瑞。

過了一會兒，他來到X光室外頭，跟往常一樣穿著筆挺的長白袍。雖然他對她向來態度友好，但始終不曾展現出真正的溫暖，而她懷疑，在他新英格蘭人的含蓄之下，懷著強烈的男性競爭心態，說不定甚至是憎恨，恨克蕾兒拐走了他的兩個病人。

現在他也搶走了她的一個病人，她得按捺下自己的好強。她現在唯一應該關心的，就是凱蒂·悠曼思的健康。

「凱蒂一直是我的門診病人，」她說。「我對她非常熟悉，而且——」

「克蕾兒，這種事情難免。」戴爾瑞一隻手上放在她肩上安撫。「我希望你不要覺得是針對個人。」

「這不是我呼叫你的原因。」

「我讓她住院，是因為這樣對我來說比較方便。她送來時我正好在急診室，而且她的監護人覺得凱蒂需要一個內科醫師。」

「我完全有能力治療蜂窩性組織炎的，亞當。」

「那如果轉成骨髓炎呢？有可能變得很棘手的。」

「你的意思是，一個家醫科醫師沒資格照顧這個病人？」

「這個女孩的監護人做出決定了。我只是正好在場而已。」

此時克蕾兒氣得不想回應了。她轉身隔著窗玻璃注視自己的病人，或者該說是以前的病人。忽然間，她的目光集中在那女孩的靜脈注射系統，注意到那袋葡萄糖輸液上頭貼的標籤。「已經給她抗生素了嗎？」

「他們才剛注射。」那個X光技師說。

「可是她對盤尼西林過敏！這就是為什麼我呼叫你，亞當！」

「那個女孩從來沒提到過敏的事。」

克蕾兒跑進X光室，抓住靜脈注射管關掉。她低頭看著凱蒂，驚恐地發現女孩的臉已經發紅。「我需要腎上腺素！」克蕾兒朝著外頭的X光技師喊。「還有靜脈注射的苯海拉明！」

凱蒂躺在檢查檯上動來動去。「我覺得怪怪的，艾略特醫師，」她喃喃道。「我好熱。」她的脖子上已經腫起一塊塊鮮紅色的膨疹。

那技師看了一眼那女孩，咕噥著：「啊，狗屎。」然後拉開抽屜拿過敏急救包。

「她沒跟我們說她過敏。」戴爾瑞辯解道。

「這是腎上腺素。」那技師說，把注射針遞給克蕾兒。

「我沒辦法呼吸！」

「沒事的，凱蒂，」克蕾兒安撫她，打開針頭的蓋子。「你很快就會覺得好一些了……」她把針刺入女孩的皮膚，注射了十分之一ＣＣ的腎上腺素。

「我——沒辦法——呼吸！」

「苯海拉明，二十五毫克，從靜脈注射！」克蕾兒厲聲道。「亞當，給她苯海拉明！」

戴爾瑞震驚的雙眼往下看著X光技師剛剛放在他手裡的注射針。他茫然地把那藥物注入靜脈輸送管。

克蕾兒迅速拉出她的聽診器，傾聽那女孩的肺，兩邊都聽到急促的喘鳴聲。「血壓是多少？」

她問那技師。

「現在是八十／五十。脈搏一四〇。」

「我們要把她送到急診室，馬上。」

三雙手伸出來把那女孩搬上輪床。

「沒辦法呼吸——沒辦法呼吸——」

「耶穌啊，她皮膚真的腫了起來！」

「繼續走就是了！」克蕾兒說。

他們一起把輪床推出X光室，沿著走廊往前跑，接著搖搖晃晃地轉了個彎，砰地穿過雙扇門，進入急診室。麥納黎醫師和兩名護理師驚訝地抬頭，同時克蕾兒宣布：

「她過敏性休克了！」

大家立刻回應。急診室人員把輪床推進一間診療室。一個氧氣面罩扣到那女孩臉上，心電圖導線貼在她的胸部。沒幾分鐘，高劑量的可體松已經滴入她的靜脈注射系統中。

克蕾兒終於離開診療室、讓麥納黎和他的工作人員接手時，心臟還是跳得好厲害。她看到亞當．戴爾瑞站在護理師的辦公桌旁，在凱蒂的病歷上匆忙寫著。她走近時，他趕緊闔上病歷。

「她從來沒告訴我她會過敏。」他說。

「那個女孩有輕度的智能障礙。」

「那她應該戴上醫療警示手環，為什麼沒戴？」

「她不肯。」

「唔，這種事情我可猜不到！」

「亞當，你之前唯一要做的，就是她送進來時，就打電話給我。你知道她是我的病人，所以我熟悉她的病史。你唯一要做的就是問我一聲。」

「她的監護人應該要告訴我的。我不敢相信那個女人居然沒想到要——」

他的話被急診室無線電響亮的尖響打斷。他們兩人都抬起頭來，聽到帶著靜電爆擦音的通話傳來。

「諾克思醫院，我們是第十七小組，第十七小組。我們有槍傷被害人在路上，預計五分鐘到達。收到了嗎？」

一名護理師衝出診療室，抓起麥克風。「這是諾克思急診室。槍傷是怎麼回事？」

「多名被害人在路上。我們這個很危急，後面還有其他人。」

「多少個？重複，多少個？」

「不確定。至少三個——」

另一個聲音切進頻道。「諾克思醫院，這裡是第九小組。即將送來一個肩膀槍傷患者。收到了嗎？」

那個護理師恐慌地抓起電話，按了全院廣播鍵。「支援災難搶救！支援災難搶救！這不是演習！」

五名醫師。在第一輛救護車到達之前的短暫慌亂時刻，全醫院裡只能湊出五名醫師：克蕾兒、戴爾瑞、急診室的麥納黎、一個普通外科醫師，還有一個嚇壞的小兒科醫師。大家都還不知道任何細節，不曉得槍擊發生的地點，也不曉得有幾個被害人。他們只知道有可怕的事情發生了，而這個小小的鄉下醫院沒準備好要處理後果。全體人員都忙著為傷患準備，急診室一片混亂嘈雜。現在穩定下來的凱蒂被匆忙推到走廊裡，好空下診療室。櫥櫃哐噹打開，明亮的燈光照下。克蕾兒也幫忙掛上靜脈注射袋，擺好外科器具盤，撕開一袋袋紗布和縫合線。

第一輛救護車的鳴笛聲逐漸接近，讓急診室暫時安靜了幾分之一秒。然後每個人都湧出雙扇門去接第一個被害人。站在急救人員中，克蕾兒沒聽到任何人講話；他們全都專注在逐漸接近的警笛尖嘯聲中。

警笛突然關掉，閃爍的紅燈轉彎映入眼簾。救護車朝急診室入口倒車時，克蕾兒往前擠。那輛車的後門打開，躺著第一名被害人的擔架推出來。那是個女人，已經插了管。將氣管插管固定住的外科膠帶遮住了她下半張臉。她腹部的繃帶被鮮血染透了。

他們把她直接推進創傷室，轉到診療檯上。一陣混亂的喊叫聲同時響起，女人的衣服被剪開脫掉，心電圖導線和氧氣輸送管接上，一隻胳臂綁上血壓計袖套。一道竇性心律迅速掠過心臟監視儀。

「收縮壓七十！」一名護理師喊道。

「我來抽血，以供驗血型和交叉試驗！」克蕾兒說，她從工具盤抓了一支十六號靜脈導管，在病人手臂綁上止血帶。血管很難找；病人正在休克狀態。她的靜脈針頭刺入血管，接好塑膠導管。她用皮下注射器抽了七管血，然後將靜脈管線接上導管。「一袋乳酸林格氏液開始輸送，全開！」她喊道。

「收縮壓六十，幾乎測不到了！」一名護理師喊道。

那名外科醫師說：「腹部膨脹。我想裡面充滿了血。打開外科手術盤，準備好抽吸！」他看著麥納黎。「你是第一助手。」

「但是她需要送去手術室——」

「沒時間了。我們得趕緊找到出血點。」

「測不到血壓了！」一名護理師喊道。

第一刀俐落而殘酷，長長地從腹部中央劃下，剖開皮膚。接著更深的一刀，外科醫師切開一層黃色的皮下脂肪，然後劃開腹膜。

鮮血湧出來，流到地上。

「我看不到出血點！」

抽吸管清除積血的速度不夠快。麥納黎沒辦法，只好把兩條無菌手術巾塞進腹部又拉出來，溼透的鮮紅手術巾滴著水。

「好，我想我看到了。子彈劃破主動脈——」

「老天，血流得好快！」

一個行政職員在門外喊：「又有兩名病患到達！馬上要送進來了！」

麥納黎看著診療檯對面的克蕾兒，她從他眼中看到了驚慌。「你負責，」他厲聲說。「去吧，克蕾兒。」

她的心臟像是跳到了喉頭，推開創傷室，看到第一具擔架被推進一間診療室。病人是一個啜泣的紅髮男孩，袖子剪掉了，鮮血溼透了他一邊肩膀的繃帶。此時第二具擔架進門——一個金髮少女，半張臉染了血。

小孩，她心想。這些都只是小孩。老天，發生了什麼事？

她先去看那個女孩，她正在哭，但是四肢都可以動。乍看那女孩臉上的血，克蕾兒幾乎恐慌起來，心想：頭部槍傷。她逼自己暫停一下，儘管心跳還是好大聲，但是她握住那女孩的一手，冷靜問她的名字。才問了幾個問題，就確定愛蜜麗亞．瑞得的意識完全清醒，神智狀態也很清楚。傷口只是太陽穴的表層破皮而已，克蕾兒很快幫她清理並包紮。

然後她將注意力轉向那個紅髮男孩，發現那個小兒科醫師已經在照料他了。

「還有其他人會送來嗎？」她問行政人員。

「路上的沒有了。或許現場還有……」

第二名外科醫師抵達，大步走進急診室的雙扇門宣布道：「我來了！誰需要我？」

「創傷室！」克蕾兒說。「麥納黎醫師需要替手。」

他正要推開創傷室的門，一名護理師匆忙出來，差點撞上他。

「給何瑞修的O型陰性血送來了嗎？」她朝那行政人員喊。

何瑞修？剛剛那個病人臉上貼了一堆外科膠帶，克蕾兒沒認出是誰，但是她知道這個名字，桃樂希・何瑞修。

我兒子的生物老師。她看向時鐘，現在是十一點半。第三節課。諾亞正在上生物課——何瑞修老師的課。

又一名醫師趕到，又多了一個幫手——是雙丘鎮來的產科醫師。她又看了急診室裡最後一圈，看到狀況已經獲得控制了。

她做了一個恐慌母親唯一能做的決定。

她跑出去找她的汽車。

那三十二公里的車程是一片模糊的秋日田野，一縷縷薄霧，一片片松樹林。中間穿插著前廊坍塌的農舍。八個月來，她天天開車經過這段鄉村道路，但是從來沒開得這麼快，她的雙手從來沒發抖，她的心臟從來沒擔心得快跳出來。她把油門踩到底，駛向最後一段上坡，她的速霸陸車彈跳著經過那個熟悉的路牌。

你現在要離開雙丘鎮了。希望你很快再回來！

然後，過了一百碼，是第二個路牌。

歡迎光臨寧靜鎮

草蜢湖的入口

人口：九一〇人

她轉入學校路，看到半打救護車的閃爍警燈。警察巡邏車亂停在這所高中的紅磚大門附近，外加兩輛救火車——全面性的救災回應。

克蕾兒匆忙下車，奔向學校前方的草坪，那裡有幾十個表情震驚的學生和老師，聚集在一片亂糟糟的警方膠帶後面。她掃視那些臉，沒看到諾亞。

一名雙丘鎮警察在大門前攔下她。「任何人都不准進去裡面。」

「但是我一定得進去。」

「只有急救人員可以。」

她迅速吸了一口氣。「我是艾略特醫師，」她說，聲音比較平穩了。「我是寧靜鎮的醫師。」

那警察放她過去。

她推開門進入學校。整棟校舍是將近一百年的建築物，裡頭飄散著青少年汗水的酸敗臭味，以及幾千隻腳上下樓梯所激起的塵埃。她奔上樓梯到二樓。

生物教室的門口交叉拉起幾條警方膠帶。膠帶後頭是翻覆的椅子、碎玻璃，還有四散的紙張。一些青蛙在這些殘骸裡跳來跳去。

還有血——一灘灘凝膠狀的血，凝結在地板上。

「媽？」

聽到那聲音，她心臟猛跳一下，急忙轉身，看到她兒子站在走廊另一頭，在那條長廊的昏暗光線下，她覺得他似乎小得嚇人，帶著血痕的臉蒼白而瘦削。

她跑向他，張開雙臂抱住他僵硬的身體，硬把他擁入懷中。她感覺到他的肩膀先軟下來，然後垂下腦袋靠著她開始哭。沒有聲音；只有他胸膛的顫抖和滴到她脖子的溫暖淚水。最後她終於感覺到他的手臂也伸出來，抱住她的腰。他的肩膀或許寬得像男人，但現在抱住她的是一個孩子，以淚水宣洩悲慟的孩子。

「你受傷了嗎？」她問。「諾亞，你在流血。你受傷了嗎？」

「他沒事，克蕾兒。那血不是他的，是他老師的。」

她抬頭看到林肯．凱利站在走廊上，凝重的表情呼應著這一天的種種可怕事件。「諾亞剛剛才仔細告訴我發生了什麼事。我正要打電話給你，克蕾兒。」

「我之前在醫院裡，聽說有槍擊事件。」

「你兒子搶走了那個男孩的手槍，」林肯說。「他這麼做真是太瘋狂了。但是也很勇敢。他大概救了幾個人的命。」林肯的目光轉到諾亞身上，然後又輕聲說：「你應該以他為榮。」

「我不勇敢，」諾亞衝口而出。他從克蕾兒懷裡抽身，羞愧地擦了擦眼睛。「我當時很害怕，不知道自己為什麼會這麼做。我不知道自己在做什麼……」

「但是你做了，諾亞。」林肯一手放在男孩肩膀上。那是一個男人的贊同，直率而務實。諾亞似乎從那個單純的碰觸中得到了力量。克蕾兒心想，一個母親無法讓兒子成為騎士，只有另一個男人才辦得到。

諾亞緩緩直起身子，終於控制住淚水。「愛蜜麗亞還好嗎？」他問母親。「他們把她送上救護車了。」

「她沒事，只是臉上有道皮肉傷。我想那個男孩也沒事。」

「那麼……何瑞修老師呢？」

她搖搖頭，然後輕聲說：「我不知道。」

他深吸一口氣，一隻顫抖不穩的手擦過眼睛。「我——我得去把臉洗乾淨……」

「去吧，」林肯輕聲說。「慢慢來沒關係，諾亞。你媽媽會等你的。」

克蕾兒看兒子沿著走廊往前，經過生物教室時慢下來，視線忍不住被開著的門吸過去。有幾秒鐘，他站在那裡，被裡頭的恐怖景象搞得像是催眠了。然後他突然往前，走進了男廁。

「是誰？」克蕾兒問，轉向林肯。「帶槍來學校的是誰？」

「是泰勒．達內爾。」

她瞪著他。「啊老天，他是我的病人。」

「他父親也是這麼告訴我們的。保羅．達內爾說不能怪他兒子。說他有注意力不足過動症（ADHA），無法控制自己的衝動。是真的嗎？」

「注意力不足過動症不會引起暴力行為的。而且無論如何，泰勒並沒有這個毛病。不過我沒辦法談這件事，林肯。我不能違背病人和醫師之間的保密原則。」

「唔，那個孩子不對勁。如果你是他的醫師，或許在他被送去少年觀護所之前，你應該去看他一下。」

「他現在人在哪裡？」

「我們把他關在校長室。」林肯暫停一下。「先警告一聲，克蕾兒。不要離他太近。」

5

泰勒．達內爾被銬在一張椅子上坐著，他搖晃著一隻腳，砰，砰，砰！踢著校長的辦公桌。林肯和克蕾兒走進去時，他沒抬頭看，似乎根本沒注意他們來了。兩個緬因州警看守著他。他們看著林肯搖搖頭，表明了想法：這小子完全瘋了。

「我們才剛接到醫院的電話，」其中一個州警對林肯說。「那位老師死了。」

一時之間沒人開口；克蕾兒和林肯都沉默地消化著這個可怕的消息。

然後克蕾兒輕聲問：「泰勒的母親在哪裡？」

「她在路上，正要從波特蘭趕回來。她本來開車去那裡辦事情。」

「那達內爾先生呢？」

「我想他正在找律師。他們會需要的。」

泰勒又開始不停踢著辦公桌，節奏加快了。

克蕾兒把醫療提包放在一張椅子上，走向那男孩。「泰勒，你記得我吧？我是艾略特醫師。」他沒回答，只是持續憤怒地踢著桌子。有個什麼非常不對勁，她心想，眼前這這不光是青少年的憤怒而已。看起來是某種藥物引起的精神病。

毫無預警地，泰勒忽然抬起目光盯著她，帶著掠食者的專注。他的瞳孔擴大，虹膜顏色加深為兩口黑池。他唇角往上揚起，犬齒閃現，喉嚨發出一種動物的聲音，半是嘶聲，半是吼聲。

事情發生得太快，她根本來不及反應。他忽然跳起來，拖著椅子一起撲向她。

他身體撞上的衝擊力讓她往後摔在地上。他的牙齒咬住她的外套，撕開那布料，裡頭的羽絨洩出來，飛散成一片白雲。她瞥見三個警察恐慌的臉，急忙要把他們分開。他們拉開泰勒，硬把他往後拖，同時他還激烈地扭動著。

林肯抓住她一隻手臂，拉著她起身。「克蕾兒——耶穌啊——」

「我沒事，」她說，在羽絨裡咳著。「真的，我很好。」

一個州警痛喊起來。「他咬我！看，我都流血了！」

即使被銬在椅子上，那男孩還是不斷掙扎，想脫離束縛。「放開我！」他尖叫。「要是你們不放開我，我會殺掉你們全部！」

「應該把他關進他媽的狗籠裡！」

「不，不，這裡頭有個很嚴重的問題。」克蕾兒說。「以我看，這似乎是藥物精神病。天使塵或是安非他命這類毒品造成的。」她轉向林肯。「馬上把這個小孩送去醫院。」

「動得太厲害了，」放射線科的查普曼醫師說。「我們不可能拍到太清晰的影像。」

克蕾兒身子往前傾，仔細看著電腦螢幕上所出現泰勒．達內爾腦部的第一個切面。每個影像都是幾千道小小的X射線處理後所形成的。沿著一個平面所發出不同角度的X射線，會區分出液體和固體和氣體，而不同的密度就會在螢幕上的影像中重現。

「看到那邊模糊的地方嗎？」查普曼指著一處移動的影子。

「我們沒有辦法讓他不動，除非打麻醉劑。」

「唔，那也是一個辦法。」

克蕾兒搖搖頭。「他的精神狀態已經夠糊塗了，眼前我不希望冒險幫他麻醉。我只是希望在做腰椎穿刺前，能排除任何腦組織偏移的可能性。」

「你真認為腦炎可以解釋這些症狀？」查普曼看著她問，而她從他眼中看到了懷疑。在巴爾的摩，她是位受人尊重的家醫科醫師。但是在這裡，她還是得證明自己。要花多少時間，她新認識的這些同業才會停止質疑她的判斷，學著信賴她？

「在這個階段，我沒有其他辦法，」她說。「初步的毒物篩檢，甲基安非他命和天使塵都是陰性。但是佛瑞斯特醫師認為這顯然是一種器質性精神病，而不是功能性精神病。」

查普曼顯然對佛瑞斯特醫師的診斷技巧並不佩服。「精神病學不太算是精確的科學。」

「但是我贊同他的意見。在過去短短幾天裡，這個男孩突然顯現出令人擔心的性格改變。我們得先排除腦炎的可能。」

「他的白血球計數是多少？」

「一萬三千。」

「有點高，但是沒那麼嚴重。那白血球分類計數呢？」

「嗜酸性球計數很高，超過正常值許多，事實上，是超過百分之三十。」

「但是他有氣喘的病史，對吧？有可能是因為這樣。那是某種過敏反應。」

克蕾兒不得不同意。嗜酸性球是一種白血球，最常見的增加狀況，就是碰到過敏性反應或氣喘時。高嗜酸性球計數也可能是各種其他疾病引起的，例如癌症、寄生蟲感染，以及自體免疫疾病。在某些病人身上，則是從來找不出明顯的原因。

「所以現在怎麼辦？」那個緬因州警問，他一直旁觀著整個過程，臉上的表情愈來愈不耐煩。「我們可以把他帶去少年觀護所了嗎？」

「我們還要做更多檢驗，」克蕾兒說。「這個男孩有可能病得很嚴重。」

「或者他可能是假裝的。我看起來就是這樣。」

「如果他生病了，你有可能發現他死在牢房裡。我可不想犯這個錯，你想嗎？」

那個州警沒說話，只是轉身隔著電腦斷層掃描室門上的玻璃，看著他的囚犯。

泰勒朝天躺著，手腕和腳踝都被束縛住。他的頭已經進入掃描的隧道內看不見，但他們看得到他雙腳的動作，不斷扭動著想掙脫束縛。困難的部分就要來了，她心想。我們要怎麼讓他固定不動夠久，好進行腰椎穿刺？

「我絕對不想漏掉中樞神經系統感染的可能，」克蕾兒說。「他的白血球計數偏高，而且心智狀態改變，我只能幫他做腰椎穿刺。」

查普曼最後似乎同意了。「從我在掃描上頭所看到的，進行腰椎穿刺似乎沒問題。」

他們把泰勒推出X光室，進入一間私人病房。他們動用了兩名護理師和一名男性工友，才把那個掙扎不斷的男孩搬到床上。

「把他轉為側躺，」克蕾兒說。「呈胎兒姿勢。」

「他沒辦法躺著不動讓你進行的。」

「那你們就得坐在他身上了。這個腰椎穿刺非做不可。」

他們一起把那男孩翻為側躺，背對著克蕾兒。那個工友讓泰勒的臀部伸展，逼他的膝蓋彎向胸部。一名護理師把他的肩膀往前推。泰勒抓住她的手，差點把那些手指塞進嘴裡。

「小心他咬你！」

「我正在努力！」

克蕾兒必須動作迅速；他們沒辦法把那男孩固定不動太久。她拉起那男孩的病人袍，露出他的背部。由於他的身體蜷縮成胎兒姿勢，皮膚下突出的脊椎骨清晰可見。她迅速找到下背部腰椎第四和第五棘突之間的空隙，先用優碘擦拭皮膚，然後是酒精。接著她戴上無菌手套，拿起局部麻醉的注射針。

「我現在要注射利多卡因了。他不會喜歡的。」

克蕾兒以二十五號針頭刺穿皮膚，輕柔地將局部麻醉劑注射進去。針剛扎入時，泰勒憤怒地大叫起來。克蕾兒看到按住他的一名護理師往上看了一眼，雙眼充滿恐懼。他們沒有人處理過類似的狀況，奔流在這個男孩身體裡的暴力把他們都嚇壞了。

克蕾兒拿起腰椎穿刺針。那是三吋長、二十二號、發著微光的鋼針，針尾原本應該接上針筒的那一端是空的開口，可以讓腦脊髓液流出。

「穩住他，我現在要穿刺了。」

她把針刺入皮膚，之前的利多卡因已經讓那塊區域麻痺，所以他不會感覺到任何疼痛——暫時的。她持續把針推得更深，針尖對準兩塊棘突之間的空隙，朝向脊髓的硬腦膜。她感覺到微微的阻力，然後一個清楚的突破感，長針穿透了那層保護膜。

泰勒又尖叫，然後開始激烈扭動。

「按住他！你們一定要按住他！」

「我們在努力了！你可以快點嗎？」

「我的針已經到達位置了。接著只要再一分鐘就好。」她拿著一個收集管湊到針尾那一端開口下方，接住第一滴流出的腦脊髓液。讓她驚訝的是，那液體清澈無血，而非顯示感染的污濁。這不是明顯的腦膜炎案例。*所以會是什麼？*她納悶著，小心翼翼地把腦脊髓液收集到三根管子裡。這些液體會立刻送去檢驗，分析細胞數和細菌、葡萄糖和蛋白質。光是看著管子裡的液體，她就知道結果會是正常。

她抽出長針，用繃帶貼住穿刺處。房間裡每個人似乎同時吐出一口大氣；這個過程結束了。但是他們離答案並沒有更接近。

同一天傍晚，克蕾兒在醫院樓下的小教堂找到了泰勒的母親，她正木然望著祭壇。稍早克蕾兒要請家屬同意做腰椎穿刺時，兩人已經交談過了。當時汪妲．達內爾整個人神經緊繃，雙手緊握不安，嘴唇顫抖。她開了一整天的車，先是開三百二十公里到波特蘭去見她的離婚律師，接著警方通知她可怕的消息，她又一路驚懼地開車回來。

現在汪妲似乎筋疲力盡，所有的腎上腺素都耗光了。她是個小個子女人，穿著不合身的裙子套裝，讓她看起來像是小孩穿上媽媽的衣服扮演大人。克蕾兒進入小教堂時，汪妲抬頭看，勉強點了個頭。

克蕾兒坐下來，一手輕輕放在汪妲的手上。「腰椎穿刺的檢驗結果已經出來了，完全正常。泰勒沒有腦膜炎。」

汪妲．達內爾吐出一口大氣，裹在過大套裝裡的雙肩往前垂垮。「那麼，這是好事了？」

「對。而且從電腦斷層掃描來看，他的腦子裡也沒有腫瘤或出血的跡象。所以這也是好事。」

「那他到底是有什麼毛病？為什麼他要這麼做？」

「我不知道，汪妲。你知道嗎？」

「什麼意思？」

她坐著完全不動，彷彿努力要想出一個答案。「他最近一直……不對勁。有將近一星期了。」

「他一直失控，對每個人都很兇。詛咒又甩門。我原先以為是因為離婚。他一直很難接受……」

克蕾兒很不想提起下一個話題，但是非說不可。「那藥物呢，汪妲？毒品有可能改變小孩的性格。你想他會不會嘗試過什麼？」

汪妲猶豫著。「不會。」

「你的口氣不太確定。」

「只不過是因為……」她吞嚥著，眼中閃出淚光。「我覺得自己好像再也不認識他了。他是我兒子，但是我卻不認得他。」

「你有看到什麼警訊嗎？」

「他向來有點難搞。這就是為什麼潘墨若醫師認為他可能有注意力不足過動症。最近他狀況似乎又惡化了。尤其自從他開始跟那些可怕的男孩在一起玩。」

「什麼男孩？」

「跟我們住在同一條路上。瑞得家的傑帝和艾迪兄弟。還有史考提．布瑞思頓。他們四個人在三月就闖禍被警察逮到過。上星期，我跟泰勒說他得離瑞得兄弟遠一點。於是我們有生以來頭一次大吵一架，他還打了我。」

「泰勒打了你？」

汪妲垂下頭，很羞愧自己遭到家庭暴力。「之後我們就很少講話了。即使講話，顯然……」她的聲音壓低成耳語。「顯然我們痛恨彼此。」

克蕾兒輕輕碰了一下汪妲的胳臂。「信不信由你，不喜歡自己的十來歲小孩，並不算太反常。」

「但是我還很怕他！這就讓整件事更糟糕。我不喜歡他，而且很怕他。他打我的時候，感覺上就像是他父親又回到那棟房子裡。」她手指摸著自己的嘴，像是想起一些早已消褪的瘀青。「保羅和我還在爭奪監護權。兩個人為了一個不喜歡我們的孩子而爭搶。」

克蕾兒的呼叫器響起。她低頭看了一下螢幕顯示，發現是檢驗科呼叫她。「失陪了。」她說，離開教堂去醫院大廳回電。

檢驗科主任安東尼接了電話。「艾略特醫師，班戈市的檢驗所剛剛打電話來，通知更多泰勒的檢驗結果。」

「有哪種藥物篩檢結果是陽性的嗎？」

「恐怕是沒有。他的血液裡沒有酒精、大麻、鴉片類藥物，也沒有安非他命。你想篩檢的每種藥物，全都是陰性的。」

「我原先那麼有把握，」她不知所措地說。「我不曉得還有什麼會造成這種行為。一定有什麼藥物是我忘了該加入檢驗項目的。」

「可能有個什麼。我把他的血液放進我們醫院的氣相層析儀裡面跑，出現了一個異常的峰，滯留時間是一分十秒。」

「那是什麼意思？」

「這個狀況沒有明確指出任何特定的藥物。但是有個峰，表示有某種不正常的東西在他的血液裡流動。有可能是完全無害的——比方某種藥草補充品。」

「要怎麼查出是什麼？」

「那就得做更詳盡的分析。那家班戈市的檢驗所沒有這種設備。我們得抽更多血，送到波士頓的特約檢驗所。他們可以同時篩檢幾百種不同的藥物。」

「那就這麼辦吧。」

「唔，問題就出在這裡。這也是我呼叫你的另一個原因。我剛剛拿到一份指示，要我取消所有接下來的藥物檢測。簽名的是戴爾瑞醫師。」

「什麼？」她不敢置信地搖頭。「我是泰勒的醫師啊。」

「但是戴爾瑞醫師寫了指示，他的指示和你的相反。所以我不確定該怎麼做。」

「聽我說，讓我去跟病人的母親談一下，馬上就可以解決這件事。」她掛斷電話，回到小教堂。

她還沒打開教堂門，就聽到一個男人的聲音，憤怒地拉高嗓門。

「……從來不設法控制！你根本一點用都沒有。難怪他搞得一塌糊塗！」

克蕾兒推門進去。「這裡有什麼問題嗎，汪妲？」

那男人轉向她。「我是泰勒的父親。」

個人危機會引出人們最糟糕的一面，但保羅．達內爾即使在狀況最好的時候，大概也並不討人喜歡。他是雙丘鎮最大一家會計事務所的合夥人，穿著比他太太要稱頭多了，汪妲穿著不合身的衣服，似乎縮到很小很小。憑剛剛所聽到這對離婚夫妻的簡短對話，克蕾兒就知道這段婚姻會是什麼樣：保羅是侵略者，成天要求或抱怨。汪妲向來就是安撫、退讓。

「說我兒子服用非法藥物是怎麼回事？」他問。

「我想為今天發生的事情找出一個理由，達內爾先生。我剛剛要求你太太——」

「泰勒沒服用任何藥物。自從他停掉利他能（Ritalin）之後就沒有了。」他暫停。「他之前服用利他能的時候都好好的。我從來不明白你為什麼要他停藥。」

「我決定讓泰勒停藥已經是兩個月之前了。這種性格的改變是更最近的事情。」

「兩個月前他還好好的。」

「其實沒有。他當時疲倦又提不起精神，而且他注意力不足過動症的診斷從來就不完全確定。這種病不像診斷高血壓，有精確的數字可以遵循。」

「潘墨若醫師很確定這個診斷。」

「注意力不足過動症已經變成所有小孩行為不端的雜物箱。如果有個學生成績不好，或是搗蛋，父母就想找個理由。我不同意潘墨若醫師的診斷。碰到有疑慮的時候，我寧可不要逼小孩吃藥。」

「結果看看發生了什麼。他失控了。他已經失控好幾個星期了。」

「你怎麼知道，保羅？」汪妲說。「你多久沒真正花時間陪你兒子了？」

保羅轉向他的前妻，那一臉兇悍的恨意讓汪妲往後縮。「負責照顧他的人是你，」他說。「我就知道你管不動他。你就跟往常一樣又搞砸了，現在我們的兒子要去坐牢了！」

「至少我沒提供他手槍。」她輕聲說。

「什麼？」

「他帶去學校的是你的槍。你注意到槍不見了嗎？」

他瞪著她。「那個小混蛋！他是怎麼——」

「這樣沒有幫助！」克蕾兒插話。「我們得專注在泰勒身上。專注在如何解釋他的行為。」

保羅轉向他前妻。「我已經要求亞當．戴爾瑞接手。他現在正在樓上察看泰勒。」

保羅的直率宣布讓克蕾兒無話可說。所以這就是為什麼戴爾瑞會寫那份指示；他是新的主治醫師。她被換掉了。

「但是艾略特醫師才是他的醫師啊！」汪妲抗議。

「我認識亞當，我信任他的判斷。」

意思是他不信任我的判斷？

「我根本不喜歡亞當・戴爾瑞，」汪妲說。「他是你的朋友，不是我的。」

「你不需要喜歡他。」

「如果他要照顧我兒子，那就有需要。」

保羅的笑聲很刺耳。「你就是這樣挑醫生的嗎，汪妲？找個最能給你溫暖安慰的？」

「我希望幫泰勒做最有利的安排！」

「所以他現在才會來到這裡。」

克蕾兒的脾氣終於按捺不住。「達內爾先生，」她說。「現在不是攻擊你太太的時候。」

他轉向克蕾兒，擺明了也瞧不起她。「是前妻。」他糾正，然後轉身走出小教堂。

她發現亞當・戴爾瑞坐在護理站，正在寫泰勒的病歷。雖然已經過了傍晚，他的白袍還是嶄新而筆挺，克蕾兒覺得和自己的一身皺痕成了鮮明的對比。不管今天稍早他在凱蒂・悠曼思的危機狀況中有多麼難堪，現在都被忘記了，這會兒他以慣常的不耐和自信看著克蕾兒。

「我正打算要呼叫你，」他說。「保羅・達內爾剛剛決定——」

「我已經跟他談過了。」

「啊，所以你知道了。」他歉意地聳了下肩膀。「希望你不要覺得這是針對個人。」

「這是父母的決定。他們有權利這麼做。」她不情願地承認。「不過既然你接手了，我覺得應該讓你知道，這個男孩的血液在氣相層析分析時出現了一個異常的峰。我建議你要求做一個全面性的藥物篩檢。」

「我不認為有這個必要。」他放下病歷站起來。「最可能的藥物都已經排除了。」

「你得搞清楚那個峰是什麼。」

「保羅不希望再做任何藥物篩檢了。」

她困惑地搖頭。「我不懂他為什麼反對。」

「我相信他是跟他的律師談過之後，才做出這個決定。」

她等到戴爾瑞醫師離開，這才拿起病歷，翻到病程紀錄，然後愈來愈驚愕地閱讀著戴爾瑞所寫的字：

病史與身體檢查已完成。

評估：

一、急性精神病，因利他能突然停藥而間接引發。

二、注意力不足過動症。

克蕾兒跌坐在最接近的一張椅子上，忽然雙腿發軟，而且反胃想吐。所以這就是他們的刑事辯護策略了。說這個男孩無法為自己的行為負責，說應該要怪克蕾兒，因為她不讓他服用利他能，造成他精神崩潰。說應該負責的人是她。我最後會在法庭上受審。

這就是為什麼保羅不希望在這個男孩的血液裡發現任何藥物。要是發現了，克蕾兒就沒有責任了。

她煩躁地翻到病歷的第一頁，閱讀戴爾瑞的醫囑。

取消全面性的藥物／毒物篩檢。

未來若有問題或檢驗報告請交給我。

艾略特醫師不再是主治醫師。

她闔上病歷，覺得自己的作嘔感更嚴重了。現在不光是泰勒的人生有危險；她自己的醫師生涯、她的聲譽也有危險了。

她想到防禦性醫療決策的第一法則：防止可預見的指摘。要是你可以證明自己沒犯錯，可以用檢驗結果證實自己的診斷無誤，這樣就不會吃上官司。

她得拿到泰勒血液的樣本。這是她抽血的最後機會；到了明天，他血液中的任何藥物都會代謝掉，那就什麼都驗不出來了。

她穿過護理站到衛材室，拉開一個抽屜，拿了一支真空採血針、一些酒精棉，還有三根紅蓋的採血管。她心跳加速地走在通往泰勒病房的那條走廊。這個男孩不再是她的病人了，她沒有權利抽他的血，但是他的血管裡如果有某種藥物，她就必須知道是什麼。

她走到門口時，那個州警朝她點頭招呼。

「我得抽血，」她說。「可以麻煩你來幫忙按住他的手臂嗎？」

他的表情並不樂意，但還是乖乖跟著她進入病房。

趕緊抽了血就離開。她用酒精棉擦拭了泰勒的手臂，他憤怒地大叫一聲，被州警按住的雙臂扭動著抗拒。克蕾兒的脈搏加速，針扎入皮膚進入血管時，她感覺到那個令人滿足的微微顫動。快點。快點。她裝滿一根採血管，放進自己的醫師袍口袋，然後把第二根採血管接上。深紅色的血液流出來。

她雙手顫抖地綁好止血帶，打開抽血針的蓋子。趁著沒人發現你在做什麼，

「我沒辦法讓他不動。」那名州警說，在那男孩的掙扎和咒罵中努力按住他。

「我快抽完了。」

「他想咬我！」

「按住別讓他動就是了！」她厲聲說，滿耳朵充斥著那男孩的尖叫。她接上第三根採血管，看著新鮮的血流入。再一管就好了。快點，快點。

「你們這裡在搞什麼？」

克蕾兒抬頭看，震驚得手裡的採血針滑出血管。鮮血從手臂的刺入處留下來，滴到床單上。她迅速拆掉止血帶，用紗布按住男孩的手臂。她羞愧得臉頰發燙，轉身面對保羅．達內爾和亞當．戴爾瑞，他們站在病房門口，一臉不敢置信的表情瞪著她。兩個護理師在他們後方探頭看。

那個州警說：「她只是要抽一點血。這男孩就叫個不停。」

「艾略特醫師不該來這裡的，」保羅說。「你沒聽到新的指示嗎？」

「什麼指示？」

「現在泰勒的主治醫師是我，」戴爾瑞兇悍地說。「不是艾略特醫師了。她根本沒資格來這裡的。」

那州警瞪著克蕾兒，一臉憤怒。你利用我。

保羅一隻手伸出來。「採血管給我，艾略特醫師。」

她搖搖頭。「我要進行一個後續的異常檢驗。這可能影響你兒子的治療。」

「你已經不是他的醫師了！把採血管給我。」

她艱難地吞嚥著。「對不起，達內爾先生。但是不行。」

「這是攻擊罪！」保羅轉向病房裡的其他人，憤慨得臉紅。「就是這樣，你們都知道的！她用那根針攻擊我兒子，而且她知道她沒有職權！」他看著克蕾兒。「我的律師會跟你聯繫。」

「保羅，」戴爾瑞插嘴，把和事佬的角色發揮得淋漓盡致。「我相信艾略特醫師不想給自己找這種麻煩。」他轉向她，用那種自以為講道理的得意口吻說：「拜託，克蕾兒。這已經變成一場鬧劇了。把採血管給我吧。」

她低頭看著自己手裡的兩根管子，斟酌著自己是否該為了這些血樣，冒著吃上攻擊罪的危險，甚至可能失去這家醫院的特約醫師資格。她感覺到病房裡每個人都看著她受辱，甚至幸災樂禍。

她默默遞出採血管。

戴爾瑞醫師一臉勝利地接過來。然後他轉向那位緬因州警。「這個男孩是我的病人。清楚了嗎？」

「完全清楚，戴爾瑞醫師。」

克蕾兒走出病房區時，沒有人跟她說半個字。她目光始終直視著前方，一路轉彎後按下電梯鈕。直到她踏進電梯且門關上之後，手才敢放進醫師袍的口袋。

第三根採血管還在那裡。

她搭電梯到地下室的檢驗科，發現安東尼坐在他的凳子上，周圍是一架架檢驗試管。

「我拿到那男孩的血樣了。」她告訴他。

「要做藥物篩檢的？」

「對。我自己來填寫申請單吧。」

「表格就在那邊的架子上。」

她從那疊表格拿了一張，皺眉看著「安森生技」的表頭。「我們現在換了新的特約檢驗所嗎？」

他的目光從正在呼呼響的離心機抬起來。「幾個星期前才換到安森的。醫院跟他們簽了新合約，做複雜的化學物質和放射免疫分析這類檢驗。」

「為什麼？」

「我想是因為成本問題。」

她掃視了一下那表格，然後勾選了氣相層析／質譜；全面藥物與有毒物質篩檢。在表格最下方的說明欄，她寫道：「十四歲少年有明顯藥物引發的精神病和攻擊性。此檢測係供我個人研究之用。檢驗結果直接向我回報。」然後簽下自己的名字。

有人敲門，諾亞去應門，發現愛蜜麗亞站在外頭的黑暗中。她包了繃帶，一道鮮明的白色橫過太陽穴，他看得出她連笑都會痛。她只能扯起一邊嘴角，露出歪斜的笑容。

他很驚訝她會突然來訪，也想不出任何聰明話可以說，所以只是張嘴看著她，一時昏了頭，像個突然發現自己面對著君王的農民似的。

「這是給你的，」她說，遞出一個小小的褐色紙包。「很抱歉我找不到漂亮的包裝紙。」

他接過那個紙包，但目光還是停留在她臉上。「你還好嗎？」

「我還好。我想你已經聽說何瑞修老師……」她暫停，忍著沒讓眼淚掉出來。

他點頭。「我媽跟我說了。」

愛蜜麗亞摸著臉上的繃帶。他又看到她眼中淚光一閃。「我有碰到過你媽。在急診室。她對我真的很好……」她轉頭望著黑暗，好像以為有什麼在看著她。「我得回家了——」

「有人開車送你來嗎？」

「我是走路來的。」

「走路？在黑暗裡？」

「沒那麼遠。我就住在湖的另一頭，過了船艇下水坡道那裡。」她往後退，金髮搖晃。「我們學校見了。」

「等一下。愛蜜麗亞！」他舉起那個禮物。「為什麼送我？」

「要謝謝你。謝謝你今天所做的。」她又後退一步，幾乎被淹沒在黑暗裡。

「愛蜜麗亞！」

「什麼事？」

諾亞暫停一下，不知道該說什麼。四下安靜，只偶爾有枯葉被吹過草坪的窸窣聲。愛蜜麗亞站在門內洩出燈光的最邊緣，她的臉像夜空中蒼白橢圓的凸月。

「你要進來嗎？」

令他驚訝的是，她好像在考慮。一時之間，她逗留在黑暗和亮光之間、前進和後退之間。她又回頭看了一眼，好像尋求允許。然後她點頭。

諾亞發現自己對於客廳的凌亂很緊張。他媽媽那天下午只回家兩三個小時，為了安慰他並做晚餐，接著就又開車回醫院去看泰勒了。之後沒有人整理過客廳，一切都還是諾亞下午時四處亂扔的狀態——背包在沙發上，長袖運動衫在茶几上，髒球鞋在壁爐前。他決定避開客廳，改帶她到廚房去。

他們坐下來，沒看對方，像兩個陌生的種族努力要尋找共同的語言。

電話鈴響時，她抬起眼睛。「你不接嗎？」

「不了。一定又是某個記者打來的。自從我回家之後，他們打了一整個下午。」

然後電話轉到答錄機，一如他的預測，一個女人的聲音傳來：「我是《內幕周刊》的黛慕麗思．洪恩。如果可以的話，我真的、真的很想跟諾亞．艾略特談談有關他今天在教室裡頭了不起的英雄行為。全國上下都很想知道，諾亞。我會住在湖畔民宿，另外，我可以提供一些經濟上的補償，好讓你覺得花這個時間比較值得……」

「她提議要給你錢，只為了跟你講話？」愛蜜麗亞問。

「好瘋狂，不是嗎？我媽說這就表示我不應該跟這位記者女士談。」

「但是大家的確想知道，有關你做的事情。」

我做的事情。

他聳了一下肩，覺得自己不配得到所有讚美，尤其是愛蜜麗亞的讚美。他坐著聽電話錄音結束。然後又是一片安靜，只除了偶爾會有提醒留言的小小嗶聲。

「你可以打開禮物了。如果你想要的話。」愛蜜麗亞說。

他低頭看著那個紙包。雖然包在外頭的只是一般的褐色紙，但是他很努力不要撕破，因為在她面前亂撕開似乎很不禮貌。他小心翼翼地剝下膠帶，打開包裝紙。

那把小刀不大也不起眼。他看到刀柄上有刮痕，這才明白甚至不是新的。她送了他一把用過的刀子。

「哇，」他設法裝出興奮的口氣。「這個很不錯。」

「原先是我爸的。」她說，然後又低聲補充：「我親生的爸爸。」

他還停了半拍，才明白這些話隱含的意思，於是抬起頭來。

「傑克是我繼父。」她說，一副厭惡的口氣。

「所以傑帝和艾迪……」

「不是我親生兄弟。他們是傑克的兒子。」

「我本來就有點納悶。他們長得不像你。」

「感謝老天。」

諾亞大笑。「是啊，我也不會希望自己長得像那種家人。」

「我在家甚至不能提我親生爸爸，因為那會惹傑克生氣。他痛恨被提醒有個人在他之前。但是我希望大家曉得。我希望他們曉得傑克跟我一點關係都沒有。」

他將那把刀輕輕放在她手中。「我不能收，愛蜜麗亞。」

「我希望你收下。」

「但是如果這把刀以前是你爸的，對你的意義一定很重大。」

「這就是我為什麼希望你留著。」她摸摸自己太陽穴的繃帶，好像指著自己虧欠他的證據。

「你是唯一做點事的人。唯一沒跑掉的人。」

他沒說出丟臉的事實：我想跑，但是當時我嚇壞了，兩腿動不了。

她抬頭看著廚房的時鐘。突然恐慌地驚跳起身。「我都不曉得這麼晚了。」

他跟著她走到前門。愛蜜麗亞才剛踏出門，一輛車的車頭大燈穿過樹影間。她轉身面對著那燈光，然後似乎整個人凍結住了，看著一輛小卡車轟隆駛上車道。

車門打開，傑克．瑞得下了車，一身精瘦，滿臉怒容。「上車，愛蜜麗亞。」他說。

「傑克，你怎麼——」

「艾迪跟我說你在這裡。」

「我正要走回家。」

「給我上車，快點。」

她立刻閉緊嘴巴，乖乖上了乘客座。

她繼父正要上車時，忽然目光轉過來看著諾亞的雙眼。

「她不能跟男生一起玩，」他說。「我要你知道這點。」

「她只是過來打個招呼，」諾亞生氣地說。「有什麼大不了的？」

「問題是，我女兒是不准碰的。」他上了車甩上車門。

「她根本就不是你親生女兒！」諾亞喊道，但他知道傑克在隆隆的引擎聲中聽不見。

卡車在車道上倒車出去時，諾亞看到一眼愛蜜麗亞的側影，框在乘客座旁的車窗裡，她驚恐的雙眼直直看著前方。

6

第一批雪花旋轉著飄過枯枝間，輕柔地落在發掘地點上。露西・歐佛拉克看了天空一眼說：「這個雪會停吧？一定要停啊，不然就會掩蓋掉一切了。」

「雪已經在融化了，」林肯說。憑著一輩子在這片樹林間發展出來的某種直覺，他嗅一下空氣就知道，雪不會下太久的。這些雪花只不過是一種欺瞞的柔和、一種低聲的警告，預示著接下來幾個月的寒冬。他不在乎下雪，甚至不討厭下雪帶來的各種不便：鏟雪、掃雪車、電線被積雪壓垮而停電的夜晚。他不喜歡的是那種黑暗。最近總是好早就天黑，眼前天光已經開始褪去，樹木襯著天空，成了一抹抹毫無特色的黑。

「唔，我們不如就收工吧，」露西說。「希望到了明天早上，這裡不會埋在一呎的積雪底下。」

現在警方已經對那些骨骸沒有興趣了。露西和她的研究生得負責保護這一次的挖掘。兩個學生拉起一張防水布蓋住發掘地點，然後把四周用木樁釘好。這個預防措施其實沒什麼用；一隻遊蕩獵食的浣熊只要用爪子抓一下，就可以把防水布撕開了。

「你這邊什麼時候會結束？」林肯問。

「我很願意花上幾個星期，」露西說。「但是隨著天氣變壞，我們得加快腳步。只要有一次堅凍，今年的挖掘就結束了。」

一對車頭大燈閃過樹林間。林肯看到又一輛車開進瑞秋．索金家的車道。

他腳步沉重地穿過樹林，走向屋子。過去短短幾天，這個前院已經成了停車場。林肯的車子旁是露西．歐佛拉克的吉普車，還有一輛破舊的本田汽車，應該是她的研究生的。車道的另一頭，停在幾棵樹下的，是剛剛出現的車子——一輛深藍色的富豪汽車。他認得，於是穿過院子走向駕駛座那一側。

車窗降下一吋。「林肯，」車內的女人說。

「晚安，基廷法官。」

「有空談一下嗎？」他聽到車門解鎖了。

林肯繞到乘客座那一側上了車，關上車門。兩人坐了一會兒，籠罩在沉默中。

「他們發現了什麼其他的嗎？」她問，眼睛沒看他，而是注視著前方樹林中的某處。在車內的昏暗中，她看起來似乎比實際的六十六歲要年輕，臉上的皺紋褪成了一片光滑。比較年輕，也比較不那麼令人敬畏。

「只有兩具骨骸。」林肯說。

「兩個都是兒童？」

「對。歐佛拉克博士估計年齡大約是九歲或十歲。」

「不是自然死亡？」

「對。兩個都是死於暴力。」

接下來暫停了好一會兒。「這是什麼時候發生的？」

「沒那麼容易斷定。遺骸附近只找到一些人工製品可以參考。他們挖到了一些鈕釦、一副棺材把手。歐佛拉克博士認為這裡大概是家族墓地的一部分。」

她不慌不忙地消化這個資訊，接下來的問題小聲而帶著試探性：「所以這些骨骸相當久遠了？」

「大約一百年吧。」

她吐出一口長氣。那是林肯的想像，還是她側影的緊繃忽然消失了？隨著鬆懈下來，她整個人往下一垮，幾乎是全身無力，腦袋往後靠在頸枕上。「一百年，」她說。「那麼就沒什麼好擔心的了。那不是——」

「對。是不相干的。」

她凝視著前方，看著愈來愈深的黑暗。「不過，這個巧合真的很奇怪，不是嗎？就在這個湖的同一個部分……」她暫停。「不曉得一百年前，是不是也發生在秋天。」

「每天都有人死去，基廷法官。一個世紀前的骨骸——總得埋在某個地方。」

「我聽說其中一根大腿骨上，有手斧的砍痕。」

「沒錯。」

「會有人好奇，會有人記得的。」

林肯聽出她的恐懼，很想讓她安心，但是沒勇氣碰觸她。艾芮絲・基廷不是一個能碰觸的女人。她的情感障礙太厚了，如果他伸出手摸到的是一層硬殼，他也不會驚訝的。

他說：「那是很久以前了。不會有人記得的。」

「這個小鎮會記得。」

「只有少數人。老人。而他們不會比你更想談。」

「不過，這類事情畢竟是公開紀錄。現在又有那麼多記者來到鎮上。他們會到處問問題的。」

「半個世紀前所發生的事，跟現在的扯不上關係。」

「是嗎？」她看著他。「上回就是這樣開始的。那些殺人案。就發生在秋天。」

「你不能把每件暴力行動都當成歷史重演。」

「但是歷史就是暴力。」再一次，她又面對著前方，雙眼望著湖的方向。夜幕已經降下，隔著那些枯樹，湖水只是一抹微光。「你沒感覺到嗎，林肯？」她輕聲問。「這地方有某種不對勁。我不知道是什麼，但是我從小就感覺到了。即使是當時，我就不喜歡住在這裡。而現在……」她伸手啟動引擎。

林肯下了車。「今天晚上路面會結冰，開車要小心。」

「我會的。啊對了，林肯？」

「什麼事？」

「我聽說奧古斯塔的那家戒酒中心有個新的空缺。那裡有可能適合朵玲，看你能不能說動她去。」

「我會試試看。我只是一直希望很快能實現。」

他覺得從她眼裡看到了憐憫。「祝你好運了，你有資格享受更好的人生，林肯。」

「我還可以應付。」

「那當然。」然後他這才明白，他在她聲音中聽到的不是憐憫，而是欣賞。「你是這個世界上少數能應付這種事的男人。」

一張何瑞修老師的照片撐立在棺材上，那是她十八歲的照片，微笑著，幾乎算是漂亮了。諾亞從來不覺得這個生物老師漂亮，也從沒想像過她曾經年輕。在他心目中，桃樂希·何瑞修打從出現在這世上就已經是中年人，而現在她死了，往後也將永遠是中年人。

他跟著那一長列學生隊伍，拖著腳步盡責地朝棺材走，經過了那張年輕女子照片。面對著何瑞修老師比較瘦、還沒有皺紋和灰髮的照片，感覺奇異而熟悉，而且很震驚。諾亞意識到這張照片拍攝時，她比現在的他大不了幾歲。我們長大些會發生什麼事？他納悶著。我們孩子的那部分去了哪裡？

他停在棺材前。棺蓋沒打開，幸好；他不認為自己有辦法看著這位死去老師的臉。光是想像她在桃花心木棺蓋下會是什麼模樣，就已經夠可怕了。他並不特別喜歡桃樂希·何瑞修。事實上是一點都不喜歡。不過今天見到了她的丈夫和成年女兒，看到他們都在哭，雙臂擁抱著彼此，於是他這才明白一個驚人的事實：即使是何瑞修老師這種人，在這個世界上也還是有人愛的。

在棺材光滑的表面上，他看到自己映照的臉，淡漠而冷靜。種種情緒都藏在一張沒有表情的面具之下。

上回參加葬禮時，他就沒有那麼鎮定了。

兩年前，他和母親牽手而立，望著他父親的棺材。棺蓋是打開的，好讓人們來告別時可以看到他憔悴的臉。葬禮結束該離開的時候，諾亞不肯走。他母親設法拉他，但是他一直哭：你不能把爹地留在這裡！回去，回去！

他眨眨眼，一手摸著何瑞修老師的棺材。那棺木光滑而發亮。像是上好的家具。

我們童稚的那部分去了哪裡？

他這才發現前面的隊伍已經消失了，排在他後頭的人正等著他往前走。於是他繼續走過棺材，接著迅速沿走道往前，溜出了殯儀館的雙扇門。

外頭下著小雪，雪片的冷吻輕輕撫過他的臉。他很慶幸沒有記者跟著他出來。一整個下午，他們都拿錄音機追著他，只希望這位勇敢扭打而逼得兇手丟下槍的男孩能說句話。他是諾克思高中的英雄。

真是個笑話。

他來到殯儀館對街站住，在昏暗中顫抖，看著人們紛紛走出來。他們每個人來到冰冷的戶外，都進行了一模一樣的儀式：抬頭看一下天空，打個冷顫，拉緊身上的大衣。鎮上幾乎每個人都來向死者做最後的致敬，但有些人他幾乎認不出來，因為他們的西裝和領帶和葬禮服裝跟平常截然不同。沒人穿平常的法蘭絨襯衫和牛仔褲。就連凱利隊長都穿西裝、打領帶。

諾亞看著愛蜜麗亞．瑞得踏出殯儀館的雙扇門。她呼吸深沉而急促，無力地靠著殯儀館的外牆，彷彿剛才有人在追她，這會兒她正迫不及待想喘口氣。

一輛汽車駛過他面前的馬路，輪胎吱嘎輾過晶瑩的落雪。

諾亞朝她喊：「愛蜜麗亞？」

她嚇了一跳，抬頭看到了他。她猶豫一下，往街道前後張望一番，好像要確認往前走是安全的。他看著她過馬路走向自己，感覺到心跳加速了。

「裡頭氣氛好沮喪。」他說。

她點頭。「我再也聽不下去了。我不希望在所有人面前哭出來。」

我也是，他心想，但是他絕對不會承認的。

他們一起站在昏暗中，沒看對方，兩人都反覆跺腳以保持溫暖，兩個人都想找話講。他深吸一口氣忽然說：「我討厭葬禮。因為我總會想起……」他停下。

「我也總會想起我爸的葬禮。」她輕聲說，抬頭看著雪花從黑暗的天空旋轉落下。

沃倫·愛默森沿著路緣往前走，靴子吱嘎踩過結霜發硬的草地。他穿著鮮橘色的背心、戴了橘色帽子，但是每回樹林裡有槍聲響起時，他還是忍不住瑟縮一下。畢竟，子彈是不長眼睛的。今天早上好冷，比昨天冷得多，害他戴著羊毛薄手套的手指發痛。他雙手插進口袋裡，繼續吃力地往前走，不去擔心寒冷，心知只要再走一兩公里，他就不會注意到了。

這趟路他已經走超過一千次了，每個季節都不例外，藉著經過的各個地標，他就知道自己走了多遠。那道倒塌的石牆是從他家前院走四百步。穆瑞家破敗的穀倉是九百五十步。到了兩千步時，是通往塔迪角路的岔路，也是整趟路程的一半。他愈接近小鎮邊緣，各種地標就愈頻密。路上的車也愈來愈多，偶爾會有一輛汽車或卡車隆隆駛過，輪胎噴濺出塵土。

當地駕駛人很少主動停下來載沃倫到鎮上。夏天時搭便車的機會就多了，那些來度假的遊客看到穿著靴子和寬鬆褲子的沃倫．愛默森，拖著腳步在路邊行走，認為他就是個尋常的當地人。他們會停下，邀他上車。路上他們會不停地問他問題，都是那些老套：「你們這裡的人冬天做些什麼？」「你一輩子都住在這裡嗎？」「你碰到過大作家史蒂芬．金嗎？」沃倫向來都只回答簡單的是或不，但那些遊客一概覺得很有趣。他們會開到鎮上，在綜合商場讓他下車，揮手認真得讓你以為他們是在跟摯友道別。那些遊客總是友善得詭異；每年秋天，他會很遺憾看到他們離開，因為這表示接下來九個月他又得走這條路，不會有任何車子會停下來載他。

鎮上的人都害怕。

他常常想，要是他有駕駛執照，絕對不會對一個老人這麼沒同情心。但沃倫沒辦法開車。他有一輛完全沒問題的老福特車放在穀倉裡招灰塵——是他父親的車，一九四五年的，沒怎麼開過——但是沃倫不能使用，因為對他或對別人來說都很危險。這是醫生們針對他開車所說的話。

於是那輛福特車就停在穀倉裡，到現在超過五十年了，依然閃亮得像是他父親停在裡頭的那一天。時光對鉻鋼車身比對男人的臉、男人的心要仁慈。*我對自己和別人來說都很危險。*

他雙手終於開始覺得溫暖了。

他把手從口袋伸出來，邊走邊揮動手臂，心臟跳得更快，帽子底下開始冒出汗。即使在最冷的天，只要他走得夠快、夠遠，寒冷就逐漸無所謂了。

等他走到鎮上，他解開大衣、脫掉帽子。而當他走進柯摩綜合商場時，發現裡頭熱得簡直受不了。

店門一在他身後盪回去關上，整個店裡似乎就陷入沉默。職員抬頭看到他，就別開目光。兩個站在蔬菜箱前的女人停止聊天。儘管沒人正眼看他，但他可以感覺到他們的注意力集中在他身上，同時他拿了一個購物籃，進入走道，朝罐頭區走去。他在籃子裡放了他每星期買的同樣東西。貓食。牛肉辣醬。鮪魚。玉米。他走到下一排購物架，買乾燥豆子和燕麥片，然後到蔬菜箱拿了一袋洋蔥。

然後他提著變得沉重的籃子，來到結帳櫃檯。收銀員把各個商品加總，始終避免看他。他站在收銀機前，鮮橘色的背心像是在對著全世界吶喊：看我，看我。但是沒人看他。沒人對上他的目光。

他沉默地付了帳，拿起兩袋雜貨，轉身要離開，準備要對付走回家的那趟長路。到了門前，他停下來。

在報紙架上，是這一週的《寧靜鎮公報》，還剩一份。他看著標題，手上的兩袋雜貨忽然鬆手，砰地砸在地板上。他顫抖著雙手去拿報紙。

高中校園發生槍擊，一名教師喪命，兩名學生受傷：十四歲男生被逮捕。

「嘿，那份報紙你要付錢嗎？」店員朝他喊。

沃倫沒回答。他只是站在門邊，雙眼驚駭地盯著第二個標題，在右下角差點漏掉：**少年毆打**

幼犬致死：因虐待動物被傳訊。

然後他心想：又發生了。

黛慕麗思．洪恩困在煉獄中，唯一能想的就是要如何回到波士頓。所以這就是主編懲罰我的方式，她心想。我們吵了嘴，他就派我來做其他人不想做的報導。歡迎來到偏僻的湖畔小城：緬因州寧靜鎮。鎮名很好。這個地方寧靜得應該領取一張死亡證明書。她開車沿著主街往前，心想這個小鎮完全可以示範被中子彈炸過後的景象：沒有人，沒有生命的跡象，只有矗立的建築物和空蕩的人行道。這個鎮上應該要有九百一十個居民的，所以他們都去了哪裡？跑去樹林裡啃樹上的地衣？

她駛過蒙拿罕快餐店，隔著正面的窗子瞥見格子襯衫。原來！她看到了裡頭眾多當地居民穿著正式服裝。（格子襯衫到底是有什麼神秘的意義？）再往前開，她又看到另一幅景象；一個穿著寒酸的怪老人走出柯摩賣場，提著雜貨袋。她停下來讓他過馬路，他拖著腳步走過去，低頭一副永遠都很疲倦的樣子。她看著他沿湖畔行走，一個緩緩移動的身影吃力地穿過一片枯樹和灰水構成的荒涼背景。

她往前開，來到湖畔民宿，未來不曉得多久的暫時居所。在接近年底的時節，這是當地唯一還有營業的住宿處，儘管她輕蔑地跟別人說這裡就像電影《驚魂記》裡的「貝茲汽車旅館」，但是她知道有很多地方記者趕來這個鎮上，她還能訂到房間就已經很幸運了。

她走進餐室，看到大部分同業都還在吃自助式早餐。黛慕麗思．洪恩向來不吃早餐，這樣她就能領先大家一步。現在是早上八點，她已經起床兩個半小時了。六點時她去醫院看到那男孩離開醫院，轉到他的新家：緬因州少年觀護所。七點十五分，她開車到當地高中。然後坐在自己停下的車上，觀察著那些小鬼穿著鬆垮的衣服聚集在校舍前面，等著第一堂課的鈴聲響起，看起來跟其他地方的十來歲小孩沒兩樣。

黛慕麗思．洪恩走向咖啡壺，給自己倒了一杯。她喝著那杯黑咖啡，看著餐室裡的其他記者，最後視線停留在自由接案記者米契爾．古魯姆身上。雖然不可能超過四十五歲太多，但他的臉全是下垂的皺紋，活像一隻哀悼的獵犬。不過他似乎夠健康——或許甚至還算是矯健。最棒的是，他注意到她的目光，也迎視著她，不過那眼神充滿困惑。

她放下空杯子，漫步走出餐室，不必回頭看一眼，她就知道古魯姆正在看她。

這個偏僻的湖畔小城剛開始變得稍微有趣一點了。

上樓回到自己的房間，她花了幾分鐘看一下自己過去幾天的採訪筆記。接下來是困難的部分：把這些拼湊起來，寫出一篇文章，讓她的主編滿意，同時還能吸引新英格蘭地區的無聊主婦們，讓她們經過小報的報攤時能被吸引。

她坐在書桌前，看著窗外，想著該怎麼把這件悲劇性、但依然司空見慣的故事寫得稍微煽動些。這個案子有什麼特別之處？有什麼新角度可以引誘一個讀者伸手拿起一份《內幕周刊》？

忽然間，她明白自己正看著答案。

對街是一棟破敗失修的舊建築物，窗子都用木板釘住了。正面的招牌是「金寶家具」。

地址是六六六號。

她打開筆記型電腦，迅速翻查著自己的採訪筆記，尋找昨天有個採訪對象說過的話。一個女人在當地雜貨店裡面說的。

她找到了。「我知道該怎麼解釋發生在那所高中的事情，」那女人說。「人人都知道，但是沒有人想承認。他們不想讓自己聽起來很迷信或很無知。但是我告訴你是什麼吧：就是這個不信神的新世界。人們把上帝排拒在自己的世界之外，用別的來取代。至於是什麼，沒有人敢說出口的。」

是了！黛慕麗思心想，咧嘴笑了，同時開始打字。

「上星期，撒旦降臨緬因州的鄉下小城寧靜鎮……」

坐在自己的輪椅上，停在客廳的窗前，菲伊．布瑞思頓看著她十三歲的兒子下了校車巴士，開始沿著長長的泥土車道走向屋子。這是她通常很期盼的每天例行公事，看著史考提瘦削的身影終於從校車門冒出來，雙肩揹著沉重的背包，因為要負重走過充滿雜草且上坡的前院，吃力得頭往前伸。

他的個子還是這麼小，看到他過去一年沒長高多少，讓她覺得心疼。他好多同班同學都突然一下竄高又變壯，而她的史考提則被拋在後頭，還是蒼白的青少年，急著要長大，上星期還因為要刮他根本不存在的鬍子，把下巴刮出傷口。他是她的頭一個孩子，是她最要好的朋友。她不會介意時光突然停止，她就可以永遠保留他現在的樣子，一個貼心又可愛的孩子。但是她知道這個孩子將會一去不回。

這個轉變已經開始了。

幾天前他如常下了校車時，她看到第一個徵兆。她當時在窗前，看著他走向屋子，此時她看到了一件難以理解又可怕的事情。在前院裡，他突然停下腳步，抬頭看著停留在樹上的灰松鼠。她以為他只是好奇。以為就像他妹妹奇蒂，他是想哄那些松鼠下來拍一拍。所以當他彎腰撿起一顆石頭、朝樹上扔去時，她嚇壞了。

那些松鼠趕緊跑到更高的樹枝。

她驚詫地旁觀時，史考提又丟了一顆石頭，接著又一顆，單薄的身體像一個緊繃的憤怒彈簧，那些石頭紛紛飛進樹枝裡。最後他終於停手，喘著粗氣又累壞了。然後他轉身面對屋子。

他臉上的表情讓她從窗邊趕緊往後縮。有那麼驚駭的一刻，她心想：*那不是我兒子*。

這會兒，她看著他走向屋子時，納悶踏入門內的會是哪個男孩。是她真正的兒子，貼心且微笑，或是那個看起來像史考提的醜陋陌生人？換作以前，她會因為他朝小動物丟石頭而嚴厲指責他。

換作以前，她絕對不會怕自己的孩子。

菲伊聽到史考提走上門廊的腳步聲。她心臟跳得好厲害，把輪椅旋轉過來，看著他走進門。

7

任何人都看得出十四歲的貝瑞·諾爾頓是他母親的孩子。一望即知，母子倆長得太像了。貝瑞和露易絲就像兩個開心的餃子，兩人都是紅髮、蘋果臉，兩人都有柔軟的粉紅色嘴巴。他們打招呼的笑容讓人心情愉快，就連克蕾兒的煩憂都一掃而空。

將近一星期前發生了校園槍擊事件，此後克蕾兒每天早上醒來，都恐懼地領悟到自己搬來寧靜鎮是個錯誤。才八個月前，她搬來時充滿信心，用掉了大部分的存款買下一家她很確定會成功的診所。為什麼不會呢？她在巴爾的摩開業就很成功。但現在，只要一件鬧得人盡皆知的官司，就可能毀掉一切。

現在她每天工作時，只要看到郵差大步走到門前，她就會準備好收到她很怕收到的那封信。保羅·達內爾威脅過要她等著他的律師通知，她很相信他會說到做到。

現在離開太遲了嗎？現在她天天都在問自己這個問題。現在搬回巴爾的摩太遲了嗎？

她走進檢查室看到貝瑞和他母親時，逼自己要擠出微笑。至少，這裡是她一天的亮點。他們母子似乎都真心高興看到她。貝瑞已經脫掉靴子站在秤上，期待地看那吊著砝碼的懸臂上下晃動。

「嘿，我想我又瘦了半公斤！」他宣布道。

克蕾兒查看病歷，然後看了秤上的數字。「降到一一二公斤了。所以你瘦了一公斤。表現得很好！」

貝瑞走下秤，那懸臂吭地一聲往上擊。「我覺得我的皮帶已經鬆一點了！」

「讓我聽一下你的心臟。」克蕾兒說。

貝瑞蹣步蹣跚地走到檢查檯，小心翼翼踩上腳凳，然後啪地坐在檯面上。他脫掉襯衫，露出蒼白而鬆垮的肉褶。克蕾兒用聽診器聽了他的心臟和肺臟，又量了他的血壓，從頭到尾都感覺到他好奇而認真的目光，觀察著她的每一個動作。貝瑞第一次來看診時，就說他以後想當醫師，而且他似乎很喜歡兩個月一次的例行看診，當成他未來職業的實地考察。偶爾的抽血檢驗對大部分病患都是煎熬，對貝瑞卻是個有趣的過程，讓他有機會問一堆細節，諸如注射針的粗細、針筒的容量，還有不同顏色蓋子的採血管各有什麼用途，有時他的問題簡直沒完沒了。

要是貝瑞對送進嘴裡的食物能這麼注意就好了。

克蕾兒做完檢查，後退打量了他一會兒。「你做得很好，貝瑞。你的節食進行得怎麼樣了？」

他聳了一下肩膀。「應該還好吧。我真的很努力。」

「啊，他喜歡吃！問題就出在這裡，」露易絲說。「我盡量做低脂肪食物給他。但是接著他爸爸會帶著一盒甜甜圈回家，然後……太難抗拒了。看到貝瑞睜著渴望的大眼睛望著我們，我都快心碎了。」

「能不能勸你先生不要帶甜甜圈回家？」

「啊，不。梅爾啊，他有這個……」她身子前傾小聲說：「飲食過度的毛病。」

「是嗎？」

「我老早就放棄梅爾了。但是貝瑞，他年紀還那麼小。他這個年紀的小孩，體重那麼重實在不好。而且其他小孩有時候講話很刻薄的。」

克蕾兒同情地看著貝瑞。「你在學校碰到麻煩了嗎？」

那男孩雙眼裡的亮光似乎變暗了。他垂下眼睛看，所有的歡快都消失了。「我現在沒那麼喜歡上學了。」

「其他小孩會嘲笑你？」

「他們的胖子笑話從來沒有停止過。」

克蕾兒看了露易絲一眼，露易絲哀傷地搖著頭。「他的智商有一百三十五，現在卻不想去上學。我不曉得該怎麼辦。」

「我告訴你怎麼辦，貝瑞，」克蕾兒說。「我們要讓大家看看你多麼有決心。你太聰明了，不能讓其他人擊敗你。」

「唔，他們不見得每個都很機靈。」他滿懷希望地贊同道。

「你也必須用計謀擊敗你的身體。這部分要花力氣，而且你爸爸和媽媽必須跟你配合，而不是扯後腿。」她看著露易絲。「諾爾頓太太，你有個聰明的好兒子，但只靠他自己一個人是沒辦法做到的，這件事要全家人一起努力。」

露易絲嘆氣，已經準備好要面對接下來的艱難任務。「我知道，」她說。「我會跟梅爾談，不准再買甜甜圈。」

諾爾頓母子離開後，克蕾兒走進薇拉的辦公室。「我們三點不是還有一個病人嗎？」

「本來有，」薇拉說，一臉困惑地掛斷電話。「剛剛打來的是蒙拿罕太太。這是今天第二個取消的病人了。」

克蕾兒瞥見候診室有動靜。隔著接待櫃檯前那扇推拉式的玻璃小窗，她看到有個男子坐在沙發上。大塊頭，相貌平平，難看的平頭更凸顯了那張憂傷小丑般的臉，他看起來好像非常不想待在診所裡。「唔，那是誰？」克蕾兒問。

「啊，只是一個想採訪你的雜誌記者。他的名字是米契爾・古魯姆。」

「你應該跟他說過我沒空吧？」

「我跟他說了你制式的『沒有評論』台詞。但是這傢伙堅持要等你。」

「唔，他愛怎麼等都隨他。我不會再跟任何記者談了。今天還有其他約診的病人嗎？」

「埃爾溫・克萊德。要檢查他腳上的傷口。」

埃爾溫。克蕾兒一手按著頭，已經預期自己會頭痛了。「診所裡有空氣芳香劑吧？」

薇拉大笑，把一罐噴霧芳香劑放在桌上。「我已經準備好要迎接埃爾溫。在他之後，你今天就沒事了。這樣剛好，因為你今天下午要跟薩尼基醫師開會。他剛剛打了電話來。」

薩尼基醫師是醫院的醫務人員主任。這是她第一次聽說開會的事。

「他有說是要談什麼嗎？」

「有關他剛收到的一封信。他說很急。」薇拉的目光忽然轉向前窗，慌忙站起來。「該死，他們又來了！」她說，然後衝出側邊的小門。

克蕾兒望向窗外，看到薇拉戴著發亮的手鐲和耳環，正握拳朝兩個玩滑板的男孩揮舞。其中一個正在朝她吼回去。變嗓的青春期聲音充滿憤怒。

「我們根本沒對你那輛笨車怎麼樣！」

「那是誰在車門上留下那道大刮痕的？誰？」薇拉質問道。

「你為什麼老是怪我們？出了什麼事就都賴給小孩！」

「要是再讓我看到你們跑來這裡，我就要報警了！」

「這裡是公共的人行道！我們有權利在這裡玩滑板！」

有人輕敲玻璃，吸引了克蕾兒的注意力。米契爾．古魯姆那張哀傷的臉正隔著接待員的窗子看她。

她推開窗子。「古魯姆先生，我不接受任何記者的採訪。」

「我只是想告訴你一件事。」

「如果是有關泰勒．達內爾的，你可以去找亞當．戴爾瑞醫師談。現在他是那個男孩的醫師。」

「不，是有關你接待員的汽車。被刮過的那輛。不是那兩個男孩刮的。」

「你怎麼知道？」

「我昨天看到是誰刮的。一個老女人開著車子經過時刮到的。我以為她會留一張字條夾在擋風玻璃底下。顯然她沒有，而我想你的接待員已經自己下了結論。」他看了一眼窗外那場憤怒的爭執，搖搖頭。「我們為什麼老把小孩當敵人看待？」

「因為他們的行為老是像外星人嗎？」

他朝她露出同情的微笑。「聽起來，你家裡就有個外星人了。」

「十四歲。你大概從我頭上的白頭髮就看得出來了。」他們隔窗彼此打量一會兒。

「你確定你不能跟我談談？」他問。「幾分鐘就行了。」

「我不能討論我的病人。這是職業保密原則。」

「不，我不是要問泰勒・達內爾的狀況，而是想知道一些比較普遍性的資訊，有關鎮上的其他小孩。你是寧靜鎮唯一開業的醫師，我想你會比較曉得這裡發生了什麼事。」

「我搬來才八個月。」

「但是你知道鎮上小孩有濫用藥物的問題，對吧？這可以解釋那個男孩的行為。」

「儘管那個事件是悲劇，但我實在不認為這就表示鎮上有濫用藥物的問題。」她的目光忽然專注在前窗外。那兩個玩滑板的男孩離開了。郵差剛到，正在跟人行道上的薇拉聊。他交給薇拉一大疊信。裡頭會有保羅・達內爾的律師寄來的嗎？

古魯姆說了些話，她這才發現他已經湊得更近，根本是整個人探進打開的小窗內。

「我告訴你一個故事吧，艾略特醫師。是有關愛荷華州一個完美的小城法蘭德斯。人口四千人。一個安靜、美好的地方，鎮民都彼此熟悉。就是那種大家會上教堂、參加學校家長會的地方。直到四樁謀殺案之後——全都是青少年犯下的——震驚的法蘭德斯居民才終於面對現實。」

「現實是什麼？」

「甲基安非他命。當地的學校裡很流行。把整個小城轉變成美國的陰暗面。」

「但是這個故事跟寧靜鎮有什麼關係？」

「你沒看過你們自己的報紙嗎？看看你的鄰居們發生了什麼事。首先，萬聖節前夕發生了那樁街頭打鬥。然後有個男孩打死他的狗，學校裡面也有好幾樁學生打架的事情。最後，是槍擊。」

她又專注看著門前的人行道，郵差還在跟薇拉閒聊。老天在上，把郵件拿進來吧！

「法蘭德斯的事情我追蹤了好幾個月，」古魯姆說。「當時我眼看著那個小城崩潰。父母責怪學校，小孩突然攻擊老師或家人。前幾天我一聽說你們鎮上的事情，第一個想到的就是甲基安非他命。我知道你一定幫那個達內爾男孩做了毒物篩檢。你能不能告訴我一件事就好：他的體內有甲基安非他命嗎？」

她心不在焉地回答：「不，沒有。」

「有其他別的嗎？」

她沒回答。事實上她不知道，因為她還沒接到波士頓那家檢驗所的回報。

「那麼的確是有什麼了。」他說，從她的沉默中推斷出這個結論。

「我不是那個男孩的醫師。你得去問戴爾瑞醫師才行。」

古魯姆輕蔑地冷哼一聲。「戴爾瑞說那男孩是利他能停藥而引起的精神病。那太罕見了，目前只有少數幾份傳聞的報告而已。」

「你不相信他的診斷？」

他直視著她的眼睛。「可別跟我說你相信吧？」

她開始喜歡米契爾．古魯姆了。

前門打開，薇拉邁著重重的步子走進來，手裡拿著郵件。她粗魯地把一整堆丟在自己的辦公桌上。克蕾兒看著那疊標準尺寸的商用信封，喉嚨發乾。

「對不起，」她對古魯姆說。「我有工作要忙了。」

「愛荷華州的法蘭德斯城。記住就是了。」他說，然後揮了一下手，走出診所。

克蕾兒拿起郵件回到自己的辦公室，關上門。

坐在辦公桌前，她迅速翻了一次那些信封，然後放鬆地嘆了口氣，往後靠坐。又獲得一天的暫緩了，所有寄件地址上都沒有律師的名字。或許保羅・達內爾只是在唬人；或許完全不會有什麼負面後果。

一時之間，她頭後仰坐在那裡，身體的緊繃逐漸消融。然後她伸手拿了第一個信封撕開。幾秒鐘之後，她坐直身子，全身僵硬。

裡頭是瑞秋・索金——當初通報埃爾溫・克萊德槍傷的那個女人——所寫的短信。

艾略特醫師，

我今天在信箱裡收到這封信。我覺得應該讓你知道。

瑞秋

附記：裡頭講的我一個字都不信。

附上的是一張打字的信：

敬啟者，

這封信是要通知你一個令人不安的事件。十一月三日，克蕾兒．艾略特醫師攻擊醫院裡的一名病患。雖然有幾位目擊證人，但是這件事尚未公開。如果艾略特醫師是你的醫生，你可能會想要重新考慮你的選擇。病患有權利知道。

一位關心醫療的專業人員

員工辦公室裡有三名男子在等著她。她對薩尼基醫師所知不多，不過印象是他為人頗有好評。他打扮舒適而不修邊幅，聲音柔和，公認是個關懷人的醫師，也很有交際手腕，曾在最近院方和護理師的合約談判中幫忙化解緊張局勢。第二名男子是院務主任羅傑．海耶斯，她對他幾乎一無所知，只知道是個沉穩、微笑的男子。

第三名男子她太熟悉了，是亞當．戴爾瑞。

她在會議桌旁坐下時，他們禮貌地點頭致意。她感覺自己已經緊繃得快斷成兩截了。薩尼基面前的桌上放著那張匿名信，跟瑞秋轉給她的一樣。

「你已經看過了這個？」他問。

她面色凝重地點頭。「我一個病人轉給我的。我打了一些電話，到目前為止，至少有六個其他病人也收到了。」

「我這封是今天早上寄到科裡辦公室的。」

「這件事完全被誇大了，」克蕾兒說。「我絕對沒有攻擊病人。發這封信的人只有一個目的，就是毀掉我的名譽。」她直視著亞當．戴爾瑞。他也毫不畏縮地直視她，眼中一絲愧疚都沒有。

「十一月三日到底發生了什麼事？」海耶斯問。

她平靜地回答：「我抽了泰勒．達內爾的血，要送去做一個全面性的藥物與毒物篩檢。我已經告訴過薩尼基醫師當時病房裡還有什麼人、誰看到了。我沒有凌虐病人。只是抽個血而已。」

「還有呢？」戴爾瑞說。「你不打算說出最重要的細節嗎？就是你沒有職權抽他的血。」

「那你為什麼要抽？」海耶斯問。

「那個男孩有藥物引起的精神病，我想查出是哪種藥物。」

「根本沒有藥物。」戴爾瑞說。

「你並不曉得，」她說。「你沒有幫他做那個檢驗。」

「根本沒有藥物。」他把一張紙拍在桌上。她沮喪地看著紙張最上方的表頭：安森生技。

「檢驗的結果就在這裡。顯然地，艾略特醫師還是設法送了一管血到特約檢驗所去做檢驗。瞞著病人的父親，沒經過他的允許。安森今天上午把檢驗報告傳真到醫院了。」他說，一副得意的口吻。「是陰性的。沒有藥物，沒有毒物。」

那家檢驗所為什麼不顧她的指示？為什麼他們要把報告傳到醫院？

她說：「我們自己的檢驗科在做氣相層析時發現了一個不尋常的峰。這男孩的血液裡有個不明的東西。」

戴爾瑞大笑。「你看過我們檢驗科裡的氣相層析儀嗎？那台老古董，是東緬因醫學中心用舊淘汰的。你不能信任它做出來的結果。」

「但是這男孩的確需要做個後續檢驗。」她看著薩尼基。「因為亞當拒絕了。這就是為什麼我會抽血。」

「她沒有職權卻抽了血。」戴爾瑞說。

海耶斯嘆氣。「這是小題大作，亞當。那個男孩沒受到傷害，而且在觀護所也好好的。」

「她不顧那個父親的意願。」

「但是抽一管血也不能讓一件官司成立。」

克蕾兒猛地抬起下巴，充滿警戒。「保羅．達內爾說要採取法律行動嗎？」

「不，完全沒有。」海耶斯說。「我今天上午才跟他談過，他跟我保證他不會控告任何人。」

「我來告訴你們他為什麼不控告吧，」戴爾瑞說。「因為他的前妻威脅說要破壞任何官司。那是懷恨前妻的自然反射動作。無論丈夫想做什麼，老婆就會盲目地反對。」

謝了，汪妲，克蕾兒心想。

「那麼這整件事現在根本就不重要，」薩尼基說，一臉鬆了口氣的表情。「就我來看，沒有必要採取什麼行動。」

「那這封信呢？」克蕾兒說。「有人想毀掉我的診所。」

「這是匿名信，我不確定我們能做什麼。」

「上頭署名是『一位醫療專業人員』。」她刻意看著戴爾瑞。

「欽慢著，」他兇悍地說。「這封信跟我一點關係都沒有。」

「那就是保羅．達內爾了。」她說。

「當時有兩名護理師也在場，記得嗎？事實上，這類匿名信比較像女人的風格。」

「你這話是什麼意思？」她憤怒地反駁。「什麼叫做『女人的風格』？」

「我只是描述我的看法。男人對這類事情比較直率。」

薩尼基警告：「亞當，你這樣沒有幫助。」

「我覺得有幫助，」克蕾兒說。「這些話證明了他對女人的看法。亞當，你是在暗示女人都愛撒謊嗎？」

「現在輪到你講的話沒幫助了。」薩尼基說。

「她把我沒講的話塞到我嘴裡！那些信不是我寄的，也不是保羅！我們何必呢？鎮上每個人都聽說那個八卦了。」

「我宣布會議就到此為止。」薩尼基說，敲著會議桌要大家安靜。

此時他們都聽到了醫院廣播系統傳來的宣布。隔著會議室關上的門，聽起來很小聲。

「支援緊急搶救，加護病房。支援緊急搶救，加護病房。」

克蕾兒立刻站起來。她有個中風的病人就在加護病房。

她衝出會議室，奔向樓梯。她往上爬了兩層樓，進入加護病房，看到搶救的對象不是她的病人，她鬆了口氣。危機是發生在第六隔間，門口擠著一群醫護人員。

他們站開讓克蕾兒進去。

她注意到的第一件事是氣味。那是煙霧的臭味和燒焦的毛髮，而且是來自躺在床上那個大塊頭、身上有黑煙痕的男子。急診室趕來的高登．麥納黎在病人頭部後方蹲低身子，想做氣管插管但不成功。克蕾兒往上看著心臟監視儀。

竇性心律過緩。病患的心臟在跳動，但是非常慢。

「還有血壓嗎？」她問。

「我想我量到的是收縮壓九十，」一名護理師說。「他塊頭太大了，我聽不太清楚。」

「我沒辦法幫他插管！」麥納黎說。「動手吧，用甦醒球給他氧氣。」

那個呼吸治療師把一個氧氣面罩蓋在病患的臉，然後擠壓著甦醒球，把氧氣灌入肺部。

「他的脖子太短又太粗了，我連聲帶都看不到。」麥納黎說。

「麻醉師正從家裡趕來，」一名護理師說。「我應該找個外科醫師嗎？」

「好，呼叫他吧。這需要做個緊急氣管切開術。」他看著克蕾兒。「除非你認為你有辦法幫他插管。」

她不太相信自己有辦法，但是願意試試看。她心臟跳得好厲害，繞到病患的頭部，正要把喉頭鏡插入他嘴裡，此時注意到那病人的眼皮在顫動。

她驚訝地直起身子。「他有意識。」

「什麼？」

「我想他還醒著！」

「那為什麼他沒呼吸？」

「再給他氧氣！」克蕾兒說，讓到一邊讓呼吸治療師動手。面罩蓋回病人臉上，更多氧氣打進病人的肺裡，克蕾兒迅速評估了一下狀況。這男人的眼皮剛剛的確在抽動，好像努力要睜開眼睛。但是他沒有呼吸，而且四肢依然鬆弛。

「病史是什麼？」

「今天下午送到急診室的，」麥納黎說。「他是消防義警，昏倒在救火現場。我們不曉得他是吸入濃煙或是心臟病發——他們得把他拖出著火的建築物。我們讓他住院，因為一度燒傷，另外可能有心肌梗塞。」

「他在這裡本來一直好好的，」一個加護病房的護理師說。「事實上，他稍早之前還跟我講話。我幫他注射了慶大黴素，他忽然就心律過緩了。這時我才發現他停止呼吸。」

「為什麼要給他慶大黴素？」克蕾兒問。

「燒傷。其中一個傷口污染得很嚴重。」

「聽我說，我們不能一整晚用甦醒球給他氧氣，」麥納黎說。「你呼叫外科醫師了嗎？」

「呼叫了。」一名護理師回答。

「那我們來幫他準備做氣管切開術吧。」

克蕾兒說：「可能不需要，高登。」

麥納黎一臉懷疑的表情。「我沒辦法幫他插管。你有辦法嗎？」

「我們先試試另一個辦法。」克蕾兒轉向護理師。「給他一安瓶的氯化鈣，靜脈注射。」

那護理師疑問地看了麥納黎一眼，麥納黎困惑地搖搖頭。

「你為什麼要給他鈣？」他問。

「在他停止呼吸之前，」克蕾兒說。「他被注射了抗生素，對吧？」

「對，因為有開放性燒傷。」

「然後他就呼吸停止了。但是他沒有失去意識。我認為他還醒著。這表示什麼？」

麥納黎忽然懂了。「神經肌肉麻痹。因為慶大黴素造成的？」

她點頭。「我沒親眼見過，但是看過相關報導，說可以用鈣治療。」

「我馬上就給他氯化鈣。」那名護理師說。

每個人都看著。那段延長的沉默，只偶爾被透過面罩擠氧氣的間歇呼嘘聲打斷。病人的眼皮先有反應，緩緩地顫動著睜開了。然後他往上看，努力把焦點集中在克蕾兒臉上。

「他吐氣了！」那名呼吸治療師說。

「他應該是想講話，」克蕾兒說。「讓他講吧。」

幾秒鐘之後，那病人咳嗽，響亮地吸了口氣，又咳。他伸手想把面罩推開。

臉上的面罩拿開後，那病人一臉如釋重負的表情。

「先生，你想說話嗎？」克蕾兒問。

那男人點點頭。每個人身體都往前傾，急著要聽他講的第一句話。

「拜託，」他低聲說。

「什麼事？」克蕾兒催促道。

「千萬不要……再來……一次了。」

全場爆笑起來，克蕾兒拍拍那男子的肩膀。然後她看著護理師們。「我想我們可以取消氣管切開術了。」

「很高興這裡還有個人有幽默感。」麥納黎說著。幾分鐘後，他跟克蕾兒走出了那個隔間。「今天的氣氛很令人沮喪。」他在護理站暫停，望著那一排監視器。「如果再有人送來，我都不曉得要放到哪裡了。」

克蕾兒驚訝地看著八道心律線掠過螢幕。她迅速看了一圈，不敢置信地掃視著加護病房。所有病床都滿了。

「到底是發生了什麼事？」克蕾兒問。「我今天早上巡房時，這裡只有我那個病人。」

「是我值班的時候開始的。首先是一個頭骨破裂的小女孩。然後是巴恩斯湯路的嚴重車禍。再來是有個神經小孩在自己家裡放火燒房子。」麥納黎搖搖頭。「一整天急診室都忙個不停，但是病人還是持續送進來。」

此時他們聽到醫院的廣播系統發出聲音：「麥納黎醫師請到急診室。麥納黎醫師請到急診室。」

他嘆了口氣，轉身離開。「今天一定是滿月。」

諾亞脫下夾克，鋪在那塊大石頭上。這塊花崗岩晒了一整天的太陽，摸起來暖暖的。他轉身，瞇眼看著湖面。這個下午沒有風，清澈的湖水平靜無波，像發亮的鏡子般映著天空和枯樹。

「真希望現在又是夏天了。」愛蜜麗亞說。

他抬頭看著她。她坐在最高的岩石上，下巴擱在她穿了藍色牛仔褲的膝蓋上。她的金髮塞到一邊耳後，露出太陽穴一道痊癒中的皮膚。他很好奇她會不會留下疤痕，簡直希望會有——只是一道小疤，這樣她就永遠不會忘了他。每天早上，她望著鏡中的自己時，就會看到那顆子彈留下的模糊痕跡，然後想起諾亞．艾略特。

愛蜜麗亞仰頭對著太陽。「真希望我們可以跳掉冬天，一次就好。」

他爬到她那塊岩石上，坐在她旁邊。不會太近，也不會太遠。幾乎碰觸到她，但是沒有。

「不曉得，我還有點期待冬天呢。」

「你沒見識過這裡的冬天是什麼樣。」

「所以是什麼樣？」

她凝視著湖面，表情幾乎是恐懼。「再過沒幾個星期，湖面就會開始結冰。先是沿著湖岸的小片地方。到了十二月，湖面就會完全結凍，厚得可以在上面走路。這個時候，夜裡這個湖就會開始發出那些聲音。」

「什麼聲音？」

「像是有人在呻吟。痛得呻吟。」

他正要大笑，然後她望著他，他就沉默了。

「你不相信我，對吧？」她說。「有時我夜裡醒來，以為自己做了惡夢。但其實是這個湖，發出那些可怕的聲音。」

「怎麼會？」

「何瑞修老師說……」她停下，想起何瑞修老師已經死了。她又回去看著湖水。「是因為那些冰。水結凍就會膨脹。一直往外推、推著湖岸，想要逃走，但是沒辦法，因為困住了。這時我們就會聽到呻吟。那是因為壓力累積，累積到再也沒辦法承受，直到最後壓碎自己。」她喃喃說：「難怪會製造出那麼可怕的聲音。」

他試圖想像一月時這個湖會是什麼樣子。積雪逐漸漂到岸邊，湖水轉為一片耀眼的冰。但今天太陽明亮，暖意從石頭上輻射出來，他唯一想得到的景象就是夏天。

「青蛙都去了哪裡？」他問。

她轉向他。「什麼？」

「青蛙。還有魚之類的。我的意思是，雁鴨都離開這裡，遷徙到南方了。但是青蛙呢？你想牠們會不會結凍了，像綠色的冰棒？」

他是故意想逗她笑，也很開心看到她臉上出現了笑容。「不，牠們不會變成冰棒，傻瓜。牠們會躲在湖底深處的爛泥裡。」她拿起一顆小石頭，丟進水裡。「以前這裡有好多好多青蛙。我還記得小時候抓了一桶又一桶。」

「以前？」

「現在沒那麼多了。何瑞修老師說……」再一次，她又因為想起過世的老師而暫停。再一次，她又哀傷地嘆了口氣才繼續說下去。「她說有可能是因為酸雨。」

「但是我今年夏天聽到有好多青蛙。我總是坐在這裡聽牠們叫。」

「我真希望當時就認識你了。」她傷感地說。

「我當時認得你。」

她一頭霧水看著她。他臉紅了，別開眼睛。「我在學校總是會看你，」他說。「每天中午在學校的自助餐廳，我都會看你。我猜想你沒注意到。」

他覺得自己的臉更燙了，於是站起來，雙眼看著水，不敢看她。「你下去游泳過嗎？我以前每天都來這裡游泳。」

「所有的小孩都會來這裡玩。」

「所以你今年夏天都去哪裡了？」

她聳聳肩。「耳朵發炎。醫師不准我游泳。」

「好慘。」

接著兩人沉默了一會兒。「諾亞？」她說。

「什麼事？」

「你有沒有想過……不回家？」

「你的意思是逃家？」

「不，比較像是保持距離。」

「跟什麼保持距離？」

她沒回答他的問題。等他轉頭看著她時，她已經起身，雙臂交抱在胸前。「愈來愈冷了。」

忽然間，他也注意到那股寒意。只有岩石還是溫暖的，但他可以感覺到，隨著太陽落到樹林後頭，那暖意也正在迅速消散。

湖面起了漣漪，隨後又變平為一面黑玻璃。那一刻，整個湖似乎活了過來，成為一個流動的生物。他很想知道她剛剛所說有關這個湖的一切是不是真的，想知道這個湖冬天夜裡是否真的會呻吟。他猜想有可能。水結凍時會膨脹——這是科學事實。水的表面會先結冰，在冬日那黑暗的幾個月，這層薄薄的冰殼會緩慢加厚，一層接一層累積。在遠遠的下方，湖底爛泥的深處，青蛙會躲著無處可去。牠們會困在冰層之下。活活埋葬。

克蕾兒吃力划著槳，臉上冒出一層薄汗。她感覺到兩根槳平均地拖過湖水，感覺到小船往前駛過湖面時那種令人滿足的動能。幾個月來，她划船划得愈來愈順暢且有效率。她回想起自己五月第一次划船時，真是令人慚愧的經驗。一根或兩根槳會亂揮過湖面，濺起一堆水花，或者會有一根槳施力大過另一根，最後只是在兜圈子。關鍵在於控制，力量要完全平衡。動作要流暢，是划行，不是拍打。

她現在已經掌握要訣了。

她划向湖心，然後收起槳，放在船內，自己往後靠坐著，讓小船漂流。太陽剛剛已經落到樹的後方，她知道自己身上的汗水很快就會像是霧淞貼著皮膚似的，但在眼前這短暫的時刻中，趁著自己還因為努力划船而滿臉通紅，她要好好享受暮色，不要注意到其中的寒冷。湖水起伏著，烏黑如油。在對岸，她看到一些房子的燈光，裡頭正在準備晚餐，家人團聚在溫暖而完整的小世界裡。就像我們三個以前那樣，彼得，當時你還活著。沒有破碎，而是完整的。

她凝視著對岸那些房子的燈光，對彼得的渴望忽然強烈得不得了，讓她連呼吸都覺得痛。以往碰到夏天時，他們會去附近的池塘划船，彼得向來都是負責划槳的那個人。克蕾兒會坐在船裡欣賞他優雅的韻律，欣賞他的肌肉一根根突起，欣賞他汗溼晶亮而微笑的臉。她是被慣壞的乘客，由愛人神奇地帶著她渡過水面。

此刻她傾聽著水波拍打船殼，幾乎可以想像彼得就坐在她對面，目光哀傷地注視著她。你得學著自己一個人划船，克蕾兒。你得成為引領這條船的人。

我怎麼有辦法，彼得？我的船已經在往下沉了。有人想逼我離開這個地方。而諾亞，我們親愛的諾亞，已經變得好遙遠了。

她感覺臉上的淚水冰涼，感覺到他的存在如此清晰，心想只要自己伸出手，就可以摸到他。溫暖而活生生的血肉之軀。

但他不在那裡，船上只有她孤單一人。

她繼續漂流，被風吹向陸地。頭上的星星逐漸變亮了。現在這艘船緩緩轉著，她看到遠處的北方湖岸上，那些夏日度假小屋一片黑暗，門窗都用木板封起來過冬。

突來的一個潑濺聲讓她驚訝地坐起身。她轉身看著附近的岸邊，看出一個男人的輪廓。他站在岸上，瘦削的身影略微彎腰，似乎是在往下注視著水面。然後他猛地扭身朝旁邊撲去。又一個響亮的濺水聲，他的身影沉入水中消失了。那只可能是一個人。

克蕾兒趕緊擦掉臉上的淚水喊道：「塔懷勒博士，你還好嗎？」

那男人的腦袋又冒出水面。「誰在那裡？」

「克蕾兒．艾略特。我還以為你摔到水裡了。」

他在昏暗中似乎終於辨認出她的位置，然後揮了一下手。她幾個星期前才認識這位溼地生物學家，當時他才剛搬進暫租一個月的阿佛得小屋。他們是那天早晨在湖上划船碰到的，兩條船在晨霧中交錯而過，彼此揮手致意。之後每回她划船經過他的小屋旁，就會打招呼。有時他會拿出一些玻璃罐，裝著他新收集到的兩棲類動物。諾亞說他是「青蛙怪咖」。

她的船漂得離岸邊更近，同時她看到麥斯．塔懷勒的玻璃罐在岸上排列。「你的青蛙收集得怎麼樣了？」她問。

「現在天氣太冷，全都跑去深水區了。」

「你還有找到更多六隻腳的嗎？」

「這星期一隻。我真的很擔心這個湖。」

現在她的小船靠岸，撞著岸邊的爛泥。麥斯站在她上方，輪廓高瘦，眼鏡映照著月光。

「這些北邊的湖泊都有同樣的狀況發生，」他說。「兩棲動物出現身體畸形。大量死亡。」

「那這個湖的湖水樣本檢驗結果怎麼樣？就是你上個星期送去的那些？」

「我還在等結果。檢驗要花上好幾個月。」他暫停，聽到突來的唧唧叫聲而四下張望。「那是什麼？」

克蕾兒嘆氣。「我的呼叫器。」她都差點忘了呼叫器就夾在她的腰帶上，這會兒她注視著發亮的顯示螢幕，看到當地的電話號碼。

「划船回你家太遠了，」他說。「你就來用我的電話吧？」

她在他家廚房裡回電，同時盯著料理台上的那些玻璃罐看。這些可不是漂在鹽水裡的醃黃瓜。她拿起一個，看到裡頭有隻眼睛在回瞪著她。那青蛙出奇地蒼白，像人類的膚色，上頭有泛紫的污斑。兩條後腿都分岔為二，形成四隻不同的蛙腳。她看著罐上的標籤：「草蜢湖。十一月十日。」她打了個冷顫，放下那個玻璃罐。

電話裡，一個女人接了，講話口齒不清，顯然醉了。「喂？請問你是誰？」

「我是艾略特醫師。你們呼叫我嗎？」對方摔下話筒，克蕾兒皺起臉。她聽到腳步聲，然後認出林肯．凱利的聲音，對著那女人講話。

「朵玲，可以讓我接電話嗎？」

「這些打來找你的女人是誰？」

「把電話給我。」

「你又沒生病，為什麼那個醫師要找你？」

「是克蕾兒．艾略特嗎？」

「啊，原來是克蕾兒！都直接喊名了！」

「朵玲，我馬上就開車帶你回家。先讓我跟她談一下。」

他終於接了電話，口氣很不好意思。「克蕾兒，你還在嗎？」

「還在。」

「聽我說，很抱歉剛剛發生的事情。」

「別操心了。」她說，同時心想：你的生活裡要操心的事情已經夠多了。

「露西．歐佛拉克建議我打電話跟你講一聲。她的挖掘結束了。」

「有什麼有趣的結論嗎？」

「我想你大部分都已經聽說過。那個埋葬地至少有一百年了。遺骸是兩個兒童，兩人都有明顯的創傷痕跡。」

「所以這是古老的兇殺案。」

「顯然是。她明天會在她的研究生課堂上提出細節。你可能不見得有興趣，但是她認為我應該邀請你。因為你是當初發現第一根骨頭的人。」

「她會在哪裡上課？」

「大學博物館的研究室，在奧樂諾城。我會開車過去，你可以搭我便車。我中午出發。」

在背景裡，朵玲哀嘆著，「可是明天是星期六！你星期六幹嘛要工作？」

「朵玲，讓我講完這通電話。」

「你總是這樣！總是太忙。從來不陪我——」

「去穿大衣，然後上車。我會送你回家。」

「要命，我可以自己開車。」一道甩門聲。

「朵玲！」林肯說。「車鑰匙還給我！朵玲！」他的聲音又回到線上，匆忙而著急。「我得掛電話了。我們明天見吧？」

「中午。我會等你。」

8

「朵玲很努力，」林肯說，雙眼注視著前面的道路。「她真的努力了。但是對她來說並不容易。」

「我想，對你也不容易吧。」克蕾兒說。

「是啊，彼此都很辛苦。已經好幾年了。」

他們離開寧靜鎮時就在下雨了。現在轉為凍雨，答答敲著擋風玻璃。隨著氣溫降到結冰和融冰之間的危險交界，馬路也變得不太牢靠，路面累積著一片白霜狀的溼冰。她很慶幸開車的人不是自己，而是林肯。這男人在這種氣候中生活了四十五個冬天，很清楚該慎重看待其中的種種危害。

他伸手把除霜器開大，擋風玻璃上凝結的水珠開始消失。

「我們分居兩年了，」他說。「問題是，她就是沒辦法放手。而我也狠不下心來。」

他們兩個都緊張起來，因為前面那輛車忽然煞車，開始甩尾，從馬路這一側溜到另外一側。幸好那車及時脫離了打滑狀態，剛好閃過對面駛來的一輛卡車。

克蕾兒往後靠坐，心臟跳得好厲害。「耶穌啊。」

「大家都他媽的開得太快了。」

「你認為我們應該掉頭回家嗎？」

「現在已經開了一半多，還不如繼續往前。或者你想要放棄算了？」

她吞嚥著。「如果你可以的話，我也沒意見。」

「接下來我們就慢慢開。這表示我們會很晚才到家。」他看了她一眼。「諾亞怎麼辦？」

「他現在很獨立了。我相信他不會有事的。」

林肯點頭。「他似乎是個很棒的孩子。」

「的確是，」她說。然後又一臉慘笑地修正自己的回答。「大部分時候。」

「我猜想事情不像表面上看起來那麼容易，」林肯說。「我老聽做父母的說，撫養小孩是世上最困難的事情。」

「獨自撫養更是困難一百倍。」

「那諾亞的爸爸呢？」

克蕾兒暫停。這個問題的答案她幾乎得逼自己說出來。「過世了。兩年前。」他喃喃地回應：「我很遺憾。」小聲得幾乎聽不見。一時之間，唯一的聲音就是雨刷刮掉擋風玻璃上的凍雨。兩年了，她還是很難去談這件事。她還是無法鼓起勇氣說出「寡婦」這個詞。女人不該在三十八歲就守寡。

而愛笑、深情的三十九歲男人不該死於淋巴癌。

隔著冰冷的薄霧，她看到前方的緊急閃燈。有車禍。但是坐在這個男人的車上，她卻覺得異樣地安全。他們緩緩經過一連串相關車輛：兩輛巡邏警車、一輛拖吊車，還有一輛救護車。一輛福特Bronco之前滑出路面，現在側邊著地躺在那裡，車身結著亮晶晶的霧淞。他們沉默駛過那輛車，眼前的景象冷酷地提醒他們：人生有可能多快就驟然改變。結束。對於已經很沮喪的一天來說，又多了一筆陰暗的紀錄。

露西．歐佛拉克上課遲到了。在大學博物館的地下研究室內，她的兩個研究生和十個大學生齊聚站了十五分鐘後，露西才大步走進教室，雨衣滴著水。「天氣這麼壞，我大概應該取消的。」她說。「很高興你們都還是趕來了。」她掛好雨衣，身上穿著平常的牛仔褲和法蘭絨襯衫，在這樣的環境裡是很實用的裝束。這個博物館地下室陰溼又滿布塵埃。一整個就是個亂糟糟的大洞穴，氣味就跟裡頭的出土文物一樣。沿著兩面牆的架子上排列著幾百個木箱，褪色的打字標籤列出內容：「斯托寧頓十一號：貝殼製工具、箭鏃、其他。」「匹茲菲德三十二號：部分骨骸，成年男性。」

在房間中央，一張大桌子上罩著一張塑膠防水布，下頭是他們新挖掘出來的東西，剛加入這個登記完善的藏骨所。

露西撥了牆上一個開關。日光燈隨著嗡嗡聲亮起，人工的光線照著桌子。克蕾兒和林肯加入那圈學生。燈光無情地把圍著桌子的一張張臉照成了線條粗糙的浮雕。

露西掀開防水布。

兩個兒童的骸骨並排放著，骨頭都大致按照人體構造的位置擺放。一具骸骨缺了胸廓、小腿，以及右上肢。另一具骸骨看起來大致完整，只缺了雙手的一些小骨頭。

露西在桌首站定，靠近兩個頭骨。「這裡是一批人類遺骸的範本，來自草蜢湖南端第七十二號發掘地點。這次的挖掘在昨天完成。為了讓你們參考，我已經把這個發掘地點的地圖釘在那邊的牆上。你們也可以看到，這個地點就在密高奇溪邊緣。整個區域今年春天的雨量很大，氾濫成災，也大概因此使得這個墓地暴露出來。」她低頭看著桌子。「那麼，我們就開始吧。首先，我要你們檢視這些遺骸。盡量拿起來仔細查看。任何有關發掘地點的問題都可以問。然後說出你們認為骸骨是什麼年齡、種族、埋葬多久。參與挖掘的人——請不要洩漏。我們來看看其他人只憑自己可以推斷出多少。」

一個學生拿起頭骨。

露西後退，靜靜繞著桌子走，有時隔著學生的肩膀看他們工作。這群人讓克蕾兒覺得像是某種怪誕的進餐儀式：排列出來的骸骨有如餐桌上的大餐，那些急切的手拿起骨頭，在燈光下轉來轉去，傳給另一雙手。一開始大家都不講話，只偶爾有拉開或抽回捲尺的聲音。

一個缺了下頷骨的頭骨遞給克蕾兒。

上回她手裡拿著人類頭骨，已經是就讀醫學院的時候了。這會兒她在燈光下旋轉著那頭骨。以前她有辦法講出每一個孔洞、每一個突起，但是就像那四年訓練硬塞在她記憶中的許多東西一樣，現在她已經忘了那些解剖學的名稱，取而代之的是更實際的資訊，比方帳單代號和醫院電話號碼。這會兒她把頭骨顛倒過來，看到上排牙齒還在。智齒還沒長出來。*是兒童的嘴巴。*

她輕輕放下那頭骨，剛剛所理解的事實讓她覺得震動。她想到九歲的諾亞，黑色捲髮在頭頂形成螺旋狀圖案，柔軟光滑的臉頰貼著她的，然後她瞪著那顆兒童的頭骨，上面的皮肉早就腐爛剝落了。

她忽然意識到林肯的手放在她一邊肩膀上。「你還好吧？」他問，她點點頭。他的眼神哀傷，在殘酷的燈光下簡直是悲慟。只有我們被這個孩子的生命糾纏嗎？她好奇著。只有我們看到的不光是一具鈣與磷酸鹽構成的空殼嗎？

一個女學生問了第一個問題，那是個比較年輕、比較瘦削的露西。「這是裝在棺材裡下葬的嗎？埋葬的地形是田野還是樹林？」

「埋葬的地帶是中等密度的樹林，樹都是後來種的。」露西回答。「我們挖到了一些鐵釘和棺材的碎片，但是棺木大部分都爛掉了。」

「那土壤呢？」一個男學生問。

「黏土，滲透性中等。你為什麼問？」

「黏土含量高的話，有助於保存骨骸。」

「正確。影響骨骸保存的其他因素還有哪些？」露西看了桌子一圈。她的學生們那種回答的起勁程度，讓克蕾兒覺得簡直不得體。他們太專注在這些快變成化石的遺骸上，都忘記這些骨頭所代表的是什麼：活生生的、歡笑的兒童。

「土壤是否壓實——溼度——」

「周圍的溫度。」

「肉食動物。」

「埋葬的深度。是否暴露在陽光下。」

「死亡年齡。」

露西的目光忽然轉向那個說話的學生。是那個年輕版本的露西，同樣穿著牛仔褲和格子襯衫。「死者的年紀怎麼會影響遺骸呢？」

「年輕成人的頭骨，保持完整的時間會比老人的頭骨更久，或許是因為微生物分解的礦物化作用比較大。」

「這不能告訴我這兩具骨骸在土地裡埋了多久。這兩個人是什麼時候死的？」

學生都沒說話。

露西對於他們的沉默不答似乎並不失望。「正確的答案，」她說。「就是：我們無法分辨。一百年之後，有些骨骼可能會碎裂為粉末，有的則幾乎沒有損壞。但是我們還是得出幾個結論。」她伸手到桌上，拿起一根脛骨。「某些長骨頭表面的薄片狀和剝落，外圍的板層骨上有自然的裂紋。這表示什麼？」

「乾溼期的改變。」那個年輕版的露西說。

「對。這些骨骸暫時有棺材保護。但接著棺材腐爛，骨頭暴露在水中，尤其是靠近那片溪床。」她朝一個年輕人看了一眼，克蕾兒認出是協助挖掘那個地點的研究生之一。一頭金色的長髮在後頭綁成馬尾，一邊耳朵戴著三只金耳環，如果是上個世紀，這副打扮簡直就像個流氓水手。他外貌唯一不太和諧之處，就是那副書卷氣的金屬框眼鏡。「文斯，」露西說。「講一下有關那個地區的氾濫資料。」

「我已經往回搜尋到最早有紀錄的資料，從一九二〇年代開始，」文斯說。「曾經有兩次氾濫成災：一九四六年春天，以及今年春天，草蜢河的河水上漲，溢出河岸。我想這個埋葬處就是因此暴露出來的。因為大雨造成密高奇溪床被侵蝕。」

「所以紀錄上有兩個時期，這個地點是泡在水裡，之前多年則是比較乾燥的，因此造成了這些緻密骨的薄片狀和剝落。」露西放下那根脛骨，拿起股骨。「現在就要談所有發現中最有趣的。我指的是股骨的這道深切痕，位於骨幹的背面。看起來像刀痕，但是這根骨頭被長年毀損得太厲害了，深切痕已經沒那麼清晰。所以我們看不出是不是綠骨反應。」她注意到林肯疑問的表情。「綠骨反應是活的骨頭被刺戳時的彎曲或扭轉。從這個反應，可以知道骨頭是死後還是死前被割傷的。」

「你們從這根骨頭無法分辨？」

「對。這根骨頭在大自然裡暴露太久了。」

「那你怎麼能判定這是不是兇殺案？」

「我們得把注意力轉到另一具骸骨，這樣就會找到你想知道的答案了。」露西伸手拿起一個小紙袋，往旁邊傾斜，將裡頭的東西倒在桌上。

一些小骨頭嘩啦啦滾出來，像灰色的骰子。

「腕骨，」露西說。「這些是右手。腕骨本來就相當緻密——不像其他骨頭那麼快碎裂。我們發現這些骨頭埋得很深，而且緊包在密實的黏土裡，又進一步得到保護。」她開始撥弄著那些腕骨，像是裁縫師在尋找正確的鈕釦。「找到了。」她說，拿起一小塊骨頭，舉向燈光。

那道深切痕立刻變得很明顯，深得幾乎把骨頭切成兩半。

「這是防禦傷，」露西說。「這個孩子，我們假設她是女孩吧——朝攻擊者舉起兩隻手臂好保護自己。刀子戳中她的手——深得幾乎切斷這塊腕骨。這個女孩才八歲或九歲，身材相當小，所以她幾乎沒辦法反擊。而且拿刀戳她的人很強壯——強壯得足以戳穿她的手。

「這個女孩轉身，或許刀身還插在她的肉裡，也或許攻擊者已經拔出來、準備要再戳。這個女孩想逃走，但是攻擊者追上來。接著她絆倒了，或者他把她推倒，她摔在地上，趴著。我想是趴著的，因為她的胸椎骨有刀痕，非常大的刀，有可能是手斧，從後頭砍下。另外股骨也有刀痕——一刀砍中大腿後方。這表示她趴在地上。這些傷全都未必致命。如果她還活著，一定失血很嚴重。接下來發生什麼事，我們不知道，因為這些骨頭沒有告訴我們。我們只知道她臉朝下趴在地上，沒辦法跑，也沒辦法防衛自己。然後有個人拿著一把手斧或斧頭砍中她的大腿。」她輕輕把那腕骨放在桌上，小得就像個小鵝卵石，一宗恐怖死亡的受損殘餘物。「這些骨頭所告訴我們的就是這樣。」

一時之間沒人說話。然後克蕾兒輕聲說：「那另一個小孩發生了什麼事？」

露西似乎從催眠狀態醒來，看著第二個頭骨。「這是個年齡相仿的孩子。很多骨頭找不到，而且我們所找到的骨頭都因為日久而毀損很厲害，不過我可以告訴你：這個小孩的頭骨遭到一記重擊，大概是致命性的。這兩個小孩一起埋葬，放在同一口棺材裡。我認為他們是死於同一場攻擊。」

「一定有這場犯罪的紀錄，」林肯說。「一些舊的新聞報導，記載這兩個小孩是誰。」

「事實上，我們確實知道他們的名字。」講話的是綁馬尾的研究生文斯。「因為在同一層土壤裡所找到一枚硬幣的年代，我們知道他們的死亡發生在一八八五年之後。我搜尋了郡裡的房地契紀錄，得知一個姓哥奧的人家擁有這一大片沿著草蜢湖南岸弧線的土地。這些骨頭是這一家的年幼姊弟珍妮和喬瑟夫・哥奧的遺骸，當時各是十歲和八歲。」文斯害羞地咧嘴笑了。「我們在那邊挖的，各位，似乎就是哥奧家的家族墓園。」

克蕾兒並不覺得這個揭露有什麼滑稽之處，所以看到幾個學生大笑起來，她覺得很不舒服。

「因為是放在棺木裡下葬的，」露西解釋，「所以我們猜想這可能是家族墓園。恐怕我們打擾了他們的最後棲身之處。」

「所以你知道這兩個小孩是怎麼死的？」

「新聞報導很難找到，因為那個地區當時根本沒有什麼居民，」文斯說。「我們查得到的是郡內的死亡紀錄。哥奧姊弟的死亡紀錄是同一天：一八八七年十一月十五日。其他還有三個家族成員也是同一天死亡。」

接著是一段駭然的沉默。

「你是說，有五個人死在同一天？」克蕾兒問。

文斯點頭。「看起來，這一家人遭到了大屠殺。」

9

胡蘿蔔條和水煮馬鈴薯，加上一片超小的雞胸肉。

露易絲・諾爾頓看著她剛剛放在兒子面前那一盤貧乏的食物，內心湧起一股母親的內疚。她把自己的孩子餓壞了，從他臉上、從那對渴望的雙眼、從他虛弱垂垮的雙肩都看得出來。一天一千六百卡路里！這麼一點熱量怎麼活得下去！貝瑞的體重的確是減輕了，但是付出了什麼樣的代價？他已經不再是之前一百二十公斤的健壯男孩，即使她知道他需要減肥，但身為全世界最了解他的人，她知道自己心愛的孩子正在受苦。

她放下自己堆著炸雞和奶油比斯吉麵包的盤子。扎實、健康的一餐，正適合一個寒冷的夜晚。她看著桌子對面，和丈夫目光交會。梅爾輕輕搖頭。眼看著他們的兒子挨餓，他也看不過去了。

「貝瑞，你也吃一個比斯吉吧？」露易絲提議道。

「不，媽媽。」

「熱量沒那麼高。你可以刮掉上面的肉汁。」

「我不想要。」

「看看有這麼多層！是芭芭拉・裴瑞的媽媽給我的食譜。好吃的關鍵是培根油。一小口就好，貝瑞。咬一口試試看！」她拿起一個冒著蒸氣的比斯吉湊到他嘴邊。她實在忍不住，無法按捺當了十四年母親而更強化的衝動，就是想餵食那張飢餓的粉紅色小嘴。這不光是食物；這是愛，化為滴著奶油、香酥比斯吉。她等著他會接受。

「我跟你說過了，我不想要！」他吼道。

那種震驚就像是臉上挨了一巴掌。露易絲驚愕地往後靠坐，那個比斯吉從她手上落下，撲通掉進她盤子上發亮的一灘肉汁。

「貝瑞，」他父親說。

「她老是塞食物給我。難怪我會變成這樣！看看你們兩個！」

「你母親愛你。看看你害她多傷心。」

露易絲嘴唇顫動，忍著不要哭出來。她目光往下看著一桌豐盛的晚餐。那是她在廚房忙了兩個小時弄出來的，為了愛而心甘情願，她多麼愛她兒子！現在她看清了這頓晚餐的真正含意：只是一個肥胖愚蠢的母親在白費力氣。她開始哭，淚水滴入奶油乳酪洋芋泥中。

「媽。」貝瑞哀嘆。「啊老天。對不起。」

「沒關係。」她舉起一手拒絕他的憐憫。「我懂，貝瑞。我懂，我不會再這樣了。我發誓絕對不會。」她用餐巾擦乾淚水，花了幾秒鐘設法重拾尊嚴。「但是我很努力，結果——結果——」她臉埋進餐巾裡，整個身體因為忍著不要哭而發抖。於是花了好一會兒，她才明白貝瑞在跟她講話。

「媽，媽？」

她吸了一大口氣，逼自己看著他。

「可以給我一個比斯吉嗎？」

她默默拿起盤子朝他遞。她看著他拿了一個，掰開來，塗上厚厚的奶油。她憋住氣看著他咬了第一口，幸福的神色擴散到全臉。他一直就想吃，但是卻不准自己享受愉悅。現在他放棄抗拒了，咬了第二口，然後第三口。他看著他吃每一口，感覺到一種母親的滿足，深刻而原始。

諾亞靠在校舍側面的牆上，抽著香菸。他已經好幾個月沒抽過了，於是吸了一口就咳嗽，他的肺反抗著煙霧。他想像著他媽媽老是告誡他的那些毒素，此刻在他的胸腔裡盤旋，但是在這個沉悶小鎮的整體生活中，他猜想一點毒素沒什麼好擔心的。他又吸了一口，咳了一下，其實並不是很享受。但是自從學校禁止玩滑板之後，下課時間他也沒什麼事可做。至少在這裡，獨自站在大型垃圾收集箱旁邊，沒有人會來煩他。

他聽到汽車引擎的輕響，於是朝街上看去。一輛墨綠色的汽車緩緩駛過，慢得好像沒在動。車窗玻璃太暗了，沒辦法看清裡面，諾亞也看不出裡頭開車的是男是女。

那車在對街停下。不知怎地諾亞知道駕駛人正在盯著他看，就像諾亞也盯著對方看一樣。他扔掉香菸，迅速用鞋子踩扁。沒有必要被逮到抽菸；他最不需要的就是又被罰課後留校。現在證據被抹去了，他轉身厚著臉皮面對那看不見的駕駛人。那輛汽車開走時，他有一種勝利感。

諾亞低頭看著那根踩扁的香菸，只抽了一半。好浪費。他正在考慮要不要搶救那半根菸時，聽到學校的鈴聲響了，下課時間結束。

然後他聽到有人大喊，來自學校前方。

他繞過校舍轉角，看到一群學生在草坪上圍成一圈，齊聲反覆喊著：「女生打架！女生打架！」

應該是值得去看一下。

他往前擠，想趁老師們來打斷前看一眼，那兩個打鬥的女孩幾乎是朝他飛撲過來。諾亞踉蹌後退到安全的距離外，被這場打架的猛烈程度嚇到了。這比任何男生的打鬥都還要糟糕，真的像貓在打架，兩個女孩用指甲抓對方的臉，扯著頭髮。他耳邊充滿了人群的喊叫聲。他望著那一圈圍觀的人，看到他們瘋狂的臉，聞到那種嗜血的欲望，強烈得有如麝香。一種奇異的興奮在他心中盤旋升起。他感覺到自己也握著拳頭，感覺到熱流衝上臉。兩個打架的女孩現在都流血了，那一幕吸引住他，召喚著他。他往前推擠著人群，想看得更清楚，然後很生氣擠不過去。

「女生打架！女生打架！」

他也開始跟著大家喊，那兩張見血的臉每多看一眼，他的興奮就愈加高漲。

然後他目光定住，看著站在草坪遠端的愛蜜麗亞，他立刻閉上了嘴巴。她不敢置信又恐懼地瞪著人群。

他一臉慚愧，在她能看到之前轉身，溜回了校舍中。

在男廁裡，他望著鏡中的自己。外頭每個人是怎麼回事？他心想。*我剛剛是怎麼回事？*

他把冰冷的水潑到臉上，幾乎感覺不到寒意。

「他們是為了一個男生打架，」芙恩．孔威里斯校長說。「至少，我得到的說法是這樣。一開始是互相罵來罵去，接著兩個人就去抓對方的臉了。」她搖搖頭。「何瑞修老師的葬禮之後，我一直希望學生們能彼此支持，彼此協助。但這是兩天內第四次有人打架了，林肯。我控制不了他們。我需要一個警察駐守在學校裡監視。」

「唔，這樣好像太大驚小怪了，」他懷疑地回答。「不過如果你希望的話，我可以讓佛洛伊德．史畢爾在上課日每天過來看兩趟。」

「不，你不明白。我們需要一個人全天候待在這裡。我不曉得還有什麼辦法了。」

林肯嘆氣，一手耙過頭髮。芙恩覺得他的白頭髮似乎每一天都更多了，就跟她自己一樣。今天上午，她注意到自己金髮裡面冒出的那幾根灰絲，這才意識到鏡子裡面是一張中年女人的臉。不過看到林肯臉上的種種改變，比看到自己老去的模樣更難受，因為她清楚記得這個男人二十五歲的模樣：深色頭髮，深色眼珠，一張堅強又性格的臉。那是在朵玲吸引他的目光之前。她打量著如今他臉上加深的皺紋，一如往常地心想：比起朵玲，我能讓你快樂得多。

他們一起走向她的辦公室。第四節課已經開始了，他們的腳步聲在空蕩的走廊上迴盪。上方一道垂垮的布條：「豐收季舞會十一月二十日！」魯比歐老師的教室裡傳來學生的聲音，齊聲唸著西班牙語的動詞變位例句。

她的辦公室是她的私人領域，也反映了她的作風，每樣東西都整整齊齊，各歸其位。書本排列在書架上，書背朝外，桌上沒有亂扔的紙張。一切都控制良好。孩子在秩序中茁壯，芙恩相信一個學校必須保持秩序，才能正常運作。

「我知道這樣會讓你人力吃緊，」她說。「但是我希望你考慮讓一個警察全天候駐守在我們學校。」

「這表示我會少一個人巡邏，芙恩。而且我不認為有這個必要。」

「你們出去是要巡邏什麼？空蕩蕩的馬路！這個小鎮的麻煩就在這裡，在這棟校舍。這裡就是需要警察的地方。」

他終於點頭。「我會盡量。」他說，然後站起來。他的肩膀似乎被無形的重擔壓得垂垮。一整天忙著處理這個鎮上的各種問題，她內疚地想，沒有得到任何讚美，只有要求和批評。然後回家後也沒人等他，沒人安慰他。一個娶錯老婆的男人不應該受罪一輩子，尤其是林肯這麼正派的人。

她送他到門口。他們近得可以碰觸到彼此，她好想伸手擁住他，那種誘惑太大了，她必須把雙手緊握成拳頭才能抗拒。

「我看著發生的這些事情，」她說。「想不透自己做錯了什麼。」

「你沒做錯任何事。」

「當了六年校長，忽然間我得努力維持學校的秩序。努力保住我的工作。」

「芙恩，我真的覺得這只是槍擊事件後的短期反應而已。小孩需要時間恢復。」他安慰地輕拍她一下肩膀，然後轉向門。「會過去的。」

克蕾兒再一次朝梅芮．譚普的嘴裡看。那裡頭她現在似乎很熟悉了，毛茸茸的舌頭，扁桃腺柱，懸雍垂那一小片懸吊的粉紅色肉瓣顫動著。還有那氣味，像個舊菸灰缸，跟瀰漫梅芮家廚房的氣味一樣，他們現在就坐在這個廚房裡。今天是星期二，克蕾兒出診的日子，梅芮是她排定的倒數第二個病人。當一個醫師的診所岌岌可危，當病人們都紛紛換去找別的醫師，就只能採取一些絕望的手段。出診來到梅芮．譚普這個充滿菸味的廚房就是一種絕望的手段。只要能讓她的病人滿意，她什麼都肯做。

克蕾兒關掉手電筒的燈光。「你的喉嚨看起來還是差不多，只是有點紅而已。」

「還是痛得要命。」

「培養結果是陰性。」

「你的意思是，不能再給我盤尼西林？」

「對不起，但是給你抗生素是不正確的。」

梅芮．譚普啪地闔上假牙，淺色的眼珠望著克蕾兒。「你這算哪門子治療啊？」

「唔，我告訴你吧，梅芮，預防就是最好的治療。」

「所以呢？」

「所以……」克蕾兒看著廚房料理台上的那包薄荷菸。在廣告裡，這個牌子的香菸通常都令人聯想到苗條和精緻，身穿緊身禮服、圍著皮草的女人跟男人在一起。「我想你該戒菸了。」

「盤尼西林有什麼不好？」

克蕾兒沒理會她的問題，把注意力轉向廚房中央那個燒柴的爐子，燒得廚房裡好熱。「那個對你的喉嚨也不好。會讓空氣太乾，而且讓屋裡充滿煙霧和刺激性物質。你家有煤油火爐，對吧？」

「木頭比較便宜。」

「煤油火爐會讓你感覺比較舒服。」

「這些柴火是免費的，我侄子給我的。」

「好吧，」克蕾兒嘆氣。「那戒菸怎麼樣？」

「盤尼西林怎麼樣？」

她們看著彼此，為了幾顆便宜藥丸而即將變成敵人。

最後克蕾兒投降了。下午這麼晚了，她沒有力氣爭執，尤其不想跟梅芮・譚普這麼頑固的人。*就這麼一次*，她告訴自己，翻著醫療提包，要找適合的抗生素。

梅芮走到燒柴的爐子前，扔了一根木柴到火裡。「我聽說了更多有關那些骨頭的事。」她說。

克蕾兒還在數著藥片的數量。直到她抬起頭，才看到梅芮正在打量她，雙眼出奇地警戒，像野生動物。

梅芮轉身關上火爐的鑄鐵爐門。「我聽說，那些是舊骨頭。」

「是的，沒錯。」

「有多舊？」那對淺色的眼珠再度緊盯著她的。

「一百年，說不定更久。」

「他們確定嗎？」

「我想他們相當確定。怎麼了？」

那不安的目光又溜開。「你永遠不曉得那些地帶是怎麼回事。難怪他們會在她的產業上發現骨頭。你知道她是什麼，對吧？她不是這裡唯一的一個。去年萬聖節前夕，他們自己升起一堆大大的營火，就在沃倫．愛默森的玉米田裡。那個愛默森，他是另一個。」

「另一個什麼？」

「男的要怎麼稱呼來著？男巫。」

克蕾兒爆笑出來。這麼做很不該。

「你自己去鎮上四處問問，」梅芮堅持，現在生氣了。「他們全都會告訴你，那一夜愛默森的田裡升起一堆營火。而且從那一夜之後，那些小孩就在鎮上惹出各式各樣的麻煩。」

「這種事到處都有。小孩在萬聖節前夕都會鬧得很兇。」

「那是他們的神聖夜，他們的黑色聖誕。」

克蕾兒認真看著梅芮的雙眼，明白自己不喜歡這個女人。「每個人都有資格選擇自己的信仰，只要不傷害到任何人就好。」

「唔，問題就出在這裡，不是嗎？我們只是不知道。看看之後鎮上發生了什麼事。」

克蕾兒忽然闔上醫療提包站起來。「瑞秋．索金只顧好她自己，梅芮。我想鎮上其他每個人也都不該去管別人的閒事。」

又是那些骨頭，克蕾兒心想，駛向她今天出診的最後一站。每個人都想知道那些骨頭的事。是誰的骨頭，什麼時候埋葬的。今天出現了一個令她意想不到的新問題：為什麼骨頭會在瑞秋・索金的院子裡被發現？

那是他們的神聖夜，他們的黑色聖誕。

剛剛在梅芮的廚房，克蕾兒大笑出聲。此刻在逐漸加深的天色中開著車，她發現那段對話一點都不好笑。瑞秋・索金是外來者，是外地搬來、獨居湖畔的黑髮女人。自古以來就是如此；年輕獨居的女人向來是大家猜疑的對象，講八卦的對象。在一個小鎮裡，她是個需要解釋的反常現象。她是鎮上的海妖賽倫，對於其他本來很守規矩的丈夫是個無法抗拒的誘惑。或者她是個沒人想娶的潑婦，也可能是個有反常慾望的變態女人。而如果這個女人還頗有吸引力，像瑞秋這樣，或是有異國風情，或是有些古怪的品味和想法，那麼對她的猜疑就還會加上著迷。對於某些人來說，著迷會變成執迷，比方梅芮・譚普這樣的人，整天都窩在她陰鬱的廚房裡胡思亂想，抽著廣告上很有魅力的香菸，但結果卻只為自己帶來支氣管炎和黃牙齒。瑞秋沒有黃牙齒。瑞秋美麗而沒有羈絆，而且有點離經叛道。

因此瑞秋一定是女巫。

而既然沃倫・愛默森萬聖節前夕在自家玉米田升起一堆營火，那他就一定是個男巫。

雖然尚未日落，克蕾兒還是打開車頭大燈，從儀表板上的亮光得到一些安心。每年的這個時節，她心想，就會引出我們所有人心中不理性的恐懼。而且這個季節還不到最黑暗的時候。等到夜晚逐漸拉長，第一陣大雪開始落下，切斷所有通往外界的聯繫，這片荒涼而孤單的地景就會成為我們全部的世界。而且是個無情的世界，只要一小片黑冰，或是一夜的嚴寒，就可能同時扮演法官和劊子手。

她來到那個標示著「布瑞思頓」的鄉間信箱，轉入泥土路。她病患的房子四周圍環繞著荒枯的田地。護牆板的油漆已經完全剝落，長年風雨摧殘的木板褪成銀色。在前門廊上有長、寬、高均為四呎的一堆柴火，不太穩地靠著歪扭的欄杆堆放，看起來隨時就會全部垮掉——包括欄杆、門廊，還有房子。四十一歲、已離婚的菲伊．布瑞思頓跟兩個孩子住在這裡，她的身體就跟她的房子一樣結構不穩。由於兩邊臀部都有嚴重的風溼性關節炎，除非有人協助，否則她連自己的家門都出不去。

克蕾兒拿著自己的醫療提包，爬上台階來到前門廊。此時她才發現有點不對勁。現在戶外氣溫不到攝氏兩度，但是房子的前門開著。

她探頭進屋裡，朝一片昏暗喊道：「布瑞思頓太太？」她聽到一面遮光板被風吹得砰砰響。另外還聽到別的——模糊的啪噠腳步聲，跑過樓上的某個房間。是她的小孩嗎？

克蕾兒走進去關上門。屋裡沒開燈，逐漸轉暗的天光隔著薄薄的客廳窗簾透進來。她沿著門廳摸索著電燈開關。最後終於找到，打開了燈。

在她腳邊，一個剝光衣服的芭比娃娃躺在破爛的長條形地毯上，克蕾兒彎腰撿起來。「布瑞思頓太太？我是艾略特醫師。」

四下安靜，沒有人回應。

她低頭看著那芭比娃娃，發現一半的金髮都被剪掉了。她上次來這裡出診是三個星期前，曾看到菲伊．布瑞思頓七歲的女兒奇蒂就抱著一個這樣的芭比娃娃，但是當時那娃娃穿著粉紅色的禮服，長長的金髮用一條綠色的Z字形花邊綁在後頭。

一股寒氣沿著她的脊椎往上升。

她又聽到了：砰砰砰的急促腳步聲在天花板移動。她朝樓梯上方的二樓看。有人在家，但是暖氣關掉了，屋子裡冷得要命，而且電燈都沒開。

她緩緩後退，然後轉身跑出屋子。

她坐在自己的車上，用手機打給警察。

馬克．竇倫警員接了。

「我是艾略特醫師。我在布瑞思頓家外頭。這裡不對勁。」

「什麼意思，艾略特醫師？」

「我發現前門開著，屋裡暖氣關掉了，沒有開燈。但是我聽到樓上有人在走動。」

「他們在家嗎？你察看過？」

「我寧可不要上樓。」

「你唯一要做的，就是去看一下。我們接到很多人報案，已經忙不過來了，我不曉得什麼時候才能有人過去那裡。」

「聽我說，你能不能派個人過來？我認真告訴你，這裡感覺不對勁。」

竇倫警員大聲嘆了口氣。她完全可以想像他坐在辦公桌前，嘲弄地翻了個白眼。現在她實際說出了自己的恐懼，感覺上似乎就沒那麼嚴重了。或許根本沒有腳步聲，是她聽錯了，只不過是鬆掉的遮光板在風中拍動。或許這家人出門了。警方來了會發現根本沒事，她心想，明天全鎮都會取笑這個膽小的醫師。這星期她的名聲已經遭受過夠多打擊了。

「林肯就在那一帶不曉得哪裡，」竇倫終於說。「我會請他有空過去看一下。」

她掛斷，已經後悔打這通電話了。她再度下車，往上看著屋子。暮色愈來愈濃。我等一下就打電話去請警察不必派人了，免得自己丟臉，她心想。然後又走進屋子。

站在樓梯底部，她朝二樓平台看著，但是沒聽到上方傳來的任何聲音。她抓住欄杆，是橡木的，結實而安心。她開始往上爬，而逼著她的動力，就是她的驕傲，她決心不要成為鎮上最新的笑柄。

到了二樓，她打開電燈開關，面對著一道窄廊，髒黑的牆壁上有許多小手抹過的污痕。她探頭進右邊第一個房間。

那是奇蒂的臥室。窗簾的印花是眾多起舞的小小芭蕾舞者。床上散落著女生的東西：塑膠小髮夾，一件繡著雪花的紅毛衣，一個粉紅配紫兩色的兒童背包。地板上有幾個奇蒂鍾愛的芭比娃娃。但這些玩偶不是小女孩呵護的對象，而是遭到了殘忍的凌虐，衣服被撕成碎片，四肢攤開好像嚇壞了。有一個娃娃的頭部被扯離身體，睜著明亮的藍眼睛往上看著她。

寒氣又回到她的脊椎。

她退入窄廊，目光忽然轉向另一個打開的門口，裡頭的房間沒亮燈。黑暗中有個什麼在閃爍，是一種奇異的冷光，像是手錶表面的綠光。她走進那個房間，開了燈。那個綠光消失了。這是男孩的房間，很不整潔，書本和髒襪子扔在床上和地板上。一個爆滿的垃圾桶裡面塞滿揉皺的紙和可樂空罐。這是典型十三歲男孩所留下的凌亂。她關掉燈。

然後她又看到了——綠色光，是從床上發出的。

她往下看著枕頭，上頭泛著一抹鮮豔的冷光，然後她摸了枕頭套：是冷的，但是並不潮溼。現在她注意到牆上也有一道道微微的冷光，就在床的上方，床罩上還有一灘鮮豔的寶石綠冷光。

砰，砰，砰。她的目光猛地往上，接著她聽到一個小小的嗚咽聲，是小孩發出的。

閣樓。那兩個小孩在閣樓。

她離開男孩的房間，進入窄廊時絆到一隻球鞋。通往閣樓的樓梯又窄又陡；她上樓時必須緊抓著不結實的欄杆。等她到了樓梯頂，發現四下一片漆黑。

她往前走一步，拂過一條垂下來的電燈拉繩開關。她抓住扯了一下，沒有燈罩的燈泡亮起來，黯淡的光線只能照出一小圈閣樓。在陰暗的周圍，她看得出一堆舊家具和紙箱的輪廓。一座掛大衣的衣架，幾根叉出的掛鉤寬得像美洲赤鹿的大角，在地面投下一片威脅的黑影。

在一個紙箱旁邊，有個什麼在動。

她趕緊推開那個紙箱。箱子後頭，蜷縮在一團舊大衣上頭的，是七歲的奇蒂。那女孩的皮膚摸起來是冰的，不過她還活著，隨著每次呼吸，她的喉嚨都發出小小的呻吟。克蕾兒伸手要抱她，這才發現那女孩的衣服溼透了。她驚駭地把自己發出微光的手湊到燈光下。

血。

她感覺到的唯一警告，就是木地板發出的吱呀聲。有人站在我後頭。

克蕾兒轉身時，剛好那個陰影衝向她。她被狠狠撞上胸部，身子往後摔，被攻擊者壓在地上。一雙手抓住她的脖子。她想扳開，瘋狂地左右扭動，十幾個陰暗的影像在她眼前旋轉。那座衣架轟然摔在地上。在搖晃的燈泡下，她看到攻擊者的臉。

這一家的男孩。

他掐著她的脖子，當她的視野開始發黑時，她看到他的嘴唇往後撇，憤怒的雙眼瞇成細縫。她去抓他的眼睛。那男孩尖叫著鬆開手，踉蹌後退。她七手八腳才剛爬起來，那男孩就又撲向她。她往旁邊閃開，他飛撲過去，摔在一堆紙箱上，箱子裡頭的書和工具散落一地。

他們都看到了那把螺絲起子。

兩人同時衝過去，但他離得比較近。他抓起來，高高舉到頭部上方。螺絲起子往下刺時，她抬起雙手去抓那男孩的手腕。他的力氣大得嚇到她，她被迫跪下來。即使她努力要推開那螺絲起子，但錐尖仍顫抖著更逼近她。

然後，在她耳朵裡轟然的脈搏聲中，她聽到有人在喊她名字。她尖叫：「救命！」

腳步聲砰砰沿著樓梯上來。忽然間，那把螺絲起子不再刺向她。那男孩轉身，武器指向衝過來的林肯。她看到那男孩往後摔，四肢大張跌在地上。看到那男孩和林肯翻滾又翻滾，成了一團模糊亂揮的四肢，家具和紙箱散落在他們四周。那螺絲起子掉到地上，滑入陰影中。林肯把那男孩面朝下壓在地板上，克蕾兒聽到手銬發出扣上的金屬喀啦聲。即使被銬住了，那男孩仍不斷掙扎，盲目亂踢。林肯把他拖到一根閣樓的支撐柱旁，用皮帶把他緊緊拴在柱子上。

終於轉身面對克蕾兒時，他的呼吸沉重，臉頰上腫起一塊瘀青。他這才頭一次注意到那個女孩，躺在紙箱間。

「她在流血！」克蕾兒說。「幫我把她抬到樓下，那裡的燈光比較亮！」

他把那個女孩抱起來。

等到他們把她放在廚房的餐桌上，她已經停止呼吸。克蕾兒迅速朝她嘴裡吹了三次氣，然後摸她的頸動脈找脈搏，但是找不到。「馬上叫救護車來！」她對林肯說，雙手放在女孩的胸骨上方，開始做胸部按壓。女孩的襯衫溼透了，她的雙手按壓時老是滑開。鮮血浸透布料。她才七歲。小孩能有多少血可以失去？我可以讓她的腦細胞維持多久？

「救護車上路了！」林肯說。

「好，我要你幫她撕開襯衫。我們得看她哪裡在流血。」克蕾兒暫停，又朝女孩的嘴裡吹了三口氣。她聽到布料撕開的聲音，看到林肯已經讓她的胸部露出來。

「耶穌啊，」他喃喃說。

鮮血從半打刺破的傷口流出。

她雙手又回到胸骨上方，開始做心臟按壓，但隨著每次心跳，就有更多血從女孩身上流出來。

救護車的警笛聲接近了，隔著廚房的窗子，他們看到頻閃的燈光，同時救護車駛入前院。兩名救護人員迅速進入屋內，看一眼桌上的孩子，立刻打開他們的急救包。克蕾兒繼續按壓胸部，同時救護人員進行插管，做靜脈注射，接上心電圖導線。

「有心律了嗎？」克蕾兒問，暫停按壓。

「竇性心搏過速。」

「血壓呢？」

她聽到血壓計袖套的呼嘘聲。然後是回答。「勉強聽到是五十。乳酸林格氏液從這個靜脈注射管路輸進去，全開。要再插第二條有困難……」

另一個警笛聲進入院子，更多腳步聲奔入屋內。馬克・竇倫警員和比特・史帕可斯警員擠進廚房。竇倫迎上克蕾兒的視線，感覺到她的責備，很快別開眼睛。我跟你說過這裡不對勁！

「閣樓裡有個男孩，」林肯說。「我已經幫他上了手銬。現在我們得找到那個媽媽。」

「我去檢查穀倉。」竇倫說。

克蕾兒出聲阻止，「菲伊坐在輪椅上！她沒辦法出門去穀倉的。她一定還在屋裡。」

竇倫不理會她，轉身走出門。

她的注意力又回到女孩身上。現在他們測到脈搏了，她就可以停止按壓胸部，此時她強烈意識到自己雙手沾了血黏黏的。她聽到林肯和比特逐一跑過每個房間，尋找菲伊，聽到救護人員的無線電雜著爆響，同時諾克思醫院急診室在發問。

「失血有多少？」無線電上傳來麥納黎的聲音。

「她的衣服都被血染得溼透了，」救護人員回答。「胸部至少有六個戳刺傷。有竇性心律，心跳一六〇。血壓勉強聽到五十。已經插了一條靜脈注射管，但是第二條沒辦法。」

「呼吸呢？」

「沒有，已經幫她插管，用甦醒球幫她輸入氧氣。艾略特醫生也在這裡。」

「高登，」克蕾兒喊道。「她需要立刻做開胸手術！找個外科醫師在那邊待命，我們趕快把她送過去！」

「好，我們在這裡等你。」

雖然他們只花了不到一分鐘就把女孩送上救護車，但克蕾兒感覺所有動作都似乎慢得不得了。在恐慌的迷霧中，她看到一切：那令人心碎的小小身軀被綁在擔架上，糾纏的心電圖電線和靜脈注射管線，救護人員滿臉凝重地抬著那女孩快步下了門廊階梯，把她放上救護車。

克蕾兒和一個救護人員爬上車到女孩旁邊，車門轟然甩上。她跪在擔架旁，用甦醒球把氧氣輸入女孩的肺，同時在救護車顛簸駛出布瑞思頓家的車道時，努力保持平衡。

在心臟監視儀上，女孩的心律很不穩定。兩次心室早期收縮。接著又有三次。

「心室早期收縮。」救護人員說。

「注射利多卡因吧。」

那名救護人員才剛要注射，救護車就駛過一個坑洞。他往後摔，手臂鉤到靜脈注射管路，那導管滑出女孩的血管，一道乳酸林格氏液噴到克蕾兒臉上。

「狗屎，靜脈注射管掉了！」他說。

監視儀發出警示的嗶嗶聲。克蕾兒往上看了一下，發現一道心室早期收縮線掠過螢幕。她立刻開始做心臟按壓。「趕緊再幫她插一根！」

他已經撕開一個袋子，拿出一根新的導管。他在凱蒂的胳膊上綁了一條止血帶，拍打她的手臂幾次，想讓靜脈血管浮起。「我找不到血管！她失血太多了。」

那女孩休克了。她的血管塌陷了。

刺耳的警示音響起。螢幕上顯示是心室性心搏過速。

在恐慌中，克蕾兒狠狠捶了奇蒂的胸膛一下，什麼都沒有改變。

她聽到心臟電擊器的嗡嗡聲，那名救護人員已經按下充電鈕，正在奇蒂的胸部貼電擊貼片。克蕾兒後退，讓他把電擊板放好位置，然後釋放電流。

監視儀上，那道線忽然衝高，然後又回到竇性心搏過速。克蕾兒和那名救護人員都放鬆地吐出一口大氣。

「那個心律不會一直維持下去，」克蕾兒說。「我們需要靜脈注射管路。」

那名救護人員努力在搖晃的救護車上保持平衡，把止血帶綁在女孩的另一隻手臂上，再次尋找靜脈血管。「我找不到。」

「連肘正中靜脈都找不到？」

「已經爆掉了。我們稍早想做靜脈穿刺時就沒了。」

她又往上看了一下監視儀。心室早期收縮的線條又開始橫過螢幕。他們離急診室還有好幾哩遠，而這個女孩的心律正在惡化。她必須趕緊幫她做靜脈注射。

「你接手做心肺復甦術，」她說。「我來幫她從鎖骨下置入靜脈導管。」

他們七手八腳爬著交換位置。

蹲在奇蒂的胸部旁邊，往下看著鎖骨，克蕾兒心跳得好厲害。她已經好幾年不曾幫兒童置入中央靜脈導管了。她得把一根針從鎖骨下方插入，把針頭朝向鎖骨下靜脈這根大靜脈，同時冒著刺穿肺臟的危險。她的雙手已經開始發抖；在搖晃的救護車上，他們會更加不穩。

這個女孩已經休克，而且快死了。我沒有別的辦法。

她打開中央靜脈導管的工具包，用優碘擦拭女孩的皮膚，戴上無菌手套。然後她顫抖著吸了一口氣。「暫停按壓。」她說，把針尖放在鎖骨下，刺穿皮膚。她持續把針往前推，從頭到尾都輕輕利用針筒做抽吸。

深色的血液忽然衝回來。

「進去了。」

警示音尖嘯。「快點！她心室性心搏過速！」那名救護人員說。

天主啊，別讓我們碰到坑洞。不要是現在。

她穩穩握住那根注射針，拿掉針筒，把J形金屬導線穿過中空的針頭，進入鎖骨下靜脈。她讓金屬導線進入應有的位置，整個過程最棘手的部分結束了。現在她動作迅速，把導管輕推就位，抽出金屬導線，然後接上靜脈注射管。

「厲害，醫師！」

「利多卡因注射進去。林格氏液全開。」克蕾兒看了一下監視儀。

還是處於心室性心搏過速。她伸手拿起電擊板，才剛放在奇蒂的胸部，那名救護人員就說：

「慢著。」

她看向螢幕。利多卡因已經開始發揮效用；心室性心搏過速停止了。救護車煞車時的突然前傾，讓他們警覺到抵達醫院了。克蕾兒穩住自己，等著救護車轉彎、倒車進入急診室下車處。

後門打開，麥納黎和他的人員忽然就站在那裡，六雙手伸進來，把擔架拖出車廂。等在創傷室裡的只有一組人手不齊的外科團隊，但那是麥納黎在這麼短的時間內所能找到的人了：一位麻醉醫師、兩位產科護理師，還有一名普通外科的勃恩醫師。

勃恩立刻動手。他用手術刀劃開凱蒂肋骨上方的皮膚，用一種幾乎是兇殘的力量插入一根塑膠胸管。鮮血從那根管子流出來，注入玻璃製的引流收集器。他看了一眼急速增加的血，然後說：「我們得打開胸部。」

沒有時間做例行的刷手消毒了。趁著麥納黎在那女孩的手臂進行靜脈切開以置入另一根靜脈管路，同時一個單位的O型陰性血液輸入，克蕾兒穿上了手術袍，雙手伸入無菌手套，然後站在勃恩對面的位置。從他發白的臉，她看得出他很害怕。他不是胸腔外科醫師，而且顯然他知道自己碰上了麻煩。但是奇蒂命在旦夕，沒有其他人可以處理。

「萬福馬利亞，祢充滿聖寵。」他喃喃唸著聖母經，然後啟動胸骨電鋸。

聽到那電鋸的嗡響，克蕾兒皺起眉頭，瞇眼隔著噴濺的骨塵，看著奇蒂胸腔愈來愈擴大的開口。她唯一能看到的就是血，在燈光下亮晶晶像紅色的絲緞。大量血胸。當勃恩放置牽開器、把胸部的開口撐大時，克蕾兒就負責抽吸，暫時把胸腔清得乾淨些。

「血是哪裡來的？」勃恩咕噥道。「心臟看起來沒有受損。」

而且看起來好小，克蕾兒忽然憤怒地心想。這個孩子年紀還這麼小……

「我們得把這些血清掉。」

克蕾兒往更深處抽吸時，一小股血忽然湧出來，從被割破的肺臟，噴出一道弧形的血。

「我看到了。」勃恩說。然後用夾鉗夾住。

又一股血冒出來，鮮紅的新鮮血液旋轉著流入比較暗的那灘血中。

「兩個地方。」他緊繃又勝利地說，夾住第二個出血處。

「我聽到血壓了！」一名護理師說。「收縮壓七十！」

「掛上第二個單位的O型陰性血。」

「那裡。」克蕾兒說，然後勃恩夾住第三個湧出血的地方。

克蕾兒又開始抽吸。一時之間他們看著打開的胸腔，擔心地等著血又會開始累積。創傷室裡的每個人都陷入沉默。幾秒鐘過去了。

然後勃恩看了她一眼。「你知道我剛剛唸的聖母經？」

「怎麼樣？」

「好像奏效了。」

克蕾兒終於走出創傷室時，比特．史帕可斯正在等她。她的衣服濺著血，但他好像沒注意到；他們這一夜看到太多暴力了，或許血淋淋的景象再也嚇不倒他們了。

「那個女孩怎麼樣了？」他問。

「她撐過手術了。一等到她的血壓穩定，他們就會把她轉到班戈去。」克蕾兒露出疲倦的微笑。「我想她沒事了，比特。」

「我們也把那個男孩送到這裡了。」他說。

「史考提？」

他點頭。「護理師把他安排到那邊的那個檢查室。林肯認為你最好去看他一下。他很不對勁。」

她滿心憂慮地穿過急診室，突然停在檢查室門口。她望著裡頭，一言不發，一股寒意沿著脊椎往上爬。

當比特低聲開口時，她差點驚跳起來。「你懂我的意思了？」彼特說。

「他母親人呢？」她問。「你們找到菲伊了嗎？」

「是的，找到了。」

「在哪裡？」

「地窖裡頭，還在輪椅上。」比特望著檢查室內，然後好像受不了那個景象，於是害怕地後退一步。「她脖子斷了。是他把她推下樓梯的。」

10

從掃描觀察窗的這一頭，克蕾兒和電腦斷層掃描技師看著史考提．布瑞思頓的腦袋進入掃描儀的開口。他的四肢和胸部都被牢牢綁在檢查檯上，但是雙手還是持續扯著皮革束縛帶，手腕都已經磨破皮了，皮帶上沾了血。

「這樣沒辦法拍到任何清晰的畫面，」那技師說。「他還是動得太厲害了。或許你可以再給他一些煩寧？」

「剛剛已經幫他注射五毫克了。我不想害他的神經系統變得太遲鈍。」克蕾兒說。

「不打的話，就拍不出電腦斷層掃描了。」

那就沒辦法了。克蕾兒用注射針抽了鎮靜劑，進入隔壁的掃描室。隔著玻璃窗，她看到那個州警在觀察她。她走向檢查檯，湊向靜脈注射的注射座。此時那男孩忽然毫無預警地張開手，手指像個鐵夾似的猛抓，她慌忙閃開。

那州警走進掃描室。「艾略特醫師？」

「我沒事，」她說，心臟猛跳。「只是被他嚇了一跳。」

「我就在這裡。你動手幫他打針吧。」

克蕾兒趕緊抓起靜脈注射管，針頭插入橡皮加藥套，把整整兩毫克的煩寧打進去。

那男孩的手終於靜止不動了。

回到觀察窗另一頭，她看著掃描儀開始運轉，發出呼呼和喀噠的聲響，用一連串移動的X光轟炸男孩的頭部。第一個橫切面出現在電腦螢幕上，是頭顱最上方。

「到目前為止，看起來很正常，」那位技師說。「你希望看到什麼？」

「任何解剖結構上的異常，可以用來解釋他的行為。一個腫塊，一個腫瘤。這裡頭一定有個原因。像這樣無法控制攻擊性的男孩，他是我最近碰到的第二個。」

他們都同時轉頭，看著林肯進入電腦室。這場悲劇深深影響了他；她從他臉上看得出來：他眼睛下方的黑眼圈，他目光中的哀傷。對他來說，菲伊．布瑞思頓的死只不過是一個漫長夜晚的開始，他要開記者會，要跟州警局的調查員會面。這會兒他關上門，吐出一口大氣，似乎是因為終於找到一個安靜的避難處，雖然只是暫時的。

他走到觀察窗前，望著躺在檢查檯的男孩。「你們發現了什麼嗎？」

「剛剛班戈那邊打電話來，回報了他血液初步藥物篩檢的結果。一般跟暴力有關的毒品，包括安非他命類、天使塵、古柯鹼，驗出來全都是陰性。現在我們得排除其他可能造成他行為的原因。」她望著窗子那頭的病人。「整個狀況就跟泰勒．達內爾一樣。可是這個男孩從來沒有服用過利他能。」

「你確定？」

「我是他們的家庭醫師。我有史考提的所有醫療紀錄，是潘墨若醫師留給我的檔案。」

他們兩個都疲倦地肩膀靠向玻璃窗，想節省體力好應付接下來的幾小時。她意識到，他們似乎只會在這種時候有互動：當兩人都疲倦或害怕，或被危機轉移注意力之時。兩人都不是處於最佳狀態。他們對彼此沒有幻想，因為他們曾一起經歷過最糟糕的時候。而我只是愈來愈佩服他了，她驚奇地想著。

那名技師說：「最後的結果出來了。」

克蕾兒和林肯都從疲倦的恍惚狀態中清醒過來，走向電腦終端機。她坐下來看著螢幕上那些大腦橫切面。林肯來到她身後，雙手放在她的椅背上，他呼出的氣息暖暖地拂過她的頭髮。

「所以你看到了什麼？」林肯問。

「沒有中線偏移，」她說。「沒有腫塊。沒有出血。」

「你怎麼知道自己看到了什麼？」

「愈白的地方，就表示愈緻密。骨頭是白的，空氣是黑的。隨著橫斷面在顱內的位置愈低，你就會開始看到腦子底部有部分的蝶骨出現。我要尋找的是對稱。因為大部分病理只會影響到腦子的一邊，我就會檢查左右兩邊有什麼不同。」

一個新的影像出現了。林肯說：「我覺得這張看起來不對稱。」

「你說得沒錯，的確是不對稱。不過我不太擔心，因為裡面這個不對稱並不包括腦部，只是副鼻竇的其中一個竇。」

「你在看什麼？」那技師問。

「右上顎竇。看到沒有？這裡不完全清晰。好像被什麼弄得模糊了。」

「要我猜，是一個黏液囊腫，」那技師說。「通常會在一些有慢性過敏的病人身上看到。」

「這絕對無法解釋他的行為。」克蕾兒說。

電話鈴聲響起。是安東尼從檢驗科打來的。

「你可能會想下來看看這個，艾略特醫師，」他說。「是你病人的氣相層析。」

「他的血液裡出現了什麼嗎？」

「我不確定。」

「跟我解釋一下這個檢驗，」林肯說。「你們在這裡是要檢測什麼？」

安東尼拍拍那個像個大箱子的氣相層析儀，咧嘴笑得像個驕傲的父親。這具珍貴的儀器最近才取得，是班戈的東緬因醫學中心用舊的二手機器，他保護地站在旁邊。「這件儀器所做的，」他解釋。「就是把混合物拆成個別的成分。方法是利用每個分子在液相和氣相之間的已知平衡。你還記得高中時代的化學課吧？」

「那不是我最喜歡的科目。」林肯承認。

「唔，每種物質都有液態和氣態。比方說，如果你把水加熱，就會得到蒸氣——這就是一氧化二氫的氣相。」

「好，到目前為止都可以聽懂。」

「在這台機器裡有一個盤繞起來的毛細管柱——很長、很細的管子，如果拉直了，長度大約是半個美式足球場。裡頭充滿了一種惰性氣體，不會跟任何東西發生化學反應。現在，我做的就是把我們要檢驗的血液樣本放到這個注入口。樣本會加熱、蒸發成為氣體，不同形態的分子會以不同的速率沿著那個毛細管往前，速率多少要看各自的質量而定。這麼一來，不同的分子就會分開。這些分子從管子另一頭出來時，會經過一個偵測器，記錄在一個條狀圖上。每種物質通過管子要花的時間稱之為『遲滯時間』。現在已知遲滯時間的藥物與毒物有幾百種。這個檢驗可以告訴我們，一個病患的血液中是否有某種物質。」他拿起一支注射針，旋轉著拴在注入口。「注意螢幕，看我注入病人血液樣本時，會發生什麼事。」安東尼說，然後把針筒的柱塞往下按。

電腦螢幕上出現一條起伏不定的線。他們看著那條線前進了一會兒，不過對克蕾兒來說，那看起來只不過是「噪音」——在構成人類血漿的生化湯裡，各種不重要、非特定成分的讀數。

「有耐心一點，」安東尼說。「大約一分又十秒的時候會出現。」

「什麼會出現？」克蕾兒問。

他指著螢幕。「那個。」

克蕾兒看著那條線忽然往上衝，形成一個峰頂，然後又迅速落下，再度成為起伏不定的基線。「那個是什麼？」

安東尼走向印表機，那裡有一份印出來的紙本紀錄。他撕下那張紙，在實驗台上攤開讓克蕾兒和林肯看。

「那個峰，」他說。「我無法驗出是什麼物質。依照遲滯時間，是歸在類固醇那一類，但是某些維他命和內生的睪固酮也會有類似的峰。必須找個更精密的檢驗所，才有辦法驗出到底是什麼。」

「你剛剛提到內生的睪固酮，」克蕾兒說。「有可能是某種同化類固醇嗎？十來歲男生可能使用的？」她看著林肯。「那就可以解釋症狀了。練健身的人有時候會使用類固醇，好增加他們的肌肉質量。不幸的是，也有副作用，其中之一就是無法控制的攻擊性。一般稱之為『類固醇狂怒』。」

「可以列入考慮，」安東尼說。「某種同化類固醇。接著你們看看這個。」他走到自己的辦公桌，拿出另一張印了軌跡圖的紙。

「這是什麼？」

「是泰勒．達內爾的氣相層析，他住院那天做的。」他把第二張圖放在史考提．布瑞思頓的軌跡圖旁。

兩者的軌跡一模一樣。有一個清楚的峰出現在一分又十秒之處。

「不管這個物質是什麼，」安東尼說。「在兩個男孩的血液裡面都有。」

「針對泰勒的血液所做的全面藥物測試，結果是陰性的。」

「是啊，我打過電話給那個特約檢驗所。他們質疑我們的結果。好像這個峰是我想像出來的。我承認，這是一台舊機器，但是驗了幾次，每次的結果都是一樣的。」

「跟你談的是什麼人？」

「安森生技的一位生化學家。」

克蕾兒低頭看著兩張圖，一張疊在另外一張上頭，兩者的軌跡幾乎完全重疊。兩個男孩有同樣怪異的行為，血液裡有同樣某種查不出的物質。「把史考提．布瑞思頓的血液送去給他們，」她說。「我想知道這個峰是什麼。」

安東尼點點頭。「我已經準備好申請表了，就在這裡，要讓你簽字。」

到了凌晨兩點，克蕾兒已經看過每一張X光、每一份血液檢驗，但還是沒有離答案更接近。她筋疲力盡地逗留在那男孩的床邊，默默審視著她的病人。她努力思索自己可能遺漏了什麼。腰椎穿刺正常，血液化學和腦波檢查也正常。電腦斷層掃描只顯示右邊的上顎竇裡有個黏液囊腫——大概是慢性過敏造成的。過敏也可以解釋他白血球計數的一處異常：嗜酸性球計數特別高。然後她忽然想到：*就跟泰勒．達內爾一樣。*

史考提從他煩寧造成的昏睡中醒來，睜開眼睛。眨了幾下後，他的目光固定在克蕾兒身上。她關掉燈正要離開。即使在黑暗中，她仍看得到他發著微光的眼睛盯著她。

然後她發現，微微發亮的不是他的眼睛。

她緩緩走回床邊，勉強看得到他腦袋下的白枕頭套，還有枕頭上顏色比較深的是他的頭。在他的上唇，有一塊發出磷光的鮮綠色閃著。

「坐吧，諾亞，」芙恩．孔威里斯說。「有件事我們必須討論。」

站在門口的諾亞猶豫了，很不想踏入校長室。敵方領土。他不曉得為什麼自己課上到一半要被叫來這裡，但是從孔威里斯校長臉上的表情判斷，他猜想不可能是好事。

之前他在上樂團課時，學校的廣播系統帶著靜電雜音響起：*諾亞・艾略特，請立刻到校長室找孔威里斯校長。*當時其他學生都疑問地看著他。他強烈感覺到其他人的目光，放下自己的薩克斯風，穿過椅子和譜架所形成的迷宮，走出教室。他知道同學們都很好奇他做錯了什麼事。

他也完全摸不著頭腦。

「諾亞？」孔威里斯校長說，指著椅子。

他坐下了，眼睛沒看她，而是看著她的辦公桌，上頭整齊得難以置信。人類不可能有這樣的辦公桌。

「我今天收到一封信，」她說。「我得問你相關的事情。我不知道信是誰寄的。不過我很高興他們寄了，因為如果我的學生需要額外的輔導，那我就必須知道。」

「我不曉得你指的是什麼，孔威里斯校長。」

她沒回答，而是把一張影印的剪報推過桌面。他看了一眼，覺得自己的臉變得蒼白。那是《巴爾的摩太陽報》上刊登過的報導：

少年偷車後自撞

送醫後情況危急：

四名同車少年已被羈押

*誰會曉得？*他心想。*還有更重要的：他們為什麼要對我這樣？*

孔威里斯校長說：「你是從巴爾的摩搬來這裡的，不是嗎？」

諾亞吞嚥著。「是的，校長。」他低聲說。

「這篇報導裡沒有提到名字。但是附上了一封信，建議我找你談談。」她直視著他。「這是關於你的報導，對吧？」

「誰寄的？」

「眼前這個不重要。」

「一定是那些記者裡頭的一個。」他突然憤怒地抬起下巴。「他們一直追著我不放，問一堆問題。現在他們想報復我。」

「為了什麼？」

「為了我不肯接受他們採訪。」

她嘆氣。「諾亞，昨天有三個老師的汽車被撬開偷東西。你知道任何相關的消息嗎？」

「你是想找個人怪罪，對吧？」

「我只是問你，是否知道任何關於那些車的事情。」

他直直盯著她。「不知道，」他說，然後站起來。「現在我可以離開了嗎？」

她不相信她；他從她臉上看得出來。但是她也沒法再多說什麼了。

她點頭。「回去上課吧。」

他走出校長室，經過那個愛打探的秘書，然後氣呼呼地進入走廊。他沒回到樂團課，而是溜出學校，全身顫抖地坐在校門前階梯上。他沒穿夾克，但幾乎感覺不到寒冷；他很努力忍著不要哭。

在這裡，我也沒辦法繼續住下去了，他心想。我哪裡都沒辦法住了。不管去哪裡，總有人會查出關於我的過去，關於我做過的事情。他抱著自己的膝蓋前後搖晃，好想馬上回家，但是他們家太遠了，沒辦法用走的，而他媽媽又沒辦法來接他。

他聽到體育館的門轟然甩上，轉頭看到一個滿頭狂亂金髮的女人走出來。他認得她，是那個記者黛慕麗思．洪恩。她過了街，上了一輛車，墨綠色的車。

就是她。

他奔跑過街。「嘿！」他喊道，同時狂怒地拍打著她的車門。「你他媽的離我遠一點！」

她降下車窗看著他，那種熱中的神色簡直像是掠食動物。「哈囉，諾亞。你想談談嗎？」

「我只希望你不要毀掉我的人生！」

「我要怎麼毀掉你的人生？」

「一直跟蹤我！跟大家說有關巴爾的摩的事！」

「巴爾的摩跟我的報導有什麼關係？」

他瞪著她，忽然明白她完全不曉得他在講什麼。他後退。「算了。」

「諾亞，我沒有一直跟蹤你。」

「就是有。我一直看到你的車。你昨天開車經過我家。還有前天。」

「不，我沒有。」

「你有回還跟著我媽和我到鎮上！」

「好吧，那回我只是剛好在你們的車後頭。那又怎樣？你知道現在鎮上有多少記者、有多少綠色汽車在到處轉嗎？」

他又後退幾步。「離我遠一點就是了。」

「我們為什麼不談一談？你可以告訴我學校裡頭真正的狀況。那麼多打架是為了什麼。諾亞？諾亞！」

他轉身跑回學校。

兩隻鬥牛犬朝著克蕾兒的汽車又吼又吠，爪子抓著她的車門。她安全待在關上的車門裡，隔著前院注視那棟破爛不堪的農舍。在前院裡，堆著累積多年的垃圾。她看到一個架在磚頭上的拖車屋和三輛破汽車，零件被拆解到不同的程度。一隻貓害怕地躲在一台生鏽的乾衣機裡面，從打開的機器門朝外窺看。在節儉的新英格蘭地區，這樣的前院不算罕見。嚐過貧窮滋味的家庭會把垃圾當成珍寶一般囤積。

她按了車喇叭，然後把車窗降下兩三吋，隔著縫隙朝外喊：「哈囉？有人在家嗎？」

窗內一面破爛的窗簾往旁邊撥開一下，過了一會兒，門打開，一名年約四十的金髮男子走出來。他穿過前院，毫無笑意的雙眼打量著她，同時兩隻狗在他腳邊又叫又跳。他身上的一切似乎都細瘦稀疏——那張瘦臉，後退的髮際線，有如鉛筆素描出來的鬍子。而且充滿怨恨。

「我是艾略特醫師，」她說。「你是瑞得先生嗎？」

「對。」

「我想跟你的兩個兒子講話，如果可以的話。是有關史考提．布瑞思頓的。」

「他怎麼樣了？」

「他在醫院裡。我希望你的兒子們可以告訴我，他是哪裡不對勁。」

「你是醫師。你難道不曉得？」

「我相信那是藥物引發的精神病，瑞得先生。我想他和泰勒．達內爾都服用了同一種藥物。達內爾太太說史考提和泰勒常常跟你的兩個兒子在一起。如果能讓我跟他們談談——」

「他們幫不了你。」傑克．瑞得說，後退幾步。

「他們有可能全都在服用同樣的藥物。」

「我兒子沒那麼笨。」他轉身朝屋子走，對她的輕蔑明顯表現在他憤怒的肩膀姿勢上。

「我不想害你的兒子惹上麻煩，瑞得先生！」克蕾兒又喊道。「我只是想得到一些資訊而已！」

一個女人走出門來到門廊，眼神憂慮地看著克蕾兒，然後跟瑞得說了些話。他的回答就是把她推回屋裡。那兩隻狗現在退離克蕾兒的車子了，正在望著門廊，被新衝突的跡象所吸引。

克蕾兒搖下車窗，探頭出去。「如果我不能跟你的兒子談，那就只好找警察來幫我談。你比較希望跟凱利隊長談嗎？」

他回頭看她，一臉怒氣。此時那女人謹慎地探出頭來，也盯著克蕾兒瞧。

「談話內容我一定會保密的，」克蕾兒說。「讓我跟他們談吧，這樣我就不必讓警方介入了。」

那女人又跟瑞得說了些話——從肢體語言看來，是在懇求。他厭惡地冷哼一聲，踩著重重的腳步進屋了。

那女人穿過院子走向克蕾兒的車。跟瑞得一樣是金髮，臉色憔悴而蒼白，但是雙眼裡沒有敵意，而是一種令人不安的毫無情緒，彷彿她老早把自己的感情埋在某個很深、很安全的地方。

「兩個男孩才剛放學回家。」那女人說。

「你是瑞得太太嗎？」

「是的，醫師。我是葛瑞絲。」她回頭看著屋子。「那兩個男孩已經闖過夠多麻煩了。凱利隊長說如果再發生的話……」

「他不必知道這件事。我純粹是為了我的病人史考提．布瑞思頓來的。我得知道他服用的是什麼藥物，我想你兒子可以告訴我。」

「他們是傑克的兒子，不是我的。」她轉頭面對克蕾兒，彷彿讓她理解這個事實是很重要的。「我不能逼他們跟你談，但是你可以進來屋裡。先讓我把這些狗綁好吧。」

她抓住兩隻狗的項圈，拖到楓樹下拴好。克蕾兒下車、跟著女人走上門廊時，兩隻狗奮力扯著狗繩狂吠。

進入那棟房子，就像進入一大片擁擠而稠密的洞穴，天花板低矮，四下凌亂。

「我去叫他們，」葛瑞絲說，然後爬上一道窄窄的階梯不見了，留下克蕾兒獨自站在客廳。電視開著，螢幕上是購物頻道。在茶几上，有人在一本筆記本上寫著：「香奈兒五號，四盎斯，

一四．九九元。」她吸入屋裡的空氣，有霉味和香菸臭，很好奇只憑香水是否能蓋掉這種貧窮的氣味。

沉重的腳步聲在樓梯響起，兩個十來歲男孩無精打采地走進客廳。同樣的平頭讓他們的金髮腦袋似乎小得不自然。他們一言不發，只是站在那裡看著她，藍色的眼珠毫不好奇。青少年慣有的漠然。

「這是艾迪和傑帝。」葛瑞絲說。

「我是艾略特醫師。」克蕾兒說。她看了葛瑞絲一眼，葛瑞絲明白意思，便默默退出客廳。

兩個男孩重重坐在沙發上，雙眼自動轉向電視。即使克蕾兒拿了遙控器把電視關掉後，他們的雙眼依然瞪著空白的螢幕，彷彿是出於習慣。

「你們的朋友史考提．布瑞思頓在醫院裡，」她說。「你們知道嗎？」

兩人沉默了好一會兒，然後艾迪——小的那個，或許十四歲——才開口：「我們聽說他昨天晚上發瘋了。」

「沒錯。我是他的醫師，艾迪，我正在想辦法要查出原因。不管你們告訴我什麼，我都不會說出去。我得知道他吃了什麼藥物。」

兩個男孩交換了一個眼色，克蕾兒無法理解其中含意。

「我知道他吃過藥物，」她說。「還有泰勒．達內爾也是。他們兩個人的血液檢驗裡都顯示出來了。」

「那你為什麼還來問我們？」這回講話的是哥哥傑帝，他的聲音比艾迪低沉，而且充滿輕蔑。「你好像都已經知道了嘛。」

「我不曉得是什麼藥物。」

「是藥丸嗎？」艾迪問。

「不見得。我相信是某種荷爾蒙。有可能是藥丸，或是注射的，或甚至是某種植物。荷爾蒙這種化學製品的原料是生物，包括植物或動物，或是昆蟲。它會以很多不同的方式影響我們的身體。而我在談的這種荷爾蒙，會讓人變得暴力，變得想殺人。你們知道他們是怎麼弄到的嗎？」

艾迪的目光垂下，好像突然不敢看她。

懊惱之餘，克蕾兒說：「我今天清晨才在醫院看過史考提，他像個動物似的被綁住。啊，他現在很難受，但是等藥效退去，他會更難受。等到他清醒過來，想起他對他媽媽做了什麼，對他妹妹做了什麼。」她暫停，希望自己的話能穿透他們堅硬的腦殼。「他母親死了。他妹妹還在從自己的傷口復元中。奇蒂永遠都會記得哥哥是想殺掉她的那個男孩。這種藥物毀了史考提的一輩子，還有泰勒的。你們一定要告訴我，他們是從哪裡弄來的。」

兩個男孩都低頭看著茶几，她只看到他們豎著短髮的頭頂。傑帝無聊地拿起遙控器打開電視。購物頻道正在大力推銷一款十四K金鍊加人造綠寶石墜子。高端時尚的優雅，只要七十九・九九元。

克蕾兒搶走傑帝手上的遙控器，氣呼呼地關掉電視。「既然你們兩個不跟我談，那我想你們就得去跟凱利隊長談了。」

艾迪正要開口，然後看了他哥哥一眼，就又閉緊嘴巴。克蕾兒這才注意到兩兄弟的基本差異。艾迪怕傑帝。

克蕾兒把自己的名片放在茶几上。「如果你們改變主意，這是我的聯絡方式。」她看著艾迪說，然後走出屋子。

她下了門廊後，那兩隻鬥牛犬又衝向她，只是被狗繩猛地拉住。傑克．瑞得正在前院劈柴，他的斧頭在一座樹樁上敲出清脆的聲響。他完全不打算叫那兩隻狗安靜下來；或許他很樂於看著牠們嚇壞不受歡迎的訪客。克蕾兒繼續穿過前院，經過生鏽的乾衣機和一輛引擎零件被拆掉的舊車。經過瑞得旁邊時，他停下斧頭看著她。汗水在他的眉際冒出，染溼了蒼白的小鬍子。他把斧刃插在樹樁上，身子靠著斧柄，雙眼裡有惡毒的滿足。

「他們沒有話可以跟你說，對吧？」

「我想他們有很多話可以說。事情早晚都會水落石出的。」

那兩隻狗又激動地開始猛吠，狗繩刮著楓樹幹。她朝狗看了一眼，然後目光又回到瑞得身上，瑞得雙手握緊了斧柄。

「如果你想找麻煩，」他說。「最好回去看看你自己家裡。」

「什麼？」

他露出醜惡的笑容，然後舉起斧頭用力劈開一根木柴。

那天下午稍後，克蕾兒在診所裡接到了那通電話。一開始，她聽到外頭辦公室的電話鈴響，然後薇拉出現在她辦公室的門口。

「她想跟你談。她說你今天去過她家。」

「誰打來的？」

「愛蜜麗亞·瑞得。」

克蕾兒立刻接起分機。「我是艾略特醫師。」

愛蜜麗亞的聲音壓得很低。「我弟弟艾迪——他要我打給你。他不敢自己打。」

「艾迪想跟我說什麼？」

「他想告訴你——」然後暫停，那女孩似乎停下來在聽。然後她的聲音又回來了，小聲得幾乎聽不見。「他說要告訴你有關蘑菇的事情。」

「什麼蘑菇？」

「他們都吃了，泰勒和史考提和我的兄弟們。那種藍色的小蘑菇，在樹林裡。」

林肯·凱利下了她的小卡車，靴子踩到一根小樹枝，那枯枝的斷裂聲有如槍響般，在寧靜的湖上迴盪。此時是傍晚，天空雨雲密布，水面平靜得像黑玻璃。「這個季節出來採蘑菇，有點嫌太晚了吧，克蕾兒。」他諷刺地說。

「不過我們非採不可。」她打開自己的後車廂，抓了兩根葉耙出來，其中一根遞給林肯。他一臉不情願地接過去。「那些蘑菇應該是從巨石堆往上游一百碼的地方。」她說。「長在幾棵櫟樹下。小小的短柄藍色蘑菇。」

她轉身面對著一點也不吸引人的樹林，那些樹光禿而完全靜止，樹下方更加昏暗。時間這麼晚了，她本來不想來，但是氣象預報說會有暴風雪。之前斷續的累積降雨量已經有半吋，而且夜裡的氣溫會大幅下降，到了明天，一切都會掩埋在積雪裡。這是他們尋找無雪地面的最後機會了。

「共同的元素可能就是這個，林肯。一種天然毒素，源自這片樹林裡生長的植物。」

「那些孩子都吃了這種蘑菇？」

「他們當成某種儀式。吃一朵蘑菇，證明你是男子漢。」

他們沿著河岸走，經過腳踝深的枯葉和一叢叢野生樹莓。樹林裡的地面上到處散落著小樹枝，每一步都會製造出清脆的爆響。深秋走在森林裡，絕對不會是個安靜的經驗。

森林裡有一小片空地，這裡的櫟樹長得非常高大。

「我想就是這裡了。」她說。

他們開始把枯葉耙開，沉默而急切，然後凍雨開始下了，細小的冰珠夾著雨水，把一切蒙上一層發亮的薄冰。他們看到了傘狀菇和白色菇類形成的仙女環，還有豔橘色的蘑菇。

最後發現那種藍色菇的是林肯。他看到那一小丁從兩棵樹根形成的縫隙間冒出來，於是拂開櫟樹落葉，看到了蕈傘。夜幕已經落下，他得把手電筒的光直射過去，才能看到那蘑菇的顏色。他們並肩蹲下，被凍雨敲打著，當克蕾兒把那樣本放進一個塑膠夾鏈袋時，兩人都太冷又太難受，因而沒有什麼勝利之感。

「這條路前面有個溼地生物學家，」她說。「或許他會知道這是什麼。」

他們沉默地噗噗踩過爛泥地，出了樹林。在草蜢湖岸，兩人都驚訝地停下腳步。有一半的湖岸線幾乎全黑。本來應該亮著燈的那些房屋，現在只偶爾有窗內一抹黯淡的燭光。

「這樣的夜晚，停電也太慘了，」林肯說。「氣溫會降到攝氏零下六度的。」

「看起來我家那一帶湖岸都還有電。」她說，鬆了口氣。

「唔，準備好柴火吧。說不定電線上結冰已經愈來愈多。你們家也可能會停電的。」

她把葉耙放進她車子的後行李廂，正要走回駕駛座的車門，此時湖裡有個東西吸引了她的視線。那只是微微的亮光，要不是因為背後剛好襯著那片伸進水裡的黑色巨石堆，她可能就會錯過了。

「林肯，」她說。「林肯！」

他在他的巡邏車旁轉身。「什麼事？」

「你看湖面。」她緩緩走向那一小片拍打著爛泥的湖水。

他跟在她後面。

一開始他似乎無法理解自己看到了什麼。那只是一片模糊的微光，像是月光在湖面起舞。但今晚沒有月亮，而且那一道在水面上搖晃的光是一種磷光綠。他們爬上一塊岩石，看著湖水，驚奇地觀察著那道光如同一條蛇在水面上波動起伏，盤繞成一縷鮮豔的寶石綠。那不是刻意的動作，而是懶散的飄動，整個形體縮小，然後又擴大。

忽然間凍雨變大了，細針般的小冰球點點打在湖面上。那盤繞的磷光破碎成一千個發亮的碎片，然後消解。

有好一會兒，克蕾兒和林肯都沒說話。然後他悄聲說：「那到底是什麼鬼？」

「你以前都沒見過？」

「我在這裡住了一輩子，克蕾兒。我從來沒見過像這樣的東西。」

湖面現在是一片黑暗，看不見了。「我見過。」她說。

11

「我不是蕈菇類的專家，」麥斯．塔懷勒說。「但是如果看到有毒的，我可能認得出來。」

克蕾兒把那枚小菇從塑膠夾鏈袋拿出來遞給他。「你可以告訴我這是什麼嗎？」

他戴上眼鏡，在煤油燈的光線下審視著那枚小菇。他轉過來，檢查那細細的蕈柄，以及藍綠色的蕈傘。

凍雨答答敲著小屋的窗子，風聲在煙囪內呻吟。一個小時前停電了，麥斯的小屋也隨著每一分鐘都變得更冷。即將來襲的風暴似乎讓林肯坐立不安，克蕾兒可以聽到他在屋裡走來走去，察看冰冷的柴爐，拴緊窗子。那是一個了解嚴冬的人根深柢固的習慣。他用報紙在爐子裡生了火，丟進一根木頭，但是那根木頭還是綠的，製造出來的煙比熱能更多。

麥斯看起來不太健康。他抓緊一條毯子坐在那裡，椅子旁邊有一盒面紙。活生生證明了染上冬天流感、又住在沒有暖氣的小屋裡有多麼悲慘。

他終於抬起濡溼的眼睛。「你們是在哪裡發現這個菇的？」

「就在巨石堆的上游。」

「哪個巨石堆？」

「『巨石堆』是那個地方的名字，是當地小孩很喜歡去的地方。他們今年夏天發現了幾十株這種小菇，以前都沒見過。不過今年本來就很奇怪。」

「怎麼說？」麥斯問。

「今年春天有那些洪水，接著又是史上最熱的夏天。」

麥斯冷靜地點點頭。「全球暖化。到處都看得到跡象。」

林肯看了窗子一眼，細針般的凍雨敲著玻璃，然後他大笑。「今晚可沒有。」

「你得看大局。」麥斯說。「世界各地的氣候模式都在改變。非洲的旱災，中東的水災。不尋常的生長條件，就會培育出奇奇怪怪的東西。」

「比方藍色蘑菇。」克蕾兒說。

「或者八隻腳的兩棲類。」他指著書架，上頭陳列著他的標本罐。現在有八個罐子了，每個都裝著一個大自然的怪物。

林肯拿起一個罐子，瞪著裡頭那隻雙頭蠑螈。「耶穌啊。你這個是在我們的湖裡發現的？」

「在一片季節性的溼地。」

「你認為這是因為全球暖化造成的？」

「我不知道原因是什麼。也不知道接下來會影響哪個物種。」麥斯朦朧的眼睛重新聚焦在那朵小菇上。「植物會被影響也不稀奇。」他又轉了一下那朵小菇，嗅了一下。「天氣那麼冷，害我都鼻塞了。不過我想我聞到了。」

「聞到什麼？」克蕾兒問。

「茴芹的氣味。」他把小菇舉向她。

「我也聞到了。這是什麼意思？」

他起身從書架拿了一本《真菌學圖鑑》。「這個物種在闊葉林和針葉林都有生長，從仲夏到秋天。」他把書翻到一面彩頁。「學名 *Clitocybe odora*。就是茴芹傘蕈。裡頭含有微量的毒蕈鹼，就這樣。」

「那會是我們要找的毒素嗎？」林肯問。

克蕾兒往後靠坐在椅子上，失望地嘆了口氣。「不，不是。毒蕈鹼主要是會引起胃腸和心臟的症狀，而不是暴力行為。」

麥斯把那小菇放回塑膠夾鏈袋。「有時候，」他說。「暴力是無法解釋的。這就是可怕的地方。太無法預期了，而且往往發生得毫無道理。」

風吹得門喀噠作響。外頭的凍雨轉為雪，陣陣迴旋的白色大雪掠過窗外。那燒柴的爐子沒發出多少熱。林肯蹲下來檢查柴火。

火已經熄滅了。

「林肯和我今天看到了一樣東西，在湖上。」克蕾兒說。「簡直就像是幻覺。」

在克蕾兒家的客廳裡，她和麥斯面對著壁爐，背對著陰影。之前她哄著他離開那個沒暖氣的小屋，邀他來她家的客房過一夜，現在吃過晚餐，他們坐在爐火前，輪流倒著一瓶白蘭地。一根柴火嘶嘶冒出明亮的火焰，但是儘管火燒得很旺，卻似乎難以穿透房間裡的寒氣。在外頭，雪片飛撲著窗子，連翹的零星枯枝輕敲著玻璃。

「你們在湖上看到了什麼？」他問。

「漂浮在水面上，靠近巨石堆。是一種漩渦狀的綠光，就這樣漂著。不是固體，而是類似液體。像是一層浮油，會改變形狀。」她停下來喝了口白蘭地，盯著爐火。「接著凍雨開始落下，攪亂了水面。那縷光就忽然消解了。」她看著他。「聽起來好瘋狂，對吧？」

「有可能是某種化學物質外洩。比方說，螢光漆流到湖裡。或者可能是一種生物現象。」

「生物現象？」

他一手按著額頭，好像要緩解那裡剛出現的頭痛。「有一些生物體發光的藻類。還有某些細菌會在黑暗中發光。有一種就跟螢烏賊形成共生關係，發光細菌會提供光源，讓烏賊的發光器官發出亮光，以吸引交配對象。」

細菌，她心想。一大群漂浮的細菌。

「史考提．布瑞思頓的枕頭沾了一種冷光物質，」她說。「一開始我以為他是使用過某種圖畫顏料。現在我在想，那會不會是細菌。」

「你拿去做了培養嗎？」

「我拿他的鼻涕去做培養。我要求檢驗所查出裡頭長出來的每一種微生物，所以要等久一點才會有結果。你在湖水裡頭發現了什麼？」

「那些培養的報告都還沒出來，不過或許我打包離開之前，應該再多採樣幾次。」

「你什麼時候要離開？」

「那棟小屋我租到這個月底。不過現在天氣變得這麼冷，我倒不如提早結束，回波士頓，回到有中央暖氣的地方。我已經收集到足夠的資料了。在緬因州的十二個湖泊都採集到樣本。」他看著窗子，注視外頭下的雪，濃密得像窗簾。「這個地方，就留給像你這樣比較堅強的人了。」

壁爐裡的火快熄了。她站起來，從柴堆裡拿起一根樺木扔進火裡。那紙狀的樹皮立刻著火，發出劈啪聲且閃出火星。她看了一會兒，享受著那種熱度，感覺自己的臉頰也被燻得發紅。「我不是那麼堅強的人，」她輕聲說。「我也不確定自己屬於這裡。」

他又倒了些白蘭地到自己的杯子裡。「這個地方有很多要逐漸適應的。地理上的孤立，還有這裡的人，要了解他們並不容易。我待在這裡的一個月，你是唯一會邀請我吃晚餐的。」

她坐下來，帶著一種新的同情看著他。她回想起自己剛來到寧靜鎮定居的狀況。過了八個月，她真正認識的人有幾個？之前已經有人警告過她會是這樣，說當地人對於外來者很提防。外州的人就像脫落的細小絨毛般飄來緬因州，逗留一兩個季節，就又四散到不同的遠方。他們在這裡沒有生根，沒有回憶，也不會持久。緬因人知道這一點，所以他們對每個新搬來的居民都抱著懷疑的態度。他們會納悶是什麼逼得這個陌生人跑來，此人的過去藏著什麼秘密。他們想著這個陌生人是不是原想逃離什麼傳染病，卻還是把傳染病帶來了此處。在某個城市失敗的生活，往往去到別處也會失敗。

緬因人想像得出整個進展。外州人先是熱心買下了嶄新的房子，花園裡有新整理過的水仙花壇，買了雪靴和戶外夾克。一兩個冬天過去了。水仙開花、凋萎、開花都沒人照顧。暖氣帳單高得嚇人，深秋裝上的風暴窗在解凍後好幾個月都沒拆除。那些陌生人開始滿臉蒼白地在鎮上出現，開始渴望地談起佛羅里達，回想起自己流連過的那些海灘，夢想著沒有爛泥季節也沒有掃雪車的城鎮。而那棟曾經整修得那麼完善的房子，很快就又增加了一個新的裝飾品：一面求售的招牌。

外地來的人不會永遠留下。就連她也不確定自己會繼續待在這裡。

「那你為什麼會想搬來這裡？」他問。

她在椅子上往後靠坐，看著火焰吞沒了那根樺木柴火。「我搬來這裡不是為了自己，而是為了諾亞。」她往上看，朝著二樓她兒子的房間。樓上很安靜，就像諾亞一整個傍晚都很安靜。晚餐時他難得跟客人講幾句話。而晚餐結束後，他就回房關上門了。

「他長得很帥。」麥斯說。

「他父親長得很好看。」

「那他母親就不是？」麥斯那杯白蘭地快喝光了，而且他的臉在火光下似乎發紅。「因為你很漂亮。」

她微笑。「我想你醉了。」

「不，我現在的感覺是……舒服。」他把自己的杯子放在茶几上。「當初是諾亞想搬家？」

「啊，不是。是我把他硬拖來的，他簡直是百般抗議。他不想離開以前的學校和朋友。但是那正是我們非離開不可的原因。」

「壞朋友？」

她點點頭。「他惹上麻煩了。整票人都是。事情發生的時候我完全沒想到。我控制不了他，管教不了他。有時候……」她嘆氣。「有時候我覺得我完全失去他了。」

那根樺木柴滑下來，嘶嘶燃燒著成為紅炭。火花飛起，又緩緩往下落入灰燼中。

「我不得不採取某種極端的行動，」她說。「那是我施加控制的最後機會了。再過一年或兩年，他就年紀太大、太強壯了。」

「結果有用嗎？」

「你的意思是，我們的麻煩都消失了嗎？當然沒有。相反地，我又惹上了一大堆新麻煩。這棟破爛的舊房子，而且買下的診所似乎正在被我緩慢消滅掉。」

「他們這裡難道不需要醫師？」

「他們原先有個鎮上的醫師。老潘墨若醫師，去年冬天過世了。他們似乎無法接受我，我連一個比較差的替代品都輪不到。」

「這種事要花時間的，克蕾兒。」

「都已經八個月了，診所根本無法獲利。有個懷恨的人還到處寄匿名信給我的病人，警告他們不要來找我。」她看著那瓶白蘭地，心想：管他去死，於是又給自己倒了一杯。「我這是出了油鍋，又跳進火裡。」

「那你為什麼還留在這裡？」

「因為我一直還期望一切都能好轉。期望冬天會過去，夏天又會來臨，而我們母子兩人都會幸福快樂。反正夢想是這樣。讓我們撐下去的，就是夢想。」她喝著白蘭地，注意到火焰現在朦朧失焦，看起來很舒服。

「那你的夢是什麼？」

「我的兒子會像以前那樣愛我。」

「你的口氣好像有疑慮。」

她嘆氣，把酒杯舉到唇邊。「為人父母，」她說。「就是只有無盡的疑慮。」

躺在床上，愛蜜麗亞聽得到她母親房間裡的拍打聲，聽得到悶住的啜泣和嗚咽，還有穿插在每一巴掌之間的憤怒咕噥聲。

蠢婊子，不准你再違抗我。聽到沒？聽到沒？

愛蜜麗亞想著所有她能做的——她以前都已經做過了。沒有一件管用。她曾打兩次電話報警；兩次他們都把傑克關進牢裡，但沒幾天就放出來，由她母親接走。沒有用，葛瑞絲太軟弱了，葛瑞絲害怕孤單。

我以後絕對、絕對不會讓一個男人傷害我，還能逃過懲罰。

她摀住自己的耳朵，頭埋在床單底下。

傑帝聽著打人的聲音，可以感覺到自己興奮起來。沒錯，這就是對待她們該有的方式，老爸。你總是這麼告訴我。一隻堅定的手，好讓她們守規矩。他翻身湊近牆壁，一隻耳朵貼在灰泥牆上。他爸的床在牆的另一頭。就像以往許多夜晚，傑帝會湊近牆邊，傾聽著他父親的床發出有節奏的咿呀聲，很清楚隔壁房間在做什麼事。他爸與眾不同，跟別人都不一樣。儘管傑帝有點怕他，但也同時欣賞他。他欣賞老傑克掌管家裡的方式，絕對不讓女性變得囂張跋扈。這就是聖經中男女該有的樣子，傑克總是說，男人是他屋子裡的主人和保護者。很合理。男人更大、更強壯，當然由他作主。

拍打聲停止了，現在只剩床上下搖晃的咿呀聲。最後總是這樣收場的。一點懲戒，然後是老派的和好。傑帝愈來愈興奮，下頭那裡的渴望搞得他受不了。

他起床，摸索著經過艾迪的床，走向房門。艾迪睡熟了，那個蠢蛋。有這麼一個軟弱沒用的弟弟真是丟臉。他進了走廊，朝浴室走去。

走到一半，他暫停在繼妹關上的房門外，耳朵貼在門上，很好奇愛蜜麗亞是不是還醒著，是不是也在傾聽他們父母親的床所發出的咿呀聲。甜美可口的小愛蜜麗亞，不能碰的。住在同一個屋簷下，近得他幾乎能聽到她呼吸的聲音，可以聞到女生的香味從門底下飄出來。她總是把門鎖上——自從那晚他偷溜進去看她睡覺，她醒來時看到他解開了她睡衣的鈕釦。那個小騷貨當場尖叫，接著他老爸提著一把上膛的霰彈槍衝進來，想把入侵者給轟爛。

等到所有的女性鬼叫都平息了，傑帝也溜回自己的房間，他聽到他爸說：「那小子老是會夢遊，不曉得自己在做什麼。」傑帝還以為自己逃過一劫了。然後他爸來到傑帝的房間，狠狠打了他一巴掌，打得他眼冒金星。

次日愛蜜麗亞的房門就上了鎖。

傑帝閉上眼睛，感覺到自己唇上冒出汗來，同時想像著他香甜可口的繼妹躺在床上，纖細的雙臂張開。他想著她的雙腿一如他今年夏天所看到的那樣，修長的古銅色，穿著她的白短褲，大腿上只有最柔軟的一層金色。這會兒他的額頭、他的手掌也冒出汗水了。他感覺到自己心跳得好厲害，各種感官都敏銳極了，可以聽到周圍的夜晚發出嗡響，能量場有如電光石火般迅速循環旋轉。

他從來沒感覺到這麼有力量。

他再次握住門柄，發現打不開，忽然生氣了。她令他生氣，那副高人一等的姿態和不滿。他往下伸手觸摸自己，但其實是在觸摸她，指揮她。讓她做他想要的事情。而即使性交是他身體所渴望的，但當他釋放出自己之後，他心中浮起的畫面，卻是他自己有如粗繩般的手指，環繞在愛蜜麗亞纖瘦的脖子上。

12

諾亞把兩片吐司塞進烤麵包機，按下壓桿。「他待在這裡過夜，對吧？」

「要他睡在小屋裡面太冷了。他今天會回去的。」

「所以我們要收留每個不會生火的陌生男人嗎？」

「拜託小聲一點，他還在睡。」

「這也是我家！為什麼我應該要小聲講話？」

克蕾兒坐在早餐桌前，回瞪著她兒子。諾亞不肯看她，只是站在廚房的料理台旁，好像那些吐司麵包需要他的全副注意力。

「你生氣，是因為我有個來過夜的訪客嗎？」

「你根本不了解他，就隨便邀個陌生男人來過夜。」

「他不是陌生男人，諾亞。他是個科學家。」

「科學家就不是陌生人了？」

「你父親也是科學家。」

「所以我就該喜歡這個男人？」

吐司跳起來。諾亞把那兩片丟在一個盤子上，坐在桌前。她困惑地看著他拿起一把餐刀，開始把吐司切成愈來愈小的方塊。這樣好奇怪，她從來沒見過他這麼做。他是在轉移自己的怒氣，她心想。把氣出在麵包上。

「看起來，我的母親畢竟不是那麼完美，」他說。她臉紅了，被他殘酷的評論刺傷。「你總是告訴我要守規矩。但我可不是有朋友來家裡過夜的人。」

「他只是個朋友，諾亞。我有權利交朋友，不是嗎？」她又不顧後果地補了一句：「我甚至有權利交男朋友。」

「去交啊。」

「再過不到四年，你就上大學了。到時候你會有自己的生活。那為什麼我不能有我自己的？」

諾亞又回到水槽前。「你以為我有生活？」他大笑。「我是長期處於緩刑中。無時無刻都被觀察。每個人都在觀察我。」

「什麼意思？」

「我的老師看著我的眼神，好像我是什麼罪犯。好像我早晚又會搞砸。」

「你是做了什麼，才會引來他們的注意嗎？」

他氣憤地猛轉身面對她。「對，都是我的錯！向來都是我的錯！」

「諾亞，你是不是有什麼事沒告訴我？」

他憤怒地一揮手，把兩個咖啡杯掃出料理台，掉進水槽的洗碗水裡。「你已經認為我搞砸了！你從來沒替我高興過。無論我多麼努力要表現得完美。」

「別跟我抱怨必須完美。我也不能搞砸。無論是當媽媽，或是當醫師，而且我真的很厭倦了。尤其是無論我怎麼努力，你總是可以找到理由怪我。」

「我怪你的是，」他回擊。「把我拖來這個爛小鎮。」他怒氣沖沖走出屋子，前門甩上的聲音似乎回音不絕。

她伸手拿起快冷掉的咖啡猛喝，拿著杯子的雙手顫抖。剛剛發生了什麼事？他的那些怒氣從何而來？他們以前吵架過，但是他從來沒有這麼努力要傷害她，從來沒有講話這麼狠心過。

她聽到校車開走的隆隆聲。

她往下看著他的盤子，那些沒吃的吐司麵包。已經被切成碎片了。

「這裡不是適合他待的地方，艾略特醫師。」護理長愛琳·考金說。她個子雖矮，但是以女人來說非常健壯，而且洪亮的聲音和當過陸軍護理師的背景，立刻就能獲得尊敬。當愛琳講話的時候，連醫師都會認真聽。

克蕾兒正在護理站看史考提·布瑞思頓的病歷，雖然才看到一半，但她還是先擱在一邊，轉身面對愛琳。「我今天早上還沒去看史考提，」她說。「他又出了什麼狀況嗎？」

「即使你囑咐半夜要多給他鎮靜劑，他還是不睡覺。他現在安靜了，但是昨天夜裡，他整個夜班都醒著，尖叫著要守衛解開他的手銬，吵醒其他所有的病人。艾略特醫師，那個孩子得送去少年觀護所，或是精神病醫院，不是一般醫院的病房。」

「我還沒完成評估，還在等一些檢驗結果。」

「如果他情況穩定，你不能把他轉到別的地方嗎？護理師都怕進他病房。甚至連幫他換床單，都得有三個人綁著他。我們希望把他移走，愈快愈好。」

該是決定的時候了，克蕾兒心想，沿著走廊要去史考提的病房。除非她能診斷出某種有性命危險的疾病，否則沒辦法再把他留在醫院了。

史考提．布瑞思頓病房門口駐守的州警向克蕾兒點頭招呼。「早安，醫師。」

「早安。我聽說他很難控制。」

「過去一個小時好多了。完全沒出聲音。」

「我得再檢查他一下。你能不能一起進來，只是以防萬一？」

「沒問題。」他推開門才走了一步就僵住了。「耶穌基督啊。」

一開始克蕾兒只注意到他聲音裡的驚駭。然後她擠過他旁邊進入病房。她感覺到陣陣冷空氣從打開的窗子湧進來，而且看到了血。空病床上濺灑著點點血跡，一片嚇人的血染上了枕頭和床單，還染遍了床側欄杆懸吊下來的空手銬。在那手銬下方的地板積聚了一灘紅色。落在那灘血邊緣有一團人類組織，乍看之下難以分辨，但是上頭有指甲，且一端撕開的肉裡有一小根白骨突出。是那男孩的大拇指；他把自己的大拇指咬斷了。

那州警呻吟著蹲在地板上，頭埋在雙膝間。「耶穌啊，」他一直喃喃說。「耶穌啊……」

克蕾兒看到赤腳的足跡穿過房間。她奔向打開的窗子，看著一層樓之下的地面。踩過的雪地混合著雪、足跡，還有更多血，一路離開醫院，朝向醫院外圍的森林。

「他進入樹林了！」她說，然後跑出病房，進入樓梯間。

她衝下一樓，推開防火門出去，立刻踩進腳踝高的溼雪裡。等到她繞過建築轉角到史考提的窗下，冰水已經滲入她的鞋子裡。她沿著史考提的血跡穿過那一大片雪地。

到了樹林邊緣，她停下，想看清那些常綠樹的陰影裡有什麼。她可以看到那男孩的足跡，一路延伸到林下灌木叢，不時還濺灑著幾片鮮血。

她心臟猛跳，進入樹林。最危險的動物就是處於疼痛中的動物。

她沒戴手套的雙手麻木，因為冷，因為害怕，同時她閃過一根樹枝，朝樹林更深處看去。在她身後，一根小樹枝響亮地折斷。她猛地轉身，差點放鬆地叫出聲，是那個州警，跟著她也離開醫院了。

「你看到他了嗎？」他問。

「沒有。他的足跡通到這片樹林裡。」

他涉過雪地走向她。「醫院警衛馬上就趕來。還有急診室的員工。」

她轉身面對著樹。「你聽到那個了嗎？」

「什麼？」

「水，我聽到水聲了。」她開始跑，鑽過低矮的樹枝，踉蹌跑過林下灌木叢。那男孩的足跡現在來回重疊，彷彿腳步蹣跚。然後是一堆踩亂的雪，顯然在這裡摔倒過。失血太多了，她心想。他跌跌撞撞地，就快暈倒了。

嘩啦水聲變得更大了。

她穿過一片常綠樹，來到一條小溪的岸邊。雨和融雪使得漲起的溪水變得湍急。她慌忙地四下掃視，尋找那男孩的腳印，看到朝小溪延伸了幾碼。

然後，在水邊，那些足跡忽然消失了。

「你看到他了沒？」那州警喊道。

「他落水了！」她走進及膝深的溪水裡。手在水裡亂摸，盲目地抓著任何碰到的東西。她抓起了樹枝、啤酒空罐，還有一隻破靴子。她又涉水到更深處，水淹到她大腿了，但是水流太急，她感覺到激流把她往下游拖。

她頑固地一腳頂著一塊石頭，再度把雙臂伸到冰冷的水裡撈。

然後發現一隻手臂。

她大叫，那州警也涉水來到她旁邊。男孩的病人袍鉤住一根樹枝：他們必須把那袍子硬扯開。然後兩人一起把他從溪水裡拉起來，拖上岸，放在雪地上。他的臉色發青，沒有呼吸，也沒有脈搏。

克蕾兒開始進行心肺復甦術。吹三口氣灌進他的肺裡，然後做心臟按壓。一千零一、一千零二，整個過程熟極而流。當她壓著他的胸部時，血從鼻孔冒出來，流到雪地上。血液循環恢復了，血流到腦部，流到重要器官，但也表示他的身體又開始流血了。她看到他手上的傷口剛淌出一道暗紅色的血。

嘈雜聲接近了，然後是腳步聲奔向他們。克蕾兒後退，全身溼透且顫抖，看著急診室人員把史考提抬到擔架上。

她跟著他們回到醫院，進入充滿人聲和混亂的創傷室。在心臟監視儀的螢幕上，心臟的軌跡顯示出心室纖維性顫動的模式。

一名護理師按了電擊器的充電按鈕，把兩塊電擊板放在男孩的胸部。電流通過史考提的身體時，他整個人扭跳了一下。

「還是心室纖維性顫動，」麥納黎醫師說。「恢復心臟按壓。倍心能打進去了嗎？」

「正要打。」一名護理師說。

「所有人後退！」又是一次心臟電擊。

「還是心室纖維性顫動，」麥納黎說，看了克蕾兒一眼。「他在水裡多久了？」

「我不知道。可能長達一個小時。但是他年紀還小，而且溪水接近冰點。」泡在冷水裡的兒童，即使是明顯死亡，有時也有辦法救活。他們還不能放棄。

「核心體溫是攝氏三十二度。」一名護理師說。

「繼續心肺復甦術，另外讓他身體溫暖起來。說不定有機會。」

「他怎麼一直流鼻血？」一名護理師問。「他撞到頭了嗎？」

一道鮮紅色的血流下男孩的臉頰，滴到地板上。

「我們把他從水裡拉出來的時候，他就在流血了。」克蕾兒說。「他有可能摔在岩石上。」

「沒有頭皮或臉部的創傷。」

麥納黎伸手拿電擊板。「後退，再幫他電擊一次。」

林肯在醫師休息室找到她。她已經換上了醫院的刷手服，正蜷縮在沙發上麻木地喝著咖啡，此時聽到門關上的聲音。他行動好安靜，她都不曉得是他，直到他坐在她旁邊說：「你應該回家，克蕾兒。你沒有理由留下。拜託，回家吧。」

她眨眨眼，頭埋進雙手裡，努力忍著不要哭。公然為了一個病人的死而流淚，就顯示你失去了自制力，破壞了專業的表象。她努力忍回淚水，用力得全身都僵硬了。

「我必須警告你，」他說。「你離開醫院大樓時，會發現樓下有一群人。那些電視採訪小組的廂型車都停在出口外頭。你要走到停車場，一定得經過他們的追訪陣地。」

「我沒有話可以跟他們說。」

「那就什麼都不要說。如果你想要的話，我可以陪你走過去。」她感覺林肯的手放在她的手臂上。那是個溫柔的提醒手勢，告訴她該離開了。

「我已經打電話給史考提的最接近親人，」她說，一手擦過眼睛。「只剩她母親的表妹了。她才剛從佛羅里達州趕來，陪著奇蒂復元。我跟她說史考提死了，你知道她怎麼說？她說：『幸好。』」她看著林肯，看到他眼中的無法置信。「她就是這麼說的，幸好。是上帝的懲罰。」

他一手攬住她，她臉靠在他肩膀上。他是在無言地允許她哭，但她不讓自己有這種奢侈。她還得面對那些記者的追訪，絕對不會讓他們看到一張哭腫的臉。

他們走出醫院時，他就陪在她旁邊。冷空氣撲面而來，接二連三的問題也開始襲擊她。

「艾略特醫師！史考提．布瑞思頓真的有濫用藥物嗎？」

「——聽說有一個青少年謀殺幫派？」

「他真的咬斷了自己的大拇指嗎？」

克蕾兒被那些攻擊的吼叫搞得茫然，只是盲目地穿過人群，沒注意到任何臉。一個錄音機湊到她面前，她發現眼前是個滿頭蓬亂金髮有如獅鬃的女人。

「聽說這個小鎮有幾百年謀殺的歷史，是真的嗎？」

「什麼？」

「那些湖邊發現的老骨頭。那是大型謀殺。而且在一百年前——」

林肯迅速走到兩人之間。「別擋路，黛慕麗思。」

那女人尷尬地笑了。「嘿，我只是在盡我的職責，隊長。」

「那就去寫外星人嬰兒的報導！放過她吧。」

一個新的聲音喊道：「艾略特醫師？」

克蕾兒轉頭看到一名男子的臉，認出是米契爾·古魯姆。那記者走向她，注視著她的眼睛。

「愛荷華州，法蘭德斯城，」他輕聲說。「同樣的事情也發生在這裡嗎？」

她搖頭，然後輕聲說：「我不知道。」

13

沃倫．愛默森的肺被冷空氣搞得好痛。今天早上他的室外溫度計顯示是攝氏零下十三度，所以他穿得很厚。他夾克裡面有兩件襯衫和一件毛衣，還戴上帽子和手套，脖子上的圍巾繞了兩圈。但是吸進體內的冷空氣就完全沒辦法抵擋了。那空氣像是在燒灼他的喉嚨，害他胸口發疼、肺部抽搐。他邊走邊咳，像個火車頭似的喊嚓前進。喘氣－咳嗽，喘氣－咳嗽。都還沒到冬天呢，他心想，整個世界就變成冰了。枯樹包著一層冰，樹枝閃爍發亮。他在滑溜溜的路上行走時必須很小心，每一步都慎重地踩在點點碎冰上，因為郡政府派了卡車在馬路上撒了沙子防滑。光是為了不要摔倒，他就花了兩倍力氣，等到他走到鎮上，兩腿的肌肉都在發抖了。

沃倫走進柯摩綜合商場時，收銀員女士抬起頭來。他露出微笑，一如過往每個星期那樣，總是期望她會回應他的招呼。他看到她的唇角上揚，正要習慣性地露出歡迎的微笑，接著她雙眼看到沃倫的臉，微笑還沒完全成形就凍結了。然後她別開眼睛。

在沉默的挫敗中，沃倫轉身去取購物推車。

他循著以往慣常的老路線，拖著靴子走過吱呀作響的地板，停在罐頭蔬菜的走道上，看著架上的玉米醬和四季豆和甜菜，看著標籤上夏季鮮嫩多汁的鮮豔圖片。標籤都會撒謊，他心想。那些罐頭的橘色切塊根本比不上剛從溫暖土壤中拔出來的新鮮甜美胡蘿蔔。他站在那裡，一罐都沒拿，思緒飄到他夏天栽種過、現在好想念的那些蔬菜。他算著到春天還有幾個月，再加上新栽種的菜要幾個月才能收成。他的這一輩子，似乎就是花在等待冬天過去，或者為即將到來的冬天做準備。他心想：*夠了就是夠了。我已經活過太多個冬天了。我沒辦法再熬過一個了。*

他把手推車留在原地，走過那個永遠不跟他笑的收銀員，出了店門。

他站在柯摩綜合商場外頭的人行道上，看著對街剛結凍的湖。湖面明亮光滑如鏡，乾淨無瑕的銀色，連一片雪都沒沾上。溜冰的冰面，他心想，回憶起他童年的那些冬天，他的雙腳滑行，冰刀愉快地刮過冰面。很快地，就會有小孩身穿鮮豔的冬季夾克、拿著冰球桿在那裡溜冰了，像遊行時天上飄落的彩紙般遍布在冰上。

但是我已經度過夠多冬天，不想再經歷一個了。

他吸氣，感覺肺部深處冰冷空氣的刺痛。好尖銳，像在懲罰他。

那隻貓又回到榆樹街那家廉價商店的窗口，正在清理自己，身上的毛在陽光下一片烏黑且發出光澤。克蕾兒經過時，那貓暫停清理自己，不屑地瞪著她。

她往上看了一眼天空。是一種深邃的藍色，預告著接下來會有個難熬的寒夜。自從史考提・布瑞思頓四天前死去後，冬天就殘酷且斬釘截鐵地宣告自己的到來。整個湖面上覆蓋著一片微亮的冰，而在今天的報紙訃聞版上，所有的葬禮安排全都是同樣的字句：「將在春天時下葬。」當地面融化時，當大地重新甦醒時。

到了春天，我還會在這裡嗎？

她轉入製革巷。一個門洞上掛著一面招牌，在風中搖曳得像是酒館的廣告牌：

寧靜鎮警局

她直接走到林肯的辦公室，把最新一期的《內幕周刊》放在他的辦公桌上。

他隔著眼鏡上方看她。「有什麼問題嗎，克蕾兒？」

「我剛從蒙拿罕快餐店過來，那裡每個人都在談這個。黛慕麗思．洪恩最新的垃圾報導。」

他往下看了一眼標題：邪惡籠罩的小鎮。「那只是一份波士頓的小報，」他說。「沒人把那些玩意兒當真的。」

「你看過這篇報導沒有？」

「沒有。」

「蒙拿罕快餐店的每個人都看過了。而且他們很害怕，都在說要把上膛的槍放在手邊，以防萬一某個被魔鬼附身的青少年會跑來，想偷他們的寶貝卡車或什麼的。」

林肯哀嘆著摘下眼鏡。「啊，要命。這真是我最不需要的。」

「我昨天幫三個病人縫了撕裂傷。其中一個才九歲，用拳頭敲碎了一面玻璃窗。這個小鎮的小孩已經惹出夠多麻煩，現在連大人也跟著發瘋了。」她雙手放在他桌上。「林肯，你不能等到鎮民大會才去跟這些人講話。你現在就得阻止這種歇斯底里的情緒。那些老恐龍等於是宣布，對兒童的狩獵季節開始了。」

「即使是腦殘的人，也有言論自由。」

「那至少把你手下的嘴巴管好！黛慕麗思．洪恩引用了你們隊上警察的說法，這個警察是誰？」她指著那份小報。「你自己看！」

他低頭看著她指的那段。

這個小鎮暴力橫行，背後的原因是什麼？

很多當地人認為他們知道原因，但是他們的解釋太令小鎮的當局不安了，因此很少人願意具名說話。一位警察（他不想透露姓名）私下確認了當地百姓的可怕說法：魔鬼崇拜者已經控制了寧靜鎮。

「我們很清楚有幾個女巫住在這裡，」他說。「當然了，他們自稱是『威卡教信徒』，說他們只不過是崇拜地精或諸如此類的神靈。但是千百年來，巫術總是跟魔鬼崇拜聯繫在一起，讓你不禁好奇，這些所謂的大地崇拜者，夜裡跑去樹林裡到底是在做些什麼。」被問到進一步詳情時，他說：「我們接到一些公民的投訴，說們聽到樹林裡的鼓聲。有人還看到山毛櫸丘有燈光閃現，那裡是荒無人居的森林。」

這個偏遠的小鎮有事情不對勁，深夜鼓聲和樹林裡的詭異燈光不是唯一的警訊。長年以來，魔鬼崇拜儀式的傳聞一直是當地傳說的一部分。一位女士回憶，她小時候曾聽到有關秘密儀式和嬰兒出生後不久就消失的故事。鎮上的人提起可怕的童年傳說，說有人以魔鬼之名獻祭小動物、甚至嬰兒……

「你們哪個警察去跟這個記者講話了？」克蕾兒質問道。

林肯忽然憤怒地沉下臉來，猛然站起來走向門口。「佛洛伊德！佛洛伊德！到底是哪個人跑去跟那個黛慕麗思．洪恩講話的？」

佛洛伊德的回答有點顫抖。「呃……是你，林肯。上星期。」

「局裡另外有個人也跟她講話了。是誰？」

「不是我。」佛洛伊德暫停一下，然後又自信地補充：「她有點嚇到我了，那位黛慕麗思小姐。給人的印象就是她想把你活活吃掉。」

林肯回到他的辦公桌後頭坐下，顯然還是很生氣。「我們局裡有六個人，」他對著克蕾兒說。「我會盡力追查的。但是匿名洩漏消息幾乎是不可能查出來的。」

「那些話有可能是她編造出來的嗎？」

「以我對黛慕麗思的了解，有可能。」

「你對她有多了解？」

「比我想要的更了解。」

「這話是什麼意思？」

「唔，沒有了解到要一起私奔，」他兇悍地回答。「她就是那種鍥而不捨的人，而且她似乎總是能得到她想要的。」

「包括當地的警察。」

她看到他眼裡閃出新的憤怒。兩人的目光僵持了一會兒，她感覺到一股不期然的吸引力。她很意外，居然在那一刻有這樣的感覺。今天上午他看起來狀況欠佳。頭髮亂糟糟的，好像之前一直心煩地用手去亂抓過，而且他臉上的皺紋比平常更多，襯衫也皺巴巴的，又因為缺乏睡眠而雙眼無神。所有他工作上的、個人生活上的壓力，都明白顯示在他臉上。

在隔壁房間，電話鈴聲響起。然後佛洛伊德出現在門口。「柯摩綜合商場的收銀員剛剛打來。艾略特醫師，你可能也會想過去一趟。」

「為什麼？」克蕾兒問。「發生了什麼事？」

「啊，又是老沃倫．愛默森。他癲癇發作了。」

一群看熱鬧的人聚集在人行道。人群中央躺著一個穿著破爛的老人，四肢抽搐，顯然是癲癇大發作。他頭皮有個傷口正在滲血，而且在寒風裡，人行道上有一道鮮明的血才剛結凍。旁觀者沒人試圖幫他，而是都後退一段距離站著，好像怕碰觸他，連靠近都怕。

克蕾兒跪下來，第一要務就是防止他傷害自己，或是把分泌物吸進肺裡。她把那老人翻為側躺，鬆開他的圍巾，墊在他臉頰下頭，以隔開冰冷的人行道地面。他的皮膚發紅是因為寒冷，不是發紺；他的脈搏急促但有力。

「他發作有多久了？」她大聲問。

她的問題得到沉默的回應。她抬頭看了那些旁觀者，看到他們退得更遠，目光不是看著她，而是看著那名老人。唯一的聲音只有風聲，從湖上吹來，吹著人們的大衣和圍巾。

「多久？」她又問一次，聲音充滿嚴厲的不耐。

「五分鐘，或許十分鐘吧。」有個人終於回答。

「叫救護車了嗎？」

大家搖搖頭，或是聳聳肩。

「那只不過是老沃倫，」一個女人說，克蕾兒認得是綜合商場的收銀員。「他以前從來不需要救護車的。」

「好，現在他需要！」克蕾兒厲聲說。「去叫！」

「他的發作已經緩下來了，」那收銀員說。「再過一會兒就會結束了。」

那老人的四肢抽搐現在成為間歇性的，顯然他的腦部正在發出最後一波電風暴。最後他的身體終於鬆弛下來。克蕾兒再度檢查他的脈搏，發現還是很有力，而且很穩定。

「看吧，他沒事了，」那個收銀員說。「他總是發作之後就沒事了。」

「他的傷口需要縫合。而且他需要神經系統的評估，」克蕾兒說。「他的醫師是誰？」

「以前是潘墨若。」

「唔，現在得有人幫他開癲癇藥物。他的病史呢？有誰曉得嗎？」

「你何不問問沃倫呢？他快醒了。」

她低頭看到沃倫．愛默森的眼皮緩緩張開。雖然環繞著人群，但他的目光直視著天空，好像第一次看到似的。

「愛默森先生，」克蕾兒說。「你可以看著我嗎？」

一時之間他沒反應，彷彿迷失在驚奇中，雙眼緊盯著天空裡一朵緩緩飄過的雲。

「沃倫？」

他眼睛的焦點終於轉向她，皺起眉頭，似乎努力要搞懂為什麼這個陌生的女人在跟他講話。

「我是艾略特醫師。救護車馬上就到了，我們會帶你去醫院。」

「我想回家……」

「你的頭皮撕裂了，需要縫合。」

「但是我的貓——我的貓在家裡。」

「你的貓不會有事的。你的醫師是誰，沃倫？」

他好像努力回想。「潘墨若醫師。」

「潘墨若醫師已經過世了。現在你的醫師是誰？」

他搖搖頭閉上眼睛。「不重要了。現在都不重要了。」

克蕾兒聽到救護車駛近的警笛聲，車子停在人行道邊，兩名救護人員下了車。

「啊，只不過是沃倫．愛默森，」其中一人說，好像每天都碰到同樣的這個病患。「他又發作了？」

「他頭皮還有一道很深的傷口。」

「好吧，沃倫，老哥，」那名救護人員說。「看起來你得上車了。」

等到救護車駛離時，克蕾兒的怒氣到了沸騰狀態。她低頭看著在冰上已經凍硬的血。「我真不敢相信，」她說。「都沒有人試著幫他嗎？沒有人在乎嗎？」

「他們只是害怕。」商場的收銀員說。

克蕾兒轉身看著那個女人。「至少你們可以保護他的頭部。癲癇發作沒什麼好怕的。」

「我們怕的不是那個。而是*他*。」

她不敢置信地搖頭。「你們害怕一個老人？他能造成什麼威脅？」

她的問題只換來一片沉默。克蕾兒轉頭看著其他人的臉，但是沒人敢看她。

沒有人開口說一個字。

等到克蕾兒抵達醫院，急診室醫師已經縫好沃倫．愛默森的頭皮撕裂傷，正在一張寫字板上寫著診治紀錄。「縫了八針，」麥納黎說。「外加他鼻子和耳朵有些小凍傷。一定是躺在寒風裡好一會兒了。」

「至少二十分鐘，」克蕾兒說。「你認為他需要住院嗎？」

「唔，他的癲癇是老毛病了，而且他的神經系統似乎沒有損傷。不過他的確撞到頭了。我無法判斷他這回失去意識是因為癲癇發作，還是因為撞到頭。」

「他有主治醫師嗎？」

「目前沒有。根據我們的紀錄，他上回住院是在一九八九年了，當時是潘墨若醫師讓他住院的。」麥納黎在急診室的表格上簽了名，然後看著克蕾兒。「你想接手當他的醫師嗎？」

「我正想這麼建議。」她說。

麥納黎把愛默森的醫院病歷遞過去。「祝你閱讀愉快。」

那個檔案裡有愛默森一九八九年的住院紀錄，以及歷年來多次送到急診室的摘要。她首先翻到一九八九年的住院紀錄和身體檢查，認出潘墨若醫師細長的筆跡。那些紀錄很簡短，只有基本的狀況：

病史：五十七歲白人男性，五天前劈柴時，斧頭不小心割傷左腳。傷口腫起且疼痛，目前病患左腳無法承受重量。

身體檢查：體溫攝氏三七．二度。左腳有兩吋長的傷口，邊緣皮膚已收口。周圍皮膚溫熱，發紅，一碰就痛。左邊鼠蹊部淋巴結腫大。

診斷：蜂窩性組織炎。

處方：靜脈內注射抗生素。

沒有過去的醫療紀錄，沒有社會保險紀錄，沒有任何資料表明那隻受感染的腳所連接的是一個活生生、有呼吸的人。

她翻到急診室紀錄。總共有二十五頁，記錄了過去三十年來、二十五次進入急診室的狀況，全都是因為同樣的原因：「慢性癲癇發作……」「癲癇發作，頭皮受傷……」「癲癇發作，臉頰撕裂傷……」癲癇發作，癲癇發作，癲癇發作。每一次，潘墨若醫師都沒有進一步調查，就讓他離開。她也完全找不到任何為了診斷而做的追蹤檢查紀錄。

潘墨若醫師雖然深受病人喜愛，但是以這個病例而言，他顯然是失職了。

她走進檢查室。

沃倫．愛默森仰天躺在診療檯上，周圍環繞著發亮的設備，他的衣服顯得更破、更寒酸了。腦袋上的頭髮被剃掉一大片，剛縫合的頭皮撕裂傷現在貼著紗布。他聽到克蕾兒進來，就緩緩轉頭看。他好像認出她；唇邊浮起微弱的笑容。

「愛默森先生，」她說。「我是艾略特醫師。」

「你剛剛在那裡。」

「是的，你發作的時候。」

「我想謝謝你。」

「謝什麼？」

「我不喜歡獨自一個人醒來。我不喜歡……」他又沉默了，然後盯著天花板。「我現在可以回家了嗎？」

「這就是我們必須談的。自從潘墨若醫師過世後，就沒有醫師照顧你。你願意讓我當你的醫師嗎？」

「我不太需要醫師了。沒人有辦法幫我做什麼。」

她微笑著捏一下他的肩膀，他似乎包在那幾層有霉味的衣服裡頭，變成木乃伊了。「我想我可以幫上你的忙。首先我們要做的，就是讓你的癲癇得到控制。你有多常發作？」

「不曉得。有時候我在地板上醒來，猜想之前就是發作了。」

「你家裡沒有別人嗎？你自己一個人住？」

「是啊。」他露出憂傷的淺淺笑容。「我的意思是，除了我的貓，蒙娜。」

「你認為你多常發作？」

他猶豫一下。「一個月幾次吧。」

「那你在吃什麼藥？」

「我幾年前就放棄不吃了。對我沒什麼好處，那些藥片。」

她很不高興地嘆了口氣。「愛默森先生，你不能就自己停止吃藥啊。」

「但是我不需要那些藥了。現在我準備好要死了。」他平靜地說，沒有害怕，沒有一絲的自憐，只不過是陳述事實。我很快就會死了，做什麼都沒用了。

她聽過其他病人說過這樣的話。這些人進入醫院時都遠遠不到末期的狀況，但他們會平靜而堅定地對克蕾兒說：「這回我不會回家了。」她會試圖讓他們放心，但也已經感覺到那種死亡前兆的寒意。病人似乎向來知道。當他們說自己會死，就真的會死。

看著沃倫．愛默森冷靜的雙眼，她感覺到那股寒意。她把那寒意甩掉，開始幫他做身體檢查。

「我得看你的眼睛。」她伸手去拿眼底鏡。

他認命地嘆了口氣，讓她檢查自己的視網膜。

「你找過神經內科醫師看你的癲癇嗎？」

「很久以前看過一個。我十七歲的時候。」

她驚奇地直起身子，關掉眼底鏡的燈。「那是將近五十年前了。」

「他說我有癲癇。說我一輩子都會有。」

「之後你有再看過神經內科醫師嗎？」

「沒有。我搬回寧靜鎮之後，就是潘墨若醫師照顧我了。」

她繼續檢查，發現沒有神經系統方面的異常。他的心臟和肺臟都正常，他的腹部沒有腫塊。

「潘墨若醫師幫你做過腦部掃描嗎？」

「幾年前做過X光，就在我跌倒撞到頭之後。他覺得我說不定頭骨裂了，結果沒有。我猜想，是我的腦袋太硬了。」

「你去過別家醫院嗎？」

「沒有。這輩子大部分都住在寧靜鎮。從來沒有理由去別的地方。」他的口氣很遺憾。「現在太遲了。」

「什麼事太遲了，愛默森先生？」

「上帝不會給我們第二次機會。」

她沒發現任何異常之處。然而，她還是不放心讓他回家，孤單待在空蕩蕩的房子裡。另外，他所說的話也還是讓她覺得困擾。*現在我準備好要死了。*

「愛默森先生，」她說。「我想把你留在醫院過一夜，進行幾項檢查。只是想確認沒有其他新的原因引起這些發作。」

「我發作大半輩子了。」

「但是你已經好幾年沒有檢查過了。我想讓你再開始吃藥，然後幫你的腦部拍一些片子。如果一切看起來都沒事，我明天就會讓你回家的。」

「蒙娜不喜歡挨餓。」

「你的貓不會有事的。眼前你得先想自己，照顧你的健康。」

「昨天晚上之後，就沒餵過她了。她會大叫特叫——」

「我會確保你的貓有人餵，如果你要這樣才肯留下的話。這樣好嗎？」

他審視了她一會兒，無法決定能否把自己最要好的——或許還是唯一的——朋友託付給一個他幾乎不認識的女人。

「鮪魚，」他最後終於說。「今天她會期待吃到鮪魚。」

克蕾兒點頭。「那就鮪魚。」

回到護理站，她的第一通電話是打到放射線科。「我收了一位病人住院，叫沃倫．愛默森，我想幫他預約一個腦部斷層掃描。」

「診斷是什麼？」

「癲癇發作。要排除腦瘤的可能。」

她正在寫沃倫的病歷和體檢結果時，亞當．戴爾瑞悠哉地走進急診室，搖著頭。「我剛剛看到他們推著沃倫．愛默森出電梯，」他朝一名護理師說。「到底是誰讓他住院的啊？」

克蕾兒抬頭，對他的反感從來沒這麼強烈過。「是我。」她冷冷地說。「他今天癲癇發作了。」

他嗤之以鼻。「愛默森這樣發作有很多年了。他是終身的癲癇患者。」

「總是有可能長出新的腦瘤。」

「嘿，如果你想接收他，那再好不過了。潘墨若醫師抱怨他好幾年了。」

「為什麼？」

「從來都不肯吃藥。所以他才會一直發作。外加他有聯邦醫療補助，所以你只能祈求夠好運能拿到付款了。但是我猜想，要花掉我們納稅人的錢，還有比伺候老愛默森在床上吃早餐更糟糕的方式。」他大笑著離開。

克蕾兒簽名時用力得筆頭差點劃破紙。她要求的這些檢驗，加上在醫院住一夜，加起來，對她來說是個昂貴的直覺。或許愛默森的記憶力有問題；或許潘墨若醫師這幾年做過後續追蹤檢查，但是她不太相信。從她在他醫院病歷上所看到的，潘墨若醫師是個懶散的醫師，比較傾向於給個新藥的處方，而不是辛苦去查出病人症狀背後的原因。

她離開醫院，開車回寧靜鎮。回到自己診所時，她滿腦子只專心想著一件事：回去查愛默森的門診病歷，向自己證明：決定讓他住院沒有錯。

克蕾兒進門時，薇拉正在講電話，拿著聽筒朝她搖了搖。「有一通麥斯．塔懷勒找你的電話。」

「我去我辦公室接。你可以幫我找出沃倫．愛默森的檔案嗎？」

「沃倫．愛默森？」

「對，因為他癲癇發作，我剛剛讓他住院了。」

「為什麼？」

克蕾兒在她辦公室門口停步，轉過身來怒目瞪著薇拉。「為什麼這個鎮上每個人都要質疑我的判斷？」

「唔，我只是好奇而已。」薇拉說。

克蕾兒關上門，跌坐在自己的辦公桌後。現在她得跟薇拉道歉了，在她愈來愈長的認錯清單又加上一筆。她眼前沒心情跟任何人講話；但還是不情願地拿起話筒。

「喂，麥斯？」

「現在不是打電話的好時機？」

「別問了。」

「啊，那我就長話短說了。我覺得你會想知道，他們已經確認那種藍色蘑菇了。我送去給一位真菌學者，他贊同這是*Clitocybe odora*，也就是茴芹傘蕈。」

「毒性有多強？」

「很輕微。少量的毒蕈鹼不會造成什麼傷害，頂多是胃腸稍微不舒服而已。」

她嘆氣。「所以這個方向是死胡同了。」

「看起來是這樣。」

「那湖水樣本呢？檢驗結果回來了嗎？」

「是的，我這裡有一些初步發現。我去拿印出來的資料……」

薇拉敲門，拿著沃倫．愛默森的病歷進來。她一個字都沒說，只是把資料夾放在辦公桌上，就又出去了。在等著麥斯回到電話線上之時，克蕾兒打開病歷看了第一頁。那是一九三二年，愛默森出生的那一年。裡頭描述了阿格妮絲．愛默森太太生產順利，生下一名健康男嬰。醫師姓席金斯。接下來幾頁是有關嬰兒健康檢查和例行的幼年看診。

她翻到新的一頁，看著日期：一九五六年。上一筆和這一筆差了十年。潘墨若醫師的簽名頭一次出現在病歷上。她正開始要讀潘墨若寫的病歷，但是被麥斯電話裡的聲音打斷了。

「細菌培養還在進行中，」他說。「到目前為止我看到了戴奧辛、鉛、水銀的標準值都在安全範圍內……」

克蕾兒的注意力忽然轉到病歷上，看著潘墨若醫師寫的最後一段：「自一九四六年被逮捕後，不曾犯下其他暴力行為。」

「……到下星期，我們應該會知道更多，」麥斯說。「但是到目前為止，水質似乎相當好。沒有任何化學污染的證據。」

「我現在有事要忙，」她忽然插話。「我會再打給你。」

她掛上電話，從頭到尾重新閱讀潘墨若醫師那筆紀錄。那是寫於沃倫．愛默森二十五歲那一年。

就是他從奧古斯塔的州立精神病院被釋放那一年。

一九四六年。沃倫．愛默森是在哪個月犯下了暴力之罪？

克蕾兒站在《寧靜鎮公報》的地下檔案室，瞪著佔據了一整面牆的木製檔案櫃。每個抽屜都標示著年份。她打開一九四六年七至十二月的。

裡頭有六期《寧靜鎮公報》。一九四六年時，這是一份月報。紙張脆而發黃，廣告上的細腰女人穿著蓬蓬裙、戴著時髦的小帽子。她小心翼翼翻閱著七月的那份，瀏覽著標題：多雨春季後創下高溫紀錄……夏季遊客數創新高……蚊子警報……數名少年持有非法煙火被捕……七月四日國境日遊行吸引破紀錄觀眾。每年七月似乎都是同樣的標題，她心想。夏天向來就是遊行和蚊子肆虐的季節，那些標題讓她回憶起自己在緬因州的第一個夏天。帶穗甜玉米和四季豆的清脆口感，皮膚上有香茅油的清爽氣味。那是個美好的夏天，就像一九四六年一樣。

她繼續看八月和九月的報紙，又看到了一堆同樣的，炸魚和教堂舞會和湖中游泳比賽。也有些不愉快的新聞：三輛車連環車禍，兩人送醫；一棟房子因為烹飪事故而燒毀。當地商店發生的順手牽羊事件。度假地的生活並非完美。

接下來她看十月的。發現自己看著一個粗體字的標題：

十五歲少年手刃雙親後摔死；妹妹的行動「顯然是自衛」。

報上沒登這名少年的名字，但是登了被謀殺雙親的照片，一對俊美、深色頭髮的男女，穿著星期天上教堂的最好衣服，對著鏡頭微笑。克蕾兒看著照片下方的圖片說明，得知被謀殺的夫妻是瑪莎與法蘭克．基廷。他們的姓很熟悉；她知道本地的法官名叫艾芮絲．基廷。他們是親戚嗎？

她的目光往下，看著下方另一則標題：**高中自助餐廳爆發鬥毆。**

然後是另一則：**波士頓少女遊客失蹤；最後被目擊時與當地年輕人同行。**

地下室沒有暖氣，她的雙手感覺冰冷，但是那寒氣是從心底發出。

她去拿十一月的報紙，看著頭版。頭條標題觸目驚心。

十四歲少年因謀殺雙親被逮捕：朋友與鄰居都被「體貼的孩子」的罪行嚇壞。

那寒氣一路沿著她的脊椎往上擴散。

她心想：*一切再度重演了。*

14

「你為什麼都沒告訴我？為什麼要保密？」

林肯走到辦公室另一頭，把門關上，然後轉身面對克蕾兒。「那是很久以前了。我覺得沒有理由重提那些不愉快的往事。」

「但那是這個小鎮的歷史！考慮到上個月發生的事情，我認為是跟歷史有關的。」

她把《寧靜鎮公報》的影印文章放在他的辦公桌上。「看看這篇。一九四六年，七個人被謀殺，還有一個波士頓來的少女失蹤，始終沒有找到。顯然對這個小鎮來說，暴力並不是新鮮事。」她輕敲那一疊影印的報紙。「看看這些報導，林肯。或者你早就知道細節了？」

他緩緩坐下，看著那些紙張。「是的，大部分細節我都已經知道了，」他輕聲說。「我聽說過那些故事。」

「誰告訴你的？」

「傑夫．魏拉德。他是我二十年前剛當警察時的隊長。」

「你之前聽說過這些事情嗎？」

「沒有。而且我是在這裡長大的。在魏拉德告訴我之前，我完全都不曉得這些事情。大家就是都不談。」

「他們寧可假裝從來沒發生過。」

「另外也要考慮我們的名聲。」他抬頭，終於肯看著她的眼睛。「這是一個度假小鎮，克蕾兒。人們來到這裡是要逃離大都市、逃離犯罪的。我們並不想讓世人知道我們也有我們自己的問題。有我們自己的謀殺風潮。」

她坐下，目光現在跟他齊高。「這事情還有誰知道？」

「當時住在這裡的居民。比較老的，現在都六、七十幾歲了。但是他們的小孩不知道。我這一輩不知道。」

她驚異地搖頭。「多年來他們一直守著這個秘密？」

「你可以理解為什麼，對吧？他們要保護的不光是這個小鎮，還有他們的家人。犯下這些罪的都是當地的小孩。他們的家人還住在這裡，而且或許到現在還很羞愧，還因此非常痛苦。」

「就像沃倫．愛默森。」

「一點也沒錯。看看他過的生活。他獨居，沒有朋友。他從來沒犯過別的罪，但是他卻被每個人排斥。就連小孩都不例外，那些小孩根本不曉得為什麼應該離他遠一點。他們只是聽祖父母說一定要避開愛默森這個人。」他低頭看著那張影印的報導。「所以這就是你病人的背景。沃倫．愛默森是個謀殺前科犯。但他不是唯一的一個。」

「你一定看出相似性了，林肯。」

「好吧，我承認是有一些相似之處。」

「多得講不完。」她伸手拿起那疊影印報導，翻到十月的那份。「一九四六年，學校裡開始發生幾起鬥毆。兩個小孩被開除。然後鎮上有窗玻璃被砸，有人家裡被惡意破壞——又都是青少年犯下的。最後，十月的最後一星期，一個十五歲的男孩砍死他父母。他的妹妹為了自衛把他推出窗子。」她抬頭看著他。「事情只會愈來愈糟，你要怎麼解釋？」

「暴力發生時，克蕾兒，人類很自然就會問為什麼。但是事實上，我們未必都能曉得人們為什麼要彼此殘殺。」

「看看這一連串事件。上回一開始，小鎮上本來很平靜。然後到處都有小孩開始鬧事，傷害彼此。才過沒幾個星期，他們就會殺人了。整個小鎮陷入騷動，每個人都要求要想辦法。然後忽然間，像變魔術似地，一切就都停止了。整個小鎮又回到以往的安睡狀態。」她沉默下來，目光看著標題。「林肯，還有另外一件奇怪的事情。在城市裡，每年最危險的時節是夏季，天熱會搞得大家脾氣火爆。一等到天涼，犯罪率總是會大幅下降。但是在這個小鎮卻不一樣。暴力是從十月開始的，在十一月達到高峰。」她又抬頭看著他。「兩次的殺人都是從秋天開始。」

她口袋裡的呼叫器鳴聲嚇了她一跳。她看了一下顯示的號碼，然後伸手去拿林肯桌上的電話。

接她電話的是一個電腦斷層掃描的技師。「我們剛剛完成你的病人沃倫．愛默森的腦部掃描。查普曼醫師正要過來看。」

「你看到什麼了嗎？」克蕾兒問。

「絕對是不正常。」

查普曼醫師把腦部掃描的幾張片子夾在X光看片箱上，按下開關。燈光閃爍著亮起，照著沃倫·愛默森腦部的橫斷面。「這就是我說的，」他說。「就在這裡，延伸到左額葉。看到沒？」

克蕾兒走近片子。查普曼醫師指的地方是腦部前側一個小球狀的稠密物，就在眉毛後頭。看起來很結實，不是囊狀的。她看了燈箱上的其他幾張片子，但是沒看到其他腫塊。如果這是腫瘤，那麼顯然是小範圍的。「你覺得是什麼？」她問。「腦膜瘤？」

他點頭。「最有可能。看到這邊緣有多麼光滑嗎？當然還需要組織診斷，才能確定是不是良性的。現在直徑大約兩公分，而且似乎被厚厚的纖維狀組織包住了。我猜想可以完全切除，不會有任何殘餘的腫瘤沒清乾淨。」

「這有可能就是他癲癇發作的原因嗎？」

「他有癲癇多久了？」

「從他十來歲晚期。到現在應該有五十年了。」

查普曼驚訝地看了她一眼。「這個腫塊從來沒人發現過？」

「對，因為他大半輩子都有癲癇，我想潘墨若醫師就假設不值得繼續追查。」

查普曼搖搖頭。「這讓我重新思考我的診斷。首先，腦膜瘤很少出現在年輕成人身上。其次，腦膜瘤會持續長大。所以要嘛這不是他發作的原因，要嘛這根本不是腦膜瘤。」

「那還可能是什麼？」

「神經膠瘤，或是原發自其他部位的癌細胞轉移。」他聳聳肩。「甚至有可能是包裹性囊腫。」

「這個腫塊看起來很結實。」

「如果這個是源自比方結核病，或是寄生蟲，人體就會有發炎反應。外頭會包著疤痕組織。你有查過他是不是有結核病嗎？」

「他十年前做過結核菌素試驗，是陰性的。」

「唔，說到底，這畢竟只是病理上的診斷。這個病人需要做個開顱與切除的手術。」

「我想，這表示我們得把他轉到班戈了。」

「沒錯，我們醫院不做開顱手術的。碰到神經外科的病例，我們通常會轉診給東緬因醫學中心的克萊倫斯．羅瑟斯坦醫師。」

「你推薦他嗎？」

查普曼點點頭，關掉燈箱的燈。「他那雙手很厲害。」

蒸青花菜和米飯和一小塊悲慘的鱈魚。

露易絲．諾爾頓不曉得自己能否再忍受了，眼看著兒子一路慢慢挨餓下去。他已經又瘦了一公斤，那種壓力顯示在他嚴肅的表情，還有他時而暴躁的脾氣。他再也不是她那個開心的貝瑞了。

露易絲看著桌子對面的丈夫，從梅爾的雙眼裡看到了同樣的想法：*都是因為節食。他會這樣都是因為節食。*

露易絲指著他和梅爾共享的那一大盤炸薯條。「貝瑞，親愛的，你看起來好餓！這個吃一點沒關係的。」

貝瑞沒理她，只是繼續用叉子刮著自己的盤子，在瓷器上發出讓人牙酸的刺耳聲。

「貝瑞，別再刮了！」

他抬頭看。不是隨便一眼，而是她所見過最冷酷、最無情的眼神。

露易絲顫抖著雙手，把那盤薯條往前遞。「啊，來吧，貝瑞，」她喃喃說。「吃一根。全部吃掉。只要吃點東西，你就會覺得好過多了。」

貝瑞忽然把椅子後推站起身，露易絲吃驚得猛吸一口氣。貝瑞一言不發地離開，回自己臥室把門甩上。過了一會兒，他們聽到電子遊戲連續不停的槍聲，是他們的兒子在射擊成群的虛擬敵人。

「今天學校裡發生了什麼事嗎？」梅爾問。「那些小孩又找他麻煩了？」

露易絲嘆氣。「不知道。我再也不曉得任何事了。」

他們沉默聽著那加速的開槍射擊聲。還有虛擬敵人倒在任天堂地獄裡垂死的叫聲和呻吟。

露易絲看著那堆發軟潮溼的炸薯條，打了個寒噤。有生以來，她頭一次把晚餐推開，沒吃完。

克蕾兒到家時，諾亞的電子遊戲正火力全開。克蕾兒一整個下午都頭痛，現在更是嚴重，彷彿那頭痛包緊她的顱骨，爪子挖進她的額頭。她掛好大衣，站在樓梯底部，傾聽著持續不斷的擊鼓聲，以及唱個不停的歌詞。她一個字都聽不懂。如果我根本不曉得那些歌在唱什麼，要怎麼監測我兒子聽的音樂呢？

不能再這樣下去了。她受不了噪音，今晚不行。她朝樓上喊：「諾亞，關小聲一點！」

那音樂繼續播放，沒有減弱。令人難以忍受。

她爬上樓梯，不耐轉為怒氣。她來到他房間外頭，發現門鎖起來了。她用力敲著大喊：「諾亞！」

過了一會兒門才打開。音樂有如一波大浪般撲向她、吞沒她。諾亞大大的塊頭站在門口，襯衫和長褲寬大得像是破掉的儀式長袍般掛在他身上。

「關小聲一點！」她吼道。

他按了喇叭的開關，音樂忽然就沒了。她的耳朵還在耳鳴。

「你是怎麼搞的，想害自己耳聾嗎？在這個過程裡順便把我逼瘋？」

「你原先不在家。」

「我剛剛回家了。我一直在吼，但是你根本聽不到。」

「現在我聽到了，好嗎？」

「如果你繼續這麼大聲聽音樂，十年之內你就什麼都聽不見了。這棟房子裡住的不光是你一個人而已。」

「你一直提醒我，我怎麼可能忘記？」他像一塊石頭般跌坐在椅子上，轉身面對他的書桌，背對著她。

她站在那邊看著他。儘管他翻著一本雜誌，但是從他肌肉緊繃的肩膀，她知道他沒真正在閱讀。他很清楚她還站在後頭，還在生他的氣。

她走進他房間，疲倦地坐在他床上。過了一會兒她說：「很抱歉剛剛吼你。」

「你現在老是在吼人。」

「是嗎？」

「是。」他翻了一頁。

「我不是故意的，諾亞。我碰到太多事情都忽然出錯了，好像沒辦法同時處理好。」

「自從我們搬到這裡，每件事就都變得一塌糊塗，媽。每件事都這樣。」他啪地闔上雜誌，頭埋在雙手裡。他的聲音低得幾乎聽不見。「我真希望爸在這裡。」

一時之間，母子兩人都沉默了。她聽到他的淚水滴在雜誌上，聽到他猛地吸口氣想控制住自己。

她站起來，兩手放在他肩膀上。那肩膀繃得好緊，所有肌肉都因為要憋著不哭而糾結起來。我們太像了，她這才明白，我們兩個人都持續在設法駕馭自己的情緒，想控制好自己。彼得以前向來是家人中最熱情洋溢的，會在雲霄飛車上開心大叫，在電影院裡面放聲大笑。他會在淋浴時唱歌，會做菜搞到引發煙霧警報器。他說「我愛你」從來不會猶豫。

彼得，要是你現在看到我們，你會有多難過啊。我們兩個害怕朝彼此伸出手，還在哀悼，還是因為你的死而在殘廢狀態。

「我也想念他，」她輕聲說。她雙臂環抱住兒子，臉頰靠在他頭髮上，吸著那男孩氣味，她好愛。「我也想念他。」

樓下響起門鈴聲。

不要是現在。不要是現在。

她還是抱著兒子，沒理會門鈴聲，排拒其他一切，只想留住懷裡兒子的暖意。

「媽，」諾亞說，聳肩想擺脫她。「媽，有人在按門鈴。」

她不情願地放開手，直起身子。那一刻，那個機會，都過去了，她又看一眼他僵硬的雙肩。

她下樓，很氣這個新的打擾，很氣又有一個要求把她脫離自己的兒子。她打開前門，發現林肯站在寒風中，戴著手套的手正要再按電鈴。他以前從沒來過她家，她對他的來訪驚訝又困惑。

「我得跟你談一下，」他說。「可以進去嗎？」

她客廳的壁爐還沒生火，裡頭很冷又暗得要命。她很快打開所有的燈，但燈光難以彌補那種寒冷。

「你離開我辦公室之後，」他說。「我就開始思考你講過的話。說這個小鎮的暴力有個模式。說一九四六年和今年之間有某種關聯。」他手伸進夾克裡，拿出那疊她之前給他的那疊影印報導。「猜猜怎麼著?答案就瞪著我們看。」

「什麼答案？」

「看看第一頁。一九四六年十月份的那張。」

「那篇我已經看過了。」

「不，不是謀殺報導。而是最下面那篇。你原先大概沒注意。」

她在膝蓋上撫平紙頁。他提到的那篇文章缺了部分；只有前半部影印到。標題是：草蜢河橋修復完畢。

「我不懂你發現了什麼。」她說。

「我們今年也得修同樣的那座橋，記得嗎？」

「記得。」

「那為什麼我們非修不可呢？」

「因為橋斷了？」

他懊惱地伸手撫過頭髮。「耶穌啊，克蕾兒。你好好想一下！那條橋為什麼需要修？因為被沖走了。我們今年春天的降雨量破紀錄，造成草蜢河氾濫，洪水沖走了兩棟房子，一連串步行便橋全都被沖走了。我打過電話去美國地質調查局確認。今年是我們五十二年來降雨最多的一年。」

她抬起頭，忽然明白他解釋的是什麼了。「那麼上回降雨這麼多是在……」

「一九四六年春天。」

她往後坐，被這巧合震懾住了。「降雨，」她喃喃道。「土壤潮溼。細菌。真菌……」

「蘑菇就是真菌類。那些藍色的呢？」

她搖頭。「麥斯已經查出那是什麼菇了。毒性不是很強。不過大雨有可能造成其他真菌生長，事實上，造成聖維圖舞蹈症大量出現的，就是真菌。」

「那是一種抽搐嗎？」

「聖維圖舞蹈症是一種舞蹈症。四肢有扭動、像跳舞的動作。偶爾會有大規模發生的狀況。

甚至幾百年前薩冷鎮的巫術控訴，可能就是舞蹈症大量出現所引發的。」

「這是一種病？」

「是的，在寒冷、潮溼的春天之後，黑麥有可能染上這種真菌。人類吃了黑麥，就會出現這種症狀。」

「那我們碰到的這個狀況，有可能是聖維圖舞蹈症嗎？」

「不，我只是說，歷史上有些例子可以證明人類疾病和氣候有關。大自然的一切都彼此緊密相關。我們可能以為自己控制了環境，但是我們其實受到太多看不見的微生物所影響。」她暫停，想著史考提．布瑞思頓的培養結果都是陰性。到目前為止，他的血液或脊髓液中都沒生長出什麼來。那會不會是某種她漏掉的感染物？一種太不尋常、太意想不到的微生物，因而檢驗所就當成是某種錯誤而予以刪去？

「這些小孩一定有個共同因素，」她說。「比方說，接觸到同樣被污染的食物，我們現在唯一知道的，就是降雨量和暴力兩者有明顯的連結。但這可能只是巧合而已。」

他沉默坐了一會兒。她以往常常打量他的臉，欣賞那種力量和冷靜的自信。今天她在他眼中看到了智慧。他把兩個完全不相干的資訊放在一起，看出了一個她根本沒注意到的模式。

「那麼我們必須找到的，」他說。「就是那個共同因素。」

她點頭。「你可以安排我去緬因州的少年觀護所嗎？好讓我跟泰勒談一談？」

「可能會有問題。你知道保羅．達內爾還是怪你。」

「但是泰勒不是唯一受到影響的小孩。保羅不能把鎮上出錯的一切全都歸咎在我身上。」

「現在他的確是沒辦法了，」林肯站起來。「在鎮民大會之前，我們需要一些答案。克蕾兒，我會想辦法，讓你去見泰勒的。」

她站在客廳窗前，看他沿著結冰的車道走向他的小卡車。他那種保持平衡的步伐，顯然就是在這種嚴酷地帶長大的人才會有的，每一步都踩得很踏實，靴掌用力往下抓住冰。他到了小卡車旁，打開門，出於某個原因而回頭朝她的房子看一眼。

只有一瞬間，他們目光相遇。

她懷著一種陌生的好奇想著，我受他吸引有多久了？是什麼時候開始的？我不記得了。現在她的生活又多出一樁糾葛了。

他開車離開時，她還站在窗前，望著一片褪盡色彩的地景。雪和冰和枯樹，一切都褪成了黑色。

在樓上，諾亞的音樂又開始響起。

她轉身離開窗前，關掉客廳的燈。此時她忽然想起自己答應過沃倫．愛默森的事情，然後嘆了口氣。

那隻貓。

她開車爬上山毛櫸丘的那個緩坡，在愛默森家的前院停下時，天已經黑了。她把車停在柴堆旁，看著那些柴火堆放成一個正圓形的塔，心想愛默森一定花了很多時間，才能堆放得這麼精準。每一根木柴放置的那種小心程度，通常是建造石牆才會有的。然後隨著冬天逐漸消耗他的年度藝術作品，他又把這個塔一點接一點拆掉。

她關掉引擎，往上看著這棟老舊的農舍。屋裡沒開燈。她用手電筒照路，爬上屋前結冰的階梯，來到門廊。所有的一切似乎都鬆垮下陷，她有一種奇怪的幻覺，覺得自己朝側面歪倒，滑向邊緣，滑向遺忘。沃倫之前告訴過她門沒鎖，確實如此。她走進屋，打開電燈。

她看到廚房裡是很舊的亞麻仁油地板，還有一堆有缺口的器具。一隻小灰貓從地板上抬頭看著她。她和貓都被對方嚇了一跳，有幾秒鐘，雙方都僵住了。

然後那貓衝出廚房，消失在屋裡的某處。

「來，貓咪，貓咪！你想吃晚飯，對不對？蒙娜？」

她本來計畫要把蒙娜帶去寵物店寄養。沃倫．愛默森已經被轉院到東緬因醫學中心做開顱手術，至少還要住院一星期。克蕾兒可不想天天開車來這裡，只為了餵一隻貓。但顯然那隻貓有不同的想法。

她走過每個房間，逐一開燈，尋找那隻不合作的蒙娜，心中愈來愈懊惱。就像舊時代許多其他農舍一樣，這一棟也是蓋來容納一個大家庭的，裡頭有很多小房間，又因為堆放著東西而顯得更加幽閉。她看到成堆的舊報紙和雜誌，一袋袋雜貨，一個個裝滿空玻璃瓶的條板箱。她得側著身子，才能通過走廊兩旁堆滿書而形成的狹窄隧道。這樣的囤積通常是心理疾病的徵兆，但是沃倫把這些雜物整理得井井有條，書跟雜誌分開，褐色紙袋全都摺好用繩子捆著。或許這只不過是新英格蘭人的節儉發揮到極致。

也提供一隻逃跑的貓很多躲藏的地方。

她巡完一樓，都沒看到蒙娜。那貓一定是躲在樓上的房間了。

她開始上樓梯，然後停住。她的雙手忽然開始流汗。似曾相識，她心想。我有過這樣的經驗。一棟陌生的房子，一道陌生的階梯。有個可怕的東西在閣樓等著我……

但這裡不是史考提．布瑞思頓的家，唯一潛伏在樓上的，就是一隻嚇壞的貓而已。

她逼自己繼續爬，同時喊著：「來吧，貓咪！」即使只是為了鼓舞自己的勇氣，免得又要開始動搖了。二樓有四扇房門，但只有一扇開著。如果那貓溜到樓上來，一定就在那個房間裡。

克蕾兒走進房間，打開燈。

她的目光立刻被吸引到那些黑白照片——有好幾打，有的掛在牆壁，有的立在抽屜櫃和床頭桌上，展示出沃倫．愛默森的回憶。她走到房間另一頭，看著一張照片裡三張朝著鏡頭微笑的臉，一對中年夫婦和一個小男生。女人圓臉而樸素，頭上的帽子歪得很滑稽。旁邊的男人似乎也分享了那份滑稽，雙眼亮著笑意。他們各有一手放在兩人之間的小男孩肩膀上，用肢體宣告這是他們的小孩，他們共同擁有的。

那個額前一撮亂髮的男孩和缺了的門牙——這一定是幼年的沃倫，享受著父母的關愛。

克蕾兒的目光轉到其他照片，一再看到那同樣的三張臉，不同的季節，不同的地方。這裡一張是母親驕傲地舉高一個派。那裡一張是爸爸和兒子各自拿著釣竿在河邊釣魚。最後是一個小女孩的學校照片，顯然是沃倫心愛的人，因為照片下方有人畫了一顆心，裡頭寫著沃倫和艾芮絲永遠在一起。隔著淚眼，克蕾兒看著那床頭桌，一個玻璃杯放在那裡，裡頭的水是半滿的。在床上，枕頭沾了一些灰色頭髮。

是沃倫的床。每天早上，他都孤單在這房間裡醒來，看到他父母的照片。而且每天晚上，他入眠之前看到的最後影像，也是他們的臉，朝他微笑。

她開始哭了，為了以往的那個男孩。一個孤單的小男生，困在一具老人的身軀裡。

她回到樓下廚房。

沒有理由去追逐一隻不想被抓到的貓。她打算就把食物留在貓碟子裡，再找時間回來。她打開食品櫃的門，看著架子上堆滿了貓食罐頭。廚房裡沒有什麼給人吃的東西，但是餵食蒙娜的食物顯然存貨充裕。

今天她會期待吃到鮪魚。

那就是鮪魚了。她把罐頭倒空在貓碟子裡，放在水碗旁的地上。她又裝了滿滿一缽乾貓糧，足以撐上好幾天的。接著她清了貓砂盒，才關掉電燈走出去。

坐在自己的車裡，她又回頭看了那棟房子最後一眼。沃倫·愛默森大半輩子都住在這棟房子裡，沒有人類同伴，沒有愛。他大概也會獨自死在裡頭，只有一隻貓見證他的離去。

她擦掉眼淚，然後把車子掉頭，進入黑暗的馬路，朝向家的方向駛去。

那天夜裡，林肯打電話給他。

「我跟汪妲·達內爾談過了，」他說。「我跟她說她兒子的行動可能有生物性的原因。說鎮上其他小孩也有同樣的毛病，我們正想追查出原因。」

「她有什麼反應？」

「我想她鬆了口氣。這表示可以歸咎到某個外部的原因。不能怪他們家，不能怪她。」

「我完全理解。」

「她同意讓你去看她兒子。」

「什麼時候？」

「明天。在緬因少年觀護所。」

在那個安靜的宿舍房間裡，一長排床鋪靠牆排列。早晨的陽光透過上方的窗子照進來，一個明亮的方格照在那男孩瘦削的肩膀上。他坐在床上，兩腿彎起貼著胸部，低垂著頭。這不是她四個星期前所見過那個詛咒又拚命扭動的男孩。眼前這個孩子被毀掉了，希望與夢想都被踐踏殆盡，只剩一具肉體軀殼。

克蕾兒走近時，他沒有抬頭看，她的腳步聲在老舊的木條地板上迴盪。她停在他床邊。「哈囉，泰勒。你願意跟我談談嗎？」

那男孩抬起一邊肩膀，勉強形成一個聳肩的姿勢，但至少算是個邀請。

她拿了一把椅子過來，視線短暫掠過他床邊那張松木床頭桌。那床頭桌被破壞得很厲害，表面刻著髒話和無數年輕住客的姓名縮寫字母。她很好奇，在這份長期的絕望紀錄上，泰勒是否已經刻下了自己的印記。

她把椅子拉到他床邊，坐下來。「泰勒，我們今天所談的事情，都只有我們兩個知道，好嗎？」他又聳了一下肩，像是根本無所謂。「告訴我那天在學校發生的事情。你為什麼那麼做？」

他一邊臉頰抵著膝蓋，好像忽然累得撐不住頭。「我不知道為什麼。」

「你還記得那天嗎？」

「嗯。」

「所有一切？」

他艱難地吞嚥，但是什麼都沒說。他的臉忽然充滿苦惱，而且閉上眼睛，閉得好緊，整張臉似乎垮掉了。他深吸一口氣，原本應該是滿腹痛苦的大叫，吐出來卻只是一聲高而尖細的哀號。

「我不知道。我不知道我為什麼那麼做。」

「你那天帶了一把槍到學校。」

「為了證明我有槍。他們不相信我。他們說我騙人。」

「誰不相信你？」

「傑帝和艾迪。他們老是跟我誇耀，說他們的爸爸讓他們用他的槍射擊。」

又是傑克．瑞得的兒子們。汪妲．達內爾說過他們對他有壞影響，她說得沒錯。

「所以你帶了槍去學校，」克蕾兒說。「你本來有打算要用嗎？」

他搖頭。「我原先只是放在背包裡。但是接著我考試成績拿了個D＋，而且何瑞修老師——她開始為了那隻蠢青蛙朝我大吼。」他開始抱著膝蓋前後搖晃，吸入的每一口氣都化為啜泣。

「我當時想殺了他們所有人，感覺上沒辦法阻止自己。我想讓他們全都付出代價。」他停止搖晃，全身靜止不動，雙眼失焦，凝視著一片空無。「我現在不氣他們了。但是已經太遲了。」

「可能不是你的錯，泰勒。」

「大家都知道是我開槍的。」

「但是你剛剛跟我說，你沒辦法控制。」

「可是還是我的錯……」

「泰勒，看著我。我不知道是不是有人跟你說過你朋友的事情，史考提．布瑞思頓。」

那男孩的目光緩緩抬起，看著她。

「同樣的事情也發生在他身上。現在他母親死了。」

從他驚駭的表情，她知道還沒人告訴他這件事。

「沒有人能解釋他為什麼會失去理智，為什麼要攻擊他母親。你不是唯一發生這種情況的人。」

「我爸說是因為你停掉我的藥。」

「史考提沒吃任何藥。」她暫停一下，搜尋他的眼睛。「或者他有？」

「沒有。」

「這件事非常重要。你一定要告訴我實話，泰勒，你們兩個有誰吃任何藥物嗎？」

「我跟你講的就是實話啊。」

他看著她，目光毫不閃躲。她相信他。

「那史考提現在呢？」他問。「史考提也會被送來這裡嗎？」

淚水忽然刺痛她雙眼。她輕聲說：「我很遺憾，泰勒。我知道你們兩個很要好……」

「最要好的。我們是最要好的朋友。」

「他原先在醫院裡，然後發生了一些事。我們試著幫他，但是沒有——沒有——」

「他死了，對不對？」

他直率的問題是在懇求誠實的答案。她低聲承認：「是的，恐怕是這樣。」

他的臉埋在膝蓋間，在啜泣間吐出話來。「史考提從來沒做過壞事！他根本膽小得要命，傑帝就是老這麼喊他，說他是蠢膽小鬼。我從來沒維護過他。我該說些話的，但是我從來沒有……」

「泰勒。泰勒，我得問你另外一個問題。」

「……我太害怕了。」

「你和史考提常常在一起。你們兩個都去哪裡玩？」

他沒回答，只是坐在床上繼續前後搖晃。

「我真的得知道這件事，泰勒。你們兩個都去哪裡玩？」

他顫抖著吸了一口氣。「跟——跟其他小孩。」

「去哪裡？」

「我不知道。到處都有。」

「是樹林裡嗎？還是某個人的家裡？」

他停止搖晃，一時之間她以為他沒聽到最後一個問題。然後他抬起頭看著她。「湖邊。」

草蜢湖。那是寧靜鎮所有活動的中心，野餐和游泳比賽的地點，划船和釣魚的地點。沒了這個湖，就不會有夏日遊客，不會有錢流入。這個小鎮就不會存在了。

一切都跟那個湖有關，她忽然想著。湖水和降雨。洪水和細菌。

那天夜裡湖水發亮。

「泰勒，」她說。「你和史考提都在湖裡游泳過嗎？」

他點頭。「每天都是。」

15

鎮民大會預定晚上七點半舉行，到了七點十五分，高中自助餐廳裡的座位全都坐滿了。大家擠在走道上、排列在牆邊，一路延伸到後門外的冷風中。克蕾兒站在側牆邊，可以清楚看到前面的發言台。林肯、芙恩．孔威里斯校長、鎮務執行委員會主席葛連．萊德都坐在那裡。委員會的其他五名委員則坐在第一排。

克蕾兒認得觀眾中的很多面孔。大部分都是其他學生的家長，她在高中的活動中見過。另外她也看到幾個諾克思醫院的同事。出席的十來個學生選擇站在自助餐廳的後方，而且彼此緊靠著，好像要抵擋大人的攻擊。

葛連．萊德敲了他的小木槌，但是在場人太多、太激動了，因而都沒聽到槌聲。懊惱的萊德只好站到椅子上大吼：「會議現在開始！」

自助餐廳裡終於安靜下來，萊德接著說：「我知道椅子不夠坐。我知道外頭還有些人很不高興要站在零下十三度的寒風中。但是消防隊長說我們的人數已經超出這個空間的容納限制。現在除非有人先出去，否則就是沒辦法再讓任何人進來了。」

「依我看，後頭那些小孩好像可以離開，把空間讓給大人。」一個男人咕噥道。

那些高中生反駁：「我們也有權利待在這裡！」

「你們小孩就是我們會來這裡開會的原因！」

「如果你們要討論我們，那麼我們就要聽聽你們說些什麼！」半打人同時開始說話。

「這裡不會有人被趕出去！」萊德吼道。「這是個公共會議，班，我們不能把任何人排除在外。我們現在就開始吧。」萊德看著林肯。「凱利隊長，麻煩你跟我們報告一下鎮上的最新問題。」

林肯站起來。過去幾天讓他肉體上和感情上都筋疲力竭，而且明顯表現在他垂垮的肩膀。「這個月狀況並不好，」他說。這是林肯．凱利典型的保守說法。「每個人似乎都在關注謀殺案。包括十一月二日發生在高中裡的槍擊，然後是十一月十五日布瑞思頓家。兩個星期內發生兩樁謀殺案。更讓我害怕的是，我想後面還有更糟糕的。昨天夜裡，我的警員接到八通不同的電話報案趕到現場，都是未成年人攻擊他人的。我從來沒看過這樣的狀況。我在這個鎮上當了二十二年警察了，看過小型的犯罪風潮來了又去。但是眼前我所看到的這個——小孩試圖傷害彼此、殺掉彼此——想要殺掉他們深愛的人……」他搖搖頭，沒再說一個字就坐下。

「孔威里斯小姐？」萊德說。

這位高中校長站起來。芙恩．孔威里斯是個健美的女人，而且今晚她煞費苦心地打扮過，拿出自己最好的樣子。她的一頭金髮梳成發亮的法國髻，而且是在場少數化妝的女人。但是她唇上那一抹鮮豔的唇膏，只是讓焦慮的臉更顯得蒼白。

「我贊成剛剛凱利隊長所說的一切。這個鎮上目前所發生的事情——那種憤怒，那種暴力——我以前也從來沒見過。這不光是學校裡的問題，也是你們家裡的問題。我了解這些孩子！

我一路看著他們長大。我在鎮上、在學校走廊上都看過他們，或者偶爾有必要時，會把他們找來我的辦公室。最近打架的那些孩子，沒有一個是我認為愛鬧事的。他們過去幾年從來沒有暴力的跡象。然後忽然間，我發現我再也不了解他們、再也不認得他們了。」她暫停一下艱難地吞嚥。「我現在甚至會害怕他們。」她低聲說。

「所以這是誰的錯？」班．杜塞特大聲問。

「我們沒說這是誰的錯，」芙恩．孔威里斯說。「我們只是想了解這樣的狀況為什麼會發生。我們學校和附近的初中已經一起緊急找了五位指導的諮商師。我們高中還有一位心理醫師李伯曼博士，正在跟我們的教職員密切合作，要擬出一個行動計畫。」

班．杜塞特站起來，他是個五十來歲、一臉不滿的單身漢，他在越戰中失去了一隻手臂，平常總是用他完好的那隻手抓著另外半條手臂，彷彿是要強調他的犧牲。「我可以告訴你問題出在哪裡，」他說。「跟全國各地的問題一樣。他媽的大家都沒有紀律。我十三歲的時候，你以為我敢拿起刀子威脅我母親嗎？我爸會狠狠給我一巴掌的。」

「所以你的建議是什麼，杜塞特先生？」芙恩說。「你認為我們該打這些十四歲學生的屁股嗎？」

「有何不可？」

「試試看！」一個十來歲男生說，其他小孩也加入他，齊聲嘲弄地喊著：「試試看，試試看，試試看！」

會議的場面失控了。林肯站起來，舉起一手要求大家恢復秩序。鎮民們出於對他的尊重，終於安靜下來聽他講話。

「現在該討論實際一點的解決方式了。」他說。

傑克．瑞得站起來。「我們得先談談一開始事情為什麼會發生，才有辦法談解決方式。我聽我兒子說，大部分麻煩都是都是學校裡新來的學生惹出來的，就是從其他城市搬來的那些人。開始結成幫派，或許還帶來了藥物。」

林肯的回答被一陣忽起的討論聲音淹沒了。克蕾兒從他臉上看得出懊惱，他氣得臉都紅了。

「這個問題不是外來的，」林肯說。「這是我們本地的危機。是我們的問題，陷入麻煩的是我們的孩子。」

「可是帶頭的是誰？」瑞得說。「是誰鼓動他們的？有些人就是不屬於這裡！」

葛連．萊德的小木槌敲了又敲，但是沒什麼用。傑克．瑞得在人群裡挑起了一個熱門話題，現在每個人都同時扯著嗓門講話。

一個女人的聲音切入了這片混亂場面。「謠傳鎮上有一個幾百年歷史的魔鬼教派呢？」黛慕麗思．洪恩站起來說。她那一頭獅鬃般的狂亂金髮實在很難叫人忽略。同樣很難忽略的是幾個男人看著她那種充滿興趣的眼光。「我們都聽說了湖邊挖出來的那些老骨頭。我知道那是一場大型謀殺案。或許甚至是儀式性的殺戮。」

「那是一百多年前了，」林肯說。「跟現在的事完全不相干。」

「或許吧。新英格蘭地區魔鬼教派的歷史淵源很悠久。」

林肯很快就控制不住脾氣。「這裡唯一的教派，」他兇悍回答。「就是你幫你們垃圾小報編出來的那個！」

「那麼或許你可以解釋一下，我所聽說那些令人不安的謠言是怎麼回事，」黛慕麗思說，還是保持冷靜。「比方說，有人在高中校舍側面塗上六六六的數字。」

林肯震驚地看了芙恩一眼。克蕾兒立刻明白那個眼神的意思。顯然他們都很驚訝記者竟然會曉得這些事。

「上個月有個穀倉被發現濺了血，」黛慕麗思說。「那又是怎麼回事？」

「那是紅油漆，不是血。」

「還有山毛櫸丘夜裡閃爍的燈光。我聽說，那裡是森林保留區，完全沒有人家。」

「等一下，」一位鎮務執行委員蘿娥思．卡司伯特插嘴。「那個我可以解釋。是那個生物學家塔懷勒博士，他在夜裡找蠑螈。幾個星期前，他從那裡下山要走回住處的半路上，我開車在黑暗裡差點撞到他。」

「好吧，」黛慕麗思不情願地說。「那就忘了山毛櫸丘的燈光。不過我還是要說，這個小鎮發生了很多無法解釋的怪事。要是稍後有任何人想跟我談，我很願意聽。」黛慕麗思又坐下。

「我贊成她的說法，」一個顫抖的聲音說。那個女人站在餐廳裡的最後面，是個臉色蒼白的小個子女人，手裡緊抓著大衣。「這個小鎮不對勁。我老早就這麼覺得了。你盡量否認沒關係，凱利隊長，但是我們這裡有邪靈。我沒說那是撒旦。我不知道那是什麼，但是我知道我沒辦法繼續住在這裡了。我已經貼了廣告要賣掉我的房子，而且我下星期就要離開，免得我們家會出事。」她說完就轉身，走出一片安靜的餐廳。

克蕾兒口袋裡呼叫器發出高音調的嗶嗶聲，劃破寂靜。她低頭看到是醫院呼叫她。她擠出人群，到外頭用手機回電。

走出太熱的自助餐廳，外頭的風感覺上冷得刺骨，她縮著身體發抖，靠在牆壁上等著對方接電話。

「檢驗科，我是克萊夫。」

「我是艾略特醫師。你們剛剛呼叫我。」

「我不確定你是不是還希望我們告訴你這些結果，因為病人已經過世了。不過我收到了一些史考提．布瑞思頓的檢驗結果。」

「是的，我想知道所有結果。」

「首先，我這裡有一份安森生技針對這個男孩的全面藥物與毒物篩檢最終報告。全都未檢測到。」

「有關他氣相層析的那個峰，什麼都沒檢測到嗎？」

「這份報告上沒有。」

「一定是搞錯了。他的毒物篩檢一定有些什麼。」

「這裡只說：『未檢測到』。我們也拿到了那個男孩鼻涕的最後培養結果。那是一份很長的微生物清單，因為你希望鑑別出每一樣。大部分都是常見的移生細菌。表皮葡萄球菌，α溶血性鏈球菌。通常我們懶得特別講的那些。」

「有培養出什麼不尋常的嗎？」

「有。費氏弧菌（*Vibrio fischeri*）。」

她趕緊在一張紙上寫下。「我從來沒聽過這種微生物。」

「我也沒聽過。我們這邊的細菌培養從沒出現過。一定是被污染的。」

「但是我是直接從病人的鼻腔黏膜收集到那份樣本的。」

「唔，我不太相信這個污染是源自我們檢驗科。這可不是那種會在醫院裡面漂浮的細菌。」

「這個費氏弧菌是什麼？通常是生長在哪裡？」

「我跟班戈那位做培養的微生物學家問過。她說這個物種通常是寄居在烏賊或海洋蠕蟲這類無脊椎動物身上。兩者形成一種共生關係。無脊椎動物宿主提供一個安全的環境。」

「那這種弧菌會做什麼回報？」

「會提供光源給宿主的發光器官。」

她花了幾秒鐘才明白這個事實的含意。她忽然問：「你是說，這是一種會讓生物發光的細菌？」

「是的，這種細菌寄居在烏賊半透明的管狀身體內。烏賊利用這種細菌發光，吸引其他烏賊。有點像是尋求交配的霓虹燈招牌。」

「我得掛電話了，」她忽然打斷對方。「晚一點再跟你聯繫。」她掛斷電話，匆忙回到自助餐廳裡。

葛連．萊德又在試圖讓群眾安靜下來，他的小木槌徒勞地敲著，在一片搶著講話的聲音中被淹沒。他一臉驚訝地看著克蕾兒推擠著上了講台。

「我要宣布一件事，」她說。「我有一個針對全鎮的公共衛生警報。」

「那跟這個會議沒什麼關係，艾略特醫師。」

「我相信有關係。請讓我講。」

葛連．萊德點點頭，又開始急著敲小木槌。「艾略特醫師有事情要宣布！」

克蕾兒走到最前面的中央，清楚意識到每個人都看著她。她深吸一口氣開始講。「這些攻擊把我們都嚇壞了，使得我們指責鄰居，指責學校，指責外來的人。但是我相信其實有一個醫學上的解釋。我剛剛跟醫院的檢驗科聯繫過，對於怎麼回事有了點線索。」她舉起剛剛寫下那種細菌名稱的紙。「這是一種叫費氏弧菌的細菌。在史考提．布瑞思頓的鼻涕裡生長。我們現在所看到的——我們子女身上的這種攻擊行為——有可能是感染的一種症狀。費氏弧菌有可能引起腦膜炎，是我們一般檢驗科無法檢測出來的。也可能引起醫師稱之為『類似反應』——鼻竇發炎，擴散到腦部——」

「等一下，」亞當．戴爾瑞站起來說。「我在這裡行醫十年了。從來沒看到過半個感染這種——那是什麼？」

「費氏弧菌。在人類身上並不常見，但是檢驗所檢測出我的病人身上有。」

「那你的病人是在哪裡染上這種細菌的？」

「我相信是草蜢湖。史考提．布瑞思頓和泰勒．達內爾今年夏天幾乎天天在湖裡游泳。鎮上很多其他小孩也是。如果那個湖裡有大量的費氏弧菌，就可以解釋他們是怎麼感染到的。」

「我今年夏天也去游泳過，」一個女人說。「很多大人都是。為什麼只有小孩被感染？」

「有可能跟你們在哪個區域游泳有關。另外我知道，阿米巴腦膜炎也有類似的感染模式。這種腦炎是由生長在淡水裡的阿米巴原蟲造成的。小孩和青少年最常得到。他們在被污染的水中游泳時，阿米巴原蟲就會進入他們的鼻腔，接著經過一塊叫篩板的多孔狀骨頭到達腦部。成人不會感染，是因為他們的篩板閉合了，會保護腦部。兒童沒有這個保護。」

「所以這個要怎麼治療？用抗生素還是什麼？」

「我是這麼猜想。」

亞當．戴爾瑞發出一個無法置信的笑聲。「你是建議我們發抗生素給鎮上每一個煩躁的小孩嗎？你根本沒有任何人感染的證據！」

「我有個陽性的培養結果。」

「才一個而已，而且不是脊髓抽取液驗出來的，你怎麼敢說這是腦膜炎？」他看著觀眾。「我可以跟全鎮的人保證沒有疫情。上個月，雙丘小兒科集團得到一項研究資助，調查兒童的血球計數和荷爾蒙濃度。他們幫整個地區的青少年病患抽了血。任何感染都會顯示在他們的血球計數上。」

「你講的是什麼樣的資助？」克蕾兒問。

「安森生技資助。他們要確認一般基線是正常的，結果沒檢測出任何不尋常的東西。」他搖搖頭。「你這個感染理論是我所聽過最瘋狂的事情，而且毫無根據。你連湖水裡有沒有費氏弧菌都不知道。」

「我知道有，」克蕾兒說。「我見過。」

「你見過一種細菌？怎麼，你是有顯微鏡視覺嗎？」

「費氏弧菌是一種會讓生物發光的細菌。我看過草蜢湖裡有這種現象。」

「你那些細菌培養是來自哪裡？你收集了湖水的樣本嗎？」

「我是在湖面結凍之前看到的。現在大概是因為太冷，沒辦法培養出來。這表示我們沒辦法確認，要等到春天才能收集水樣。這些培養要花時間，可能要幾個星期或幾個月，才能得到答案。」她暫停，不想提出下一個建議。「在我們排除湖水是這種細菌來源的可能之前，」她說。「我建議先不要讓小孩去那裡游泳。」

克蕾兒沒想到現場立刻一片鼓譟。

「你瘋了嗎？我們可不能讓這種宣布傳出去！」

「遊客怎麼辦？你會嚇跑遊客的？」

「這樣我們要怎麼維持生活？」

葛連．萊德站起來，用力敲著桌子。「安靜！請大家安靜！」他臉色發紅，轉身面對克蕾兒。「艾略特醫師，現在建議這麼極端的行動，時間和地點都不對。這事情得先由鎮務執行委員會討論。」

「這是公共衛生問題，」克蕾兒說。「應該由州衛生局決定，而不是政治人物。」

「不必把州政府扯進來！」

「不告訴他們就太不負責任了。」

蘿娥思．卡司伯特猛地站起來。「我來告訴你什麼叫不負責任！就是站在那裡，沒有任何證據，當著這些記者的面，聲稱我們的湖裡有某種致命的細菌。你會毀掉這個小鎮的。」

「如果真的有健康的風險，那我們也沒有別的辦法。」

蘿娥思轉向亞當．戴爾瑞。「你的意見是什麼，戴爾瑞醫師？真的有健康的風險嗎？」

戴爾瑞譏諷地笑了。「我能看到的風險，就是如果我們把這個當真，就會害自己成為笑柄。細菌在黑暗裡發光？還會唱歌跳舞嗎？」

聽到周圍爆出的笑聲，克蕾兒臉紅了。「我知道我看到了什麼。」她堅持。

「是喔，艾略特醫師！迷幻細菌啦。」有人說。

林肯的聲音忽然在笑聲中傳來。「我也看到了。」

他站起來時，每個人都沉默下來。克蕾兒驚訝地轉頭看著他，他諷刺地朝她點了個頭，意思是說：我們就乾脆一起被吊死吧。

「我那天夜裡也在場，跟艾略特醫師一起。」他說。「我們都看到了湖上的光。我沒辦法告訴你們那是什麼。當時只持續了幾秒鐘，然後就消失了。但是的確是有光的。」

「我在那個湖旁邊住了一輩子，」蘿娥思．卡司伯特說。「我從來沒看到過什麼光。」

「我也沒有！」

「——還有我！」

「嘿，隊長，你和那醫師都嗑了同樣的藥嗎？」

又爆出一輪新的笑聲，這回是針對他們兩個人。氣憤變成了譏嘲，但林肯沒退縮；他冷靜而鎮定地承受羞辱。

「這可能是個偶發事件，」克蕾兒說。「不是每年都會發生的。有可能是氣候狀況造成的。春天的氾濫或特別熱的夏天——今年我們兩者都有。五十年前也發生過非常類似的狀況。」她暫停，挑戰的目光掃過觀眾。「我知道在場有些人還記得五十二年前發生了什麼事。」

眾人一片沉默。

《波特蘭先鋒報》的記者大聲問：「五十二年前發生了什麼事？」

葛連．萊德忽然站起來。「鎮務執行委員會將會考慮你的意見。謝謝，艾略特醫師。」

「這件事應該現在講清楚，」克蕾兒說。「我們應該找州衛生局來檢測湖水——」

「我們下次委員會議中會討論這件事。」萊德又堅定地重申。「就這樣，謝謝，艾略特醫師。」

克蕾兒雙頰發熱，離開了講台。

會議繼續，吵鬧又怨毒，大家紛紛提出各種意見。沒有人再提起她的推理；大家都認為不值得進一步討論，一致不予理會。有個人建議九點宵禁——所有的小孩都得回家。那些學生抗議起來。「公民權！那我們的公民權呢？」

「在學會負責之前，你們小孩沒有公民權！」蘿娥思兇悍地反駁。

從此時開始，狀況就一路惡化了。

到了晚上十點，每個人吼得嗓子都啞了，葛連．萊德終於宣布散會。

克蕾兒還是站在自助餐廳的側邊，看著人群走出去。他們魚貫經過時，沒有人看她一眼。我在這個鎮上等於不存在了，她難過地想，只不過是一個被輕蔑的對象。她想謝謝林肯支持她，但是看到鎮務執行委員們將他團團包圍住，正在不斷朝他提問和抱怨。

「艾略特醫師！」黛慕麗思．洪恩喊道。「五十二年前發生了什麼事？」

克蕾兒逃向出口，黛慕麗思和其他記者追上來，她只是一再說：「沒有評論。沒有評論。」出門後發現沒有人繼續跟在後頭，她鬆了口氣。

到了外頭，寒風似乎切穿了她的大衣。她的車停在離學校一段距離外。於是她雙手放進口袋裡，開始以她膽敢的速度盡快沿著結冰的道路前行，其他車紛紛開走，她在斷續經過的車頭大燈照耀下瞇起眼睛。等她走到自己的車旁，已經掏出車鑰匙，正要把車門打開時，這才發現有點不對勁。

她後退一步，震驚地看著車輪胎已經變成一灘灘鬆軟的橡膠。四個輪胎都被割破了。她氣憤又懊惱，一手用力捶車。一下，兩下。

在馬路對面，一個男人正走回自己的車，此時轉頭驚訝地看著她。是米契爾．古魯姆。

「出了什麼事嗎，艾略特醫師？」他喊道。

「看看我的輪胎！」

他暫停一下，讓一輛車開過去，然後過了馬路來到她旁邊。「耶穌啊，」他喃喃道。「有人不喜歡你呢。」

「他們把四個輪胎全都割破了！」

「我很願意幫你換輪胎。但是我想你後行李廂裡不會有四個備用輪胎。」

她可不欣賞這種貧弱的幽默感。她轉身背對他，低頭看著那些毀掉的輪胎。她裸露的臉被風吹得刺痛，冰凍地面的寒氣似乎穿透了她的靴底。現在太晚了，沒辦法打電話去喬・巴雷特的修車廠；反正他們也得等到明天早上才能幫她換輪胎。她被困住了，滿腹狂怒，而且隨著每一分鐘過去都愈來愈冷。

她轉向古魯姆。「可以請你載我回家嗎？」

這是跟魔鬼做交易，她心裡明白。記者一定會問問題，上路才十秒鐘，他就問了她預料中的那個。

「所以這個小鎮五十二年前發生了什麼事？」

她別開視線。「我真的沒有心情談這個。」

「我知道，但是事情早晚會公開。黛慕麗思・洪恩會想辦法追查出來的。」

「那個女人完全沒有道德感。」

「但是她的確有內線消息的來源。」

克蕾兒看著她。「你指的是警察局？」

「你已經曉得了？」

「我不知道那個警察的名字。是哪一個？」

「告訴我一九四六年發生了什麼事吧。」

她又面對著前方。「在本地報紙的檔案室裡。你可以自己去查。」

他沉默開了一會兒。「這個小鎮以前發生過同樣的事情，對吧？」她說。「青少年殺人。」

「對。」

「你相信其中有個生物學的原因？」

「一定跟那個湖有關。那是某種自然現象。一種細菌，或是藻類。」

「那我的推理呢？愛荷華州法蘭德斯城的翻版？」

「不是濫用藥物引起的，米契爾。我本來以為從兩個男孩的血液裡可以查出藥物——某種同化類固醇。但是這兩個男孩最終的毒物篩檢結果都是陰性。泰勒也否認他們濫用過任何藥物。」

「小孩會撒謊的。」

「血液檢驗不會。」

車子駛入她家車道，他轉頭看著她。「你挑起了一場辛苦的戰役，艾略特醫師。或許你沒感覺到今天會場上的憤怒有多深，但是我很確定我感覺到了。」

「我不光是感覺到，還有四個割破的輪胎可以證明。」她下了車。「謝謝你送我回來。現在你欠我一樣東西。」

「是嗎？」

「跟黛慕麗思．洪恩談話的那個警察的名字。」

他歉意地聳了一下肩膀。「我不曉得他的名字。我只能告訴你，我看過他們在一起，應該說是有親密接觸吧。深色頭髮，中等身材。值夜班的。」

她表情嚴肅地點點頭。「我會查出來的。」

林肯爬上那棟美觀的維多利亞式房屋的前階梯，每一階都令他更筋疲力盡。現在已經過了半夜十二點許久。他過去兩個小時參加了鎮務執行委員會的緊急會議，在葛連．萊德家舉行，會議上他們很明確地告訴他，他的工作可能不保。雇用他的是鎮務執行委員會，他們也可以開除他。他是寧靜鎮的雇員，因此必須守護該鎮的福祉。他怎麼可以附和艾略特醫師的說法，建議要封鎖那個湖？

我只是誠實說出我的意見，他告訴他們。

但在這件事情上頭，誠實顯然不是最好的政策。

接著鎮上的財政官唸出一大串乏味的財政統計數字。說每年夏天遊客帶來了多少錢，因而製造了多少工作機會，有多少當地企業只是為了服務遊客而存在。

林肯的薪水也是來自這些遊客。

這個小鎮的存亡都是靠草蜢湖，絕對不能、不能發出公共衛生警報，連一丁點公開辯論都完全不行。

他開完會出來後，不確定自己是不是還能保住工作，甚至不確定自己是否想要這份工作。他爬上他的巡邏車要回家，開到一半，接到調度處的訊息，說今晚有另一個人想跟他談。

他按了門鈴。等門開的時候，他目光沿著街道往前看，看到每棟房子都是暗的，所有的窗簾都緊閉，以隔開這個黑暗而冰冷的夜晚。

門打開了，艾芮絲・基廷法官說：「謝謝你過來，林肯。」

他踏入屋裡。裡頭感覺不透氣，很悶。「你說有急事。」

「你已經跟委員會開過會了？」

「剛剛才離開。」

「他們不考慮封鎖那個湖，是嗎？」

他認命地微笑。「這還用說嗎？」

「我太了解這個小鎮了。我知道大家是怎麼想的，也知道他們害怕什麼。而且知道他們為了保護自己，做得出什麼事來。」

「那麼你就知道我要應付什麼了。」

她朝自己的書房指了一下。「我們坐下來談吧，林肯。我有事情要告訴你。」

壁爐裡面的火快熄了，只剩幾朵無精打采的火焰從那堆餘燼裡冒出來。不過書房裡感覺還是太暖，林肯在一張坐墊又軟又厚的椅子坐下時，沒有把握自己能打起精神保持清醒，還能站起來走進外頭的寒夜中。艾芮絲坐在他對面，唯一照著她那張臉的只有火光。黯淡的光線美化了她的五官，加深了她的眼睛，把她六十六歲的皺紋撫平為一片天鵝絨似的陰影。只有她那雙因為關節炎而指節突出的細瘦雙手，暴露了她的真實年齡。

「我今天晚上在鎮民大會上該說些話的，但是我沒有勇氣。」她坦白承認。

「說什麼的勇氣？」

「克蕾兒・艾略特提到那個湖時——有關她夜裡看到那個湖發光——我應該附和她的。」

林肯往前坐，她的話終於刺穿了他的疲憊。「你也看到過。」

「是的。」

「什麼時候？」

她往下看著抓緊扶手的雙手。「是在夏天的末尾。當時我十四歲，我們家就在巨石堆那邊。現在沒了。那棟房子很多年前就拆掉了。」她的目光轉往壁爐，盯著那些發出劈啪聲的火焰。接著她往後靠坐，襯著後頭的深色座椅布料，她的頭髮像個銀色光環。「我還記得那一夜，雨下得很大。我醒來聽到雷聲，就走到窗前，水裡有個東西。一種光，在發亮。只出現沒幾分鐘，然後就……」她暫停。「等到我搖醒我爸媽，那光就沒有了，湖水又恢復黑暗。」她搖搖頭。「他們當然不相信我。」

「你後來有再看到那種光嗎？」

「一次。幾個星期後，也是在暴雨中。只閃了一下，然後就沒了。」

「克蕾兒和我看到的那一夜，雨也下得很大。」

她抬起眼睛看著林肯。「這麼多年來，我都以為那是閃電，或者是我的眼睛看錯了。但是今晚，生平第一次，我知道我不是唯一看到的人。」

「那你為什麼沒說話？鎮上的人會把你的話當回事的。」

「接著大家會問各式各樣的問題。我什麼時候看到的，是哪一年。」

「是哪一年，基廷法官？」

她別開眼睛，但是他看到了她眼中淚光一閃。「一九四六年，」她低聲說。「是一九四六年的夏天。」

那一年，艾芮絲．基廷的父母被她十五歲的哥哥殺害。也是那一年艾芮絲殺了人，不過她是為了自衛。她把自己的哥哥推出角樓室的窗子，看著他跌死。

「現在你明白我為什麼沒說話了。」她說。

「你可以讓情勢不同的。」

「沒有人想聽。我也不想談。」

「那是很久以前了。五十二年——」

「五十二年根本不算什麼！看看他們現在還是那樣對待沃倫．愛默森。我也同樣有罪。我們小時候，他和我很要好。我以前總以為，有一天我們會……」她突然停下，注視著爐火，此時已經只剩發亮的餘燼了。「這麼多年來，我一直躲著他，假裝他不存在。現在我聽到其實可能根本不是他的錯，只不過是一種病，是腦部感染。但是要彌補他已經太遲了。」

「不會太遲。沃倫上個星期動了手術，他現在很好。你可以去探望他。」

「過了這麼多年，我不知道該跟他說些什麼。我不知道他是不是想見我。」

「讓沃倫決定吧。」

她考慮了一下，眼睛被將熄的餘燼照得微亮。然後她僵硬地站起來。「我想火熄了。」她說，然後轉身離開書房。

林肯家的車道上停著一輛車。

他在那輛車後頭停下，哀嘆起來。雖然他一整天都沒回家，但是他客廳裡亮著燈，於是他知道裡頭有什麼等著他。別又來了，他心想。不要是今夜。

他步履沉重地走過階梯上了門廊，發現前門沒鎖。朵玲是什麼時候偷走他的新鑰匙的？

他發現她睡在沙發上。屋裡瀰漫著一股烈酒的酸臭味。要是他現在叫醒她，她就又會發酒瘋，大哭大喊，吵醒鄰居。最好讓她繼續睡，明天等她清醒了、他也從疲憊中恢復過來，再來對付她。他站在那裡往下凝視著前妻，懷著一種哀傷的迷惘。她的紅髮纏結，還帶著灰絲。她的嘴巴張著，打呼又咕噥。但是當他注視她時，並不覺得厭惡。而是覺得憐憫，不敢相信自己曾愛過她。

同時永遠要為她的幸福負責，那種感覺壓得他喘不過氣來。

她會需要一條毯子。他轉向走廊的櫃子裡，聽到電話鈴聲響了。他趕緊接起，深怕會吵醒朵玲，引發他擔心的場面。

是比特．史帕可斯打來的。「很抱歉這麼晚打給你，」他說。「但是艾略特醫師很堅持。要是我不打的話，她就要自己打了。」

「是有關她輪胎被割破的事情嗎？馬克已經打電話跟我說過了。」

「不，是別的事。」

「什麼事？」

「我人在她的診所裡。有人砸破了所有窗子。」

16

到處都是玻璃，明亮的碎片散布在地毯上、雜誌桌上、候診室的沙發上。打破的窗子朝夜間空氣敞開，陣陣雪花飄進去，像細緻的蕾絲般落在家具上。

克蕾兒震驚而沉默地從候診室走進薇拉的辦公室，辦公桌上方的窗子也被砸破了，玻璃的裂片和斷掉的冰柱在電腦鍵盤上閃耀。風把沒裝訂的紙和雪花吹得整個房間到處都是，這片白色的暴風雪很快就會在地毯上融化成一堆堆溼漉漉的紙張。

他聽到林肯的靴子嘎吱踩過玻璃。「膠合板馬上就送過來，克蕾兒。夜裡還會再下雪，所以他們會把這些窗子用膠合板封住。」

她只是往下看著地毯上的那些雪。「都是因為我今天晚上在鎮民大會說的話。不是嗎？」

「你這裡不是唯一被惡意破壞的地方。這星期鎮上已經發生好幾起了。」

「但這是我今天晚上碰到的第二次。先是我的輪胎，現在又是這個。可別告訴我是巧合。」

比特·史帕可斯走進來。「林肯，我跟鄰居問了，沒交上好運。他們聽到玻璃打破的聲音就報警了，但是沒看到破壞的是誰。跟上星期巴雷特修車廠發生的事件一樣。砸了就跑。」

「但是喬·巴雷特只破了一扇窗子，」克蕾兒說。「我這邊的窗子則是全都被砸破了。診所接著得關閉好幾個星期。」

史帕可斯努力想讓她放心。「換那些玻璃應該只要花幾天就行。」

「那我的電腦呢？毀掉的地毯呢？雪滲透到每樣東西裡頭了。資料必須更換，我所有的帳單紀錄都要重建。我不曉得是不是值得。我甚至不曉得自己是不是想要從頭開始。」

她轉身走出診所。

她蜷縮在自己的小卡車裡，過了一會兒林肯和史帕可斯也出來了。他們交談了幾句話，然後林肯過馬路來到她的小卡車，上了她旁邊的座位。

一時之間兩人都沒開口。她只是瞪著正前方，視線模糊了，史帕可斯巡邏車的警燈逐漸遠去，成為一片搏動的朦朧。她憤怒地迅速抹了一下眼睛。「我想這個訊息傳達得響亮又清楚。這個小鎮不希望我待在這裡。」

「不是全鎮都這樣，克蕾兒。一次惡意破壞。一個人——」

「這個人大概是替很多其他人說話。我還不如趕緊打包，連夜離開。免得他們決定要把我家都放火燒掉。」

他什麼都沒說。

「你就是這樣想的，對不對？」她說，終於看著他。「你覺得我失去在這裡成功的任何機會了。」

「你今天晚上的發言，讓自己的處境很不利。你談到要封鎖那個湖，就威脅到很多人。」

「我當時什麼都不該說的。」

「不，你必須說出來，克蕾兒。你做得很對，而且我不是唯一這麼想的人。」

「沒有人來跟我握手。」

「相信我的話。還有其他人也擔心那個湖。」

「但是他們不會把湖封鎖起來，對吧？他們承擔不起。所以他們就改來封住我的嘴，透過砸我的診所，透過把我趕出這個小鎮。」她看著那棟建築物。「這樣也會有用的。」

「你來這裡還不到一年。要花時間——」

「要花多久的時間才會被這個小鎮接受？五年、十年，還是一輩子？」她伸手轉了啟動器，感覺到暖氣一開始先吹出冷風。

「你的診所可以修復的。」

「是啊，建築物要修補很容易。」

「全都可以更換的。窗子、電腦……」

「那我的病人呢？經過了今晚，我不認為我還有任何病人了。」

「你不會曉得。你沒有給寧靜鎮機會。」

「是嗎？」她直起身子，怒氣沖沖地看著他。「我把人生的九個月時間給了這個鎮！每一分鐘，我都在擔心我的診所，擔心我的約診簿有一半還是空的。擔心為什麼有人恨我恨到寄匿名信給我的病人。這裡有一些人希望我失敗，所以盡力想把我逼走。我花了九個月時間，才明白事情絕對不可能好轉。寧靜鎮不想要我，林肯。他們想要另一個潘墨若醫師，或甚至另一個像電視劇裡的老好人醫師。但不是我。」

「要花時間，克蕾兒。你是從外地來的，這裡的人需要慢慢習慣你，逐漸有把握你不會拋棄他們。這就是亞當·戴爾瑞的優勢。他是本地長大的，每個人都假設他會留下。上一個從別州搬來的醫師待十八個月後離開了，受不了這裡的冬天。他之前的那位醫師待了不到一年。這個小鎮也不認為你能待多久。他們在觀望，等著看你能不能撐過冬天。等著看你會不會像前兩個醫師那樣放棄、離開。」

「逼走我的不是冬天。我可以忍受黑暗跟寒冷。我受不了的是自己永遠不屬於這裡的感覺。」她吐出一口長氣，滿腹的憤怒忽然消解了，只剩下一種疲倦之感。「我不懂當初我為什麼會覺得這樣行得通。諾亞不想搬來這裡，可是我逼他。現在我明白自己這麼做有多麼愚蠢……」

「那你當初為什麼要搬來，克蕾兒？」他問，聲音好輕，幾乎被暖氣吹出來的風聲壓過了。

這是個他從來沒問過她的問題，是有關她的基本資訊，但她從來沒告訴他的。我為什麼搬來寧靜鎮。現在他等著回答，兩人之間的沉默延長，更凸顯了她有多麼不願意向他吐露秘密。

他感覺到她的不安，於是目光轉到街上，讓她有一點隱私。等到他再度開口，那些話幾乎不像是在跟她講，而只是分享自己的想法，沒有特別要講給誰聽。

「從別處搬來這裡的人，」他說。「我覺得他們大部分是要逃離什麼。一份他們痛恨的工作。前夫，或是前妻。總之是某種動搖他們生活的悲劇。」

她往旁邊靠，感覺冰冷的窗子貼著她的臉頰。他怎麼知道？她納悶。他猜到多少了？

「這些外地的人，有一天來到這裡，以為找到了天堂。或許他們是夏天來度假或許只是開車經過，這個鎮名吸引了他們。寧靜，聽起來很安全，是個可以投靠、可以躲藏的地方。他們去本地的房地產仲介，看著牆上那些照片。看著那些求售的農莊，那些湖邊的小屋。」

那是一片如畫美景：一棟白色農舍的前庭有水仙花在風中點頭，一棵楓樹才剛開始冒出初春泛紅的新葉。我的房子從來沒有楓樹。我從沒住在一個夜間仰頭可以看到星星、而非城市輝煌燈光的城鎮。

「他們想知道，住在一個小鎮會是什麼滋味，」林肯說。「他們以為鎮上沒有人會鎖上自己的門；鄰居會帶著砂鍋燉菜上門拜訪，歡迎你搬來。這樣的地方其實是幻想多過現實，因為他們所想像的小鎮根本不存在。而他們試圖逃離的問題只會跟著他們到下一個家，以及更下一個。」

當初諾亞跟我說他不想來。他說如果我逼他離開巴爾的摩、離開他所有的朋友，他就會恨我。但你不能讓一個十四歲的男孩決定你的生活。我是家長，負責的人是我。我知道什麼對他好、對我們兩個都好。

我以為我知道。

「或許有一陣子，一切似乎行得通，」他說。「一棟新房子，一個新城鎮——讓你不會去想自己逃離的那些事情。每個人都希望有個新開始，有個修正的機會。於是他們想，要開始新生活，還有什麼時間和地點，能比一個湖畔的夏天更好呢？」

「他偷了一輛汽車。」她說。

他沒回應。她想著此刻自己如果轉頭看他，會在他眼裡看到什麼。當然不會是驚訝；不知怎地他已經知道、或猜到了，她搬來寧靜鎮是絕望之際的孤注一擲。

「當然了，那不是他唯一犯過的罪。他被逮捕後，我才得知他做過的其他事情。順手牽羊，噴漆塗鴉。打烊後闖到附近的雜貨店偷竊。是他們一起幹的，諾亞和他的朋友們。三個男孩只是無聊，就決定為自己的生活、為父母的生活增加一點刺激。」她往後靠，雙眼注視著空蕩的街道。又開始下雪了，當雪花落到擋風玻璃時，隨即融化流下來，像是玻璃上的淚水。「最糟糕的部分是我都不知道。原來他什麼都不跟我說，而我竟然完全不曉得自己兒子的情況。

「警察那一夜打電話給我，告訴我發生了車禍——諾亞坐在一輛偷來的車上——我跟他們說一定是搞錯了，我兒子不會做這種事情，說我兒子那一夜在一個朋友家裡。但結果沒有，他坐在醫院的急診室裡，頭皮有撕裂傷。而他的朋友——其中一個男孩——則陷入昏迷。我猜想我應該慶幸我兒子從來不會忘記繫安全帶。即使是在偷車的時候。」她搖搖頭，諷刺地嘆了口氣。「另外兩個男孩的父母跟我一樣震驚。他們不敢相信自己的小孩會做這種事。他們以為是諾亞說服他們做的，以為諾亞是壞朋友。對一個沒有父親的男孩，你能指望什麼？

「他們才不管我兒子是三個男孩裡面年紀最小的，就把一切歸咎於他沒有父親。還有我當醫師工作太忙，都在照顧其他人的家人，沒空關心自己的孩子。」

現在外頭的雪下得更大了，為擋風玻璃罩上一層雪毯，阻斷了街道的視野。

「這件事最糟糕的就是，我贊同他們的意見。我覺得自己一定是做錯了什麼，在某些方面辜負了他。而當時我唯一想的就是，我要怎麼把事情修正回來？」

「收拾家當搬家，這樣的手段也太極端了。」

「我當時在尋找奇蹟，尋找一個神奇的解答。我們已經到了彼此痛恨的地步。我控制不了他去哪裡、做什麼事情。最慘的是，我沒辦法選擇他的朋友。我看得出最後會往什麼方向發展。再偷一輛車，再被逮捕一次。再歷經一輪沒有用的家庭諮商……」她深吸一口氣。擋風玻璃現在完全被雪遮住了，她覺得自己跟旁邊這個男人一起被活埋了。

「然後，」她說。「我們來寧靜鎮玩。」

「什麼時候？」

「一年多前，秋天的一個週末。當時大部分的遊客都離開了，天氣還是很好，特別溫暖又晴朗。諾亞和我租了湖邊的一棟小木屋。每天早上我醒來，就會聽到潛鳥的聲音，沒有別的。只有潛鳥和一片寂靜。那個週末讓我最愛的就是這個部分，那種完全平靜的感覺。難得一次，我們沒有吵架，還真的很享受在一起的時光。當時我就知道我想離開巴爾的摩……」她搖搖頭。「我想你剛剛對我的看法很正確，林肯。我就像其他每一個搬來這個小鎮的外來者一樣，是要逃離另一種生活、另一堆問題。我不確定自己要去哪裡，我只知道再也不能待在原來的地方了。」

「那現在呢？」

「我也不能待在這裡了。」她啞著嗓子說。

「現在做這個決定太早了，克蕾兒。你待在這裡的時間還不夠久，還不足以讓診所站穩腳步。」

「我已經花了九個月。一整個夏天和秋天，我坐在那個診間裡等著病人湧上門。結果來的幾乎全都是遊客。那些夏天來這裡的人因為腳踝扭傷或胃不舒服來找我。等到夏天結束，他們就離開了。我忽然明白我鎮上的病人有多麼少。我原以為自己可以撐下去，以為可能再過一兩年，人們會逐漸信任我。但經過了今天晚上，我知道自己沒有機會了。我在鎮民大會上說了自己必須說的話，但是大家不喜歡聽。現在我最好的辦法，就是收拾家當離開。而且希望回到巴爾的摩還不會太遲。」

「你這麼輕易就要放棄？」

這個問題充滿挑釁的意味，她憤怒地轉身看著他。「這麼輕易？那要什麼狀況才能算是困難？」

「並不是全鎮的人都在攻擊你，只是少數幾個不安的人。支持的人比你曉得的更多。」

「這些人在哪裡？為什麼鎮民大會上沒有其他人站出來支持我？只有你一個。」

「他們有些人很困惑，或者害怕公開發言。」

「也難怪，因為他們說不定也會搞得輪胎被割破。」她諷刺地說。

「這個鎮非常小，克蕾兒。這裡的人認為他們彼此了解，但是你仔細追究的話，其實不是這樣。我們會守著自己的秘密不對外說。我們會宣示自己的私人領域，不讓其他人越過界線。在鎮民大會上發言是向公眾展露自己。大部分人選擇什麼都不說，即使他們可能贊成你的意見。」

「那些沉默的支持，可沒辦法幫我謀生。」

「的確是這樣。」

「留下來也不能保證任何人會來找我看病了。」

「這是個賭博，沒錯。」

「所以為什麼我要賭？給我一個應該留在這個小鎮的理由。」

「因為我不希望你離開。」

這個答案是她意想不到的。她瞪著他，竭力想在昏暗中解讀他的表情。

「這個小鎮需要像你這樣的人，」他說。「一個進來稍微挑起爭端的人，可以讓我們問一些自己從來沒有勇氣問的問題。如果你離開了，會是我們所有人的損失。」

「所以你是代表全鎮在說話？」

「是的。」他暫停一下，又輕聲補充：「也是代表我自己。」

「我不確定這是什麼意思。」

「我也不確定。我甚至不曉得自己為什麼會說。講出來對我們兩個都沒有好處。」他忽然抓住門柄要打開時，她伸手過來碰觸他的手臂。他立刻全身僵住，一手抓著車門，身體正準備要下車。

「我還以為你不喜歡我。」她說。

他驚訝地看著她。「我給你這種印象？」

「不是因為你說過的話。」

「那是為什麼？」

「你從來不談任何私人的事情，好像不想讓我知道你的事。我不覺得困擾，因為我知道這個小鎮的作風就是這樣，大家都跟別人保持距離，你也不例外。但是過了一陣子，彼此熟悉之後，我們之間好像始終有那麼一道無形的牆，於是我心想：或許不光因為我是個外來者。或許是因為我這個人，有什麼讓你不喜歡的地方。」

「的確是因為你，克蕾兒。」

她暫停一下。「原來如此。」

「如果我不保持跟你之間的那道牆，我知道會發生什麼事。」他的肩膀垂下，彷彿被自己的不快樂壓垮了。「人類可以適應任何事，只要持續得夠久，連痛苦都能適應。我跟朵玲結婚太久了，我猜想我已經接受自己的婚姻就是這樣。我做錯了一個選擇，就要負起責任，而且我一直盡力。」

「不該讓一個錯誤毀掉你一輩子。」

「如果你做出的決定會傷害到別人，你就很難自私，很難只顧自己。比較容易的辦法，就是什麼都不做、讓事情照舊，為自己再加上一層麻木。」

一陣強風吹著擋風玻璃，留下一道道融化的雪。新的雪又落下，逐漸遮住了剛剛看到的片刻夜色。

「如果我以前對你似乎不夠溫暖，克蕾兒，」他說。「那只是因為我很努力這樣。」

再一次，他又伸手要開門。

再一次，她又以碰觸阻止他，她的手流連在他的胳臂上。

他轉過來面對她。這回他們目光相遇，兩個人都沒有避開，兩個人都沒有退縮。

他雙手捧住她的臉吻她。他還沒來得及抽身，還沒來得及後悔這個衝動，她就靠向他，以自己的吻歡迎他。

他的嘴唇，他嘴裡的滋味，對她來說是全新的，很不熟悉。那是陌生人之吻。一個渴望她卻隱瞞許久的男人，現在有如發燒般熾烈。她也染上了這種病，當他把她拉過去貼著自己，她感覺到那種熱度湧上她的臉、她整個身體。他喊了她的名字，一次、兩次，那是一種驚奇的低語，因為沒想到能將她擁入懷中。

車頭大燈的亮光忽然穿透白雪覆蓋的擋風玻璃。他們趕緊分開，在罪惡的沉默中靜坐著，傾聽腳步聲走近小卡車。有人敲敲乘客座那一側。林肯搖下車窗時，片片雪花飄進來。

馬克・竇倫警員看著車裡，雙眼打量著林肯和克蕾兒，只是說：「喔。」一個音節，但是其中含意勝過千言萬語。

「我，呃，我看到醫師車子的引擎開著，不曉得是不是出了什麼事。」竇倫解釋。「你知道，一氧化碳中毒什麼的……」

「完全沒事。」林肯說。

「是啊，好吧。」竇倫退開窗邊。「晚安，林肯。」

「晚安。」

竇倫離開後，克蕾兒和林肯沉默了一會兒。然後林肯說：「明天就會傳遍全鎮了。」

「我相信會是這樣。我很遺憾。」

「我不遺憾。」他下車時，滿不在乎地笑了。「老實說，我根本無所謂。我人生裡出錯的一切，在這個鎮上都已經人盡皆知了。現在，難得一次，有件事情是發展正確的，倒不如也讓大家知道。」

她打開擋風玻璃的雨刷，隔著清過的玻璃，她看到他揮手道別，然後走向自己的車。竇倫的車還停在附近，林肯停下來跟他講話。

她開走時，忽然想起米契爾・古魯姆那晚稍早曾告訴她有關黛慕麗思・洪恩的內線消息來源。深色頭髮，中等身材。值夜班的。

馬克．竇倫，她心想。

次日早晨，林肯開車往南到奧樂諾。他前一夜沒睡好，有好幾個小時都只是躺在那裡，反覆思考著整晚的種種事件。鎮民大會，他和艾芮絲．基廷的談話，克蕾兒的診所被砸毀。還有克蕾兒本人。

他想最多的，就是克蕾兒。

七點時他醒來，沒有精神恢復之感，然後下了樓。發現朵玲還睡在他客廳的沙發上，這個冰冷的現實打醒了他。她一手從沙發一側懸垂下來，紅髮黯淡而油膩，嘴巴半張著。他站了一會兒，往下看著她，思索著該怎麼說服她離開，才能把吼叫和哭鬧降到最低，但是他累得暫時無法處理這個問題。這輩子為了擔心朵玲，已經耗掉他太多精力。現在光是看到她，他的四肢彷彿就又被拖著往下，變得格外沉重，彷彿朵玲和地心引力緊密相連。

「對不起，蜜糖，」他輕聲說。「但是我要繼續過自己的人生了。」

他打了一通電話，然後讓朵玲繼續睡在沙發上，自己走出屋子。他發動車子離開時，感覺到第一層沮喪像一隻蠕蟲的外皮般褪下。掃雪車已經來清理過馬路了，柏油路面上撒了沙子；他踩下油門，逐漸加快速度，同時感覺到自己擺脫掉愈來愈多層，覺得如果他開得夠遠、夠快，那麼真正的林肯，昔日的那個自己，就終於會出現，乾淨清新如重生。他疾馳經過一片片田野，剛落下的雪被微風一吹，就湧出一團團白色粉末狀的雲。繼續開，不要停，不要回頭。他心中有個目的地，這趟旅程有個目標，但眼前，他所體驗到的是逃離的喜悅。

一個小時後，他抵達緬因大學校園，感覺精力恢復，疲倦一掃而空，彷彿在一張舒適床上享受了長長的一夜好眠。他停好車，走在校園裡，那冰冷的空氣，那晶亮的早晨，都讓他精神煥發。

露西．歐佛拉克在她體質人類學系的辦公室裡。一八三公分的身材，穿上平常的藍色牛仔褲和法蘭絨襯衫，看起來比較像個伐木工，而不是大學教授。

她以生了老繭的手和乾脆的點頭歡迎他，然後在自己的辦公桌後坐下。即使坐著，她也還是個威風的女巨人。「你在電話裡說，你有些關於草蜢湖遺骸的問題。」

「我想知道哥奧一家的事情。他們是怎麼死的。誰殺了他們。」

她抬起一邊眉毛。「為了這樁罪行要逮捕任何人，現在晚了大概一百年吧。」

「他們死亡的一些狀況讓我很困擾。你找到過這些謀殺案的任何新聞報導嗎？」

「文斯找到了──就是我的研究生。他打算把哥奧家的案例當成他的博士論文主題。根據遺骸，重現一宗古老的謀殺案。他花了好幾個星期才查到一篇報導。你知道，不是每份舊報紙都有存檔的。那個區域當時人煙稀少，根本沒有什麼新聞報導。」

「所以哥奧一家是怎麼死的？」

她搖搖頭。「恐怕是同樣的老套故事。很不幸，家庭暴力不是現代才有的現象。」

「是父親幹的？」

「不，是他們十七歲的兒子。他的屍體幾個星期後被發現了，掛在一棵樹上。顯然是上吊自殺。」

「那動機呢？那個男孩精神失常嗎？」

露西往後靠坐，窗子透進來的光照著她曬黑的臉。多年在戶外工作對她的膚色產生了影響，冬日的光照出了每一個雀斑、每一條深深的皺紋。「我們不曉得。那一家人顯然生活在相當孤立的環境中。根據那個時期的地籍圖，哥奧家的產業包括草蜢湖的整個南岸。他們家附近可能沒有任何鄰居，所以也沒有人太了解那個男孩。」

「所以那一家人很富裕了？」

「我不會說是富裕，不過他們算是大地主。文斯說哥奧家是在一七〇〇年代得到那些土地的，此後一直是他們家的產業，直到這個……這個事件。後來就分成小片土地陸續賣掉了。賣給開發商。」

「文斯就是綁著馬尾的那個邋遢小子？」

她大笑。「我的學生全都很邋遢。這幾乎是畢業的先決條件。」

「那我該去哪裡找文斯呢？」

「現在九點，他應該在自己的辦公室裡。博物館地下室。我會打電話跟他說你要去找他。」

林肯來過這裡。這回那張大木桌上放滿了陶器碎片，而不是人類遺骸，而且地下室的窗子上沾了點點雪花。由於缺乏自然光線，加上潮溼的石階，都讓林肯覺得自己進入了某種巨大的地下洞窟。他走進儲存架構成的迷宮中，經過堆得高高的文物箱，上頭的標籤發霉了。在一張標籤上，他只能認出「人類下頜骨（男）」的字樣。一個木箱，他心想，對於曾是一名男子的下巴來說，是個悲慘而無名的安息處。他更深入迷宮，覺得喉嚨已經有點搔癢，因為灰塵和黴菌，還有一股淡淡的菸臭味，隨著他愈接近地下室另一頭而氣味愈重。是大麻。

「布蘭塔諾先生？」他喊道。

「我就在後頭這裡，凱利隊長。」一個聲音回答。「在貓頭鷹標本那邊左轉。」

林肯又走了幾步，碰到一個裝在玻璃箱裡的大雕鴞。他左轉。

文斯．布蘭塔諾的「辦公室」只不過是塞在文物架之間的一張書桌和一個檔案櫃。雖然沒看到菸灰缸，但是空氣中有很重的大麻味，而年輕的文斯顯然對於一個警察的出現很不安，正擺出一副防衛的姿態，他坐在書桌後頭，雙手交抱在胸前。林肯直視著那小子的雙眼，朝他伸出一手。

文斯猶豫了一下，跟他握手了。彼此都了解這個手勢的意思：兩人之間的協定生效。

「坐吧，」文斯說。「你可以把那個箱子放在地上，不過小心那張椅子——有點不太穩。這裡的每樣東西都不太穩。你也看得出來，我有一間豪華辦公室。」

林肯搬起椅子上的箱子，放在地上，裡頭的東西發出一種不祥的嘩啦聲。

「骨頭。」文斯說。

「人類的？」

「低地大猩猩。我是把這些骨頭用於比較教學。我會把這些骨頭遞給大學生，請他們診斷生前有什麼病症，但是我沒告訴他們這不是人類的。你真該聽聽某些我得到的瘋狂回答。從肢端肥大症到梅毒都有。」

「這是陷阱題。」

「嘿，所有生物都是陷阱題。」文斯往後靠坐，若有所思地打量林肯。「我想你這次的拜訪也是一個陷阱題。警察通常不會浪費時間在百年前的謀殺案。」

「哥奧一家讓我感興趣，還有其他原因。」

「什麼原因？」

「我相信他們的死亡，可能跟我們寧靜鎮現在的問題有關。」

文斯一臉困惑的表情。「你指的是最近的謀殺案？」

「犯下謀殺案的那些小孩本來都很正常，都是忽然失控殺人的十來歲青少年。我們找了兒童心理學家幫鎮上每個小孩做心理分析，但是他們無法解釋。所以我想到哥奧家發生的事情，覺得很類似。」

「你是指青少年殺人這部分？」文斯聳聳肩。「老被欺負的弱者也是有忍耐極限的。當威權者壓迫得太厲害，年輕人就會反叛。歷史上曾經一再發生。」

「這不是反叛，而是小孩忽然發狂，殺掉朋友或家人。」他暫停。「五十二年前也發生了同樣的事情。」

「什麼事？」

「一九四六年，在寧靜鎮。十一月就出現了七樁謀殺案。」

「七樁？」文斯金屬框後頭的眼睛睜大了。「這個鎮上的人口有多少？」

「一九四六年時，寧靜鎮的居民有七百人。現在我們又面對著同樣的危機，全都重演一遍。」

文斯駭笑一聲。「要命啊，隊長，你們鎮上顯然有某些嚴重的社會問題。但是不要怪到小孩頭上。看看大人。如果小孩在暴力中成長，他們就學會用暴力解決問題。老爸崇拜無所不能的槍，出去把一隻鹿轟成碎片當成娛樂。小孩就會學到：殺戮是好玩的。」

「這個解釋太簡單了。」

「我們的社會美化暴力！然後我們把槍交到兒童手中。你隨便找個社會學家問一下就知道了。」

「我不認為社會學家有辦法解釋這件事。」

「好吧，那你的解釋是什麼，凱利隊長？」

「降雨。」

文斯沉默了好一會兒。「你說什麼？」

「一九四六年，還有今年，我們都有一模一樣的氣候模式。從四月開始下大雨。當地的橋被沖斷，牲口淹死——」

文斯翻了個白眼。「聖經級的洪水？」

「聽我說，我不是什麼虔誠信教的人——」

「我也不信教，凱利隊長。我是科學家。」

「那麼你通常就會在大自然中尋找模式，對吧？尋找各種相關性。唔，我看到的模式就是這樣，今年和一九四六年都是如此。在四月和五月，我們鎮上有破紀錄的降雨量。草蜢河氾濫，嚴重毀損沿岸的房屋。然後雨停了，到了七月和八月，完全沒下雨。事實上，還熱得不尋常，氣溫高到破紀錄，兩年都是。」他吸了口氣，緩緩吐出來。「最後，在十一月，」他說。「事情就開始了。」

「什麼事情？」

「殺人。」

文斯沒說話，而且面無表情。

「我知道聽起來很瘋狂。」林肯說。

「你不知道有多瘋狂。」

「但是相關性是存在的。艾略特醫師認為可能是一種自然現象。湖裡有一種新的細菌或藻類，引起人類的性格改變。我看過類似的情況發生，在南方的河流，一種微生物會殺死幾百萬條魚。這種微生物製造出來的毒素也會影響人類，破壞專注力，有時會引起憤怒攻擊。」

「你指的一定是屬名為*Pfiesteria*的那種雙鞭毛藻。」

「沒錯。那可能跟我們這裡發生的事情類似。這就是為什麼我想知道有關哥奧家的事。尤其是，我想知道他們死的那一年是不是降雨很多。政府洪水資料沒辦法追溯到那麼久之前，我需要以往的新聞報導。」

文斯終於懂了。「你想看我的剪報。」

「那可能就是我在尋找的資訊。」

「一場洪水。」文斯往後靠坐，皺著眉，好像有一段記憶才剛剛浮上腦海。「真的很詭異。我好像隱約記得有什麼關於一場洪水的……」他轉身面對檔案櫃，拉開抽屜，翻著一個個檔案夾。「我是在哪裡看到的？哪裡，哪裡……」他拉出一個檔案，上頭的標籤是：「一八八七年十一月，《雙丘先鋒報》」。裡頭有一疊影印的新聞報導。

「大雨應該會是從春天開始，」林肯說。「在十一月的剪報上不會有。」

「不，這個剪報是跟哥奧家的案子有關。我記得寫下來過。」他翻著裡頭的影印剪報，然後暫停，看著一張皺皺的紙。「好吧，就是這篇報導，日期是十一月二十三日。標題：十七歲少年屠殺自己的家人。五人死亡。接著提到被害人，席歐多．哥奧夫婦，他們的孩子珍妮和喬瑟夫，還有哥奧太太的母親愛西亞．弗力克。」他把那張紙放在旁邊。「現在我想起來了。是在訃聞裡。」

「寫了什麼？」

文斯又翻出另外一張影印的剪報。「哥奧太太的母親。『愛西亞．弗力克，六十二歲，上星期稍早遭殺害，十一月十三日在席歐多．哥奧一家的墓旁聯合葬禮下葬。生於雙丘，佩查斯拉與瑪麗亞．高斯的女兒，是一位盡心的妻子與兩個子女的母親。她結縭四十一年的丈夫多納．弗力克今年春天溺死……』」文斯的聲音忽然逐漸停下，然後眼神驚訝地抬頭看著林肯。「『……在草蜢河洪水中。』」

他們注視對方，都對這個確認的資訊很震驚。文斯腳邊的一台電暖氣發出嗡響，裡頭的電熱絲發出亮橘色的光。但什麼都無法穿透林肯在那一刻感覺到的寒意。他不曉得自己能否再感覺溫暖。

「幾個星期前，」林肯說。「你提到過印第安人的佩諾布斯科部族。你說他們不肯在草蜢湖附近定居。」

「是的，那個湖是個禁忌，另外也包括密高奇溪經過的山毛櫸丘下半部。他們認為那個地方不健康。」

「你知道他們為什麼認為那個地方不健康嗎？」

「不知道。」

林肯思索了一會兒。「密高奇（Meegawki）這個溪名——應該是源自佩諾布斯科語吧？」

「沒錯，是他們幫這個區域所取的名字 *Sankade'lak Migah'ke* 的簡化。*Sankade'lak* 應該就是小溪的意思。」

「那另一個字的意思呢？」

「我再查一下。」文斯轉身從書架上拿了一本破舊的《佩諾布斯科語》，迅速翻到要找的那頁。「好。我剛剛講 *Sankade'lak* 的意思是正確的。在佩諾布斯科語中，是『河』或『溪』。」

「另一個字呢？」

「*Migah'ke* 的意思是『戰鬥』或是……」文斯暫停，抬頭看著林肯。「或是『屠殺』。」

他們瞪著彼此。

「那就可以解釋他們的禁忌了。」林肯輕聲說。

文斯吞嚥著。「對，原來那是屠殺溪。」

17

「肥屁股，」傑帝在長號區用氣音說。「貝瑞有個肥屁股！」

諾亞的目光從他的樂譜抬起來，偷看了一下旁邊跟他共用譜架的貝瑞．諾爾頓。這個可憐的胖子緊抓著他的薩克斯風，努力想專注在跟上拍子，但他的臉已經漲紅，而且又在流汗了，貝瑞一緊張就會這樣。他上體育課會流汗。在法文課列舉動詞變化時會流汗。每回只要有女生跟他講話，他也會流汗。他先是臉紅，接著小汗珠就會出現在額頭和太陽穴，然後轉眼間，貝瑞就流汗流得像是熱浪中的蛋捲冰淇淋。

「老天，那個屁股真是肥，你都可以發射到太空去，我們就多一個月亮了。」

一滴汗水流下貝瑞的臉，落在他的薩克斯風上頭。他兩手抓那樂器抓得好用力，手指看起來像是只剩骨頭。

諾亞轉身說：「少煩他了，傑帝。」

「哎呀。現在瘦屁股嫉妒別人得到所有的注意。我在這裡看到了很妙的畫面。肥屁股和瘦屁股，並排在一起。」

「我說過，少煩了！」

樂團其他人都忽然停止演奏，諾亞的少煩了在這片突來的寂靜中好像是大喊出來的。

「諾亞，你們後頭那裡是怎麼回事？」

諾亞轉頭看到桑彭老師皺眉看著他。桑彭老師人不錯，其實是諾亞最喜歡的老師之一，但是這個人老是沒看見自己課堂上發生了什麼事，簡直像瞎了似的。

「老師，諾亞想找麻煩。」傑帝說。

「什麼？他才是想找麻煩的人！」諾亞說。

「我不認為是這樣。」傑帝嘲弄道。

「他就是一直煩別人！他一直講一堆蠢評論！」

桑彭老師厭煩地雙手交抱在胸前。「什麼評論，我可以問一聲嗎？」

「他說——他說——」諾亞停下來，看著貝瑞，他整個人緊繃得像個炸彈快爆炸了。「侮辱人的話。」

讓每個人震驚的是，貝瑞忽然踢翻譜架，踢得嘩啦倒在地板上，一張張樂譜散落得到處都是。「他說我是肥屁股！他就是這樣罵我的。」

「嘿，如果是事實，那就不是侮辱了，對吧？」傑帝說。

樂團教室裡爆出一陣笑聲。

「別笑了！」貝瑞大吼。「別再笑我了！」

「貝瑞，拜託別那麼激動。」

貝瑞突然攻擊桑彭老師。「你從來不做任何事！沒有一個肯！你們讓他一直煩我，根本沒有人在乎！」

「貝瑞，你不能那麼激動。請你到走廊，去冷靜一下。」

貝瑞把他的薩克斯風摔在椅子上。「謝謝你什麼都沒做，桑彭老師。」他說，然後走出教室。

「哎呀，滿月逐漸退下了。」傑帝低聲說。

諾亞終於理智斷線了。「閉嘴！」他吼道。「你閉嘴就是了！」

「諾亞！」桑彭老師說，指揮棒猛敲一下譜架。

「明明錯的是他，不是貝瑞！傑帝從來就不肯放過他！其他人也是！」他看著其他同學。「你們所有人，你們老是一直煩貝瑞！」

桑彭老師的指揮棒現在拚命敲著譜架。

「你們全都是混蛋！」

傑帝大笑。「你還真有資格說呢。」

諾亞猛地站起來，每根肌肉都繃緊了要朝傑帝衝去。*我要殺了你！*

一隻手抓住諾亞的肩膀。「夠了！」桑彭老師吼道，把諾亞往後拉。「諾亞，我會對付傑帝！你也去走廊冷靜一下。」

諾亞甩開他。他全身都還是高漲到頂點的危險怒氣，但是他努力按捺下去。他只是朝傑帝狠狠看了最後一眼，那個表情在說：「敢再來惹我，你就完了。」然後他走出教室。

他發現貝瑞站在儲物櫃旁，流汗又吸著鼻子，努力轉著自己的組合密碼。貝瑞懊惱地捶了那個儲物櫃，然後轉身背靠著，他的重量看似要壓壞那金屬儲物櫃了。「我要殺了他。」他說。

「我陪你一起殺。」諾亞說。

「我是說真的。」貝瑞看著他，諾亞忽然明白，*他的確是說真的。*

鈴聲響起，表示這堂課結束了。大批學生湧出教室，進入走廊。諾亞只是站在那裡，看著貝瑞走開，像一條流汗的軟式飛船被人群淹沒。他沒注意到愛蜜麗亞，直到她就站在他後面，碰了一下他的胳臂。

他驚跳起來，轉身看到她。

「我聽說你和傑帝的事了。」她說。

「那我想，你也聽說被踢出教室的是我了。」

「傑帝是個混蛋。以前從來沒有人對抗他。」

「是啊，反正我很後悔。」他轉了自己的組合密碼，打開儲物櫃。那櫃門砰一聲盪開。「他根本不值得我開口。」

「值得的。我真希望每個人都夠勇敢。」她低下頭，金髮垂到臉頰前，然後轉身離開。

「愛蜜麗亞？」

她回頭看他。之前有太多次，他總是偷偷看她一眼，幻想著摸她的臉、她的頭髮會是什麼感覺。還有吻她。他有過幾次機會，但是從來無法鼓起勇氣真的去做。現在她沉默但熱切地注視著他，他再也忍不住了。他的櫃門開著，剛好隔開走廊、遮住他們兩個。他握住她的手，輕輕把她拉向自己。

她心甘情願靠過來，雙眼睜大，湊近他時臉頰發紅了。兩人嘴唇輕拂過彼此，輕得簡直像是沒有發生過。他們注視對方，無言地確定剛剛那個吻不夠久，確定兩人都願意再嘗試。

他們又嘗試了另一個吻。更堅定，更深，從彼此的唇得到勇氣。他一隻手臂環住她，覺得她柔軟得一如想像，像是有甜香的、發出光澤的絲綢。現在她的手臂也環著他，雙手緊扣住他的後頸，索求他。

置物櫃的門砰地被撞得大開，忽然間有另一個人站在那裡。

「真是感人的一幕啊。」傑帝譏嘲道。

愛蜜麗亞驚跳後退，瞪著她的繼兄。

「你這個下賤的小騷貨。」傑帝說，然後推了她一把。

愛蜜麗亞也推回去。「不准碰我！」

「啊，你寧可讓諾亞．艾略特亂摸你？」

「夠了！」諾亞說。他逼近傑帝，一手已經緊握成拳。然後他僵住。桑彭老師剛走出樂團教室，正站在走廊裡看著他們兩個。

「外頭，」傑帝低聲說，雙眼發亮。「停車場，馬上。」

芙恩．孔威里斯衝出校舍，奔過腳踝高度的積雪，朝員工停車場跑去。她趕到那兩個打架的男孩旁邊時，嶄新的高跟皮鞋已經溼透，腳趾也凍得麻痺。她沒有心情講道理，只是推開圍觀的人群擠進去，抓住其中一個男孩的夾克。又是諾亞．艾略特，她狂怒地想，把他往後拉離傑帝．瑞得。傑帝像頭發怒的公牛般噴著鼻息，一邊肩膀朝諾亞的胸部撞去，把諾亞和芙恩都撞得跌在地上。

芙恩仰天躺在柏油地面上，沙子和塵土摩擦著她的羊毛料套裝。她趕緊爬起身來，中途把絲襪鉤破了。無法控制的怒氣傳遍她全身，她又衝向打架的兩人，這回她抓住傑帝的領子，硬把他往後拽，拽得他的臉都泛紫，喉嚨發出哽住的聲音，但他還是雙手不斷亂揮，拳頭大致擊向諾亞的方向。

兩名老師也衝過來幫忙芙恩，各自抓住傑帝的一邊手臂，把他往後拖過停車場。

「你離我妹妹遠一點，艾略特！」

「我從來沒碰過你妹妹！」諾亞吼回去。

「我看到的可不是這樣！」

「那你就是瞎了，而且愚蠢！」

「要是再讓我看到你們兩個在一起，我就要踢你們的屁股！」

「別打了，兩個都是！」愛蜜麗亞尖叫，擠到前面，站在兩個男生之間。「你真是魯蛇，傑帝！」

「魯蛇也比學校裡的蕩婦要好。」

愛蜜麗亞滿臉發紅。「閉嘴。」

「蕩婦，」傑帝啐了一口。「蕩婦，蕩婦。」

諾亞掙脫大人，一拳擊中傑帝的嘴巴。在寒冷的空氣中，骨頭打到肉的響亮啪噠聲就像槍響般嚇人一跳。

血濺在雪地上。

「我們得採取某種行動，」教高二歷史的露蓓克老師說。「我們不能一直只顧著去撲滅小火，芙恩，周圍的整個森林都要燒光了。」

芙恩蜷縮在借來的長袖運動服裡，大口喝著她的茶。她知道每個坐在會議桌周圍的人都在看她，等待著某種決定，但是他們絕對可以再多等一會兒。她得先把自己的身體弄暖，得先讓她桌子底下凍傷的、現在正緊包在毛巾裡的光腳恢復知覺。那運動服有汗水和陳腐的香水味。聞起來就像衣服的主人、胖乎乎的體育女老師布鐸小姐一樣，褲子的臀部寬大而鬆垮。芙恩忍住一個寒顫，看著圍坐在會議桌旁的五個人。再過兩個小時，她就排定要跟地區督學碰面，她必須提出一個新的行動計畫。因此，她得諮詢自己的教職人員。

跟她一起在會議室裡的有副校長、兩位老師、學校的輔導諮商師，還有這個學區的心理學家李伯曼博士。李伯曼是在座唯一的男性，而他也就像一般男人慣常的那樣，碰到自己是母雞群中唯一的公雞，就表現出優越的態度。

高一英語老師說：「我想應該採取更堅決的措施。要嚴厲。即使要派武裝警衛在走廊上，而且把闖禍的學生開除，我們也不惜這麼做。」

「那不是我會採取的方式，」李伯曼博士說，然後又以毫不謙卑的口氣補了一句：「以我的淺見。」

「我們已經試過密集諮詢，」芙恩說。「也試過衝突解決課程。我們還試過暫時停學、課後留校、懇求。我們已經把自助餐廳的甜點拿掉，好減低他們對糖的攝取量。這些小孩失控了，我不曉得是誰的錯。我只知道我們教職員很苦惱，而我已經準備要請求武裝支援了。」她看了副校長一眼。「凱利隊長人呢？他不來開會嗎？」

「我留了話給警局的調度人員。凱利隊長今天早上有事耽擱了。」

「一定是那些深夜的車輛檢查。」露蓓克老師打趣地說。

芙恩看著她。「什麼？」

「我是在蒙拿罕快餐店聽說的。恐龍社的人全都在談。」

「談什麼？」芙恩的問話口氣比她期望的更尖銳。她努力鎮定下來，設法不要讓火氣衝上臉頰。

「啊，凱利隊長和艾略特醫師昨天夜裡讓車窗都蒙上水氣了。我的意思是，那個可憐的男人受苦那麼多年了，的確有資格放鬆一下……」露蓓克老師看到芙恩震驚的臉，於是愈說愈小聲。

「我說，可以回到眼前的正題嗎？」李伯曼插嘴。

「是的，當然可以。」芙恩說。那只是八卦。林肯公開幫那個女人辯護，接下來全鎮就認為他們上床了。才沒幾個月前，芙恩自己也被謠傳在跟林肯交往。當時只是因為他們兩個長時間一起工作，要進行學生的反毒教育計畫。她逼自己不要去想克蕾兒．艾略特，逼不耐的自己把注意力集中在李伯曼身上，這個人正想搶走會議的控制權。

「蠻橫的權威對這個年齡的小孩不管用，」他說。「在他們人格發展的階段，最想反抗的就是權威。對這些小孩嚴格、堅持你的權力，不會傳達正確的訊息。」

「我才不在乎自己傳達什麼訊息給這些小孩，」芙恩說。「我的責任是防止他們殺掉彼此。」

「那麼，就威脅他們可能會失去一些他們重視的東西。體育、校外旅行。你們排定要舉行的那個舞會呢？那對他們是個很重大的社交盛會，不是嗎？」

「我們已經取消豐收舞會兩次了，」芙恩說。「第一次是因為何瑞修老師，第二次是因為這些打架。」

「但是你還不明白嗎？這是個正面的東西，是你可以給他們的。這是可以用來獎賞他們良好行為的胡蘿蔔。換了我就不會取消舞會。你們還有其他什麼誘因嗎？」

「那麼死亡威脅呢？」那個英語老師咕噥道。

「正面的強化力量，」李伯曼說。「我們務必要記住這句話。正面。正面。」

「舞會有可能成為一場大災難，」芙恩說。「兩百個小孩擠在擁擠的體育館裡面。只要一場打架，我們就得面對一群尖叫的暴民。」

「那我們就先除掉會闖禍的人。這就是我所謂的正面強化力量。任何小孩只要越線，就不准參加舞會。」他暫停。「今天那兩個男生——打架的那兩個。」

「諾亞·艾略特和傑帝·瑞得。」

「先拿他們兩個來開刀，好警告其他人。」

「我已經罰他們暫時停學到週末了，」芙恩說。「他們的父母正要趕來接走他們。」

「如果我是你，我會清楚讓全校知道，這兩個男生不准參加舞會，還有其他闖禍的人也不准。讓這兩個人成為反面教材，警告其他人不要做什麼。」

接著是頗長一段沉默，大家看著芙恩，等待她做出決定。她已經厭倦當作主的人，一碰到事情出錯，大家都會怪她。現在這位李伯曼博士告訴她該怎麼做，她簡直是歡迎這個機會，好卸下身上的責任，把事情交給他判斷。

「好吧。那就舉行舞會。」她說。

有人敲了一下門。芙恩看到林肯．凱利走進會議室，於是脈搏加快了。他今天沒穿制服，而是牛仔褲和舊獵裝外套，而且身上帶著冬天的氣息，頭髮上的雪花發亮。他看起來很累，但是疲倦只更強化了他的吸引力。讓她一如以往太多次地內心暗想：你需要一個好女人照顧你。

「抱歉遲到了，」他說。「我幾分鐘前才回到鎮上。」

「我們的會議快結束了，」芙恩說。「不過如果你現在有空的話，我得跟你談一下。」她站起來，他看到她簡陋的穿著露出驚訝的表情，讓她立刻覺得尷尬起來。「剛剛又有學生打架，我不得不去拉開，結果被推到地上，」她解釋，拉著身上的運動服。「臨時只好換衣服。不是最適合我的顏色。」

「你沒受傷吧？」

「沒有。不過毀掉一雙很好的義大利皮鞋，很心疼。」

他微笑，讓她確定自己儘管外表亂糟糟，還是可以散發魅力和機智，而且這個男人懂得領略。

「那我在另一個辦公室等你了。」他說，然後又走出會議室。

她沒辦法立刻就離開。首先她必須優雅地向大家告退。等到她成功脫身，已經是五分鐘之後了，外頭的辦公室不光只有林肯一個人。

克蕾兒．艾略特跟他在一起。

芙恩走出會議室的時候，這兩個人似乎沒意識到，注意力完全集中在對方身上。他們沒有碰觸，但是芙恩看得出來，林肯臉上的那種活力是她從沒見過的。他彷彿從一場漫長的冬眠裡忽然甦醒，又重新活了過來。

那一刻她所感覺到的痛簡直是有形的。她朝他們走了一步，但是發現自己無話可說。他看上了你哪一點、是我沒有的？她看著克蕾兒心想。這麼多年來，她眼看著林肯的婚姻惡化，一直以為到頭來時間會站在她這一邊。朵玲會逐漸淡出，芙恩將會填補那個空缺。但結果這個外來者闖入，這麼一個相貌平庸的女人，穿著雪靴和褐色高領毛衣，直接就插隊到最前面。你不適合這裡，芙恩恨恨地想，看著克蕾兒轉頭面對她。你永遠無法融入。

「瑪麗．德拉亨提打電話給我了，」克蕾兒說。「我知道諾亞又跟人打架了。」

「你的兒子被停學了。」芙恩說，一點都不委婉。她有一種衝動，想傷害這個女人，因此她很高興看到克蕾兒瑟縮一下。

「發生了什麼事？」

「他為了一個女生而跟人打架。顯然諾亞跟這個女生有親密的舉動，女生的哥哥就介入要保護他妹妹。」

「我很難相信。我兒子從來沒提到過任何女生——」

「現在這個時代，父母都忙著工作，小孩想溝通也很困難。」芙恩想傷害克蕾兒．艾略特，而且顯然達到目的了，因為克蕾兒愧疚得臉頰發紅。芙恩很清楚要對準什麼目標，知道父母的痛腳在哪裡，而且這些父母已經被自責和龐大的責任搞得很脆弱。

「芙恩，」林肯說。她聽到他口氣中的不滿，於是轉頭看著他，忽然覺得非常羞愧。她失控了，剛剛胡亂出氣，顯露出她最惡劣的一面，而同時克蕾兒則扮演無辜的角色。

她再開口時，聲音變小了，「你的兒子正在隔離室等。你現在可以帶他回家了。」

「他什麼時候可以回來上學？」

「我還沒決定。我會跟他的老師們商量，考慮他們的建議。這次的懲罰必須夠嚴厲，好讓他下回惹麻煩之前多想一想。」她會意地看著克蕾兒，「他以前也惹過麻煩，不是嗎？」

「只有那次的滑板事件——」

「不，我指的是更早，在巴爾的摩。」

克蕾兒震驚地看著她。所以那是真的了，芙恩幸災樂禍地想。那個男孩向來就是個麻煩。

「我兒子，」克蕾兒反抗地低聲說。「不是愛闖禍的人。」

「但是他的確有未成年犯罪紀錄。」

「你怎麼會知道？」

「我收到了一些新聞剪報，是一份巴爾的摩的報紙上頭的。」

「是誰寄的？」

「我不知道，反正也不重要。」

「這個非常重要！有個人想毀掉我的名聲，逼我離開這個小鎮。現在他們還來對付我兒子。」

「但是那些剪報是真的，不是嗎？他的確偷了一輛汽車。」

「那是在他父親剛過世的時候發生的。你知道一個十二歲的男孩看著自己的父親因為生病而逐漸衰弱，是什麼滋味嗎？你知道那會讓一個小孩傷心到什麼地步嗎？諾亞始終沒能復原過來。沒錯，他到現在還是很憤怒，還在悲慟。但是我了解他，而且我要告訴你，我的兒子並不壞。」

芙恩忍住沒反駁。跟一個憤怒的母親爭執是沒有用的。她覺得很明顯，艾略特醫師是因為母愛而盲目，看不清自己的兒子。

林肯問：「另一個男孩是誰？」

「有差別嗎？」芙恩說。「諾亞必須面對他自己行為的後果。」

「照你剛剛的意思，是另一個男孩先動手的。」林肯說。

「是的，為了保護他妹妹。」

「你跟那個女生談過嗎？確認她需要保護？」林肯問。

「我不必確認什麼。我看到兩個男生在打架，跑出去阻止，結果被推到地上。在那裡發生的事情非常難看，非常殘酷。我不敢相信你同情一個攻擊我的男孩——」

「攻擊？」

「當時有肢體碰觸。我倒地了。」

「你要提出控告嗎？」

她張開嘴巴想說對，但最後一刻還是忍住了。提出控告就表示要在法庭上作證。她宣誓後會說些什麼？說當時她在諾亞的臉上看到狂怒，知道他想打她？嚴格來說他沒有真的動手打她，重要的是他的意圖、他眼中的暴力。但是有其他人看到他的眼神嗎？

「不，我不想提出控告，」她說。然後又寬大地補充：「我會再給他一次機會。」

「我相信諾亞會很感謝你的，芙恩。」他說。

然後她悲慘地心想：我想要的不是那個男孩的肯定。而是你的。

「你想談談這事情嗎？」克蕾兒問。

諾亞的反應是拉開距離，像個阿米巴變形蟲似的縮在緊靠車門的那一角。

「我們早晚要談的，蜜糖。」

「談有什麼意義？」

「意義是，你被停學了。我們不知道你什麼時候才能回去上課，或甚至能不能回去。」

「那我就不回去了，又怎樣？總之在那邊也沒學到任何東西。」諾亞轉頭望著車窗外，不肯理她了。

她開了一哩路都沒說話，目光盯著前面的路，但其實視而不見。她眼前浮現的，是她兒子五歲大的模樣，整個人蜷縮在沙發上，不講話，難過得無法跟她說他那天在學校被取笑的事情。他從來不擅長溝通，她心想。他總是把自己包裹在沉默中，而現在那沉默變得更厚，更難以穿透了。

她說：「我一直在考慮我們該怎麼做，諾亞。無論你認為我現在做得對不對，我都要你說出你想要什麼。你知道我的診所狀況不好。現在有那些砸破的窗子，還有毀掉的地毯，我得等上好幾個星期才能重新看診。那也要病人還願意來找我……」她嘆氣。「我之前唯一想的，就是找個適合你的地方，適合我們兩個的。但是現在，看起來我搞得一塌糊塗。」她把車停在他們家的車道上，關掉引擎。他們坐在那邊好一會兒沒講話。她轉身看著他。「你不必馬上告訴我。但我們很快就得談這件事。我們得決定。」

「決定什麼？」

「決定是不是應該搬回巴爾的摩。」

「什麼？」他的下巴猛地抬起，雙眼終於直視著她。「你的意思是，離開？」

「這是你幾個月來一直在說的，說你想回到巴爾的摩。我今天早上打電話給艾略特奶奶了。她說你可以先搬回去跟她住。等我整理好東西，把房子委託出去賣，再回去跟你會合。」

「你又在做同樣的事情了。為我的人生做決定。」

「不，我是在要求你幫我選擇。」

「你這不是在要求，而是已經決定了。」

「我沒有。那種錯誤我已經犯了一次，我不會再犯的。」

「你想離開，不是嗎？這幾個月來，我一直想回巴爾的摩，你就是不肯聽。現在你決定該搬回去了，忽然間你就問：諾亞，你想要什麼？」

「我會問，是因為對我來說很重要！你的意願向來都很重要。」

「那如果我說我想留下呢。如果我跟你說，我交了一個我很在乎的朋友，她就在這裡呢？」

「過去九個多月來，你只告訴我你有多恨這個地方。」

「而你根本都不在乎。」

「你到底想要什麼？我要怎麼做才能讓你高興？有任何事情能讓你高興的嗎？」

「你在吼我。」

「我這麼努力，但是沒有一樣能讓你滿意的！」

「別再吼我了！」

「你以為這陣子我想當你母親嗎？你以為換個母親你會比較快樂嗎？」

他握拳朝擋風玻璃捶，捶了一次又一次，同時咆哮著：「別—再—吼—我—了！」

她瞪大眼睛，被他憤怒的暴力嚇到，也被他鼻孔突然流出的鮮血嚇到。那血滴下來，濺在他的夾克上。

「你在流血——」

他不自覺地去碰自己的上唇，然後看著手指上的血。又一滴血從他的鼻孔滑下，滴在他的夾克，濺出一滴鮮亮的紅。

他推開車門衝進屋子。

她跟著他進屋，發現他把自己關在浴室裡。「諾亞，讓我進去。」

「不要煩我。」

「我想幫你止血。」

「已經沒再流了。」

「可以讓我看一眼嗎？你還好嗎？」

「耶穌基督啊，」他吼道，她聽到有個東西砸在地上摔碎了。「你就不能走開嗎？」

她瞪著那扇關上的門，暗自要求門能打開，但心知不會。他們之間有太多扇關上的門了，這只是又一扇她不敢奢望能突破的。

電話鈴聲響了。她匆忙要去廚房接電話時，疲倦地心想：我一口氣有多少事情要忙呢？

在電話另一頭，一個熟悉的聲音緊張地說：「醫師，你得趕快來這裡！你得來看看！」

「埃爾溫？」克蕾兒說。「你是埃爾溫．克萊德嗎？」

「是的，醫師。我在瑞秋家。她不想去醫院，所以我就決定打電話給你。」

「發生了什麼事？」

「我不清楚。但是你最好快點來，因為她流血流得整個廚房都是。」

18

克蕾兒抵達瑞秋・索金家時，暮色已經降臨。她發現埃爾溫・克萊德站在外頭的門廊上，看著她的兩隻狗在前庭跑來跑去。「真糟糕。」他看到克蕾兒爬上門廊前的階梯，就悲觀地咕噥著。

「她還好嗎？」

「啊，她脾氣壞得很。我在裡頭只是想幫忙而已，她還叫我離開屋子，你知道。我只是想幫忙，但是她說：『你去外頭，埃爾溫，你把我廚房都熏得好臭。』」他垂下頭，那張平凡的臉垮下。「她之前對我很好，照顧我的腿什麼的。我只是想回報一下而已。」

「你已經回報了，」克蕾兒說，拍拍他的肩膀。隔著那件破爛的大衣，他的肩膀摸起來都是骨頭，像一把枯樹枝。「我進去看她一下。」

克蕾兒走進廚房，目光立刻被吸引到比較遠的那面牆。一看到那片鮮紅的噴濺痕跡，她本能想到的就是血。然後她看到那些字，以紅色噴漆寫在櫥櫃門上：

撒旦的妓女

「我就知道會發生這種事，」瑞秋輕聲說。她正坐在廚房的餐桌旁，抓著一個塑膠袋裝著的冰塊按在頭上，她臉頰上的血已經乾了，亂糟糟黏在黑髮上。她腳邊散落了一地碎玻璃。「只是早晚的問題。」

克蕾兒拉了張椅子坐到瑞秋旁邊。「我看一下你頭上的傷口。」

「人們真是無知得難以置信。只要一個白痴就能煽動他們，然後變成——」她哽咽地笑了一聲。「一場獵巫。」

克蕾兒把瑞秋頭皮上的冰袋拿開。那條撕裂傷雖然不深，但是血流了很多，至少需要縫六針才行。「是被飛起來的碎玻璃割傷的嗎？」

瑞秋點頭，然後皺了一下臉，彷彿那麼一個簡單的動作又會害她很痛。「我沒看到那顆石頭砸進來。我當時太氣了，因為看到那些噴漆、看到他們把這裡搞得亂七八糟。我不知道他們就在外頭，看著我走進屋子。我正站在那裡，看著櫥櫃時，那顆石頭就砸進來了。」她指著那扇破玻璃，現在已經用木板封住了。「埃爾溫幫我釘的。」

「他怎麼會剛好過來？」

「啊，那個瘋瘋癲癲的埃爾溫，老是跟他兩隻狗跑來我的院子裡。他看到破窗子，就進來察看我是不是沒事。」

「他真是好心。你搞不好會碰到更糟糕的鄰居。」

瑞秋不情願地說：「我想是吧。他的心腸是不壞。」

克蕾兒打開醫療提包，拿出手術縫合包，開始用優碘輕擦瑞秋的傷口。「你有失去意識嗎？」

「我不記得了。」

「你不確定？」

「我想我有點嚇呆了。回過神來，發現自己坐在地板上，但是不記得自己怎麼會坐下去的。」

「你應該住院觀察一夜。要是你腦殼裡有任何出血——」

「我不能去醫院。我沒有保險。」

「你不能自己一個人在家。我可以安排你直接住院。」

「但是我沒有錢，艾略特醫師。我沒辦法付住院的錢。」

克蕾兒打量她一會兒，不知道自己該堅持到什麼地步。「好吧。但是如果你待在家，晚上得有人陪你才行。」

「沒別人了。」

「朋友呢？鄰居呢？」

「我想不出任何人。」

他們聽到一記響亮的敲門聲。「嘿！」埃爾溫隔著關上的門大喊。「我可以進去用一下洗手間嗎？」

「你確定真的一個幫手都找不到嗎？」克蕾兒意味深長地朝埃爾溫的方向看了一眼。

瑞秋閉上眼睛嘆氣。

克蕾兒出了瑞秋的屋子，來到門廊時，一輛警車才剛在黑暗中停下。她和埃爾溫看著那警察下了巡邏車，穿過前院走向他們。他進入燈光處，她認出是馬克・竇倫。她很驚訝看到他，因為他通常是值大夜班。她從來沒喜歡過竇倫，今天也對他沒有好感，因為她想到米契爾・古魯姆跟她說過的話。

「這裡出了什麼事嗎？」他問。

「一個小時前就打電話給你們了。」埃爾溫火大地說。

「是啊，唔，我們接到一大堆報案，忙翻了。惡意破壞比較沒那麼優先。所以發生了什麼事？有人跑來砸破一扇窗？」

「這不光是惡意破壞，」克蕾兒說。「這是仇恨罪。他們朝窗子丟石頭，瑞秋・索金被砸到頭部。她有可能傷得很嚴重。」

「這怎麼算是仇恨罪？」

「他們因為她的宗教信仰而攻擊她。」

「什麼宗教？」

埃爾溫衝口而出：「她是女巫，你這該死的低能兒。人人都知道的！」

竇倫露出高傲的微笑。「埃爾溫，你這樣說她，不是很有禮貌呢。」

「說她是女巫沒什麼錯，因為她就是！如果她無所謂，那我也無所謂。我想，女巫總比素食者好。我不會因此對她不滿的。」

「我可不會說她是有宗教信仰。」

「你怎麼說不重要。只因為一個女人想要相信某些不切實際的事情，不表示人們就可以拿石頭丟她！」

「這就是仇恨罪！」克蕾兒堅持道。「不要假裝只是一般的惡意破壞。」

竇倫的微笑變淡，成了嘲笑。「這個案子會得到該有的關注。」他說，然後走上門廊，進入屋子。

克蕾兒和埃爾溫默默站在門廊一會兒。

「她不該得到這樣的傷害，」他說。「她是個好人，她在這個小鎮應該要得到更好的對待。」

克蕾兒看著他。「你也是個好人，埃爾溫。謝謝你今晚留下來陪她。」

「唔，現在這可變成一件大事了，對吧？」他咕噥著下了台階。「我先帶這兩隻狗回家，不然牠們搞得她很暴躁。最好也趕緊把另一件蠢事辦完，因為我答應她了。」

「什麼蠢事？」

「洗澡。」他咕噥著，然後腳步沉重地進入樹林，兩隻狗也跟在後頭。

林肯終於打給她時，已經是深夜，諾亞已經睡著了。

「我有十幾次拿起電話要打給你，」他說。「但是總是有事情冒出來打斷，報案的電話太多了，我們現在得連值兩班。」

「你聽說瑞秋·索金被攻擊的事情了嗎？」

「之前碰到馬克時，他提到過。」

「他也提到過他完全是個混蛋嗎？」

「他做了什麼？」

「問題出在他沒做的。他沒認真對待這樁攻擊，只當成一般的惡意破壞。」

「他跟我說只是砸破了一片窗玻璃。」

「破壞者在她的廚房裡用噴漆噴了字。那些字是：『撒旦的妓女』。」

電話另一頭是一段沉默。等他再度開口，她聽到他聲音裡有幾乎控制不住的怒氣。「這些魔鬼的謠言傳得太過分了。我要找黛慕麗思．洪恩講清楚，免得她開始寫佩諾布斯科印第安人的詛咒。」

「你沒把你和文斯的談話告訴她吧？」

「要命，沒有。我一直努力躲著她。」

「要是你跟她談了，不妨問一下有關她的好友，竇倫警員。」

「那是我想的意思嗎？」

「我是從一個記者米契爾．古魯姆那邊聽說的。他看過他們在一起。」

「我已經問過馬克是不是跟她講過話，他完全否認。沒有證據的話，我也不能把他怎麼樣。」

「你相信他的話嗎？」

暫停一下。「我真的不知道，克蕾兒。」他嘆氣。「最近我得知了一些有關我鄰居、我朋友的事情，我以前都不知道，而且也不想知道。」怒氣從他的聲音中褪去。「我打電話來不是要談馬克．竇倫的。」

「那是為了什麼？」

「是為了要談談昨天夜裡發生的事情。你和我之間。」

她閉上眼睛，準備要聽到後悔的話。一部分的她希望他斬斷兩人的關係、放她自由。這表示她可以離開這個小鎮，不會留戀，不必努力想做出正確的決定。

但另一部分的她，最大的一部分，卻想要他。

「你考慮過我說的話嗎？」他問。「有關你是否要留下？」

「你還是希望我留下？」

「是的。」

他說得毫不猶豫。他沒有要斬斷跟她的關係，她喜悅的同時又覺得憂心。

「我不知道，林肯。我一直在思考我應該離開這個小鎮的各種理由。」

「那何不想想你應該留下的理由？」

「除了你之外，還有什麼其他理由？」

「我們可以討論，我可以現在就過去。」

她希望他過來，但又害怕他來了會發生的事情。害怕自己會做出倉促的決定。害怕光是他在這裡，就會是她留在寧靜鎮最有說服力的理由。有那麼多事情都在逼她離開。光是看著她窗戶外頭，看著十一月夜晚那種無法穿透的黑暗，就知道這一夜冷得足以凍死人……

「我十分鐘就可以趕到了。」

她吞嚥著，朝著空蕩的房間點個頭。「好吧。」

她掛上電話的那一刻，就被一股恐慌之感攫住了。她這副樣子能見人嗎？她頭髮有梳好、屋裡夠整潔嗎？她知道這些紛亂的思緒是怎麼回事，是女性渴望討好自己的愛人，她很驚訝自己到這個年紀還會有這種感覺。她想著，露出悲慘的微笑，中年不必然就會帶來莊重。

她刻意連一眼都不看鏡子，下樓到客廳，逼自己去壁爐裡生火。要是林肯堅持要這麼晚來訪，那他就只能接受她這樣了：一個手上有煤灰、頭髮裡有煙味的女人。真正的克蕾兒·艾略特，處於困境而毫無魅力。就讓他看到我這副模樣吧，她叛逆地心想，看他還會不會想要我。

她放好木柴和引火柴，擦亮火柴點燃了揉成團的報紙。火生起來了，不必再多管就會繼續燃燒，但她還是待在壁爐前，懷著一種原始的滿足感看著引火柴燃燒，然後是木柴。那些木柴已經完全曬乾了，可以迅速著火、燒得很旺。她就像這些木柴，放在那裡風乾、沒人碰觸太久了。她幾乎完全不記得焚燒是什麼滋味了。

她聽到他按門鈴，立刻全身緊張起來。她拍拍手上的煤灰，然後在臀部擦一擦，只是把煤灰轉到自己的長褲上而已。

讓他看看真正的克蕾兒。讓他決定這是不是他想要的。

她走到門廳，暫停下來重拾鎮定，然後打開門。「進來吧。」她說。

「哈囉，克蕾兒。」他說，同樣一時找不到話講。兩人只是看著彼此片刻，然後就都別開眼，轉向其他比較安全的地方。他走進門，她看到他的夾克上沾著細雪，看到外頭的黑暗裡陣陣旋轉的粉白，像輕霧。

她關上門。「客廳裡已經生了火。我幫你把夾克掛起來吧？」

他脫掉夾克，她套上衣架時，感覺到襯裡還有他身體留下的餘熱。之前有太多次，他們見面，講話，但這是第一次她所有感官都意識到他，他身體殘留在夾克上的溫暖，他身上柴煙的氣味和融雪。即使背對著他，但是那一刻，她很確定他注視著她。

她帶頭進入客廳。

此時火已經完全燃燒，黑暗中發出一圈明亮。克蕾兒在沙發上坐下來，關掉旁邊的那盞燈。爐火的光已經足夠；她想在陰影中尋求庇護。林肯在她旁邊坐下，兩人保持一個適當的距離，那是一種中立狀態的宣示，可以適用於朋友、情人，或只是認識而已。

「諾亞怎麼樣了？」他終於開口問，即使講話都還是保持中立狀態。

「他很生氣跑去睡覺了。在某種程度上，他想當被害人，他想感覺好像全世界都在對付他。我做什麼都改變不了他的心意。」她嘆氣，頭埋進兩手裡。「九個月來，他都讓我覺得自己是逼他搬來這裡的壞人。但是今天下午，我告訴他我考慮搬回巴爾的摩，他大發脾氣。說我都不考慮他需要什麼，想要什麼。無論我怎麼做都不對。我怎麼樣都取悅不了他。」

「那麼你唯一能做的，就是取悅你自己。」

「這樣感覺上好自私。」

「是嗎？」

「好像我沒有盡力當個好母親。」

「我看到你非常努力了，克蕾兒。跟任何父母一樣盡力。」他暫停，然後也嘆氣。「現在，我想我又害你更為難了——就在你最不需要的時候。但是克蕾兒，我沒有別的時機了。我必須說出來，在你下決定之前，在你離開寧靜鎮之前。」他又輕聲補充：「在我說什麼都太遲之前。」

她終於看著他。他坐在那裡，目光朝下，一手疲倦地撐著頭。

「我不怪你想要離開，」他說。「這個小鎮接受陌生人的速度很慢，不太容易信任他們。另外還有少數人就只是刻薄。但是大部分人就像其他地方的人一樣。有的慷慨得不可思議，是你所能期望最棒的人……」他的聲音逐漸停下，好像已經想不出什麼可以講的了。

兩人沉默了一會兒。

「你這又是在代表全鎮講話嗎，林肯？或是代表你自己？」

他搖搖頭。「我講出來的話完全不對。我來這裡是為了有話要告訴你，結果我人來了，卻在拐彎抹角。我常常想著你，克蕾兒。其實是，我無時無刻都在想著你。我不曉得該怎麼處理，因為這對我是全新的經驗，成天心不在焉、昏頭昏腦的。」

她露出微笑。這麼久以來，她一直以為他是個清心寡慾的新英格蘭人，講話直率而務實。雙腳牢牢踩在地面上，絕對不會昏頭的。

他起身站在壁爐旁，不確定該怎麼辦。「這就是我來要告訴你的。我知道有很多困難，主要是朵玲。我也知道我沒有當父親的經驗。但是碰到我真正關心的事情，我會有最大的耐心。」他清了清嗓子。「那我就自己出去了。」

他已經走到門廳裡，正要拿他掛在衣櫥裡的夾克，此時她追上來，一手放在他肩膀上，他轉身看著她。他的夾克被忽略在一旁，從衣架上溜下來，滑落到地上。

「回來陪我坐一會兒吧。」她低聲地要求，她唇上的微笑，是他正需要的邀請。他碰觸她的臉，撫摸著她的臉頰。她都忘了男人摸著她的肌膚是什麼感覺了，那喚醒了她深深的渴望，意想不到又那麼強而有力，她只能嘆息一聲，閉上眼睛。當他吻她時，她又發出嘆息，兩人緊緊相擁。

他們一路吻到客廳，跌坐在沙發上。壁爐裡一根柴火歪倒下來，一陣火星和火焰躍起，發出令人震懾的亮光。乾燥的木頭會發出最熾熱的火。他們自己所發出的熱烈火焰此時正在吞沒她，任何抵抗都焚為灰燼。他們躺在沙發上，身體交纏，雙手探索著。她拉鬆他的襯衫，一手撫過他寬闊的背部。他的皮膚意外地冰涼，彷彿他所有的熱度都集中在她身上，傾注在那些落在她的臉、她的頸項上的熱吻中。她解開他襯衫的釦子，吸入他的氣息。過去幾個星期，她曾短暫吸到他的氣味，不知怎地都深印在腦海，而現在那氣味熟悉又迷人。

「如果我們要停止，」他喃喃說。「那最好就是現在。」

「我不想停止。」

「我沒有準備好——我的意思是，我來這裡時沒有打算——」

「沒關係，沒關係的。」她不覺間說著，不曉得也不在乎是不是真的沒關係，太渴望他的碰觸了。

「諾亞，」他說。「要是諾亞醒來怎麼辦……」

她聽了睜開眼睛，發現自己直視著他的雙眼。她從沒看過他這個模樣，那張臉映著火光，眼神充滿渴求。

「樓上，」她說。「去我臥室吧。」

他緩緩露出微笑。「門上有鎖嗎？」

那一夜他們做愛三次。第一次是盲目地碰撞，四肢交纏，然後身體深處顫抖地爆發。第二次是情人間比較緩慢的交合，緊緊凝視對方，彼此的碰觸和氣味都變得熟悉了。

他們的第三次做愛，是為了告別。

他們在天亮前幾個小時醒來，心照不宣地在黑暗中朝對方摸索。他們沒說話，兩人的身體很有默契地結合，兩個一半滑向彼此，合而為一。等到沉默的高潮時，他彷彿是流出了歡喜又憂傷的淚水。歡喜是因為找到了她；憂傷是他們現在必須面對的現實：朵玲的憤怒，諾亞的抗拒，一個可能永遠不會接納她的小鎮。

他不希望天亮時被諾亞發現他們一起過夜；他和克蕾兒都還沒準備好要處理後續的結果。於是天還沒亮，林肯便穿上衣服離開了。

她從臥室窗子看著他的小卡車開走，聽到他車輪底下那響亮的冰裂聲，知道夜間變得更冷了，知道到了早晨出門，光是吸氣都會很痛苦。過了好一陣子，即使那小卡車的車尾燈都消失了，她還是站在那裡，隔著窗戶上方被月光照成銀白的垂冰往外看。然後她感覺到別的，突如其來又困擾：一個母親的內疚，慚愧這麼自私地追求自己的需求，自己的熱情。

她沿著走廊來到諾亞房間的門外。裡頭一片安靜；知道他睡得有多熟，她很確定他沒聽到昨夜她臥室裡的動靜。她走進去，穿過黑暗，跪在他的床邊。

他還小的時候，克蕾兒常常流連在睡著的兒子旁邊，撫摸他的頭髮，吸入溫暖的床單和肥皂的氣息。現在他幾乎都不准她碰觸了；她都快忘記摸他時、他不會出自本能就躲開是什麼感覺了。要是能再讓你信任我就好了。她靠過去吻他的眉毛。他發出呻吟，翻了個身，於是背對著她。她心想，就連睡覺時，他也還是要躲開她。

她正要起身時，忽然整個人僵住了，目光定在他的枕頭。諾亞臉旁的枕套上，有一道磷光綠。

她不敢置信地去摸那道綠，感覺到有點潮溼，就像哭過留下的溫暖餘淚。她盯著自己的手。

在黑暗中，她的指尖發出幽靈般的微光。

19

「我得知道那個湖裡生長了什麼，麥斯。而且今天就一定要知道。」

麥斯比劃著示意她進入小屋，然後關上門以抵擋寒風。「諾亞今天早上怎麼樣了？」

「我從頭到腳徹底檢查過他，除了鼻塞之外，他似乎非常健康。我讓他躺在床上休息，給了他果汁和去鼻塞劑。」

「那個磷光物呢？你拿去培養了嗎？」

「是的，我採了樣就立刻送去了。」她脫掉大衣。麥斯終於有辦法在柴爐裡生了火，小屋裡感覺上熱得發悶。她簡直寧可忍受外頭的刺骨寒風。在這裡，周圍是麥斯的凌亂，空氣渾濁帶著煙，她覺得自己可能會窒息。

「我剛剛沖了咖啡，」他說。「坐吧——如果你能找到空椅子的話。」

她看了這個會引起幽閉恐懼症的房間一圈，沒坐下，而是跟著他進了廚房。「告訴我那些水的培養結果吧。就是你在湖水結冰前採的水樣。」

「報告今天早上回來了。」

「你怎麼沒立刻打電話給我？」

「因為沒什麼好報告的。」他翻著廚房料理台上的一疊紙，然後拿出一份電腦列印文件給她。「在這兒。檢驗所的最終鑑別結果。」

她往下瀏覽著那一長串微生物清單。「這裡頭大部分我都不認得。」她說。

「因為都不是病原體——不會造成人類疾病。這份清單上只有你在北邊淡水池塘會找到的典型細菌和藻類。大腸菌數高得快要超標了，這可能顯示岸邊某一家的化糞系統漏進湖裡，或是漏進了某條通往這個湖的小溪。但是整體來說，這個細菌譜很平常。」

「沒有會發光的弧菌？」

「沒有。要是那個湖裡曾有弧菌，也沒有存活多久，也就不太可能是疾病的源頭。最可能的是，弧菌並不是病原體，而只是附帶出現的細菌。無害的，就像我們身體裡的其他所有細菌一樣。」

她嘆氣。「州衛生局也是這樣告訴我的。」

「你打電話給他們了？」

「早上的第一件事就是打給他們。諾亞的狀況讓我很恐慌。」

他遞給她一杯咖啡。她喝了一口，然後放下，想著麥斯是不是用瓶裝水沖的，還是根本沒多想，就用水龍頭流出來的水。

來自湖裡的水。

她的目光飄向窗外，看著廣大而完整無瑕的白色草蜢湖。從很多方面來說，這片湖水決定了他們的日常生活。夏天時他們在裡頭游泳或泡水，從水裡釣起掙扎的魚。冬天時他們在結凍的湖面溜冰，屋子外面釘上保護板以抵禦呼嘯過冰面的無情寒風。沒有這個湖，寧靜鎮就不會存在，這裡只會是廣大而黑暗的森林中的谷地之一而已。

她的呼叫器響了，液晶螢幕上顯示的電話號碼她不認得，區域碼是班戈市的。

她用麥斯家的電話打過去，東緬因醫學中心裡的一名護理師接了。

「羅瑟斯坦醫師要我們打給你，艾略特醫師。是有關你上星期轉診到這裡的那位開顱手術病人，愛默森先生。」

「沃倫開刀之後怎麼樣？」

「唔，精神科醫師和社工人員來看過他好幾次了，但是好像都沒用。這就是為什麼我們打給你。我們認為，既然他是你的病人，你可能會知道怎麼處理這個狀況。」

「什麼狀況？」

「愛默森先生拒絕所有藥物。更糟糕的是，他不肯吃東西。現在只肯喝水。」

「他說過理由嗎？」

「說了。他說他的死期到了。」

自從上回見過之後，沃倫・愛默森好像縮小了，彷彿生命本身從他身上逐漸漏掉，就像氣球在漏氣一樣。他坐在窗邊的一張椅子，凝視著下方的停車場，那些白雪覆蓋的汽車像是一條條柔軟的麵包般整齊排列。她走進病房時，他沒轉頭看他，依然看著窗外，一個疲倦的老人沐浴在灰陰的白晝天光裡。她納悶他是否知道自己來了。

然後他說：「這樣不會有任何好處，你知道。所以你還不如別來煩我。死期到了的時候，你就是得接受。」

「但是你的時間還沒到啊，愛默森先生。」克蕾兒說。

他終於轉頭，看到她的表情毫不驚訝。她感覺他已經不會驚訝了，也不會喜悅或痛苦。看著她走過來，他只是一臉無動於衷的淡漠。

「你的手術很成功，」她說。「他們拿掉了你腦部的腫塊，而且很有可能是良性的。你很有可能完全康復。回去過正常生活。」

她的話好像對他毫無效果，他只是把頭又轉回去望著窗外。「像我這樣的人，是不可能有正常生活的。」

「但是我們可以控制癲癇的發作了。甚至有可能完全停止——」

「他們全都怕我。」

這句充滿無奈的話解釋了一切。這種病無法治療，也永遠無法康復。她無法建議任何手術，把他鄰居對他的恐懼和嫌惡切除掉。

「我從他們的眼中看到害怕，」他說。「每回在街上經過他們，或者在雜貨店裡面擦身而過，我都會看到。那就像是他們被強酸燒到。沒有人會碰我。三十年來，沒有人碰過我。只除了醫師和護理師，他們是沒有辦法。我是毒藥，你知道。我很危險。他們全都不敢接近我，因為他們知道我是這個鎮上的怪物。」

「不，愛默森先生。你不是怪物。你因為多年前所發生的事情而自責，但是我不相信那是你的錯。那是一種病，當時你無法控制自己的行動。」

他沒看她，她甚至不曉得他是否聽到她所說的話。

「愛默森先生？」

他還是凝視著窗外。「你來看我真是太好心了，」他喃喃道。「但是沒有必要跟我說謊，艾略特醫師。我知道我做了什麼。」他深吸一口氣，然後慢慢吐出來，而隨著那聲嘆息，他的身子似乎縮得更小了。「我累了。每一晚我去睡覺時，都準備好再也不會醒來，希望不要醒來。但是每天早晨我睜開眼睛時，都失望了。人們認為要活下去很辛苦，但是你知道，那部分其實算容易的。要死比較困難。」

她想不出什麼話可說，於是低頭看著窗邊那個沒動過的食物托盤。一塊雞胸肉放在凝固的肉汁裡，一小堆米飯，像珍珠般顆顆晶瑩。還有麵包，所謂的生命之杖。而沃倫．愛默森的生命再也不想體驗或受苦了。我沒辦法讓你想活下去，她心想。我可以餵你流質營養品，灌入一條鼻胃管，從你的鼻子通到胃裡，但是我沒辦法把歡樂灌注到你的肺裡。

「艾略特醫師？」

克蕾兒轉身，看到一位護理師站在門口。

「病理科的克雷芬爵醫師正在電話上要找你。他在三線。」

克蕾兒離開沃倫．愛默森的病房，去護理站接了電話。「我是克蕾兒．艾略特。」

「很高興找到你了，」克雷芬爵醫師說。「羅瑟斯坦跟我說你今天下午會開車過去，我在想你或許想要下來病理科，看一下這些切片。羅瑟斯坦也正要下來。」

「什麼切片？」

「取自你那位開顱手術病人腦中的腫塊。我們花了一星期才完全固定那些組織。我今天剛拿到送回來的切片。」

「是腦膜炎嗎？」

「差得可遠了。」

「那不然是什麼？」

她聽出他聲音裡面隱隱的興奮。「這個你要親眼看到才會相信。」

芙恩．孔威里斯抬頭看著從體育館大椽懸下來的橫幅布條，嘆了口氣。

諾克思高中——你最捧！！！

真是諷刺，這些學生好努力準備這條橫幅，爬上高得令人暈眩的梯子去掛在大椽上，但是卻忘了檢查錯字。這會讓人對學校、對老師們、對芙恩自己都留下壞印象，但是現在要拆下來改正太麻煩了。反正等到燈光一調暗、節奏砰砰的音樂聲響起，加上空氣轉成一種充滿青少年荷爾蒙的蒸氣，屆時就不會有人注意到橫幅上的錯字了。

「今天晚上氣象預報會下雪，」林肯說。「你確定不取消舞會？」

剛剛還想到荷爾蒙呢。芙恩轉身，又如同往常那樣，每一看到他就胃裡翻騰，心裡發慌。他居然看不出她眼中的渴望，也太奇蹟了。男人真盲目。

「這個舞會我們已經延期兩次了，」她說。「學生需要某種獎賞，好讓他們度過這個可怕的十一月。」

「據說下雪量會有四到六吋，雪最大的時段，是在午夜十二點左右。」

「到時候舞會已經結束，他們早都回到家裡了。」

林肯點頭，但是他四下看著，顯然還是很不安心。體育館內到處裝飾著藍白兩色皺紋紙彩帶和銀色氣球，寒冷的冬天顏色。六個女孩——為什麼做事的總是女孩呢？——正在佈置茶點桌，吃力搬出裝潘趣調合果汁的大缽，以及裝餅乾的托盤、紙盤和餐紙。在另一頭的角落，一個頭髮蓬亂的學生正在調整音響系統，擴音器發出刺耳的尖響。

「拜託小聲一點！」芙恩喊道，一手按著腦袋。「這些小孩，我耳朵會被他們搞聾掉。」

「你知道今晚會有多少人來嗎？」

「今年的第一場舞會？我想會爆滿。四個年級，扣掉三十八個被停學的闖禍精。」

「已經有這麼多人停學了？」

「我是採取先發制人的策略，林肯。犯錯一次，就讓他們停學一星期。連進入校內都不准。」

「這樣我的工作應該就會輕鬆點。我今天晚上會帶賓倫和比特·史帕可斯來巡邏，這樣你們至少會有兩個警察在這裡，幫忙留意一切了。」

一個托盤的響亮碰撞聲惹得他們轉身，看到破碎的餅乾撒了一地。一個金髮女孩低頭不敢置信地瞪著那些亂糟糟。她迅速轉身，看著一個站在附近的黑髮女孩。「你絆倒我。」

「不，我沒有。」

「你一整個下午都故意來撞我！」

「聽我說，唐娜，你沒辦法自己走好路，跌倒了可不能怪我！」

「夠了！」芙恩說。「把那些亂七八糟清理掉，不然兩個都要停學！」

兩張憤怒的臉瞪著她。兩人幾乎同時說：「可是孔威里斯校長，她——」

「我不會再講一次了。」

兩個女生交換了一個恨毒的眼神，唐娜氣呼呼地走出體育館。

「這就是我會碰到的狀況，」芙恩嘆氣。「這就是我要處理的。」她往上看著體育館高處的窗子，望著逐漸暗下來的天光。

第一批雪花已經開始飄落了。

一天裡頭，朵玲．凱利最害怕的時間就是黃昏。因為隨著黑暗的到來，她的種種恐懼就像是眾多惡魔般，從緊閉的囚籠裡全都衝了出來。在白天的明亮中，她還可以感覺到希望的顫動，儘管希望薄如輕紗，但是她可以描繪出種種幻想的劇本，在裡頭自己回復年輕，回復魅力，而且太難以抗拒了，絕對可以引誘林肯回家來找她，就像之前十幾次那樣。保持清醒是關鍵。啊，她曾那麼努力要堅持下去！一次又一次，她都設法說服林肯相信這次她會永遠戒酒。但接著她又有那種熟悉的口渴，就像喉嚨裡很癢要抓一下，最後就是古老的意志力稍微失足，咖啡白蘭地在舌上的滋味太甜美了，然後她就打著轉往下墜落，無法脫身。到頭來，最傷她的不是失敗的感覺，或是失去尊嚴。而是看到林肯那種認命的眼神。

回到我身邊。我還是你的妻子，你答應過要愛我、珍惜我的。回到我身邊，再一次就好。

在外頭，下午的灰色天光逐漸褪去，她心中呵護了一整天的希望也隨之消散。在她比較清醒的時刻，她知道那些希望是虛假的。隨著黃昏降臨，她也愈加清醒了。

而且絕望。

她坐在家中的餐桌旁，倒了第一杯。等到咖啡白蘭地下肚，她可以感覺到熱力在她的血管內奔馳，帶來令人愉快的麻痹。她又倒了一杯，感覺到那種麻痹擴散到她的嘴唇和臉。她的種種害怕也隨之麻痹。

到了第四杯，她再也不痛苦，再也不絕望了。而且隨著每喝一口，她都覺得更有自信。液體的信心。她曾經讓他愛上她一次；她可以再辦到一次的。她的身材還是沒變——非常好的身材。他是男人，不是嗎？哄勸他是可以成功的，只要在他軟弱的那一刻抓住他就行了。

她踉蹌起身，穿上大衣。

外頭開始下雪了，蕾絲般的柔軟雪花從黑暗的天空飄下。雪是她的朋友；還有什麼能比幾片亮晶晶的雪花，更能裝飾她的頭髮呢？她會披著一頭垂下的長髮走進他的房子，臉頰被凍得紅紅的很漂亮。他會邀請她進門——一定會的——然後，或許他們之間會激發出一星慾望。是的，是的，她完全可以預見就是會發生這樣的事情，她的頭髮沾著雪花。

但是他的房子太遠了，沒辦法走過去。該是挑一輛車的時候了。

她沿著街道走向柯摩綜合商場。現在離打烊還有一小時，正是傍晚人潮多的時候，大家忙著回家路上要多買一盒鮮奶，或是臨時買一袋糖。一如朵玲的預料，商場前的路邊停著幾輛汽車，有些引擎還在運轉，暖氣還在繼續送風。這世上最令人沮喪的事情，莫過於寒冷的夜晚下車一會兒又回到車上，結果發現引擎無法發動。

朵玲沿著馬路走，打量那些汽車，考慮著要挑哪一輛。那輛小卡車不行——不是淑女的車子，另外那輛福斯車也不行，因為她心裡有一堆更重要的事情，沒辦法對付變速桿。

那輛綠色轎車，正是最適合她的。

她朝商場看了一眼，此時沒人走出門，於是她迅速上了車。座位溫暖而舒適，暖氣的風吹著她的膝蓋。她鬆開手煞車，踩油門，顛簸著離開路邊。後行李廂有個什麼發出響亮的碰撞聲。

她駛走時，一個聲音在街道上大喊：「嘿！嘿，把我的車開回來！」

她開了幾個街區，一邊到處摸索，才搞懂怎麼打開車頭大燈；又開了一個街區，才打開擋風玻璃的雨刷。她的視線終於清晰了，可以看清前面的路。她加速，轎車在剛落下的雪上頭甩尾。她轉彎時，聽到後行李廂有東西滾來滾去，發出玻璃碰撞的聲音。她開到林肯的房子，滑行著在他的車道上停下。

屋裡一片黑暗。

她下了車，踉蹌爬上門廊，開始猛敲前門。「林肯！林肯，我要跟你講話！你還是我丈夫！」

她敲了又敲，但是裡頭沒有亮燈，門也鎖住了。他已經拿走她的鑰匙，那個混蛋，於是她進不去。

她回到車上，坐在那邊許久，同時引擎仍繼續運轉，暖氣繼續送出熱風。雪還在下，只是很小，無聲地飄落在擋風玻璃上。星期六夜晚不是林肯慣常的值班時間，所以他人在哪裡？她思索著他可能度過這個晚上的所有地方，那種種可能性有如殘酷的利牙般啃噬著她的心。她不笨；她知道那個芙恩．孔威里斯貪婪的雙眼老是盯著林肯。一定還有其他女人，有很多女人覺得穿制服的警察難以抗拒。朵玲愈來愈焦躁，開始前後搖晃，坐在車上呻吟著。*回家吧，回家吧。回到我身邊吧。*

就連暖氣也不足以阻擋滲入她骨頭、她靈魂的寒意。她渴望白蘭地的溫暖，渴望酒精進入她血管的舒適。然後她想起後行李廂裡的玻璃碰撞聲。拜託希望是值得喝的東西，不要只是汽水。

她搖搖晃晃地下了車，繞到車尾，打開後行李廂。她花了好一會兒才讓雙眼對焦清楚，即使如此，她還在想著自己是不是產生了幻覺。*好美，好綠。就像一瓶瓶綠寶石在黑暗裡發光。*她正要伸手去拿一瓶，然後一輛車的引擎聲讓她轉身。

接近的車前大燈令她目盲，她舉起一手遮住眼睛。

一個黑色人影下了車。

法蘭西斯．克雷芬爵醫師是個袖珍型男子。小骨架、麻雀臉，白色實驗袍罩在他瘦弱的肩膀上，像是小孩穿上了父母的大雨衣。再加上他完全沒鬍鬚的臉，於是看起來遠比實際年齡要年輕。他的外貌比較像個蒼白的青少年，而不是病理專科醫師。他迅速而優雅地從椅子起身，迎接克蕾兒和沃倫．愛默森的神經外科醫師羅瑟斯坦。

「這些切片太酷了，」克雷芬爵說。「讓我完全想不到。來吧，你們看看！」他指著那架有兩組接目鏡的教學顯微鏡。

克蕾兒和羅瑟斯坦隔著那架顯微鏡對坐，雙眼湊向接目鏡。

「你們看到了什麼？」克雷芬爵問，在他們旁邊期待得幾乎是手舞足蹈起來了。

「各種細胞的混合，」羅瑟斯坦說。「星狀細胞，我猜想。另外有一些，我覺得像是一種交錯的疤痕組織。」

「這是個開始。艾略特醫師，你看到了什麼值得注意的嗎？」

克蕾兒調整了接目鏡，看著視野裡的組織。根據她多年前在醫學院修過組織學所記得的，大部分細胞她都看得出來。她認得星狀細胞，還有巨噬細胞——清潔隊，其功能是在感染之後打掃。她還看到了羅瑟斯坦所注意到的：有一些漩渦形狀的肉芽組織或疤痕，有可能是急性炎症的後果。

她伸手去調整玻片位置鈕，移動顯微鏡的視野，看著那些新的細胞。一片不熟悉的模式出現在她眼前，是漩渦形的纖維狀物質，有幾個細胞的厚度，形成一個顯微鏡才看得到的組織外皮。「我在這裡看到了包囊，」她說。「一層疤痕組織。這或許是個囊腫？是某種發炎過程，被他的免疫系統設法隔開又包覆起來的？」

「你開始進入狀況了。還記得他的電腦斷層掃描嗎？」

「記得。看起來他有個分離的腦腫塊，加上一些鈣化。」

「他轉診過來這裡之後，我們幫他做了核磁共振掃描，」羅瑟斯坦說。「看到的基本上是同樣的狀況。一個分離的病變，被包覆住了，還有一些鈣化。」

「沒錯，」克雷芬爵說。「而艾略特醫師剛剛看到的是囊腫壁。由人體的免疫組織所形成的疤痕組織，環繞並封鎖了發炎。」

「是什麼微生物造成的發炎？」羅瑟斯坦問，抬頭看著克雷芬爵。

「唔，這就是我們要解開的謎，對吧？」

克蕾兒又緩緩移動玻片，再度改變顯微鏡的視野。接目鏡裡的東西讓她嚇了一大跳，因而驚訝得無法移開目光。「這個到底是什麼？」她說。

克雷芬爵發出一個簡直是幼稚的開心聲音。「你找到了！」

「是的，但是我不知道那是什麼。」

羅瑟斯坦的臉又湊回接目鏡。「老天，我也不知道這是什麼。」

「描述給我們聽吧，艾略特醫師。」克雷芬爵說。

克蕾兒沉默了一會兒，只是轉著位置鈕，緩緩掃視視野。她看到的是一片怪異扭曲的結構物，部分鈣化了。「是某種退化的組織。我不知道這是不是全部都是人為組織還是什麼——那就好像某種微生物塌陷成手風琴的形狀，然後又石化了。」

「很好，很好！」克雷芬爵說。「我喜歡這個描述——石化了。就像化石。」

「是的，不過是什麼的化石？」

「把倍率縮小，看看更大的畫面。」

她把顯微鏡的倍率降低，想看整個玻片的全貌。那個形狀變得更複雜，成了一個自行重疊的螺旋。她忽然明白自己在看的是什麼，震驚地直起身子，瞪著克雷芬爵。「那是某種寄生蟲。」她說。

「沒錯！很酷對不對？」

「寄生蟲在我病人的腦袋裡，到底是要做什麼？」羅瑟斯坦問。

「大概在裡頭有好多年了。侵入灰質，引起暫時性的腦炎。免疫系統啟動了發炎的回應。白血球、嗜酸性球大增，宿主動用了一切來反擊。最後宿主贏了，他的身體擋開了寄生蟲，把寄生蟲包住而成為一個肉芽組織，形成某種囊腫。那個寄生蟲死了，其中某些鈣化——或者就像你所說的石化。幾年後，就剩下這個了。」他朝顯微鏡點了個頭。「一個死掉的寄生蟲。困在一個疤痕組織裡。這大概是他癲癇發作的原因。就是那一小囊死掉的蟲和疤痕，所造成的腫塊效應。」

「這會是什麼寄生蟲？」克蕾兒問。「我唯一想得到會入侵腦部的，就是囊蟲。」

「一點也沒錯。我沒辦法確切鑑別出是什麼物種——退化得太厲害了。但這幾乎可以確定是囊蟲病。是由學名 *Taenia solium*、也就是俗稱豬肉條蟲的幼蟲所引起的。」

羅瑟斯坦一臉懷疑。「我還以為豬肉條蟲只會出現在低度開發國家。」

「大部分是這樣。比如墨西哥、南美，有時在非洲和亞洲也有。這就是為什麼我看到這個玻片時那麼興奮。要在北緬因州這裡找到一個囊蟲病的病例，實在太難以置信了，這樣的論文絕對有資格登上《新英格蘭醫學期刊》。我們必須搞懂的，是他什麼時候、從哪裡接觸到豬肉條蟲卵。」

「他從來沒有出國旅行過，」克蕾兒說。「他跟我說過，他這輩子都住在緬因州。」

「所以這會是個很不尋常的病例。我會進行一些抗體檢驗，確認這個診斷是正確的。如果是豬肉條蟲，那麼他的血清和腦脊髓做酵素免疫分析，應該會得到陽性的結果。他的病歷裡頭有過最初的發炎反應嗎？任何症狀可以告訴我們他初次感染的時間？」

「確切的症狀會是什麼？」羅瑟斯坦問。

「臨床表現有可能很明顯，像是嚴重的腦膜炎或腦炎。或者新一波的癲癇發作。」

「他第一次癲癇發作是在十八歲之前的某個時間。」

「這是一個線索。」

「另外還可能會出現什麼其他症狀？」

「或許比較不明顯的。有可能是類似腦瘤的症狀，引起各式各樣的精神失常。」

克蕾兒忽然覺得後頸刺麻。「暴力行為呢？」她問。

「有可能，」克雷芬爵說。「我看過的教科書裡都沒特別提到這個，但是暴力行為有可能是急性病症的一個跡象。」

「沃倫．愛默森十四歲的時候，」克蕾兒說。「他謀殺了自己的父母。」

兩個男人都瞪著她。「我都不曉得這件事，」羅瑟斯坦說。「你從來沒提過。」

「這件事跟他原先的醫療狀況無關。至少，我本來不認為有關。」她低頭看著顯微鏡，那寄生蟲的影像在她腦海裡依然鮮活。一開始是感染了寄生蟲卵，接著是腦炎症狀。易怒，甚至是暴力。

「我醫學院畢業很多年了，」她說。「我對豬肉條蟲記得的不太多。這種生物的生命週期是什麼樣？」

「這是一種條蟲，」克雷芬爵說。「通常居住在宿主的腸道。人類會染上，是因為吃了沒煮熟、裡頭含有這種幼蟲的豬肉。幼蟲的吸盤會附著在人類小腸內壁上，在這裡吸收食物。這種條蟲可以在小腸內存活幾十年，不會引起任何症狀，而且可以生長到長達三公尺！有時候條蟲會死去或排出。你可以想像有天早上醒來、發現這種生物躺在你床單上，那有多恐怖。」

羅瑟斯坦和克蕾兒彼此交換一個有點想吐的眼神。「真是美夢成真啊。」羅瑟斯坦咕噥道。

「那麼幼蟲是怎麼跑去腦部的？」克蕾兒問。

「那是發生在這種條蟲生命週期的另一個部分。條蟲在人類腸道裡發育為成蟲之後，就會開始產卵。而這些卵被人類排出後，會污染土壤和食物來源。人類攝食後，這些卵會孵化，穿透腸壁，然後進入血管，被流動的血液帶到不同的器官，包括腦部。在腦部，過了短短幾個月之後，就會成長為幼蟲。但是沒有希望，因為牠們沒辦法在那個沒有營養、狹窄的空間裡存活，所以就只是待在那裡等死，在腦部形成一個個類似囊腫的小袋。也就是這個病人癲癇發作的原因。」

「你剛剛說，這種蟲卵會污染土壤，」克蕾兒說。「那麼這些卵離開宿主之後，能存活多久？」

「幾個星期。」

「那在水裡呢？比方在湖裡，也可以存活嗎？」

「我的那些參考書裡都沒有提到過，不過我想是有可能的。」

「條蟲的酵素免疫分析，可以篩檢出感染與否嗎？因為我們應該針對另一個病人做這個檢驗。是一個在少年觀護所的男孩。」

「你認為在這個州還有另一個病例？」

「說不定在寧靜鎮還有其他一些。這就可以解釋為什麼這麼多小孩忽然表現出暴力行為。」

「緬因州有囊蟲病的流行疫情？」羅瑟斯坦一臉懷疑。

克蕾兒變得興奮起來。「我收治住院的這兩個男孩，都有類似的白血球計數異常狀況：高比率的嗜酸性球。原先我還以為是因為氣喘或過敏。現在我明白，可能是別的原因造成的。」

「寄生蟲感染，」羅瑟斯坦說。「會造成嗜酸性球計數增加。」

「一點也沒錯。而沃倫．愛默森可能是感染源。要是他的小腸裡有一條三公尺長的絛蟲，那麼他排出寄生蟲的蟲卵已經有很多年了。只要他的化糞系統滲漏，就會污染土壤和地下水。蟲卵可能會找到方式進入湖中，接觸到任何在湖裡游泳、任何不小心喝到湖水的人。」

「你所說的這些，不確定的因素太多了，」克雷芬爵說。「你這等於是在蓋一棟紙牌屋。」

「就連時間範圍都符合！那些小孩的感染途徑，應該是夏天在湖裡游泳。你剛剛說蟲卵要好幾個月成長為幼蟲。現在是秋天，那些症狀剛開始出現。十一月症候群。」她暫停，忽然皺起眉頭。「我唯一無法解釋的，就是他們的電腦斷層掃描是陰性。」

「或許是在感染的初期，」克雷芬爵說。「在急性症狀期間，那些幼蟲可能還太小，沒辦法看到。而且也還沒形成任何囊腫。」

「唔，反正做個酵素免疫分析檢驗，」羅瑟斯坦說。「篩檢一下看有沒有這種寄生蟲就行了。」

克蕾兒點頭。「要是任何人顯示出有豬肉條蟲的抗體，那麼這個推理就不僅僅是一棟紙牌屋了。」

「我們可以從檢驗沃倫．愛默森開始，」羅瑟斯坦說。「還有那個在少年觀護所的男孩。如果這兩個檢驗的結果都是陰性，那你的推理就完全不成立了。但是如果是陽性……」

想到這個可能性，身為科學家的克雷芬爵急切地搓著雙手。「那麼各位，我們就得拿出針和止血帶，」他說。「因為我們就得戳一大堆手臂了。」

20

隔著她臥室的房門，傑帝正在外頭嘲笑她，說她是蕩婦，隨便跟人上床，是妓女。愛蜜麗亞坐在床上，雙手摀著耳朵，不想聽到她繼兄的聲音，心知自己回嘴只會讓事情更惡化。這陣子傑帝對每個人都生氣，看到誰都想找碴。

昨天，就是他中途被停學的那天，她犯了個錯誤，罵他是混蛋。他打她的那記耳光好用力，害她耳鳴了好幾個小時。後來她去跟母親哭訴，但是葛瑞絲當然沒有支持她。「你知道他就是那個樣子，」葛瑞絲以那種「我自己麻煩已經夠多了」的口吻跟她說。「離他遠一點就是了。」

今天一整天，愛蜜麗亞為了保持距離，都把自己鎖在臥室裡，想專心做功課，但是現在她根本不可能思考了。這一天稍早，她聽到傑帝在樓下大吵大鬧，支使艾迪，朝媽媽大吼，甚至還吼傑克。或許哪天傑克和傑帝會殺了彼此。有其父必有其子，她不會哀悼他們任何一個。

但現在傑帝站在走廊裡，隔著門羞辱她。「你喜歡小雞雞？所以你才會跟那個魯蛇諾亞．艾略特做那事情嗎？我會給你看看什麼是大雕！我會讓你看看該怎麼做！或者你想要諾亞的小雞雞？」他大笑，然後開始唸叨。「小雞雞！小雞雞！」直到就連傑克也受夠了，朝樓上大吼：「閉嘴，傑帝！我在看電視！」

傑帝聽了就衝到樓下跟傑克吵。愛蜜麗亞聽得到他們在客廳，兩人的聲音愈來愈大，到最後都在大吼。真是個快樂的大家庭啊。接著有東西被撞得掉地。她聽到家具砰砰響，玻璃破掉。耶穌啊，接著還能糟糕到什麼地步？現在她母親也捲入這片混亂中，哭著說她珍貴的燈破掉了。愛蜜麗亞低頭看著攤在床上的那些課本，看著她希望週末能做完的功課清單，知道自己不可能完成了。我真該去參加舞會的，她心想。要是今晚我沒辦法做功課，倒還不如去開心一下。

只不過去參加舞會也不會開心的，因為諾亞．艾略特不在那裡。

她又聽到另一盞燈砸在地上，然後她母親哀號：「你為什麼不管一下，傑克？為什麼你從來都不管？」接著是一記響亮的耳光，葛瑞絲隨之哭了起來。

愛蜜麗亞厭惡地把書塞進背包裡，抓起夾克，悄悄走出房間。他們甚至沒聽到她下樓梯。她偷看了一眼客廳，地板上散落著碎玻璃，傑帝面對著他父親和繼母，像一頭憤怒的公牛似的臉紅又喘氣。

愛蜜麗亞溜出前門，進入下雪的夜晚。

她開始沿著塔迪角路往前，一開始不在乎會走到哪裡，只希望趕緊遠離他們。等到她經過湖邊的船艇下水坡道，寒氣已經開始穿透她的衣服，融雪從她臉上流下。她得找個地方去，在這樣的寒夜裡漫無目標地亂走很愚蠢且危險。但是她真正想去的只有一個地方，她知道那個人的家會歡迎她的。

光是想到這一點，就讓她心情振奮起來。她加快腳步。

現在的女學生都公然穿著花俏的內衣亮相嗎？林肯看著學生們聚集在舞池裡，心裡納悶著。

他還記得自己年輕時參加的學校舞會，女生一頭光亮的頭髮和粉彩的連身裙和絲緞迷你裙。今晚的女生看起來像是一群濃妝豔抹的吸血鬼，穿著黑色蕾絲和細肩帶洋裝。少數幾個甚至塗了黑色唇膏，配上她們冬天蒼白的臉，讓林肯覺得像是一具具死屍在昏暗的體育館裡面漫遊。至於男生，唔，他們戴耳環的可能性跟女生一樣高。

站在他旁邊的比特．史帕可斯說：「穿得那麼少，會得肺炎的。不敢相信她們的母親會讓她們穿這樣出門。」

「我敢打賭她們的母親不知道。」林肯說。他剛剛看到很多女生穿得很樸素抵達學校，然後鑽進洗手間，出來時脫得只剩下一身布料很少的服裝。

響亮的音樂忽然從擴音器傳出，帶著強而有力的節奏。這片吵嚷才聽了幾分鐘，林肯就急著想逃走了。

他走出體育館的雙扇門，進入比較平靜的寒夜。

現在的雪很小，只是一陣飄動的銀色掠過路燈。他站在體育館的遮簷下，豎起外套的領子，慶幸地吸入凜冽而乾淨的空氣。

在他後方，門打開又關上，然後他聽到芙恩說：「你也受不了？」

「我得休息一下。」

她走上來站在他旁邊。她穿著大衣，這表示她是打算出來待一會兒的。

「你有沒有想過，覺得這一切的責任實在太大了，林肯？覺得自己已經準備好要放棄，走人算了？」

他慘笑一聲。「每天至少兩次。」

「但是你還是堅守崗位。」

他看著她。「你也是啊。」

「不是因為我想要。而是因為我沒看到其他的選擇。」她抬頭看著飄落的雪，輕聲說。「朵玲配不上你。從來就配不上。」

「這不是配得上或配不上的問題，芙恩。」

「不過，你還是應該得到更好的。這麼多年來，我一路看著她搞得你有多慘，同時心裡一直想著這樣有多麼不公平，她有多麼自私。人生不見得要不公平，我們可以選擇快樂。」她暫停，鼓起勇氣準備說出她要說的話。他知道是什麼，一直知道，也一直迴避去聽到那些話說出來，因為他知道最後的結果會讓她覺得丟臉，而且會讓他痛苦。「對我們還不算太遲。」她說。

他遺憾地嘆了口氣。「芙恩——」

「我們可以回到當年停下的地方，重新開始。在朵玲之前。」

他搖搖頭。「沒辦法。」

「為什麼？」

他聽出她聲音中的渴求與絕望，不得不逼自己看著她的雙眼。「我心裡有另一個喜歡的人了。」

她往後退一步，進入陰影中，但是他還來得及看到她眼中的淚水。「我想我早該知道了。」

「對不起。」

「不。不，沒有什麼好對不起的。」她搖搖頭笑了起來。「這就是我的宿命吧。」

他看著她轉身要回體育館內前，先暫停下來挺直肩膀，重拾尊嚴。為什麼芙恩不可能成為我的意中人？他心想。要是他愛上她，要是他們結婚，兩人可能會是相當幸福的一對。她夠迷人，也夠聰明。但是他們之間總是少了點什麼：魔力。

他難過地望著她走向體育館的門，拉開來。那一刻，喊叫和奔跑的聲音忽然從打開的門洩出。

「這是怎麼回事？」芙恩說，她跑進去，林肯緊跟在後。

進去後，他們發現一片混亂。裴潘趣調合果汁的大缽翻倒了，地上有一大灘草莓色的液體。節奏強烈的音樂還在播放，但是半數學生已經退到一面牆邊，警戒地聚集在一起。其他人則在音響系統附近圍成一圈。林肯看不到圈裡發生了什麼事，但是聽到一個擴音器砰地倒地，接著聽到比特·史帕可斯和監督的老師全都大喊：「散開來！退後，退後！」

林肯朝圈內擠時，另一個擴音器也翻倒了，跌入流淌的果汁中。電子的火花四射，同時擴音器一陣震耳欲聾的尖響，大家紛紛摀住耳朵退後。

下一瞬間，音樂停止。體育館裡的燈光也熄滅了。

那片黑暗只持續了幾秒鐘，但是在緊急燈亮起前的片刻暫停中，人群恐慌起來。林肯感覺到尖叫的小孩紛紛朝出口跑去，撞上了他。他看不到是什麼人，只聽到狂奔的聲音。他感覺到有個人在他腳邊倒下，於是盲目地往下伸手，抓住一件連身裙，把一個女孩拉起來。

緊急燈終於亮了，是一盞燈光不足的聚光燈，在體育館另一頭的角落裡亮起。那盞光只能看到混亂而陰暗的奔跑人影，跌跌撞撞的學生們腳步比較穩了。

然後林肯望著一片讓他寒徹骨髓的畫面。比特．史帕可斯跪倒在地上，似乎嚇傻了，因而沒注意到站在他旁邊那名過胖的男孩。那男孩手往下伸，拔出比特槍套裡的武器。

林肯離得太遠，沒辦法撲倒那男孩。他只設法往前走了兩步就僵住了，因為那男孩轉身來面對他，憤怒的雙眼發亮。林肯認得他，是貝瑞．諾爾頓。

「把槍放下，孩子，」林肯冷靜地說。「把槍放到地上。」

「不，不要，我厭倦老是被欺負了！」

「我們可以談談。但首先你得把槍放下。」

「反正從來沒有人肯花時間跟我談！」貝瑞轉身，他的目光狂亂地在體育館裡打轉。「你們這些女生，你們從來就不理我。光會嘲笑我！這就是我聽到的，老是在笑個不停。」他的目光轉到體育館裡的另一部分。「或者你，小子！你都叫我什麼？肥屁股？你再叫啊！快點，現在就叫！」

「把槍放下。」林肯又說一次，手緩緩接近自己的槍。這是最後手段；他不想朝那男孩開槍。他得說服他放下武器。談判。他得想盡一切辦法，避免開槍。陰影間傳來匆忙的腳步聲，他看了一眼，瞥見芙恩的金髮，她正把一群學生趕出門外。但還有幾十個學生困在比較遠的那面牆邊，沒辦法逃跑。

他又往前走了一步。那男孩立刻轉過來面對他。

「你已經表達你的看法了，貝瑞，」林肯說。「我們去另外一個房間談，好嗎？」

「他喊我肥屁股。」那男孩的聲音痛苦不堪，充滿了被排擠的哀傷。

「我們會談的，就我們兩個。」林肯說。

「不要。」男孩轉向那些被困住、縮在牆邊的學生。「現在輪到我發號施令了。」

克蕾兒開車時沒打開收音機，在這片安靜中，唯一的聲響就是雨刷清掉雪屑的聲音。從班戈市開回來的一個小時車程中，她一直深陷在思緒中，等到進入寧靜鎮界，她已經完成拼圖了。她的推理以沃倫．愛默森為中心。

愛默森的農舍位於山毛櫸丘下半部的斜坡上，從湖邊沿著小溪往上游只有一公里半。遠得需要自己的化糞系統，讓污水流入瀝濾場。如果有寄生蟲在他的腸道內長大，他就會持續排出寄生蟲的卵。只要他的舊化糞槽底部有滲漏，再加上一年的嚴重洪水氾濫，那些蟲卵就可能流進附近的密高奇溪。

然後注入草蜢湖。

這是個簡單而合理的解釋，她心想。不是什麼瘋狂的流行病，也不是這個鎮幾百年來的詛咒。而是微生物學，一種寄生蟲的幼蟲進入了人類的腦部，成長時造成了大破壞。要確認這個診斷，他們唯一需要的，就是以血液進行酵素免疫分析檢驗的陽性結果。再一天，他們就可以確定了。

警笛聲響起，她才發現有輛警車駛近她。她看著後照鏡裡閃爍的警燈，看到是雙丘鎮的巡邏車。那車迅速超越她，加速駛入寧靜鎮。過了一會兒，第二輛巡邏車呼嘯著疾馳而過，駛向同一個方向。

在前面，她看到那些閃爍的警燈都轉入了通往高中的那條路。

她跟在後頭。

那是一個月前可怕場景的重播，救護車在體育館外停得亂七八糟，一群群十來歲小孩站在路上，哭著擁抱彼此。但這回夜空中飄著雪，那些車輛的閃燈被遮得朦朧，彷彿隔著一層白紗。

克蕾兒抓了她的醫療提包，匆忙走向體育館。離體育館半個街區時，穿著防彈背心的馬克．竇倫警員攔下她。從他臉上的表情，她確認了自己長期以來懷疑的事情：他們不喜歡彼此。

「所有人都不准進去，」他說。「裡頭有挾持人質的狀況。」

「有人受傷嗎？」

「還沒有，我們希望繼續保持下去。」

「林肯人呢？」

「他正在說服那個男孩。現在你得退後了，艾略特醫師。不要接近體育館。」

克蕾兒後退到人群聚集的地方，看著竇倫轉身去跟雙丘鎮的警察隊長商量。警察接管這裡了，她只不過是個討厭的老百姓而已。

「林肯孤單在裡頭，」芙恩說。「而這些該死的英雄卻不肯做點事情幫他。」

克蕾兒轉身看到芙恩的金髮亂糟糟，披散的髮絲上沾著雪。「我把他留在裡面，」芙恩輕聲說。「我沒有辦法。我得把那些孩子帶出來……」

「裡面還有什麼人？」

「至少還有幾打學生。」她凝視著體育館，融化的雪從她臉頰流淌下來。「林肯身上有槍。他為什麼不用？」

克蕾兒又轉頭看著體育館，現在完全可以想像裡頭的狀況了。一個情緒不穩的男孩。周圍有幾打人質。林肯不會鹵莽行動，也不會冷血射殺一個男孩，他會盡量避免的。現在還沒有槍聲，表示還有避免流血的希望。

她看了一眼聚集在巡邏車後方的那些警察，看到他們的焦慮，聽到他們激動的聲音。這些是小鎮警察，面對著大城市的危機，正迫不及待要採取行動，任何行動都好。

馬克．竇倫朝兩名站在體育館雙扇門左右的警員打手勢。因為他們的隊長困在館內，於是就由竇倫負責主掌大局了，而他讓自己的罣固酮主宰一切。

克蕾兒在雪中跑向巡邏車。她來到他們旁邊蹲下時，竇倫和雙丘警局的隊長驚訝地看著她。

「你應該要留在後頭的！」竇倫說。

「可別告訴我，你們打算派武裝人員進去！」

「那個男孩有槍。」

「你們這樣會害死人的，竇倫！」

「要是我們不做點事情，才會害死他們。」雙丘鎮的警察隊長說。他朝三名蹲在下一輛車後頭的警察打手勢。

克蕾兒警戒地看著那三名警員矮下身子匆忙走向體育館，在門邊就位。

「別這麼做，」她對著竇倫說。「你不知道裡頭的狀況——」

「你就知道？」

「沒有開槍聲。給林肯一個談判的機會吧。」

「現在負責的不是林肯，艾略特醫師。請你馬上離開，否則我就要逮捕你了。」

她望著前方的體育館雙扇門。雪現在落得更急了，模糊了她的視線，透過落雪構成的白色紗簾，那幾個警察看起來像是飄向入口的鬼影。

其中一個伸手去開門。

林肯和那男孩處於僵持狀態。他們在陰影幢幢的體育館內面對彼此，遠處緊急照明燈射出光線，切穿兩人之間的黑暗。男孩手裡還是握著槍，但是到目前為止，他唯一做的只是拿槍在空氣中揮動，引起靠牆那堆學生的恐懼尖叫。他沒有瞄準過任何人，連對林肯都沒有，而林肯手放在自己的槍上，隨時準備好要拔槍。那男孩身後就有兩個女孩站著，因此開槍很冒險。林肯現在仰賴自己的直覺，而直覺告訴他這個男孩還是可以說服，即使很憤怒，但這男孩心中還有某部分努力想控制住自己，只需要一個冷靜的聲音去引導他。

林肯的手緩緩從槍套放下。這會兒他面對那男孩，兩手垂在身側。那是個中立、信任的姿勢。「我不想傷害你。而且我不認為你想傷害任何人。你不屑做那種事，你的水準才沒那麼低。」

那男孩動搖了。他開始彎曲膝蓋，準備把槍放在地上，然後他又改變心意，再度直起身子。他轉頭看著那些縮在陰影裡的同學們。「我不像你們。我才不像你們任何一個。」

「那就證明給我們看，」林肯說。「把武器放下。」

那男孩轉身看著他。那一刻，他眼中的憤怒似乎閃爍了，變得黯淡。他正在憤怒和理性之間飄移不定，在林肯看來，他正急切地想尋找支柱。

林肯走向他，伸出一手。「交給我吧。」他低聲說。

那男孩點頭，目光平穩地看著林肯的雙眼，林肯伸手去接那把槍。

門忽然被轟然推開，緊接著是急速的奔跑聲。幾名警察從各個方向衝進來，林肯看到一陣移動的模糊形影。尖叫的學生奔跑著要尋找掩護。緊急燈刺眼的光線照著傻住的貝瑞・諾爾頓，他一手仍往前伸，槍抓在他手裡。在那幾分之一秒，林肯難受地預料到接下來會發生的事情。他看到那男孩，手裡仍抓著槍，轉向那些警察。他看到那些腎上腺素狂飆的警察舉起槍。

林肯大喊：「不要開槍！」

他的聲音淹沒在震耳欲聾的爆響中。

雷鳴般的槍聲讓街上的人群片刻間呆住了。然後每個人都立刻有了反應，看熱鬧的人歇斯底里地尖叫起來，警察則紛紛衝向體育館。

一個老師跑出體育館大喊：「我們需要救護車！」

克蕾兒還得努力穿過一連串衝出門的學生，才能擠進體育館內。一開始她只看到混亂的黑影，男人穿著防彈背心，上方的陰影中有紙彩帶飄動，像鬼一樣。那片黑暗中聞得到汗水和恐懼。

還有鮮血。她擠進一群警察間時，差點踩到一灘血。人群的中央是林肯，蹲在地板上，手裡抱著一個癱軟的男孩。

「是誰下令的？」林肯質問道，沙啞的聲音充滿憤怒。

「竇倫警員認為──」

「馬克？」林肯看著竇倫。

「是一起決定的，」竇倫說。「歐比森隊長和我──我們知道這個男孩有槍──」

「他都快要投降了！」

「我們不知道！」

「你出去，」林肯說。「快點，出去！」

竇倫轉身推開克蕾兒，走出體育館大門。

克蕾兒在林肯旁邊跪下。「救護車就在外頭。」

「太遲了。」他說。

「讓我看看能不能幫他！」

「你也沒辦法做什麼了。」他看著他，雙眼閃著淚光。

她去摸男孩的手腕，沒有脈搏。然後林肯張開雙臂，她看到那男孩的頭部，已經被轟得殘缺不全了。

21

那一夜他需要她。在貝瑞．諾爾頓的屍體被移走之後，在跟震驚的貝瑞父母碰面的煎熬之後，林肯發現自己困在媒體的閃光燈之中。他兩度忍不住在電視攝影機面前哭出來。他並不羞愧自己的眼淚，也氣得毫不保留地譴責這個危機的處理方式。他知道這樣可能會害他的雇主——也就是寧靜鎮政府——被控告不當致死。他不在乎。他只知道那個男孩像一隻十一月的鹿被射殺，有人必須付出代價。

他開車經過滿天晶亮的落雪，這才發現自己想到要回家、想到要像過往那麼多夜晚一樣獨自度過，就覺得受不了。

於是他轉而駛向克蕾兒家。

積雪高度已經到小腿的一半，從他的車跋涉過去，他覺得自己像個悲慘的朝聖客走向庇護所。他爬上她家的門廊，一次又一次敲著門，但是都沒有回應。他想到她不在家，想到屋裡是空的，想到自己要獨自面對漫漫長夜，忽然覺得好絕望。

然後上方一盞燈亮了，溫暖的光暈隔著落雪照下來。過了一會兒，門開了，她站在他面前。

他走進去，兩個人都沒說話。她只是朝他張開雙臂，接受他。他身上沾了雪，在她的溫暖中融化，成了一道道冰冷的細流，沁溼了她的法蘭絨睡袍。她只是擁著他，即使融雪流到地板上，在她的赤腳周圍積成了一灘水。

「我正在等你。」她說。

「我想到要回自己家就受不了。」

「那就待在這裡，跟我在一起吧。」

他們上樓脫掉衣服，進入她剛剛睡過而依然溫暖的被窩。他來這裡不是為了要跟她做愛，而只是要尋求撫慰的。她兩者都給了他，讓他滿足地筋疲力盡，於是很容易就睡著了。

他醒來時，看到窗外是一片藍得刺眼的天空。克蕾兒蜷縮在他旁邊，還在睡，她枕上的捲髮一片亂糟糟。他可以看到褐髮中夾雜著幾根灰色的，那種初老的象徵讓他意外地感動，因而眼睛都溼了。*活了半輩子不認識你*，他心想。浪費了半輩子，直到現在。

他輕吻她腦袋一下，她沒醒。

他穿衣服時，一邊看著窗外那個被夜間風暴改頭換面的世界。毛茸茸的雪掩埋了他的車，變成了一個不太明顯的白色雪堆。白雪覆蓋的樹枝被壓彎了，而前院裡一度是草坪的地方，現在似乎是一片燦亮的鑽石地，在陽光照耀下閃閃發光。

一輛小卡車沿著馬路駛來，轉入克蕾兒家的院子。那輛車的前方裝了一個除雪鏟斗，林肯一開始以為是克蕾兒雇來幫她清理車道的。然後駕駛人下車，林肯看到寧靜鎮警局的制服。是佛洛伊德·史畢爾。

佛洛伊德涉過雪地，來到埋著林肯車子的那個雪堆，撥開車牌處的雪。然後他疑惑地往上看著屋子。*現在全鎮都會知道我在這邊過夜了。*

林肯下樓打開前門時，佛洛伊德正舉起戴著手套的手要敲門。「早安。」林肯說。

「呃……早安。」

「你要找我？」

「對，我——我剛剛開車去你家，但是你不在。」

「我的呼叫器都開著。」

「我知道。但是我——唔，我不想在電話裡跟你說這個消息。」

「什麼消息？」

佛洛伊德低頭看著自己黏了一層雪的靴子。「是壞消息，林肯。我真的很遺憾，是關於朵玲的。」

林肯什麼都沒說。而且很奇怪，他什麼感覺都沒有。彷彿他所吸入的冷空氣不知怎地麻痺了他的心，也麻痺了他的腦子。佛洛伊德的聲音彷彿是從很遠的地方朝著他說話，那些字句聽起來忽遠忽近。

「……在司羅肯路發現她的屍體。不曉得她是怎麼大老遠跑去那裡的。我們認為一定是發生在昨天晚上稍早，大約就是學校裡出事的時候。不過最後結果還是要由法醫判定。」

林肯很勉強才從喉嚨裡擠出話來。「怎麼……事情是怎麼發生的？」

佛洛伊德猶豫了，他抬起眼睛，然後又低頭看著自己的靴子。「看起來是有人肇事逃逸。州警局的人正要趕往現場。」

從佛洛伊德延長的沉默中，林肯知道他還有些話沒有說出來。等到佛洛伊德終於抬起眼睛，顯然非常不情願說出接下來的話。「昨天夜裡，大約九點，調度員接到過一通電話，說有人酒醉駕駛，在司羅肯路蛇行。就在我們發現朵玲的同一個地區。那通電話打來時，我們全都趕到高中去了，所以沒有人去進一步察看——」

「目擊者有沒有看到車牌號碼？」

佛洛伊德點頭。然後又悲慘地補充：「那輛車登記在艾略特醫師的名下。」

林肯覺得臉上的血液被抽光了。克蕾兒的車？

「根據登記的資料，那是一輛褐色的雪佛蘭小卡車。」

「但是她當時沒開那輛小卡車！我昨天晚上在學校看到她，她開著那輛舊速霸陸轎車。」

「林肯，我只是說，那個目擊者告訴我們的是艾略特醫師的車牌號碼。所以或許——或許我可以去看一下那輛小卡車？」

林肯只穿著襯衫就走出屋外，但是當他涉過雪地走到車庫前時，幾乎沒感到寒冷。他手探入深度到手肘的積雪，找到拉門的把手，把車庫門打開。

克蕾兒的兩輛車並排停在裡面，小卡車在右邊。林肯注意到的第一件事就是兩輛車下方都有雪融化後的積水。兩輛車都在過去一兩天開出去過，所以那些積水還沒蒸發掉。

他的麻木很快就轉為一種擔憂的噁心感。他繞到那輛小卡車前方，看到擋泥板上的那一抹血跡，頓時覺得腳下的世界彷彿空掉，在他下方崩塌了。

他一言不發，轉身走出車庫。

他停在小腿深的積雪裡，往上看著克蕾兒和她兒子正在睡覺的屋子。他想不出辦法避開接下來要面對的煎熬，也無法讓她逃過他必須施加的痛苦。這件事他別無選擇。她日後一定會了解的。或許有一天，她甚至會願意原諒他。

但是今天——今天她會恨他。

「你知道你必須迴避這個案子，」佛洛伊德輕聲說。「要命，你必須躲得愈遠愈好。朵玲是你老婆，而且你才剛在這邊過夜……」他的聲音愈來愈小。「現在這個案子由州警局接手了，林肯。他們會想跟你談，你們兩個都是。」

林肯深吸一口氣，迎接那懲罰性的冰冷空氣進入他的肺，迎接那種肉體的痛。「那麼你用無線電跟他們聯繫吧，」他說。然後他開始不情願地走向屋子。「我得去跟諾亞談。」

她不明白這種事怎麼可能發生。她醒來後置身於一個平行時空裡，裡頭她所了解的人、深愛的人，卻表現得讓她完全不認得。一個是諾亞，垮坐在廚房椅子上，整個身體充滿憤怒的電力，連他周圍的空氣似乎都發出嗡響。還有林肯，嚴肅而冷淡地問著一個又一個問題。兩個人都不看她；顯然兩個人都寧可她不在場，但他們都沒開口要求她離開。她反正也絕對不會離開；她看得出林肯的問題要往哪個方向發展，也明白她廚房裡正上演的這齣戲本質上非常危險。

「我要你跟我坦白，」林肯說。「我不是在跟你耍花招，也不是要陷害你。我只是要知道你昨天晚上開著那輛小卡車到哪裡，還有發生了什麼事。」

「誰說我開車出去了？」

「那輛小卡車顯然開出去過。車子底下有融雪。」

「我媽——」

「你媽昨天晚上開的是速霸陸，諾亞。她已經確認了。」

諾亞的目光射向克蕾兒，她看到他眼中的控訴。*你站在他那邊。*

「就算我開出去過，那又怎麼樣？」諾亞說。「我把車子好好開回來了，不是嗎？」

「是的，沒錯。」

「所以我無照駕駛。把我送去坐電椅嘛。」

「你開著那輛小卡車去了哪裡，諾亞？」

「附近。」

「哪裡？」

「就是附近，可以嗎？」

「你為什麼要問他這些問題？」克蕾兒說。「你到底想讓他說出什麼？」

林肯沒回答；他的注意力還是集中在她兒子身上。原來他離我那麼遠，她心想。原來我對這個男人了解得這麼少。歡迎來到事後的早晨，充滿悔恨的強光。

「這件事不光是無照駕駛而已，對吧？」克蕾兒說。

林肯終於看著她。「昨天晚上發生了一樁肇事逃逸的車禍。你的小卡車可能牽涉在內。」

「你怎麼知道？」

「一個目擊者看到你的小卡車在路上蛇行，於是打電話報案。就在屍體被發現的同一條路上。」

她在椅子上往後靠坐，彷彿有個人剛剛猛推了她一把。一具屍體。有人被撞死了。

「你昨天開著小卡車去了哪裡，諾亞？」林肯問。

諾亞忽然一臉嚇壞的表情。「湖邊。」他說，聲音小得幾乎聽不見。

「還有呢？」

「只有湖邊。塔迪角路。我在船艇下水坡道那邊停了一會兒，然後雪下得太大了，我們不想困在那裡，於是我——我就開車回家了。我媽回來的時候，我已經在家了。」

「我們？你剛剛說我們不想困在那裡。」

諾亞一臉困惑的表情。「我的意思是我。」

「當時跟你在小卡車裡的還有誰？」

「沒有了。」

「說實話，諾亞。你撞到朵玲的時候，還有誰跟你在一起？」

「撞到誰？」

「朵玲・凱利。」

林肯的太太？克蕾兒猛地站起來，椅子都往後翻倒了。「停止，不要再問了！」

「他們今天早上發現她的屍體了，諾亞，」林肯繼續問，彷彿克蕾兒根本沒說過話，而他平靜、沒有高低起伏的聲音也難以掩飾他的痛苦。「她躺在司羅肯路的路邊。離目擊者昨天看到她開車的地方不遠。你本來可以停下來幫她的。你可以打個電話告訴任何人。她不該那樣死掉，諾亞。不該在這麼冷的天，一個人孤孤單單的。」克蕾兒聽到他聲音裡不光是痛苦，還有內疚。他的婚姻雖然結束了，但林肯始終對朵玲懷著責任感。隨著她的死去，他的自責就更深重了。

「諾亞不會把她丟在那邊的。」克蕾兒說。「我知道他不會的。」

「你可能以為你了解他。」

「林肯，我知道你很難過，我知道你很震驚。但是現在你是在亂發脾氣，想把過錯歸到最接近的目標上頭。」

林肯看著諾亞。「你之前闖過禍，對吧？你偷過車。」

諾亞的雙手緊握成拳頭。「你知道？」

「對，我知道。史畢爾警員打電話到巴爾的摩，找到了你的收案官。」

「那你幹嘛還花時間問我那些問題？你已經認定我有罪了！」

「我想聽你這邊的說法。」

「我已經把我這邊的說法告訴你了！」

「你說你開車到湖邊。你也開到了司羅肯路，對吧？你當時知道自己撞到人了嗎？你有想過下車去看一眼嗎？」

「別問了。」克蕾兒說。

「我必須知道！」

「在沒有律師的陪同下，我不會讓警察偵訊我兒子。」

「我不是以警察的身分問他。」

「你就是警察！不准再問了！」她站在兒子後方，雙手放在諾亞肩膀上，直直瞪著林肯。

「他已經沒有其他話要跟你說了。」

「他早晚得回答的，克蕾兒。州警局的人會拿同樣的這些問題問他，還會有更多。」

「諾亞也不會跟他們談，除非有律師在場。」

「克蕾兒，」他說，聲音充滿痛苦。「她是我太太。我必須知道。」

「你要逮捕我兒子嗎？」

「這事情不是由我決定——」

克蕾兒放在諾亞肩膀的雙手握緊了。「如果你不逮捕他，也沒有搜索票，那麼我要請你離開我家。我要你和史畢爾警員離開我的產業。」

「這事情有物證。只要諾亞跟我說實話，承認——」

「什麼物證？」

「血。在你的小卡車上。」

她瞪著他，那震驚像是一把鉗子緊壓著她的胸膛。

「你的小卡車最近開過，前擋泥板上有血跡——」

「你沒有權利，」她說。「你沒有搜索票。」

「我不需要搜索票。」

她立刻聽懂他話中的含意。他是我昨夜的訪客。我默許他在這裡，默許他搜查我的產業。我讓他以情人的身分待在我的屋子裡，而現在他利用這點來對付我。

她說：「我要你離開。」

「克蕾兒，拜託——」

「滾出我的房子！」

林肯緩緩起身。他的表情沒有憤怒，只有深深的哀傷。「他們會來找你談的，」他說。「我建議你們趕緊打電話找律師。現在是星期天上午，不曉得會不會很難找……」他低頭看著餐桌，然後目光又回到她臉上。「我很遺憾，如果有任何辦法可以改變——可以讓這件事有好的結果……」

「我有我兒子要操心，」她說。「現在我唯一關心的就是他。」

林肯轉向諾亞。「如果你做錯了任何事，早晚會被查出來的。而且你會被懲罰。到時候我不會同情你，一丁點都不會。我只是遺憾那會讓你母親心碎。」

那兩個人就是不離開。克蕾兒站在客廳裡望著窗外，看到林肯和佛洛伊德仍逗留在車道盡頭。他們一定會確保有人看守我們，她心想。他們怕諾亞會溜掉。

林肯轉身看著屋子，克蕾兒趕緊退離窗前，不希望被他看到，連最短的眼神接觸都不要。現在他們之間不可能有什麼了。朵玲的死改變了一切。

她回到廚房裡找諾亞，在他對面的椅子坐下。「告訴我發生了什麼事，諾亞。告訴我一切。」

「我剛剛已經告訴過你了。」

「你昨天晚上開著那輛小卡車出去。為什麼？」

他聳肩。

「你以前這樣過嗎？」

「沒有。」

「說實話，諾亞。」

他狠狠看著她，深色的眼珠充滿憤怒。「你是在指控我撒謊，就跟他一樣。」

「我是想從你這邊問出實話。」

「我已經告訴你實話了，可是你不相信我！好，沒關係，那我就講你想聽的。我每天晚上都偷偷開著那輛小卡車出去兜風。總共開了幾千哩——你都沒注意到嗎？但是你為什麼會注意到？反正你從來不會待在家裡陪我！」

克蕾兒被他聲音中的狂怒嚇壞了。他真的是這樣看我的嗎？她心想。從來不在場、從來不會回家陪唯一孩子的媽媽？她嚥下傷心，逼自己專注在昨天晚上的事件。

「好吧，我相信你昨晚是第一次開那輛小卡車出去。你還是沒跟我說為什麼。」

諾亞垂下眼睛看著餐桌，清楚顯示他想迴避這個問題。「我就是想。」

「你開到船艇下水坡道，就停在那裡？」

「對。」

「你看到朵玲．凱利了嗎？」

「我連她長什麼樣子都不曉得！」

「你看到任何人了嗎？」

暫停一下。「我沒看到什麼叫朵玲的女人。好蠢的名字。」

「她不光是一個名字而已。她是個人，而且她死了。如果你知道任何有關的——」

「我不知道。」

「林肯似乎認為你知道。」

又是那個憤怒的目光抬起來看著她。「你相信他，對不對？」他把椅子往後一推，站起來。

「坐下。」

「你不希望我陪著你，你想要的是警察先生。」他轉向廚房門時，她看到他眼裡閃著淚光。

「你要去哪裡？」

「有什麼差別？」他走出後門，把門甩上。

她開門追出去，看到他已經踉蹌走進樹林。他沒穿外套，只穿了那件破爛的牛仔褲和一件長袖棉衫，但他好像不在乎寒冷。他的怒氣和傷心逼得他不顧一切，往前穿過雪地。

「諾亞！」她喊道。

現在他抵達湖邊，往左轉，循著湖的曲線，進入鄰居家的樹林。

「諾亞！」她追在後頭進入雪地。他已經遙遙領先，隨著憤怒的每一步，拉大兩人間的距離。他不會回來了。她開始跑，喊著他的名字。

接著左邊出現兩個人影，吸引了她的視線。林肯和佛洛伊德聽到了她的聲音，也跟著追過來了。他們就快追上時，諾亞回頭看到他們。

他開始朝湖跑去。

克蕾兒大喊：「別傷害他！」

佛洛伊德就在兩人都到達結冰的邊緣時抓住諾亞，把他往回拖。兩人倒進深深的積雪中。諾亞先爬起來，撲向佛洛伊德，揮著拳頭，他的怒氣失控了。他拚命揮拳，大吼著，林肯從後頭抓住他，把他壓制在地上。

佛洛伊德掙扎起身，拔出手槍。

「不！」克蕾兒尖叫，恐懼促使她在雪地裡掙扎往前。她來到兒子身邊時，林肯正把諾亞的雙手銬在背後。「不要反抗他，諾亞！」她懇求道。「別再反抗了！」

諾亞扭轉身子看著她，那張臉被狂怒扭曲得她都認不得了。這個男孩是誰？她驚駭地心想。我不認識他。

「放——開——我！」他嘶喊。一滴鮮紅的血從他的鼻孔滑下，濺在雪地上。

她震驚地往下看著那滴血，然後看著她兒子像一隻力竭的野獸般喘著氣，呼出的氣息在冷空氣中凍成白霧。他唇上一道鮮紅的血發出光澤。

此時遠處有聲音喊著他們。等到他們走近些，她認出那些制服。是州警。

22

噪音逼得她快發瘋了。愛蜜麗亞．瑞得靠著書桌抓住腦袋，真希望可以擋掉來自屋裡不同處的那些聲音。在她隔壁房間是傑帝那些可怕音樂，沉重的節奏像是有個魔鬼的心臟就貼著她牆壁怦怦跳。樓下客廳傳來的響亮說話聲則是電視，音量開到最大聲。她受得了音樂，因為那是噪音，只不過是啃噬著她專注力最邊緣的小小煩惱。但是電視則是直鑽進她心裡，因為那是人類講話的聲音，那些字句害她分心，無法專注在眼前的書上。

她懊惱地把書猛地闔上，開門下樓去。她發現傑克在他的老位置，深陷在那張格子布面的躺椅裡，手裡拿著啤酒。像個國王陛下似的，坐在他的寶座上放屁。他母親到底是有多絕望，才會嫁給他？愛蜜麗亞完全無法想像自己會挑上這種丈夫，甚至不敢考慮以後要跟這種男人住在同一個屋簷下，他會在餐桌上打嗝、把髒襪子亂丟在客廳地板上。

然後在夜裡，還要跟他一起躺在床上，感覺他的雙手摸著自己……

她忍不住發出一個厭惡的聲音，傑克的注意力從晚間新聞轉到她身上。他看著她，茫然的表情變得關注起來，甚至是思索。她知道原因是什麼，幾乎忍不住要交叉雙臂，蓋住自己的胸部。

「可以關小聲一點嗎？」她說。「我沒辦法念書。」

「那你就把房門關上啊。」

「我剛剛已經關上了。電視太大聲了。」

「這是我的房子，你知道。我讓你住在這裡，你就已經很幸運了。我辛苦工作了一整天，有資格在自己的房子裡放鬆。」

「這樣我沒辦法專心。我沒辦法做功課。」

傑克發出一個半打嗝、半發笑的聲音。「像你這樣的女孩，不需要用腦過度。你甚至不需要腦子。」

「這話是什麼意思？」

「找個有錢人，甩一下你那些漂亮的頭髮，就能找到一張長期飯票，這輩子不愁吃穿了。」

她忍著沒有生氣反駁。傑克是故意想激怒她，從他嘴唇的那奸笑看得出來，稀疏的小鬍子往一邊嘴角扯。他喜歡搞得她生氣，看到她不高興就很樂。他用別的方式無法引起她的注意，而愛蜜麗亞知道自己的任何情緒都能讓他興奮，即使是憤怒。

她聳了一下肩膀，轉而把注意力放在電視上。冷冰冰地退讓就是她對付傑克的方式。不要表現出任何憤怒，任何情感都不要有，這樣就能把他氣瘋。這樣就可以顯示出他在她心目中的真正地位：不相干，不重要。她看著電視機螢幕，覺得自己又重拾了一些對他的控制力。去死吧。他沒辦法影響她，或接近她，因為她不會允許的。

她的腦子花了好幾秒鐘，才搞懂螢幕上的畫面。她看到警方的拖吊車正拖走一輛褐色小卡車，看到一個男孩的模糊身影，臉蓋住了，被帶進寧靜鎮警局。當她終於明白自己在看的是什麼，就完全忘掉傑克了。

「……十四歲的男孩目前被警方留置偵訊中。今天早上，有人在寧靜鎮東邊司羅肯路的一處荒涼路段，發現了四十三歲的朵玲．凱利的屍體。根據一位匿名證人的說法，嫌犯駕駛的小卡車在昨晚大約九點時，曾在同一個路段搖晃蛇行，而且有不明物證引導警方將這名少年羈押。被害人是寧靜鎮警察隊長林肯．凱利的妻子，有長期的酒癮問題，根據幾位鎮民的說法……」

螢幕上出現一個女人的臉，愛蜜麗亞認出是柯摩綜合商場的收銀員。「朵玲可以說是我們鎮上的悲劇人物。她從來沒有傷害過任何人，我真不敢相信有人會這麼做。只有惡魔才會把她丟在路上等死。」

此時電視畫面切到一副擔架，上頭放著一具裹在屍袋內的屍體，正要搬上救護車。

「昨晚這個小鎮的高中所發生的暴力事件，已經震驚全鎮，今天最新的死亡事件，則是另一個打擊，對於這個諷刺地取名為寧靜的小鎮來說……」

愛蜜麗亞說：「他們在說什麼？發生了什麼事？」

傑克灰白的眼珠露出一絲醜陋的愉悅。「今天我在鎮上聽說了，」他說。「那位醫師的兒子死定了。」

諾亞？他指的不可能是諾亞。

「某個看到的人說，他昨天晚上撞到警察隊長的老婆，就在司羅肯路那邊。」

「誰說的？」

傑克愉悅的表情擴散到全臉，嘴唇扯出一抹醜陋的笑容。「唔，問題就出在這裡，對吧？到底看到的是誰？」他抬起雙眉假裝驚訝地說。「啊！我差點忘了。那個就是你很愛的男孩嘛，對吧？就是你覺得很特別的男孩。唔，我猜想你說得沒錯。」他目光轉回電視機大笑。「他在監獄裡一定會非常特別。」

「操你的。」愛蜜麗亞說，然後跑出客廳奔上樓。

「嘿！嘿，你給我回來這裡道歉！」傑克吼道。「你他媽的給我表現出一點尊重！」

她沒理會他的命令，直奔母親的臥室，把門關上。只要他能不吵我五分鐘。只要他讓我打這通電話……

她拿起話筒，打到諾亞·艾略特家。

讓她喪氣的是，電話響了四聲，就轉到答錄機，他母親的聲音響起。

「我是艾略特醫師。我現在沒辦法接電話，所以請留言。如果有緊急狀況，你可以請諾克思醫院的接線生打呼叫器給我，我會盡快回電。」

接著是嗶聲，愛蜜麗亞脫口而出：「艾略特醫師，我是愛蜜麗亞·瑞得。諾亞沒有撞到那個女人！他不可能，因為他當時跟——」

臥室門猛地打開。「你在我房間裡面做什麼，小賤貨？」傑克咆哮道。

愛蜜麗亞把話筒摔回話座上，轉身面對他。

「你給我道歉。」傑克說。

「為了什麼？」

「為了跟我說粗話，該死。」

「你的意思是為了說操你的？」

他一耳光打得她腦袋猛地往旁邊一歪。她一手撫著刺痛的臉頰，然後目光又回到他臉上。她瞪著他一會兒，內心深處某種融化的鋼芯似乎終於凝固變硬了。當他舉起手又要搧她耳光，她毫不瑟縮，只是瞪著眼睛，雙眼告訴他：他敢再打一下，他就會非常、非常遺憾。

他緩緩放下手，沒敢再打了。她走出門回到自己的臥室，他也沒試圖阻止。她甩上自己的房門時，他還是站在那裡，動也不動。

克蕾兒和麥斯．塔懷勒站在林肯的辦公桌前，不肯離開。之前他們一起走進警察局，這會兒麥斯打開他的公事包，在林肯困惑的目光下，展開一張地形圖，攤在他的辦公桌上。

「這是要讓我看什麼？」林肯問。

「這解釋了我兒子的病，解釋了這個鎮上所發生的事情，」克蕾兒急切地說。「諾亞必須立刻住院。你得趕緊釋放他。」

林肯不情願地抬頭看著她。才十二個小時前，他們還是情人。但現在他幾乎無法鼓起勇氣正眼看她。

「我覺得他看起來不像生病了，克蕾兒。事實上，他今天早上還差點跑贏了我們。」

「他生病的地方是在腦部。那是一種叫做豬肉條蟲的寄生蟲，在感染初期，有可能引起人格改變。如果諾亞感染了，就需要治療。豬肉條蟲的囊腫會造成腦部腫脹，出現腦膜炎症狀。我這幾天就在他身上看到了這些症狀。暴躁，狂怒。如果不送他去醫院，如果他腦子裡長了囊腫、破裂掉……」她停下，努力想忍住淚水。「拜託，」她輕聲說。「我不希望失去我兒子。」

「這表示，」麥斯說，「他沒辦法為他的行為負責。其他小孩也是。」

「但是那些小孩是怎麼染上這種寄生蟲的？」林肯問。

「從沃倫．愛默森，」克蕾兒說。「東緬因醫學中心的一位病理學家幾乎確定，愛默森腦部的病變是豬肉條蟲引起的。他可能感染很多年了。這表示他也是這個疾病的帶原者。」

「而這個，就說明了那些小孩怎麼從愛默森那邊感染到的，」麥斯說，撫平他放在林肯辦公桌上的那張地形圖。「這個推理是克蕾兒想出來的。這張地圖顯示了密高奇溪下游，有海拔高度，有氾濫模式，甚至還有地下伏流。」

「那我應該從這上頭看出什麼？」

「你看這裡。」麥斯一根手指放在地圖上。「沃倫．愛默森的農場大概就在這個位置，在湖往上游大約一公里半的地方。海拔高度六十公尺。密高瓦溪就流經他的土地，靠近他化糞系統的瀝濾場。這個化糞系統大概非常老舊了。」麥斯抬頭看著林肯。「這樣你明白他農場位置有多重要了嗎？」

「會污染那條溪？」

「一點也沒錯。今年春天，你們這裡有破紀錄的降雨量，那條溪會淹到愛默森的瀝濾場。有可能就把寄生蟲的卵沖到小溪裡帶走。注入草蜢湖。」

「這些蟲卵是怎麼進入瀝濾場的？」

「來自沃倫．愛默森本人，」克蕾兒說。「他大概多年前就感染了，吃到了沒煮熟的豬肉，裡頭有條蟲的幼蟲。這些幼蟲長大，住在人類的腸道裡，有時會長達數十年。這些蟲會產卵。」

「要是愛默森的消化道裡有一條條蟲，」麥斯說。「那麼他就會把寄生蟲的蟲卵排進他的化糞系統。只要化糞槽裡面有個滲漏，有一場嚴重的洪水氾濫。就可能把蟲卵沖進那條小溪裡。最後進入草蜢湖。蟲卵密度最高的地方就在這裡，在密高瓦溪注入湖裡的地方。」麥斯指著巨石堆。「正就是你們當地青少年喜歡游泳的地方，對吧？」

林肯突然抬頭看，他的注意力被局裡別處的騷動吸引了。他們全都轉身，看著突然打開的門，一臉恐慌的佛洛伊德．史畢爾探頭進來。

「那男孩癲癇發作了！我們正在叫救護車。」

克蕾兒驚駭地看了林肯一眼，然後跑出辦公室。一名州警想攔住她，但是林肯厲聲道：「她是醫師！讓她過去！」克蕾兒進入通往三間牢房的走廊。

第一間牢房的門打開了，裡頭有兩名警察蹲著。她唯一能看到她兒子的部分，就是他的雙腿，像是通電般地抽搐。然後她注意到地板上的血，靠近他的頭部，然後看到他的半張臉都沾了血。

「你們對他做了什麼？」她喊道。

「什麼都沒有！我們發現時他就是這樣。他一定是腦袋撞到地板──」

「退後，不要擋住我的路！」

那兩名警察讓到一邊，克蕾兒在諾亞旁邊跪下。她恐慌得快要癱瘓，還得逼自己思考，撇開眼前令人驚懼的事實：這是她兒子、她唯一的孩子，而且可能死在她眼前。*癲癇大發作。呼吸不規則。*她聽到他喉嚨裡有液體的咕嚕聲，同時他的胸部劇烈抽動，努力吸氣卻吸不到。

不要讓他仰天平躺，免得吸入異物。

她抓住他的肩膀。另一雙手伸過來幫忙，她往旁邊看了一眼，發現林肯也跪在她旁邊。他們一起幫諾亞翻成側躺姿勢。他還在抽搐，頭還不斷撞著地板。

「我需要一個墊子，保護他的頭部！」她喊道。

麥斯也已經擠入牢房，此時從行軍床上抓了一條毯子丟過來。她輕柔地扶起諾亞的頭，把那條毯子塞進去。以前他還小的時候，她有好多次發現他在沙發上睡著了，於是會在他腦袋底下塞一個枕頭。眼前不是那個熟睡男孩的頭；隨著每次抽搐，他的脖子就僵硬，肌肉繃緊且鼓起。還有血——那些血是從哪裡來的？

再一次，她又聽到那咕嚕聲，看到他的胸膛起伏，同時一道新鮮的血從他的鼻孔流出來。所以他不是有什麼外傷；又是流鼻血。這就是他喉嚨發出咕嚕聲的原因嗎？她轉動他的頭部，讓他面朝下，希望能清掉他嘴裡的血，但血只流出來一點，混合著唾液。他的抽搐逐漸減輕了，四肢的扭動不再那麼厲害，但是哽住的聲音更嚴重了。

哈姆立克急救法，免得他窒息了。

她讓他保持側躺姿勢，自己一手放在他上腹部，另一隻手撐住他的背部。然後上腹部那隻手用力朝胸廓推擠。

他喉嚨呼呼喘出氣來，沒有完全塞住，她心想，鬆了口氣。他的肺部還能吸到氣。

她又做一次哈姆立克急救法。一手握拳頂住他的上腹部，用力推擠。她聽到空氣從他的肺呼出來，聽到那喘氣聲消失了，同時堵塞物忽然從他的喉嚨排出，半流出鼻孔。當她看到那是什麼，驚駭地猛吸一口氣，身子往後縮。

「耶穌基督啊！」那州警喊道。「他媽的那個是什麼？」

那條蠕蟲在動，在一片血和黏液所構成的粉紅泡沫裡前後揮動。現在更長一段滑出來了，掙扎著拚命要脫身，扭成發亮的一圈圈。克蕾兒震驚得只能瞪著那蟲從她兒子的鼻子裡扭動出來，滑到地板上。然後那蟲自行盤旋起來，一端有如眼鏡蛇般豎起，像是在試探空氣。

下一瞬間，那蠕蟲就迅速溜開，鑽進旁邊的行軍床底下，看不到了。

「牠跑去哪裡了？抓回來！」克蕾兒喊道。

麥斯已經跪趴在地上，想看清床底下。「我沒看到——」

「我們得送去鑑定，看是什麼蟲！」

「那裡，我看到了，」林肯說，他也跪趴在麥斯旁邊。「牠還在動——」

救護車的呼嘯警笛聲忽然停止，吸引了克蕾兒的注意。她朝逐漸逼近的人聲和擔架推動的金屬嘩啦聲看去。現在諾亞的呼吸比較順暢了，他起伏的胸部不再抽搐，脈搏急速但穩定。兩名救護人員進入牢房。克蕾兒讓到一邊，好讓他們專心工作，建立靜脈注射管道，給予氧氣。

「克蕾兒，」林肯說。「你最好來看一下這個。」

她走到他旁邊跪下，看著床下的狹窄空間。牢房裡的光線很差，在下陷床墊的陰影裡很難看到太多細節。但是在光線斜斜透入的角落，她看到幾小顆塵埃球和一團揉皺的衛生紙。更遠一些，在最遠的角落，有一條亮綠色在動，在黑暗中形成了幻覺般的扭曲線條。

「牠在發亮，克蕾兒，」林肯說。「那就是我們看過的。那一夜，在湖邊。」

「生物發光。」麥斯說。「某些蠕蟲有這種能力。」

克蕾兒聽到一條拘束帶扣好的聲音，於是回頭，看著救護人員已經把諾亞固定在擔架上，正要把他帶出牢房。

「他的狀況似乎穩定，」一名救護人員說。「我們要帶他去諾克思醫院的急診室。」

「我就開車跟在你們後面，」她說，然後看了麥斯一眼。「我需要那個樣本。」

「你跟著諾亞去吧，」麥斯說。「我會把這條蟲帶去病理部。」

她點頭，然後跟著兒子走出警局。

克蕾兒站在放射線科，皺眉看著夾在看片箱上的片子。「你怎麼想？」她問。

「這個電腦斷層掃描看起來很正常，」放射線科的查普曼醫師說。「所有的橫切面看起來都是對稱的。我沒看到腫塊，也沒有囊腫。沒有腦出血的跡象。」他抬頭看，此時賽爾醫師剛好走進來，他是神經內科醫師，克蕾兒之前拜託他擔任諾亞的主治醫師。「我們正在看電腦斷層掃描的片子。我沒看到任何異常。」

賽爾戴上眼鏡，審視著那些片子。「我同意，」他說。「你呢，克蕾兒？」

克蕾兒信賴這兩個人，但他們討論的是她兒子，她沒辦法完全放棄控制權。他們都了解這點，也很周到地讓她一起看各種血液檢驗和X光的結果。她從查普曼再度專注望著片子的表情看得出來，他們現在跟她同樣困惑。燈箱在查普曼醫師的眼鏡上照出兩個鏡影，遮掩了他的雙眼，但他的皺眉讓克蕾兒明白，他也沒有答案。

「我在這裡沒看到可以解釋癲癇發作的原因。」他說。

「也沒有看到不能進行腰椎穿刺的理由，」賽爾醫師說。「以目前的臨床狀況來看，我想一定要進行穿刺了。」

「我不懂。這個診斷我幾乎確定了，」克蕾兒說。「你沒看到任何囊蟲病的跡象？」

「是啊，」查普曼說。「沒有幼蟲形成的囊腫。就像我剛剛說的，這個腦部看起來很正常。」

「血液檢驗的結果也很正常，」賽爾說。「只除了白血球計數稍微有點高，不過這可能是因為壓力。」

「他的白血球分類計數不算正常，」克蕾兒指出。「他的嗜酸性球計數偏高，有可能是寄生蟲感染造成的。其他男孩也是嗜酸性球計數偏高，之前我沒注意。現在我想，我是忽略了關鍵線索。」她看著那電腦斷層掃描的片子。「我親眼看到那條寄生蟲了。我看到牠從我兒子的鼻孔跑出來。現在我們唯一需要的，就是鑑別那是什麼物種。」

「那可能跟他的癲癇發作無關，克蕾兒。那條寄生蟲有可能是造成不相干的疾病。最可能只是一般的蛔蟲而已，全世界到處都有。我在墨西哥看到過一個小孩咳出蛔蟲，還從鼻孔裡排出。蛔蟲不會引起神經系統的症狀。」

「但是豬肉絛蟲會。」

「他們鑑別了沃倫．愛默森的寄生蟲嗎？」查普曼問。「是豬肉絛蟲？」

「他的酵素免疫分析明天應該會完成了。要是他的血液裡有豬肉條蟲的抗體，我們就知道這是我們要對付的寄生蟲了。」

賽爾依然看著X光片子，搖搖頭。「這個電腦斷層掃描沒有顯示出幼蟲囊腫的跡象。沒錯，或許還沒成長到看得出來的地步。但是同時，我們得排除其他的可能性。腦炎，腦膜炎。」他伸手關掉燈箱。「現在該去做腰椎穿刺了。」

一名放射線科職員探頭進來。「賽爾醫師，病理科打電話來要找你。」

賽爾拿起牆上的電話。過了一會兒他掛斷，轉向克蕾兒。「唔，那條蟲有答案了。就是你兒子排出的那條。」

「他們鑑別完成了？」

「他們把照片和顯微鏡切片的照片上網傳到班戈市，東緬因醫學中心的一位寄生蟲專家剛剛確認了物種。不是豬肉條蟲。」

「那麼，是蛔蟲了？」

「不，是環節動物門的。」他困惑地搖搖頭。「這一定是搞錯了，顯然他們鑑別錯誤了。」

克蕾兒不解地皺眉。「我對環節動物門不熟。那條蟲到底是什麼？」

「就是一般蚯蚓。」

23

克蕾兒坐在諾亞醫院病房的黑暗中，傾聽著兒子在床上不斷左右搖晃。自從那天傍晚的腰椎穿刺後，他就一直想掙脫手腳的拘束帶，還兩度把靜脈注射管弄掉。賽爾最後只好答應護理師們的請求，幫諾亞開了鎮靜劑。但即使注射了鎮靜劑，關掉燈，他還是不睡覺，而是繼續搖晃，繼續詛咒著粗話。光是聽著他不斷地掙扎，就讓她筋疲力盡了。

剛過半夜十二點，林肯來到病房。她看到門打開，走廊上的燈光洩入，他站在門口猶豫時，她認出了他的輪廓。他走進來，坐在她對面的椅子上。

「我問過護理師了，」他說。「她說一切都很穩定。」

穩定，克蕾兒聽了搖頭。其實意思就是沒改變，保持一個恆定狀況。絕望也可以被視為一種穩定的狀態。

「他似乎比較平靜了。」林肯說。

「他們幫他打了一大堆鎮靜劑。在腰椎穿刺之後，沒辦法不打。」

「結果出來了嗎？」

「沒有腦膜炎。沒有腦炎。腦脊髓液沒有任何異常可以解釋他發生了什麼事。現在寄生蟲理論也報銷了。」她往後靠，身體疲憊不堪，然後困惑地笑了。「沒有人可以跟我解釋，他是怎麼會吸入一條蚯蚓的。這說不通，林肯。蚯蚓不會發亮，也不會利用人類當宿主的。一定有什麼出了錯……」

「你需要回家睡覺。」他說。

「不，我需要答案。我需要我兒子。我需要他回到他父親死前那樣，在這一切麻煩之前那樣，當時他還是愛我的。」

「他現在也愛你，克蕾兒。」

「我再也不確定了。我已經好久沒有感覺到他的愛。自從我們搬來之後，就再也沒有了。」她一直看著諾亞，回想起他小時候，她常常會看著他睡覺。當時她對他的愛感覺上簡直像是迷戀，甚至是不顧一切。「你不知道他以前是什麼樣，」她說。「你只看過他最糟糕的一面，最醜陋的一面，看到他是個嫌疑犯。你無法想像他小時候有多溫暖、多可愛。他本來是我最要好的朋友……」她抬起一手抹過眼睛，很慶幸病房裡一片黑暗。「我只是在等著那個男孩回到我身邊。」

林肯起身走向她。「我知道你認為他是你最要好的朋友，克蕾兒，」他說。「但他不是你唯一的好友。」

她任由他雙手擁住她，吻了她的額頭，但即使他吻她的時候，她還是在想：*我再也沒辦法信任你或仰仗你了。*

我現在沒有人可以依靠了，只有我自己。還有我兒子。

他似乎感覺到她在兩人之間樹立起的障礙，於是緩緩放開她，默默離開病房。

她一整夜都守在諾亞床邊，在椅子上打盹，偶爾有護理師進來察看他的生命徵象時，她就會醒來。

等到她睜開眼睛、看到一片鮮亮的黎明，她發現自己思緒不知怎地變得清澈無比。諾亞終於平靜地睡著了。雖然她也設法睡了些，但她的腦子卻沒有停工。事實上，她腦子工作了一整夜，試著解釋那條蚯蚓的謎團，以及牠是怎麼進入她兒子的身體裡。此刻，當她站在窗邊望著外頭的雪，心想自己之前怎麼會看漏這麼明顯的答案。

她從護理站打電話給東緬因醫學中心，要求找病理科的克雷芬爵醫師。

「我昨天夜裡想聯絡你，」他說。「在你家的答錄機裡頭留了話。」

「是有關沃倫．愛默森的酵素免疫分析測試嗎？因為我現在打給你就是要問這個。」

「是的，檢驗結果出來了。我很不想讓你失望，但是他的血液裡沒有豬肉條蟲的抗體。」

她暫停一下。「我明白了。」

「你的口氣好像不太驚訝。我是很驚訝。」

「測試有可能出錯嗎？」

「有可能，但是機率不大。為了要確定，我們也幫那個男孩泰勒．達內爾做了酵素免疫分析。」

「結果也是陰性的。」

「啊，原來你已經知道了。」

「不，我不知道，只是猜的。」

「唔，我們前兩天在談的那個紙牌屋，剛剛垮掉了。兩個病人都沒有豬肉條蟲的抗體。我沒辦法解釋為什麼這些小孩會發狂，只知道不是因為囊蟲病。我也沒辦法解釋愛默森先生的腦子裡為什麼有那個囊腫。」

「但是你認為那是某種幼蟲？」

「如果不是幼蟲，就是切片染色時出了某種奇怪的人工失誤。」

「有可能是別的寄生蟲、不是絛蟲嗎？」

「什麼樣的寄生蟲？」

「會透過鼻道侵犯宿主的。牠可以捲起來躲在某個鼻竇，無限期躲下去。直到被排出來或死掉。牠所釋放的任何生物毒素，都會透過鼻竇黏膜吸收，進入宿主的血液裡。」

「那在電腦斷層掃描上不是應該會看到嗎？」

「不。在電腦斷層掃描上看不出來，因為牠看起來完全無害。就跟黏液囊腫沒兩樣。」就像史考提．布瑞思頓的電腦斷層掃描。

「如果牠捲曲在某個鼻竇裡，那牠是怎麼進入沃倫．愛默森的腦部？」

「想想解剖學。腦部和額竇之間只有一層薄薄的骨頭。那種寄生蟲可以磨穿的。」

「你知道，這個理論太驚人了。但是沒有任何寄生蟲符合這種臨床狀況。我在教科書裡找不到這種寄生蟲。」

「那如果是教科書上沒有的呢？」

「你是說一種全新的寄生蟲？」克雷芬爵大笑。「但願如此。那就像是抽中了科學界的頭獎。如果我發現了這種寄生蟲，就可以由我命名，讓我的姓永垂不朽了。克雷芬爵絛蟲，聽起來不錯，不是嗎？不過我唯一有的，就是切片裡面殘缺又不確定的幼蟲。而不是活生生的物種可以展示、說明。」

只不過是蚯蚓。

開車回寧靜鎮途中，克蕾兒想著自己的拼圖裡還是缺了幾片。麥斯．塔懷勒必須提供這幾片給她。她會給他私下解釋的機會；他是她的朋友，她應該要先假設他是無辜的。她曾經嫁給一個科學家，她知道那種狂熱有時會吞噬他們，知道他們覺察到可能的大發現時那種急切又強烈的興奮感。沒錯，她明白為什麼麥斯會藏起樣本，要守著這個秘密，直到他可以確認是新的物種。但她不明白、也無法原諒的，是他對她、也對諾亞的醫師們隱瞞資訊的事實。這個資訊對她兒子的生死可能是攸關重大的。

她一路開著車，愈想愈氣。

先跟他談，她提醒自己。你有可能搞錯了。這事情可能跟麥斯完全無關。

等到她抵達寧靜鎮界，她已經激動得沒法再等下去。她想立刻跟他講個明白。

她直接開到麥斯的小屋去。

他的車不在。克蕾兒停在他的車道上，走過門廊時，突然發現右邊有一道足跡從屋外延伸出去。她循著足跡走了一小段距離，進入樹林，然後看到足跡停在一片被挖亂的雪地上，積雪混合著泥土。她蹲下，一隻戴著手套的手挖著那片積雪，大約挖了六吋深，摸到一層疏鬆的土壤和枯葉。她抓起一把泥土，看到裡頭有個什麼發著微光，在她的手掌裡蠕動。是一條蚯蚓。她把牠埋回土裡，退出樹林。

在門廊上，她四處張望著想找鏟子，知道一定有。她看到了，連同一把鶴嘴鋤靠在柴堆上，鏟尖上還黏著冰凍的泥土。

小屋的門沒鎖；她走進去，立刻看到麥斯為什麼沒鎖了。他所有東西幾乎都清光了。剩下的家具和廚房用具，大概是連同房子一起出租的。她逐一檢查過臥室、廚房，只看到少數幾樣他的東西還留下：一箱書、一籃髒衣服，還有冰箱裡的一些食物。另外他那張密高奇溪的地形圖還釘在牆上。他會回來拿這些東西的，她心想。到時候我會在這裡等著他。

她的目光落在那箱書上頭，看著紙箱翻蓋上還貼著一張公司的郵寄標籤：**安森生物科技**。就是負責分析史考提和泰勒血液的那家特約檢驗所，而且說他們兩個的藥物篩檢都是陰性。會是偽陰性嗎？她心想，如果是這樣，他們是想隱瞞什麼？同樣的這家檢驗所，最近才付費資助雙丘小兒科集團，收集整個地區的血樣。安森對寧靜鎮的小孩有什麼興趣？

她拿出手機，打給諾克思醫院檢驗科的安東尼。「你對安森生物科技知道些什麼？」她問。

「我們醫院是怎麼會跟他們簽約的？」

「唔，這個就好玩了。以前我們醫院是把所有氣相層析質譜和放射免疫分析檢驗都送到波特蘭的血液科技檢驗所。然後大約兩個月前，院方就忽然換到安森了。」

「是誰做的決定？」

「我們的病理科主任。這個決定很合理，因為安森的收費便宜很多，院方沒辦法抗拒。我們大概省了好幾萬元。」

「你可以幫我查到他們更多事情嗎？我得盡快知道。打呼叫器就可以聯絡到我了。」

「你到底想知道哪方面的？」

「各方面都要。他們或許不光是一家醫事檢驗所而已。我想知道他們跟寧靜鎮還有什麼其他關係。」

「我會想辦法查查看。」

她掛斷電話。即使電暖器打開了，這個房間感覺上還是好冷。她在柴爐裡頭生了火，用麥斯稀少的食物給自己做了份早餐。咖啡和奶油吐司，外加一個有點皺縮的蘋果。等到她吃完了，柴爐已經讓房間溫暖許多，那熱力讓她開始覺得昏昏欲睡。她又打電話到醫院去問諾亞的狀況，然後坐在窗邊等待。

麥斯不可能永遠躲著她。

感覺上似乎才沒過多久，她在椅子上突然驚醒，脖子因為不舒服的小睡姿勢而發痛。此時是三點，上午的陽光已經轉為下午的斜照了。

她起身按摩自己的脖子，同時不安地在小屋內打轉。她走進臥室，又回到廚房。他人在哪裡？他一定會回來拿髒衣服的。

她停在客廳，目光往上看著那張釘在牆上的地形圖。她湊得更近去看，忽然盯著山毛櫸丘，海拔三百公尺。蘿娥思．卡司伯特在鎮民大會上說過什麼來著？有人說曾在丘上看到燈光閃爍，謠傳魔鬼教派的人夜裡在那邊的樹林裡聚會。

蘿娥思曾解釋那些燈光。是那個生物學家塔懷勒博士，他在夜裡找蠑螈。幾個星期前，他從那裡下山要走回住處的半路上，我開車在黑暗裡差點撞到他。

克蕾兒只剩一個小時的天光了；她得查出自己在尋找的。她已經知道從哪裡開始了。

她出了小屋，回到自己車上。

雪會讓她的搜尋比較容易。她開著車轉入通往山毛櫸丘的那條馬路。快開到愛默森家的時候，她減速看了一下，通往他屋子的車道沒有鏟過雪。她上次來餵貓之後又下過雪了，積雪上沒有新的輪胎印。她繼續往前開。往後的山丘上再也沒有其他人家，馬路轉為泥土路。幾十年前，這裡曾是伐木業的集材道路，現在只有獵人或健行者才會走這條路，到丘頂那個全景視野的瞭望台。鎮上的掃雪機沒來清理最近的積雪，所以她的速霸陸幾乎無法行駛。她從輪胎痕看得出來，另一輛汽車曾在她之前開過去。

過了愛默森家幾百碼之後，輪胎印彎出道路，在一片松樹前停住了。現在那裡沒有任何車輛停放著；無論來過這裡的是誰，都已經離開了，但是在雪地上留下了腳踝高的靴印。

她下了車，打量著那些靴印。是很大的靴子——男靴的尺寸。靴印進入樹林後又出來，來回走了好幾趟。

她常常聽說泥土上的雪是獵人的最佳朋友。她現在就是獵人，循著一條清楚的雪上印記進入森林。她不怕迷路。她有筆型手電筒以防萬一天黑，口袋裡有手機，而且地上有自己的足跡，可以引導她回到自己的車。在她的右方，她聽到水聲，這才明白溪床就在附近。那道靴印跟小溪平行，微微上坡，通往一大片崩塌的大石頭。

她停下腳步，驚奇地往上看著。融雪往下滴，又迅速結凍，形成了一座藍色的瀑布冰雕。站在那片古老的坍方底部，她想不透剛剛那道忽然消失的足印。麥斯是攀登上這片大石頭了嗎？風吹得冰面堅硬而光滑，要爬上去一定很困難。

小溪的水聲再度吸引了她的注意力。她往下看著流水將雪融解之處，看到泥巴裡有一個模糊的腳跟印。如果他涉入了這條小溪，為什麼他的足跡沒有出現在對岸？

她朝小溪走了一步，感覺到冰冷的水從鞋帶孔滲入靴內。她又走一步，水淹到她靴子的頂部，浸溼了她的褲腳。此時她才看到石頭間的那個開口。

那道縫隙一部分被一叢灌木遮著，夏天時那灌木一定枝葉繁茂。要到達那個開口，她就得進入小溪，涉過小腿高的溪水。她爬上一塊岩石邊緣，然後從那個矮矮的入口擠進去，進入比較寬的洞內。

洞裡剛好大得讓她可以直起身子。不過身後的那個小開口幾乎沒有任何光照進來，她發現自己只能勉強看出周圍的一些模糊細節。她聽到持續的滴水聲，看到牆上有一道道流淌的水發亮。陽光一定是以某些其他方式透進來的。還有另一個開口嗎？過了前面那個拱形的輪廓，似乎閃著某種微微的光。是另一個洞穴。

她從那拱道下方擠過去，幾乎立刻就摔下岩架，開始朝下滾，直到她終於重重摔在溼溼的岩石上。她腦殼痛得像是有鐘在敲，目瞪口呆地躺在那兒一會兒，等著腦袋清醒過來，等著眼裡的光停止閃動。有個什麼在她上方顫動，然後隨著一陣慌忙的翅翼拍動聲，呼呼地飛走了。蝙蝠。

她腦袋的抽痛緩緩褪成一種隱約的痛，但是眼前仍有一道道迷幻綠的閃光。視網膜剝離的前兆，她恐慌地想：我快瞎了。

她緩緩站起來，伸手去摸洞穴牆壁，好穩住自己。結果她沒碰到岩石，而是摸到一片溼黏而柔軟的東西。她尖叫著縮回手，更多拍動的翅膀嘩啦啦飛出洞穴。

它在動，那片牆在動。

她剛剛在牆上摸到的東西冷冷的，不是扭動蝙蝠的毛皮。她指尖還能感覺到那種溼滑。她顫抖著，手正要朝自己的長褲上抹，這才發現那亮光黏在她的皮膚上，在黑暗中勾勒出她手的形狀。她驚訝地抬頭朝洞穴頂部看，看到眾多的亮光，像是夜空裡一片柔軟的綠色星星。只不過那些星星在動，像是在柔和的波浪中來回搖晃。

她往前走，踩過一個個水窪，站在洞穴的中央，不得不閉上眼睛一會兒；她頭上那些星星的搖晃搞得她腳下的地面似乎也在搖晃。

來源，她驚奇地想著。麥斯找到了寄生蟲的來源，這個洞穴大概養育了這種寄生蟲上千年。生物分解、加上幾百隻恆溫動物——蝙蝠——所製造出來的熱能，讓這個地下洞穴裡的世界保持恆定，不受上頭地面的四季循環影響。

她拿出筆型手電筒，照著牆上的一串綠色星星。在手電筒的圓光之下，那些星星消失了，取而代之的是一堆蠕蟲，像希臘神話中的蛇髮女妖梅杜莎，在滴水的石頭上緩緩搖擺。她關掉手電筒。在黑暗中，那些星星又出現了，加入了那一大片綠色銀河。

生物發光。這種蠕蟲是利用費氏弧菌當成牠們的光源。只要洞穴裡一氾濫，蠕蟲的幼蟲和費氏弧菌就會一起被沖進溪中，進而注入草蜢湖。我們只不過是意外的宿主，她心想。夏天游一次泳，不幸吸了一口水，蟲卵就會經由鼻道進入人類宿主體內，待在一個鼻竇裡，幼蟲逐漸成長、成熟、死亡，同時釋放出荷爾蒙。這就可以解釋泰勒．達內爾和史考提．布瑞思頓的血液進行氣相層析時所出現的峰：這種寄生蟲所暗中釋放的荷爾蒙。

塔懷勒知道這種荷爾蒙的事，還有或許安森公司也知道這些蟲，然而他們不告訴她。他們害她兒子和她都陷入險境。

她太氣了，伸手撿起一塊石頭，用力丟向那些綠色星星。那石頭擊中洞頂，嘩啦啦滾過地上，然後發出一個怪異的金屬哐噹聲停下。又是一陣蝙蝠慌忙飛出洞窟。

她站在那裡不動片刻，想要消化剛剛所聽見的。她小心翼翼在昏暗中移動，走向洞穴的另一頭，就是剛剛那個發出哐噹聲的地方。這裡的蠕蟲沒那麼多，而沒了那種光亮，整片黑暗似乎更深，幾乎是凝固的實體。

她再度打開她的筆型手電筒，照著地面。有個東西發出反光，她彎腰想看清楚些，看到是一個露營用的金屬咖啡杯。

杯子旁邊是一個男人的靴尖。

她猛吸一口氣，往後退。同時手電筒的光往上方亂揮，照出麥斯．塔懷勒無神的雙眼。他背靠著洞穴壁垮坐在地上。雙腿在面前岔開。他嘴裡吐出泡沫，滴到夾克正面，加入一片顏色更深的血漬中，那血漬是從喉嚨的子彈傷口流出來的。

她踉蹌後退，轉身，跪在水窪裡。

跑，快跑。

她立刻又站起來，恐慌地朝著剛剛摔下來的斜坡爬，想回到上一個洞。蝙蝠撲飛著經過她的腦袋旁。她掙扎著鑽過拱道，進入剛剛的洞，自己的喘氣聲在岩牆之間迴盪。她跪爬著迅速往前，像一隻恐慌的昆蟲爬向出口。

那道縫隙愈來愈亮，愈來愈近。

然後她的腦袋探出洞外的天光。她拚命吸了一口氣，接著往上看，此時一記重擊往下打中她的頭骨。

24

「凱利隊長，我們一整個白天都沒看到艾略特醫師，」那名護理師說。「老實說，我們已經開始有點擔心了。」

「你上回跟她講話是什麼時候？」

「白天班的人說，她大約中午打過電話來，查問諾亞的狀況。但是之後就沒有她的任何消息，我們已經打呼叫器找她好幾個小時了。我們也打去她家過，但是都轉到答錄機。我們真的覺得她應該過來一趟，她兒子一直說要找她。」

有事情不對勁。林肯心想，進入走廊朝諾亞的病房走。克蕾兒不會這麼久都不來看她兒子，至少也會打個電話才對。他稍早傍晚時開車經過她家，她的車不在，所以他以為她會在醫院。

但結果她一整個白天都不在。

她朝守在門口的州警點了個頭，走進諾亞的病房。

床邊燈亮著，燈光下那男孩一臉蒼白且憔悴。聽到門關上的聲音，他往上看著林肯，雙眼立刻充滿失望。他原先的狂怒不見了，林肯心想，整個人差好多。三十六個小時前，諾亞根本不可理喻，整個人力氣好大又怒不可遏，還得動用兩個男人才能把他壓制在地上。但現在，他看起來只不過是個疲倦的男孩，而且嚇壞了。

他提問的聲音好小。「我媽人呢？」

「我不知道他在哪裡，孩子。」

「打電話給她。拜託，你可以打給她嗎？」

「我們正在想辦法聯絡她。」

那男孩眨眨眼，然後看著天花板。「我想跟她說對不起。我想告訴她……」他又眨眼，然後別開臉，聲音幾乎被枕頭蒙住了。「我想告訴她實話。」

「關於什麼的？」

「關於發生了什麼事。那一夜……」

林肯保持沉默。這回的自白不能是強迫的；必須由他自願說出來。

「我開了小卡車出去，是因為我必須載一個朋友回家。她一路走來看我，我們本來要等我媽回家後載她回去。但是後來很晚了，我媽一直沒回家，雪又開始下得很大……」

「所以你就自己開車送那個女孩回家？」

「才三公里而已。我以前又不是沒開過車。」

「接著發生了什麼事，諾亞？你開車的時候？」

「沒事，只是很快開去又開回來。我發誓。」

「你有開到司羅肯路嗎？」

「沒有。我從頭到尾一直在塔迪角路。我在她家車道盡頭讓她下車，免得她爸看到我。然後我就直接開回家了。」

「當時是幾點？」

「我不曉得。我想是十點吧。」

匿名目擊者是大約九點看到克蕾兒的小卡車在司羅肯路搖晃蛇行，所以這是在一個小時後。

「這跟事實不符合，你的說法無法解釋擋泥板上的血跡。」

「我不知道那裡怎麼會有血。」

「你沒說出全部的實話。」

「我說的是實話！」那男孩轉向他，困惑逐漸轉向憤怒。但這回他的怒氣不太一樣。這回的怒氣是有理性的。

「如果你說的是實話，」林肯說。「那麼，那個女孩就可以證實你的說法。她是誰？」

諾亞轉開目光，再度看著天花板。「我不能告訴你。」

「為什麼？」

「她父親會殺了她。這就是為什麼。」

「她可以用一份正式供述澄清這件事。」

「她很怕他。我不能害她陷入麻煩。」

「你才是陷入麻煩的人，諾亞。」

「我得先跟她談過。我得給她機會去——」

「去怎樣？去讓她的說法跟你的符合？」

他們沉默地打量彼此，林肯等著他回答，但那男孩拒絕再透露任何資訊了。

隔著關上的門，林肯差點沒聽到醫院廣播系統的宣布：

「艾略特醫師，請接分機七一三三。艾略特醫師……」

林肯離開諾亞的病房，到護理站接起電話。他撥了七一三三。

接電話的是檢驗科的安東尼。「艾略特醫師？」

「我是凱利隊長。你們呼叫艾略特醫師有多久了？」

「一整個下午。我試過打她的呼叫器，但她一定是關掉了。打去她家也沒人接，所以我就想試著廣播找她，以為她或許在醫院裡。」

「要是她打電話給你，你可以跟她說我也在找她嗎？」

「沒問題。我有點驚訝她沒回電給我。」

林肯頓了一下。「什麼意思，回電給你？你稍早跟她談過？」

「是的，她拜託我幫她查一些資訊。」

「這是什麼時候的事？」

「她今天中午打電話給我，當時好像很急著要得到答案。我還以為她早就會回電給我了。」

「她想查的是什麼資訊？」

「有關一家叫安森生物科技的公司。」

「那你查到什麼？」

「結果這家公司是史隆－路席爾的研發分公司，你知道，就是那家大藥廠。但是我不曉得她為什麼想要知道。」

「她打電話給你的時候，你知道她人在哪裡嗎？」

「我完全不曉得。」

林肯掛斷電話。中午以後就沒人跟克蕾兒講過話——那是九個小時前了。

他走出醫院到停車場。這是清朗的一天，沒下雪，所有的車都罩著一層薄薄的白霜。他開著巡邏車緩緩前進，一排接一排搜尋著停車場裡的車，想找克蕾兒的速霸陸。她的車不在這裡。

她離開了醫院，然後呢？她去了哪裡？

他開始駛回寧靜鎮，一路愈來愈擔心。雖然路上很乾淨，柏油路面都沒結冰，但他還是開得很慢，一路掃視著積雪的路肩，想看是否有車子衝出路面的跡象。他開到克蕾兒的房子外頭，只停了一下，足以確定她不在裡頭，就又開走了。

此時他的擔心轉為恐懼。

他回到自己家，又開始打了一連串電話，恐懼之感愈來愈強，啃噬著他。她會去找誰？她再也不相信他了，這是最讓他難過的。他垂下頭，雙手掩面，努力想搞懂她的失蹤是怎麼回事。

她為了諾亞的事情心急如焚。為了兒子，她會做任何事情。

諾亞。一定是跟諾亞有關。

他又伸手去拿電話，打給芙恩・孔威里斯。

她才剛接起電話，他就問：「諾亞打架是為了哪個女孩？」

「林肯嗎？現在幾點了？」

「只要一個名字，芙恩。我得知道那個女孩的名字。」

芙恩疲倦地嘆了口氣。「是愛蜜麗亞・瑞得。」

「是傑克．瑞得的女兒嗎？」

「對。他是她繼父。」

雪上有血。

林肯轉入瑞得家的那棟農舍時，他車頭大燈的光線掃過大片純白積雪上一小抹不祥的深色污漬。他踩了煞車停下，盯著那塊被染紅的雪，恐懼忽然像一條蛇在他胃裡盤繞。傑克．瑞得的小卡車停在車道上，但屋裡一片黑暗。這家人都睡了嗎？

他緩緩下了巡邏車，把手電筒的光對著地面。一開始他只看到一片鮮紅色，像是心理測驗中墨水點繪的蝴蝶。然後他看到其他的血跡，有一連串，一路繞到屋子側邊，伴隨著足印，有人類也有狗的。他看著那足印，忽然心想：狗呢？傑克．瑞得有兩隻愛闖禍的鬥牛犬，牠們有個惡習，碰到鄰居養的貓就要撕爛。這些血跡會是來自一隻不幸剛好跑來這家院子的動物嗎？

他跪下來好看得更仔細，結果發現在那些攪亂的雪裡面，有一叢深色毛皮，上頭還黏著血淋淋的肉。只是一隻死掉的動物——一隻貓，或是浣熊，他心想，於是稍微放鬆了一點。那兩隻鬥牛犬還是有可能在院子裡，甚至此刻就有可能在看著他。

那種被觀察的感覺忽然好強烈，他趕緊站直身子，手電筒劃了一個大弧，在黑暗中照了一圈。光線掃過那棵楓樹的樹幹時，他看到第二叢更大的毛皮，看得出是什麼動物。他走過去，忽然間恐懼完全回來了，每一條神經都緊繃到極點。那項圈上的鋼飾鈕映著光，還有張著且毫無生氣的下巴裡那些白牙的光。其中一隻鬥牛犬。總之，是其中一半。項圈上仍然繫著狗繩。那隻狗沒辦法逃，沒辦法避開這一場屠殺。

他不記得自己拔出槍來，只是發現槍忽然就在他手上，那種恐懼濃厚得似乎塞住他的喉嚨。他的手電筒在院子裡掃過更大一圈，發現另外半隻狗，內臟外流，躺在通往前廊的階梯旁。他跨過那血淋淋的一堆，逼自己用一根手指去摸那些內臟。是冷的，但是還沒凍結，所以暴露在外還不到一個小時。無論把這隻狗開膛剖腹的是誰，還可能潛伏在附近。

一個悶住的玻璃破裂聲讓他猛地轉身，心臟狂跳。聲音來自屋內。他往上看著黑暗的窗子。這屋裡住了五個人，其中一個是十四歲的女孩。他們發生了什麼事？

他爬上前廊階梯，來到前門。門沒鎖——又一個令人不安的細節。他轉了一下門把，輕輕推開門。手電筒迅速掃過，他看到門廳裡一張破爛的地毯和幾雙鞋子，沒有什麼會引人驚慌的東西。他伸手按了電燈開關，燈沒亮。總開關被關掉了嗎？

一時之間，他站在進門處猶豫了，不確定是否該出聲宣告自己來了。他知道傑克·瑞得有一把霰彈槍，而且要是他覺得有小偷闖入他家，就會毫不猶豫使用那把槍。林肯吸了一口氣，正準備要喊：「我是警察！」此時他看到一樣東西，立刻沒了聲音。

牆上有一個血手印。

他忽然覺得手裡的槍好滑，他走向那個血手印，仔細一看，發現那的確是血，而且不止一個，還有其他的，沿著牆壁一路延伸到廚房。

這棟房子裡住了五個人。他們都在哪裡？

他走進廚房，發現家中的第一個成員。傑克・瑞得四肢大張倒在地板上，喉嚨被長長一刀割開，廚房的四面牆上都濺著他的動脈所噴出的血。他手裡還抓著霰彈槍。

有個什麼嘩啦響，滾過地板。林肯立刻舉起手槍，脈搏在耳朵裡轟然大響。那聲音從下方傳來，是地窖。

他的肺就像個風箱，空氣迅速地吸進又吐出。他走向通往地窖的門，停下來默數到三，心跳加速，汗溼的手指像把鉗子似的緊抓著手槍。他吸了一口氣，然後用力踢開門。

門飛開，撞到另一邊牆上。

一道階梯往下落入黑暗中。下頭有人。那片黑暗似乎充滿了外星的能量。他幾乎可以聞到另一個人，潛伏在那些階梯的底部。他手電筒往下指，光線很快掃過地窖。他只看到一眼動靜，一個影子迅速朝樓梯底下躲。

「我是警察！」林肯喊道。「出來到我看得見的地方！」他把手電筒拿穩，手槍瞄準階梯底部。「快點，快點。快點出來！」

那片黑暗凝結成一個結實的影子，一隻手臂在手電筒的光線裡出現。然後一張臉緩緩從樓梯底下探出來，驚恐的雙眼往外看。是個男孩。

「我媽，」艾迪・瑞得嗚咽著說。「拜託，幫我把我媽弄出這裡。」

此時有一個女人的聲音從樓梯底下低聲說：「幫幫我們。天堂的上帝啊，幫幫我們！」

林肯下了樓梯，他的手電筒燈光直照著那個女人。葛瑞絲・瑞得注視著他，她的臉蒼白得像屍體，驚駭的表情近乎僵硬。

「不要亮燈，」她懇求。「把手電筒關掉，不然他會發現我們的！」她說著後退。在她身後，電路箱的門開著。她已經關掉所有的總開關，把屋裡所有的電力都關掉了。

艾迪把母親朝樓梯的方向拉。「媽，現在沒關係了。我們得離開這裡。拜託，拜託走吧。」

葛瑞絲猛搖頭，簡直是激烈地抗議。「不，他正在等著我們。」她掙脫兒子，完全不肯動。「傑帝就在上頭。」

艾迪再度抓住他母親的手臂，把她拖向階梯的方向。「快點，媽！」

「等一下，」林肯插嘴。「那愛蜜麗亞呢？瑞得太太，愛蜜麗亞人呢？」

葛瑞絲睜大的眼睛看著他。「愛蜜麗亞？」她喃喃道，好像這才想起自己的女兒。「在她房間裡。」

「先把你媽弄出屋子，」林肯對艾迪說。「我的巡邏車就停在外頭。」

「但是那愛蜜——」

「我會去找你姊姊。首先，我要把你們兩個弄上車，然後我會用無線電請求支援。走吧，緊跟在我後頭。」他轉身緩緩走上樓梯。他聽得見葛瑞絲和艾迪就跟在後面，葛瑞絲仍緊張地嗚咽著，艾迪則小聲說著鼓勵的話。

傑帝。他們都怕傑帝。

林肯走到樓梯頂。接著他得帶他們穿過濺血的廚房，經過傑克・瑞得的屍體，沒有辦法避開。要是葛瑞絲會變得歇斯底里而昏倒，就會是在這裡了。

多虧有艾迪。這個男孩一手攬著繼母，把她的臉擁在胸口。「走吧，凱利隊長，」他低聲催促。「拜託，帶我們離開這裡就是了。」

林肯帶著他們穿過廚房，進入門廳。然後他暫停下來，全身每一條神經忽然都發出恐慌的警訊。藉著手電筒的光線，他看到前門開著。我進屋時有關上嗎？

他低聲說：「在這裡等著。」然後他緩緩移向前門。他看了門外一眼，看到被月光照耀得一片銀白的雪。巡邏車停在大約十公尺外，一切都靜止不動，彷彿困在一個鐘形罩裡。

狀況不對勁。有人在觀察我們。有人在追蹤我們。

他轉向艾迪和葛瑞絲，用氣音說：「跑向那輛車，快點！」

但葛瑞絲沒跑，而是後退。當她經過一扇月光照耀的窗子時，林肯看到她的臉往上朝樓梯注視。

他轉身，此時上方那個人影猛地撲向他。他被狠狠往後撞，力道大得他肺裡的空氣都呼地吐光了。疼痛劃過他一邊臉頰，他往旁邊踉蹌，同時那刀刃又揮過來，深深刺入他腦袋旁邊的牆壁。他的手槍已經掉了，剛剛那個人影撲過來的時候撞掉的。現在他瘋狂地在地板上摸索，想在黑暗中找到槍。

他聽到那刀子從木牆拔出來的吱呀聲，於是趕緊轉身，看到那影子又衝過來。正當刀子往下刺時，他舉起左手臂。刀子刺中骨頭，他聽到自己痛苦地倒抽一口氣，那聲音感覺上好遙遠，好陌生。

他右手設法抓住那男孩的手腕，扭著讓他鬆手。刀子砰地一聲落地。那男孩掙脫了，跌跌撞撞地後退。

林肯彎腰抓起那把刀，但是他的勝利感只持續了片刻。

那男孩也起身，他的輪廓被窗子框住，手裡握著林肯的手槍。他手揮過來，槍管指著林肯。那爆炸聲好響亮，震碎了玻璃。玻璃外爆形成一陣冰雹似的碎片，落到門廊上。沒有疼痛。為什麼他沒感覺到疼痛？

林肯困惑地僵住了，看著月光透過破窗照進來，背光的傑帝．瑞得緩緩癱倒在地板上。他身後一道腳步吱呀聲，然後他聽到艾迪顫抖的聲音問：

「我殺了他嗎？」

「我們需要光。」林肯說。

他聽到艾迪跌跌撞撞地穿過黑暗進入廚房，然後走下地窖樓梯。幾秒鐘之後，他打開了總開關，所有燈都亮了。

只要看那具身體一眼，林肯就知道傑帝死了。

艾迪又從廚房走出來，手裡還是握著傑克．瑞得的霰彈槍。他放慢腳步，然後站在繼母旁邊。他們兩個的目光都緊盯著那具死屍，無法別開，也無法說出半個字。傑帝．瑞得倒在血泊中的可怕一幕，將會永遠烙印在他們的腦海裡。

「愛蜜麗亞，」林肯說，朝樓梯上二樓的方向看了一眼。「她的房間是哪一間？」

艾迪茫然的眼睛看著她。「第二間，在右手邊……」

林肯奔上樓梯。一看到愛蜜麗亞的房門，她就知道最糟糕的狀況發生了。那扇門已經被劈開，碎木片散落在走廊上。愛蜜麗亞一定是想把傑帝鎖在外頭，但是斧頭揮個幾次，就把那扇木門給攻破了。他知道裡面會是什麼景象，滿心憂慮地踏入房間。

他看到一把斧頭，嵌在一張椅子上，幾乎把椅子劈成兩半。他看到打破的鏡子，撕破的連身裙，衣櫃的門歪斜地連在一條壞掉的鉸鏈上。然後他看著那女孩的床。

是空的。

米契爾．古魯姆坐在克蕾兒．艾略特那輛速霸陸的駕駛座，緩緩開下山毛櫸丘。他一直等到半夜十二點才出發，這個時段不會有什麼沒睡著的目擊者。但不幸天空清朗，滿月的光照在白雪上，亮得嚇人，也讓他覺得暴露又脆弱。但不管是不是滿月，他今晚都得結束這件事。已經出太多錯了，他實在是不得已，只能採取一些遠比自己原先計畫中更激烈的手段。

他的差事一開始只是個簡單的任務，來到這裡，一面盯著塔懷勒博士的工作，一面假裝成新聞記者去到處問問題，以謹慎且安靜的方式，評估寧靜鎮未成年人感染寄生蟲後的病程。但是中途，他的工作因為克蕾兒．艾略特而變得複雜了，因為她的懷疑已經危險地逼近真相。然後朵玲．凱利又加上了另一個複雜狀況，而且更糟糕。

等到他回波士頓，一定得好好解釋了。

關於麥斯．塔懷勒的失蹤，他很確定自己有辦法想出一個合理的解釋。他很難告訴他安森生技的上司真正發生的事情：麥斯得知朵玲．凱利的真正死因後，就想辭職不幹了。*我是受雇來幫你們找那些蠕蟲的，*麥斯當時抗議道。*安森跟我說這不過是一個生物學的尋寶遊戲。沒有人提到*

過謀殺，而且為了什麼？為了你們公司要守住這個物種的秘密？

麥斯不願意了解的是，開發新藥就像是探勘金礦。保密是首要原則。你不能讓競爭對手知道你就快挖到新的礦脈了。

在眼前的案例中，這個礦脈就是由一種獨特無脊椎動物所分泌的荷爾蒙，其關鍵效果是增強攻擊性。只要一點極小的劑量，就可以大幅提高軍人作戰時的戰鬥力。這顯然是可以應用在軍事上的一種殺人靈藥。

才兩個月前，安森生技和母公司史隆－路席爾藥廠得知了這種蠕蟲的存在。當時一對維吉尼亞州夫婦的兩個青少年兒子住進了一家軍醫院的精神病區，其中一個兒子排出了一條蠕蟲——具有生物發光現象，而那家軍醫院的病理學家沒有人能鑑別出是什麼物種。

這家人一整個七月，都是在緬因州的一棟湖畔小屋度過的。

古魯姆轉入塔迪角路。在他旁邊的座位上，克蕾兒呻吟著動了一下腦袋。為了她著想，他希望她不要完全恢復意識，因為等著她的結局並不慈悲。這是另一件不愉快、但是必須做的事情。像朵玲．凱利這樣不重要的女人死去，在鎮上沒引起多少注意。但是一個當地醫師要是就這樣消失了，不可能沒有人質疑。所以要讓當局發現她的屍體、判定她是意外死亡，這點很重要。

現在馬路只是略微起伏，在這個深夜時分，只有他這輛車。古魯姆的車頭大燈掠過只有薄冰和碎沙的空蕩柏油路面，光線照出一道弧形，寬度恰恰足以看見兩旁濃密的樹木。這裡像一條黑色隧道，唯一的開口是頭頂上那片充滿星星的夜空。

他駛近另一個彎，此處的路面往左急轉，他踩下煞車，停在船艇下水坡道的頂端。

他拖著克蕾兒離開乘客座、放在駕駛座時，她又發出呻吟。他幫她扣好安全帶。然後，引擎仍在運轉，他打入D檔，鬆開手煞車，輕推著關上車門。

車子開始往前滑，進入船艇下水坡道的緩坡。

古魯姆站在路邊，看著那車到了湖邊，還在往前。冰上有雪，輪胎緩緩輾過去，車頭大燈照著湖面上的一片空無。十碼，二十碼。車子要開多遠才會碰到薄冰？現在只是十二月的第一個星期；湖面結凍的厚度還不夠，不可能支撐一輛汽車的重量。

三十碼。此時古魯姆聽到那聲喀啦。車頭往下沉，車頭大燈忽然被積雪和裂冰吞沒。又一聲喀啦，那汽車瘋狂地前傾，車尾的紅燈朝上指。現在後輪下方的冰面也斷裂、碎掉，然後車子掉進去、濺起水花。車頭燈熄滅，電路故障了。

在月光照耀下，故事的結局在一片亮白發銀的風景裡上演，那車浮沉了一會兒，引擎泡溼，湖水把車子往下拖，要把這輛車佔為己有。接下來是濺水聲和液體的騷動，同時那車滑得更深，開始翻轉，因為輪胎的浮力而轉向。它上下顛倒著下沉，車頂陷入湖底的爛泥中，他想像著那黑暗沉澱物形成漩渦，阻擋了上頭透入水中的月光。

明天，古魯姆心想，某個人會看到冰面上的破洞，然後就會推估出發生了什麼事。累壞了的艾略特醫師真可憐，摸黑開車回家，沒注意到路上的轉彎，於是車子衝進了船艇下水坡道。悲劇。

他聽到遠遠傳來的警笛聲音，於是轉身，脈搏忽然加速。直到警笛聲經過，又逐漸遠去，他才放心地鬆了口大氣。警察是獲報要去別的地方，沒有人目睹他的罪行。

他轉身開始腳步輕快地沿著馬路往前走，走向山毛櫸丘的黑暗中。回到那個洞穴要走五公里，而且他還有工作要做。

25

她感覺黑暗在她四周搖晃，感覺到冰水吞沒她那種令人震驚的擁抱，於是她猛然醒來，面對著遠遠比任何夢魘都要可怕的現實。

她困在黑暗中，在一個像棺材的空間裡，完全失去方向感，連上下都分不出來。她只知道大量的冰水圍繞著她且緩緩升高，先是拍著她的腰，現在是她的胸部。她雙手拚命揮，本能地仰高脖子想讓腦袋露出水面，卻發現自己的身體困住了。她扯著束縛帶，但是沒辦法脫身。現在水淹到她脖子了。她的呼吸變成慌忙的喘息，而且恐慌地半啜泣著。

然後一切都上下顛倒了。

她只有時間深吸一口氣，就感覺自己的身體往側面翻，水迅速淹沒她的頭，沖進她的鼻孔。吞沒她的是一片全然的昏暗，是黑色液體所構成的世界。她激烈扭動，以倒栽的姿勢困在水下。她的肺發痛，竭力要保留剛剛吸的最後一口氣。

她再度抓著橫過胸部的那條束帶，但是拉不開，無法脫身。空氣。我需要空氣！她的脈搏在耳裡跳得好大聲，腦中爆出一道道光，那是氧氣耗盡的警訊。她四肢已經逐漸失去力氣，只是徒勞地扯著束縛帶。在愈來愈困惑的迷茫中，她意識到自己手裡抓著一個硬硬的東西，從形狀認得是什麼。安全帶的扣座。她在自己的車裡，被綁在自己的車上。

她以前解開安全帶幾萬次了，現在她的手指自動地就找到解除鍵。安全帶脫離了她的胸口。

她踢水，四肢拚命扭動，拍著車子內側。水中什麼都看不到，在黑暗中茫然不知方向，她連上下都無法分辨，亂抓的手指拂過鋼輪，是方向盤。

*我需要**空氣**！*

她覺得自己的肺不聽話，開始想吸入致命的水，此時她忽然轉身，臉浮上水面，進入一個氣穴。她猛吸一口氣，然後又一口，再一口。那裡只有幾吋的空氣，而且連這一點都迅速充滿水。再吸幾口，就沒有空氣可吸了。

新補充了氧氣，她的大腦又可以運作了。她按捺下恐慌，逼自己思考。車子上下顛倒了。她得找到門把——得把車門打開。

她憋住氣，進入水中。她很快找到車門解鎖開關，拉了一下。她感覺門閂彈開了，但是車門卻沒有盪開。車頂在爛泥裡陷得太深了，卡住了車門。

快沒氣了。

她又浮上那個氣窩，發現只剩下六吋高的空氣。她吸入最後一口氣氣時，拚命試著在一個上下顛倒的世界裡搞清方向。*車窗。搖下車窗。*

最後一口氣，最後一次機會。

她又沉入水裡，拚命去摸索車窗搖把。此時她的手指已經被凍僵了，所以雖然終於抓住那搖把，但幾乎無法感覺到。每轉一下似乎都要花好久的時間，但她可以感覺到窗玻璃逐漸打開，開口愈來愈大。她將那搖把旋轉到底，已經迫不及待需要空氣了。她扭著讓肩膀和頭鑽出開口，忽然間沒辦法再前進。

她的外套！鉤住了！

她拚命掙扎，想硬擠出去，但是她的身體卡在車內，半進半出。她伸手去摸拉鍊，脫掉外套。

她一口氣滑出車子，忽然間她衝向水面，衝向遠遠上方的微光。

她破水而出，濺起的水花在月光下像一百萬個鑽石，然後她抓住最接近的一塊破冰邊緣，停留了一會兒，在寒冷的夜裡又抖又喘。她雙腿已經失去知覺，雙手也麻痹得幾乎抓不住冰。

她想爬出水面，雙肩努力抬高幾吋，但立刻又落回水中。四下沒地方可以抓，也沒有東西可以拉，只有滑溜溜的冰上罩著粉雪。她在冰上徒勞地亂抓，找不到可以抓牢的地方。

她再次想抬起身子，又再次撲通落回水裡，這回連腦袋都沉進去了。她又冒出水面，嘴裡噴出水，咳嗽著，她的雙腳快癱瘓了。

她辦不到，她沒法把自己拖離水中。

她又試了六次，掙扎著想爬出水面，但是溼透的衣服把她往下拉，而且她顫抖得連抓住冰都有困難。一股龐大的無力感控制了她的四肢，把它們變成木頭，像是死去一般。她覺得自己又開始下沉，那黑暗把她往下吸，歡迎她進入冰冷的睡眠。她的精力耗盡，一點都不剩了。

她下沉，漂得更深，疲憊宰制了她的身體。她往上看，出奇冷漠地看著那微亮的月光，覺得黑暗把她往下拖入其懷抱中。她再也不覺得冷了，只有一種無可逃避的疲憊之感。

諾亞。

在上方那一圈閃爍的光中，她想像自己看到他的臉，小時候的臉。喊著她，渴求的雙手伸向她。那圈光似乎破裂成銀色碎片。

但是她一點力氣都沒有了，她往上去抓那幻覺之手。那幻覺像是液體般溶解在她手裡。你離

諾亞。想想諾亞。

太遠了，我搆不著你。

她覺得自己又往下滑，被拖進昏暗中。諾亞的手臂逐漸遠去，但他的聲音仍在呼喚她。她又朝他伸手，看到那一圈光變得更明亮，銀色光環正好在伸手可及之處。如果我能碰得到那圈光，她心想，我就可以到達天堂。我就可以碰觸到我的寶貝了。

她掙扎著朝向那圈光，四肢拚命抵抗著黑暗的拉力，身上每條肌肉都竭力要朝向那光而去。

她一隻手臂破水而出，攪起水面的一陣漣漪，她的頭也冒出水面吸了口氣。她看到一眼月亮，好美又亮得刺眼，接著她感覺自己最後一次下沉，她的一隻手臂仍伸向天堂。

一隻手抓住了她的雙手。是真實的手，結實握住她的手腕。諾亞，她心想。我找到我兒子了。

現在那手把她往上拖，拖出昏暗。她驚奇地看著那光變得更明亮，然後她的腦袋浮出水面，看到了往下看著自己的那張臉。不是諾亞的臉，而是一個女孩的臉。一個女孩，長髮在月光下閃亮如銀。

米契爾．古魯姆在麥斯．塔懷勒的屍體上倒了半罐汽油。倒不是因為非得要毀掉屍體。這個

洞窟幾千年都沒人來過：麥斯的遺骸短期內不會被發現。不過，既然他都要毀掉這個蠕蟲的群居地，倒不如也把屍體給一併處理掉。

他戴了口罩以防止煙霧，也戴了頭燈以照亮昏暗的洞內，他從容地把三罐一加侖裝的汽油倒光。他沒有理由著急；那個醫師半浮在水面的汽車要天亮後才會有人發現，就算天沒亮就被發現，也不會有人把古魯姆和她的死連在一起。要是有任何人會引起猜疑，那也會是麥斯，而他忽然失蹤更坐實了那些猜疑。古魯姆不喜歡被迫要隨機應變；他沒計畫過眼前這個行動，也根本沒計畫過要殺任何人。但說回來，他也沒料到朵玲．凱利會偷他的車。

謀殺了一個人，有時就因而必須再謀殺第二個。

他用汽油潑完了牆壁，然後把空罐子扔進洞穴中央那個由汽油構成的淺水窪裡，也就是蠕蟲最多的群居處。那些蟲似乎感覺到逼近的大災難，在汽油味中瘋狂地扭動。蝙蝠老早跑光了，丟下這些無脊椎同伴。古魯姆又四下看了洞裡最後一眼，確定自己沒忘記任何細節。最後一箱樣本，以及麥斯的科學日誌本，都已經放在他車子的後行李廂內，車子就停在步道的起點。他只要劃亮一根火柴，這個洞裡的一切就會化為火焰。

然後這個物種就會立刻滅絕，只除了現在安森生技的實驗室裡所養殖的那些殘餘樣本。這些蠕蟲的荷爾蒙秘密值一大筆錢，可以從國防部合約裡賺到，但是有個條件，就是不能讓安森公司的競爭對手拿到。

隨著這個洞窟被燒毀，就只有安森擁有這個物種了。而對其他人來說，這回的流行性暴力，還有之前類似的流行病，就永遠是個謎。

他爬上通往出口的那道斜坡，走向洞口，沿路以汽油滴出一條細線。他蹲在入口的小洞，劃了一根火柴，湊到地上。一道火焰沿著隧道往裡燒進去，然後隨著呼嘘一聲，下頭的洞爆出火焰。古魯姆感覺到空氣流入洞內，知道那是氧氣被吸入以提供助燃物。他關掉頭燈，看著火燃燒了一會兒，想像著那些蠕蟲變成黑色，炭化的殘骸從洞頂落下來。然後他想著麥斯的屍體，被燒成無法辨識的骨頭和灰燼。

他從洞口退開，一腳踩進冰冷的小溪，把灌木叢拉過來遮住洞口。隔著這些茂密的樹叢，應該看不到洞裡的火光。他涉水走到溪岸，踉蹌上了泥土地。他的雙眼還是因為剛剛看著火而目眩，而且也還沒適應黑暗。他打開頭燈，好照亮走回汽車的路。

直到頭燈亮起，他才看到站在樹林裡的那些警察，手裡拿著槍。

正在等他。

沃倫・愛默森睜開眼睛，心想：我終於死了。但為什麼我在天堂裡？他覺得很驚訝，因為他一直以為如果死後有知，他會置身在某個黑暗而可怕的地方。那種陰間生活只不過是他活著時絕望一生的延長。

這裡有花，一瓶又一瓶的鮮花。

他看到血紅的玫瑰，窗前盛開的蘭花有如停在花莖上顫動的白蝴蝶。還有百合，那芳香比他聞過的任何香水都甜美。他驚奇地瞪著眼睛，因為他從沒看過這麼美的東西。

然後他聽到床邊有椅子發出的吱呀聲，轉頭看到一個女人朝他微笑。是一個多年不見的女人。她的頭髮銀色比黑色多，歲月在她臉上留下深深的皺紋，但是他完全沒看到那些，而是望著她的眼睛深處，看到了一個愛笑的十四歲女孩。他始終深愛的那個女孩。

「哈囉，沃倫。」艾芮絲．基廷低聲說，握住了他的手。

「我還活著。」他說。

她聽出他聲音裡的疑問，於是微笑著點頭。「是的。你當然還活著。」

他低頭看著她的手，握著他的。於是回想起多年前兩人年紀都還小時，曾經十指緊扣，並肩坐在湖邊。我們的手變了好多，他心想。我的手現在好多疤痕、像皮革似的；她的手因為關節炎而骨節突出。但是我們在這裡，再度握著手，她依然是我的艾芮絲。

他眼中泛起淚水，注視著她。判定自己畢竟還沒準備好要死。

林肯知道可以在哪裡找到她，而且果然，她就坐在她兒子床邊的一張椅子上。在夜裡的某個時候，克蕾兒就爬下自己的病床，穿著她的病人袍和拖鞋，拖著腳步沿走廊前行，找到了諾亞的病房。現在她坐在那裡，肩上緊裹著一條毯子，在午後的陽光下看起來疲倦且蒼白。林肯心想，要是有誰敢擋在一隻母熊和她的幼熊之間，那就只能祈禱上帝救救他了。

他坐在她對面的椅子上，兩人的目光交會，中間隔著睡著的諾亞。看到她還是提防、還是不信任他，他覺得很難過，但是他可以理解原因。才一天之前，他還威脅要奪走她在這世上的最愛。現在她看著他的眼神兇狠，同時又有點害怕。

「不是我兒子幹的，」她說。「他今天早上告訴我了。他跟我發誓，我知道他說的是實話。」

他點點頭。「我跟愛蜜麗亞·瑞得談過了。那一夜他們在一起直到十點多，然後他開車載她回家。」

此時，朵玲已經死了。

克蕾兒呼出一口氣，身體的緊繃消失了。她往後靠在椅子上，一手保護地放在諾亞頭上。她手指輕撫著他的頭髮，他眼睛顫動著張開，注視著克蕾兒。母子兩人都沒說話；他們平靜的微笑已經傳達了所有言語了。

我本來可以讓他們兩個不必受這場折磨的，林肯心想。只要他早知道真相，只要諾亞說出實話，承認他那一晚跟愛蜜麗亞在一起。但是他一直在保護那女孩，免得她遭受到繼父的怒火傷害。林肯知道傑克·瑞得的脾氣，也了解愛蜜麗亞為什麼會怕他。

無論怕不怕，這個女孩都準備要告訴克蕾兒真相了。昨天夜裡，就在傑帝的狂怒爆發而犯下謀殺之前，愛蜜麗亞溜出屋子，在那個清朗、寒冷的夜裡走向克蕾兒家。一路沿著塔迪角路往前行。

中間就經過船艇下水坡道。

愛蜜麗亞這趟幸運的外出救了克蕾兒的命。而且在過程中，她也救了自己的命。

諾亞又睡著了。

克蕾兒看著林肯。「愛蜜麗亞的說法就夠了嗎？有誰會相信一個十四歲女孩的話？」

「我相信她。」

「昨天你還說你們有物證。那些血——」

「我們在米契爾・古魯姆車子的後行李廂裡，也發現了血。」

她暫停一下，慢慢思索著這個事實的意義。「朵玲的？」她輕聲問。

他點點頭。「我想古魯姆把那些血塗在你的小卡車上，本來是想嫁禍給你，而不是諾亞。他不曉得那一晚你開的是哪一輛車。」

雙方又沉默了一會兒，他想著這會不會就是他們兩人結束的方式：她那邊沉默不語，而他這邊心懷渴望。他還有好多關於米契爾・古魯姆的事情得告訴她。他們在古魯姆車子的後行李廂裡發現了一些東西：幾瓶蠕蟲樣本和麥斯手寫的日誌。安森生物科技和史隆－路席爾藥廠都否認跟這兩個男人有任何關係，而古魯姆知道了他們的否認之後很生氣，正威脅要把這個大藥廠一起拖下水。林肯來這裡是要告訴克蕾兒這一切的，但結果他卻保持沉默。他的難過沉甸甸地壓在身上，讓他連吸口氣都似乎好吃力。

他滿心希望地說：「克蕾兒？」

她抬起雙眼看著他，這回她沒有別開眼睛。

「我不能讓時光倒流，」他說。「我沒辦法抹去我對你造成的傷害。我只能說對不起。我真希望有辦法讓我們回到……」他搖搖頭。「回到我們之前那樣。」

「我不確定這話是什麼意思，林肯。我們之前那樣。」

他想了一下。「好吧，首先，」他說。「我們本來是朋友的。」

「是啊，沒錯。」她承認。

「是要好的朋友，不是嗎？」

一抹淡淡的微笑浮現在她的嘴唇。「反正，要好得會一起睡覺。」

他感覺自己臉紅了。「我的意思不是那樣！不光是一起睡覺，而是——」他心痛而誠實地凝視著她。「而是知道我們之間有可能性。知道未來可能有那麼一天，我每天早上醒來都會看到你。我可以等，克蕾兒。我可以忍受不確定。儘管不好受，但是我撐得下去，只要我們有在一起的機會。我真正想要的就是這樣而已。」

她眼中有個什麼亮晶晶。是原諒的淚水嗎？他納悶著。她伸手撫摸他的臉，那是情人的溫柔撫摸。更棒的是，那是一個朋友的碰觸。

「任何事都有可能，林肯。」她輕聲說，接著露出微笑。

他走出醫院大樓時吹著口哨。為什麼不應該？天空蔚藍，太陽照耀，結了一層冰的柳樹枝像成串水晶般閃爍發亮。再過兩個星期，就是一年最長的一夜了。然後白晝又會愈來愈長，大地又會繼續循環，朝向光明和溫暖。朝向希望。

任何事都有可能。

林肯・凱利是個有耐心的人，他可以等。

謝辭

我要萬分感謝以下的人：

謝謝我的丈夫Jacob，多年來始終是我最要好的朋友。

謝謝我的守護天使和奇蹟製造者Meg Ruley，總是能完成不可能的事。

謝謝Jane Berkey與Don Cleary給我的指引。

還要感謝我超厲害的編輯Emily Bestler。

感謝早餐俱樂部的女士們，每週一次讓我保持頭腦清醒。

另外要紀念緬因州Rockport鎮上的警察隊長Perley Sprague。你的善意體貼讓我備受鼓舞。

最後，要謝謝緬因州小鎮Camden，身為作家，我認為這裡是這全世界最棒的定居處。請放心，這本書裡寫的不是你。

Storytella **151**

小鎮醫生

Bloodstream

小鎮醫生 / 泰絲.格里森作 ; 尤傳莉譯. -- 初版. -- 臺北市 : 春天出版國際文化有限公司, 2023.01
面； 公分. -- (Storytella ; 151)
譯自 : Bloodstream
ISBN 978-957-741-640-7(平裝)

874.57 111022196

ISBN 978-957-741-640-7
Printed in Taiwan

作　者　泰絲・格里森
譯　者　尤傳莉
總編輯　莊宜勳
主　編　鍾靈

出版者　春天出版國際文化有限公司
地　址　台北市大安區忠孝東路四段303號4樓之1
電　話　02-7733-4070
傳　眞　02-7733-4069
E－mail　bookspring@bookspring.com.tw
網　址　http://www.bookspring.com.tw
部落格　http://blog.pixnet.net/bookspring
郵政帳號　19705538
戶　名　春天出版國際文化有限公司
法律顧問　蕭顯忠律師事務所
出版日期　二〇二三年一月初版

定　價　520元

總經銷　楨德圖書事業有限公司
地　址　新北市新店區中興路二段196號8樓
電　話　02-8919-3186
傳　眞　02-8914-5524
香港總代理　一代匯集
地　址　九龍旺角塘尾道64號 龍駒企業大廈10 B&D室
電　話　852-2783-8102
傳　眞　852-2396-0050